CHRISTINA JONES

Sternenzauber

Buch

Clemmie Coddle hat ein Problem: Sie hatte schon so viele Jobs wie Geburtstage, und mit ihrem Liebesleben ist es auch nicht weit her. Dabei weiß sie eigentlich, was sie mit ihrem Leben anfangen will: Seit ihrem Chemiestudium tüftelt und bastelt sie an Feuerwerkskörpern und träumt davon, eines Tages ein ganz besonderes Farbspektakel an den Himmel zu zaubern. Als sich die Gelegenheit ergibt, für die örtliche Feuerwerksfirma zu arbeiten, scheint ihr Traum wahr geworden zu sein. Denn nun kann sie nicht nur kreativ arbeiten, ihr Chef ist auch noch der äußerst attraktive Guy Devlin, in den sie schon seit Langem verliebt ist. Nur leider scheint er nicht im Geringsten an ihr interessiert zu sein. Immer wieder taucht seine Exfrau Helen auf, die ihn noch lange nicht aufgegeben hat. Aber immerhin hat Clemmie jetzt endlich eine Aufgabe, die ihr Spaß macht, und sie stürzt sich in die Arbeit. Bei ihrer Suche in alten Lehrbüchern stößt sie schließlich auf eine Anleitung für ein ganz besonderes Feuerwerk: Wenn dieses seine brillanten Farben entfaltet, sollen sogar Wünsche in Erfüllung gehen, sofern man im richtigen Moment die richtigen Worte spricht. Einen Versuch wäre es wert, denn Clemmie hätte einige Wünsche …

Autorin

Christina Jones schreibt seit ihrer Kindheit, aber ihre liebste Geschichte schrieb das wahre Leben. Nämlich die, wie ihr Vater, ein Zirkusclown, ihre Mutter, eine Lehrerin, kennenlernte. Beide arbeiteten aushilfsweise in einem Kaufhaus – er als Weihnachtsmann und sie als seine Weihnachtsfee. Neben Romanen schreibt Christina Jones Kurzgeschichten und Artikel für diverse Zeitungen und Zeitschriften. Ihr erster Roman wurde mit dem WHSmith-Preis für junge Talente ausgezeichnet. Nach Jahren auf Reisen lebt Christina Jones nun mit ihrem Mann und einer Schar Katzen in Oxfordshire, England. »Sternenzauber« ist ihr zweiter Roman bei Goldmann, ein dritter ist bereits in Vorbereitung.

Von Christina Jones außerdem bei Goldmann lieferbar:

Sommernachtszauber. Roman (46592)

Christina Jones

Sternenzauber

Roman

Aus dem Englischen
von Elisabeth Spang

GOLDMANN

Die Originalausgabe erschien 2007
unter dem Titel »Heaven Sent«
bei Piatkus Books Ltd, London.

FSC
Mix
Produktgruppe aus vorbildlich
bewirtschafteten Wäldern und
anderen kontrollierten Herkünften

Zert.-Nr. SGS-COC-1940
www.fsc.org
© 1996 Forest Stewardship Council

Verlagsgruppe Random House FSC-DEU-0100
Das für dieses Buch verwendete FSC-zertifizierte Papier
München Super liefert Mochenwangen.

1. Auflage
Deutsche Erstveröffentlichung April 2009

Umschlaggestaltung: UNO Werbeagentur, München
Umschlagmotiv: FinePic, München
Redaktion: Sigrun Zühlke
NG · Herstellung: Str.
Satz: deutsch-türkischer fotosatz, Berlin
Druck und Bindung: GGP Media GmbH, Pößneck
Printed in Germany
ISBN: 978-3-442-47056-3

www.goldmann-verlag.de

Für meine wunderbare Tochter Laura
mit all meiner Liebe

1. Kapitel

Clemmie Coddle verliebte sich in Guy Devlin an dem Tag, an dem sie auch ihre Füße in Brand steckte.

Am Morgen des Maifeiertags waren im Schuppen hinter Coddle's Postladen in Bagley-cum-Russett infolge einer falschen Dosierung von Aluminium und dem waghalsig sorglosen Entfachen eines Zündlichts ganz unversehens Clemmies Sicherheitsschuhe in Flammen aufgegangen.

Am Abend des Maifeiertags, bei der Hochzeitsfeier von Fern und Timmy Pluckrose auf dem Dorfanger von Fiddlesticks, hatte Clemmie, die in Häschen-Pantoffeln an den versengten Füßen herumhumpelte, Guy Devlin zum allerersten Mal gesehen und – wusch! – war ihr Herz wie eine Rakete bis in den siebten Himmel in schwindelerregende Höhen alles verzehrender Liebe gesaust.

Als Ferns und Timmys zauberhafte abendliche Feier ihren Höhepunkt in einem von Guys Firma *The Gunpowder Plot* veranstalteten herrlichen Musikfeuerwerk fand, war Clemmies Schicksal besiegelt. Ihre schmerzhaft pochenden Füße waren vergessen.

Guy Devlin und sie waren füreinander bestimmt.

Er sah nicht nur hinreißend gut aus, sondern war außerdem ein erstklassiger Pyrotechniker; *sie*, von ihrer körperlichen Erscheinung etwas weniger überzeugt, war, seit sie sich erinnern konnte, vom atemberaubenden Farbenzauber des Feuerwerks fasziniert, und versuchte sich daran, eigene Mixturen farbenfroher, sanfter Bomben herzustellen, seit sie zu ihrem achten Geburtstag einen Chemiebaukasten bekommen hatte.

Aus Clemmies Sicht waren sie ein Traumpaar und vor ihnen läge ein anhand der himmlischen Periodentafel geschaffenes lebenslanges Feuerwerk.

Nun, mehr als fünf Monate nach diesen beiden entflammenden Ereignissen, waren Clemmies Füße – nur leicht angekokelt und wie ihre Finger, Augenbrauen und Haare an derlei Misshandlungen seit Jahren gewöhnt – bemerkenswert rasch geheilt. Ihr Herz hingegen war offenbar noch immer nicht geneigt, sich diesem Heilungsprozess anzuschließen.

An einem kühlen Oktobermorgen stand Clemmie hinter dem Empfangstresen der ärztlichen Gemeinschaftspraxis *Dovecote* in Hazy Hassocks, wo es oft tatsächlich wie im Taubenschlag zuging, und war gerade in ihre derzeitige Lieblingsfantasie eines prasselnden Regenbogenfeuerwerks mit Guy Devlin vertieft, bei dem sie ihre eigenen pyrotechnischen Erfindungen zur Musik von Rossini inszenierte, während sie gleichzeitig mehrere Dutzend Patientenakten sorgfältig zu einem Kartenhaus aufstapelte. Sehnsüchtig vor sich hin lächelnd nahm sie einen weiteren Packen Faltmappen zur Hand.

Nur noch eine Akte … Na also! Fantastisch! Unerreicht! Drei Stockwerke und kein bisschen wackelig …

Natürlich hatte Clemmie schon vor dem Maifeiertag sehr wohl von Guy Devlin und *The Gunpowder Plot* gewusst. Er war allgemein bekannt. Zumindest in Winterbrook und Hazy Hassocks und Bagley-cum-Russett und Fiddlesticks und – eigentlich überall in ihrer Heimat Berkshire und in weiten Teilen von Hampshire und Oxfordshire wahrscheinlich ebenso. *The Gunpowder Plot* war kilometerweit im Umkreis die berühmteste Feuerwerksfirma, und Clemmie hatte schon bei zahlreichen

Gelegenheiten ihre genialen Feuerwerke mit einer Mischung aus Ehrfurcht und Neid betrachtet.

Ganz demokratisch entzündete Guy Devlin im Süden Englands atemberaubende Feuerwerke sowohl für die Reichen und Berühmten als auch für die Armen und Unbekannten. Guy Devlin, das hatte Clemmie dem Dorfklatsch der Mädchen bereits entnommen, sah angeblich sagenhaft gut aus, war wahnsinnig sexy und schöne Frauen lagen ihm scharenweise zu Füßen, wo auch immer er stand und ging.

All das hatte sie zwar schon oft gehört, aber für den ersten Anblick seiner großen, schlanken, schwarzhaarigen, blauäugigen, einfach hinreißenden realen Erscheinung am Maifeiertag war sie trotzdem in keiner Weise gewappnet. Auf seine Schönheit und gewagte Extravaganz konnte man auch gar nicht gefasst sein. Er sah aus, sinnierte Clemmie, wie eine unheimlich romantische Mischung aus Johnny Depp als Pirat und Adam Ant im Kostüm des Dandy Highwayman.

Da Pyrotechniker während ihrer Arbeit notgedrungen meist unsichtbar bleiben, war, Guy Devlin zu sehen, für Clemmie ein ebenso aufregendes Erlebnis wie für einen leidenschaftlichen Vogelbeobachter die zufällige und unerwartete Sichtung eines Paares praktisch ausgestorbener Kieksender Rüschen-Waldtölpel.

Die Tatsache, dass Guy Devlin sie eigentlich gar nicht bemerkt hatte – weder am Maifeiertag noch zu einem späteren Zeitpunkt –, war zwar ein ziemlicher Schlag, aber kein unüberwindbares Hindernis. Er würde schon noch auf sie aufmerksam werden, man müsste ihm nur die passende Gelegenheit dazu geben …

Ein zusätzlicher Haken war natürlich auch noch diese große Frau mit dem rabenschwarzen Haar und der wahnsinnig sinnlichen Ausstrahlung, die am Maifeiertag den ganzen Abend lang nicht von seiner Seite gewichen war. Von Kopf bis Fuß in schwarzem Leder, mit Stiletto-Absätzen, Federwimpern und glänzendem Schmollmund hatte sie ausgesehen wie eine zeitgemäße Ausgabe von Mrs Peel. Clemmie seufzte erneut. Doch wenn man Guys Ruf bedachte, zählte das Update aus »Schirm, Charme und Melone« inzwischen sicher schon zu den verflossenen Liebschaften.

So, nur noch eine Aktenmappe, und sie hätte schon vier Stockwerke geschafft! Das wäre ein neuer Rekord … Also, ganz ruhig … Jawoll!

»Clemmie!« Die scheußlich schnarrende Stimme von Bunty Darrington, Chefsekretärin und Ober-Schreckschraube von *Dovecote*, gellte durch das Wartezimmer. »Clemmie Coddle! Was machen Sie da?!«

Aus ihrer Träumerei aufgeschreckt, zuckte Clemmie zusammen und sah stöhnend, wie das Kartenhaus in sich zusammenstürzte und die Mappen sich in wildem Durcheinander auf dem Schreibtisch verteilten. »Was? Ach, Entschuldigung …«

»Entschuldigung?«, brüllte Bunty Darrington. »Was heißt da ›Entschuldigung‹? Soll das bedeuten ›Tut mir leid‹? Oder ›Ich bitte um Verzeihung‹? Oder sollte ein Wort etwa alles sagen?«

Bei den ersten Anzeichen eines Wortgefechts blickten alle Patienten im Empfangsbereich der Arztpraxis erwartungsvoll auf. Das war doch mal eine willkommene Abwechslung zu dem schneidenden Oktoberwind da draußen, den eigenen Krankheiten, den Plakaten an den Wartezimmerwänden, auf denen Symptome aufgelistet waren, die man vor dem Eintreffen ganz bestimmt noch nicht, nun aber alle miteinander hatte, und dem ohrenbetäubenden Geheul der drei wie Prinzesschen gekleideten kleinen Mädchen, die alle zugleich versuchten, sich in das Spielhäuschen in der Ecke zu quetschen.

»Nun?« Bunty bebte in ihrem Tweedkostüm. »Ich warte.«

»Dann sind Sie in bester Gesellschaft und genau am richtigen Ort«, erwiderte Clemmie vergnügt, »denn das ist hier ja ein Wartezimmer. Nein, Entschuldigung – äh – ich meine – sollte ein Scherz sein, Bunty. War nur ein Scherz.«

Bunty Darringtons rötliche Augenbrauen hoben sich hinter ihren angegrauten rötlichen Stirnfransen. Bunty pflegte nicht zu scherzen. »Tatsächlich? Ein Scherz? Ich höre niemanden lachen, Sie etwa? Ich darf Sie daran erinnern, dass dies für Übermut weder der passende Zeitpunkt noch der passende Ort ist. Außerdem habe ich Ihnen eine Frage gestellt.«

Die Wartenden beugten sich vor.

»Genau genommen haben Sie mir mehrere Fragen gestellt. Ich erinnere mich aber nur noch an zwei: Was ich tue, und was ich mit ›Entschuldigung‹ gemeint habe.« Clemmie blätterte in den umgefallenen Aktenmappen. »Entschuldigung sollte heißen, ich bitte um Verzeihung – auch wenn mir nicht ganz klar ist, wofür. Und außerdem mache ich gerade die Ablage.«

Bunty Darringtons Lippen zogen sich mühsam über ihre langen Zähne. »Ablage? Erzählen Sie mir doch nichts von Ablage, Mädchen! Sie haben gespielt – mit diesen Akten gespielt! Mit vertraulichen Akten! Mit streng vertraulichen Patientenakten! Außerdem waren Sie in Gedanken mal wieder ganz woanders. In Tagträume versunken, geben Sie es doch zu!«

Im Wartezimmer hielt man gespannt die Luft an. Halsschmerzen, knarzende Knie und Durchfall waren vergessen. Sogar die Minidiven hatten aufgehört, gegenseitig an ihren rosa Zuckerwattekrönchen zu zerren, und gafften.

Clemmie sah auf das zusammengestürzte Kartenhaus hinab und seufzte. Die verflixte Bunty hatte sie auf frischer Tat ertappt. Auf Tagträumerei stand in der *Dovecote*-Gemeinschaftspraxis wahrscheinlich der Tod durch den Strang. Sie setzte ein Lächeln auf. »Gut erkannt. Ihnen entgeht aber auch gar nichts,

Bunty. Nochmals Entschuldigung. Ach, und das heißt Entschuldigung im Sinne von Verzeihung, nur um erst gar keinen Zweifel aufkommen zu lassen.«

»Und das ist eine Unverschämtheit ersten Ranges!« Bunty stampfte in ihren Gesundheitsschuhen zum Tresen. »Noch dazu zum wiederholten Mal! Bedaure, Clemmie, aber das werde ich melden müssen.«

Blinkende Lichter der Gegensprechanlage auf ihrem Schreibtisch retteten Clemmie vor weiteren Schimpfkanonaden. Sie drückte auf Knöpfe, lauschte, hakte Namen auf ihren Listen ab und räusperte sich. »Cynthia Avebury bitte zu Dr. Murray. Alec Smart bitte zu Dr. Khan. Beyonce Winterbottom bitte zu Dr. Lowry.«

Niemand rührte sich. Die junge Beyonce Winterbottom, eine der Minidiven am Spielhäuschen, zog ihr Kleid zurecht und setzte sich in Pose, als ihr Name erklang, doch die nicht minder jugendliche und nicht minder aufgetakelte Mutter machte keinerlei Anstalten, sich mit ihrer Tochter in Bewegung zu setzen. Alles starrte nach wie vor gebannt zum Empfangstresen.

»Kommen Sie!« Bunty klatschte in die Hände. »Lassen Sie die Ärzte nicht warten. Mrs Avebury! Mr Smart! Hier entlang! Und du auch – äh – Beyonce!«

Widerstrebend verschwanden die drei Patienten durch den Türbogen zu den Sprechzimmern.

Während die restlichen Patienten im Warteraum sich umsetzten, rückte Bunty Darrington ihre reichlich knapp sitzende Kostümjacke zurecht. »Ich werde auf der Stelle zu Ms Peacock gehen, Clemmie. Sie wird bitter enttäuscht sein. Sie hat sich von Anfang an für Sie eingesetzt. Niemand außer ihr hielt Sie für geeignet. Niemand außer ihr wollte Sie hier haben.«

Na danke. Clemmie verzog das Gesicht, als Bunty wichtigtuerisch zum Büro der Geschäftsführerin watschelte. Vielen Dank auch ….

Es stimmte natürlich, und das wusste sie auch, aber trotzdem war es nicht schön, wenn einem so etwas an den Kopf geworfen wurde.

Da die Showeinlage wohl fürs Erste vorüber war, begannen die übrigen Patienten wieder zu schniefen und zu husten und an die informationsgespickten Wände zu starren und überlegten höchstwahrscheinlich, ob sie an beginnender Schilddrüsenvergrößerung litten oder von einem grassierenden Virus befallen waren oder ob jenes Furcht erregende anatomische Diagramm irgendetwas mit dem Zustand ihres eigenen Körpers zu tun haben könnte. Clemmie ordnete die verstreuten Akten, bändigte ihr widerspenstiges dunkelrotes Haar erneut mit der Spange, enthedderte einige kastanienfarbene Strähnen aus ihren großen baumelnden Ohrringen und harrte ihres Schicksals.

Sie brauchte nicht lange zu warten. Bunty kam feixend zum Tresen zurückgewatschelt.

»Ms Peacock erwartet Sie jetzt – nein, lassen Sie die Notizen da liegen, ich übernehme hier jetzt –, ich gehe wohl recht in der Annahme, dass sie noch keines dieser Telefonate geführt haben? Und was ist mit Mrs Jenkins? Ist sie noch immer auf der Toilette? Haben Sie nachgesehen? Sie ist wahrscheinlich wieder eingeschlafen. Niemand braucht fünfunddreißig Minuten für eine Urinprobe, schon gar nicht in ihrem Alter.«

Wohl wissend, dass die Wartenden ihre Erniedrigung wieder mit grausamer Schadenfreude beobachteten – das war offenbar weitaus besser als jedes Reality-TV – quetschte sich Clemmie an Bunty vorbei und ging zum Büro der Geschäftsführerin.

»Herein!«, rief Pam Peacock.

Clemmie schloss die Tür hinter sich und lächelte. »Tut mir

leid, Pam. Bunty ist mal wieder auf dem Kriegspfad, und ich weiß, dass sie …«

»Setz dich, Clemmie.« Pam Peacock blinzelte hinter der Gleitsichtbrille. »Diese Angelegenheit kann ich nicht unter den Teppich kehren. Bitte setz dich, meine Liebe.«

Clemmie setzte sich, die Falten ihres langen Samtrocks legten sich um ihre Stiefel und die herabhängenden Spitzenmanschetten ihrer Zigeunerbluse verbargen, wie sie nervös die Finger überkreuzte.

Pam Peacock hatte so gar nichts von einem Pfau, fand Clemmie, denn sie war eine dieser dünnen und blassen Frauen, die bereits ein Kleidungsstück in gedämpftem Graubraun für gewagt hielten. Nun machte sie ein Unheil verkündendes Gesicht.

»Es hat schon so viele Beschwerden gegeben, dass ich nicht mehr darüber hinweggehen kann. Es stimmt schon, die meisten kamen von Bunty, doch sie gibt hier den Ton an, wie du weißt.«

»Aber die anderen Mitarbeiter …«

»Haben sich nicht beschwert, nein.« Pam fummelte an ihrer Brille herum. »Zumindest nicht persönlich und nicht direkt bei mir. So weit ich weiß, hat Bunty aber hinter vorgehaltener Hand so einiges leises Murren zu hören bekommen. Leider alles Wasser auf ihre Mühlen. Du weißt ja, wie sehr Bunty dein, äh, außergewöhnlicher Kleidungsstil und deine respektlose, unbekümmerte Art gegen den Strich gehen – sie hat dich schon lange auf dem Kieker. Und leider nicht ganz ohne Grund. Du bist jetzt erst sechs Monate hier, und in diesem Zeitraum …«

Pam zählte aus der vor ihr liegenden Personalakte eine Reihe von Clemmies Missetaten auf. Clemmie, der das alles durchaus bekannt war, hörte nicht wirklich zu. Einzeln waren es alles nur geringfügige Fälle von Fehlverhalten infolge ihrer Außenseiterposition, aber zusammengenommen klang es doch weitaus schlimmer. Lieber gar nicht hinhören. Und während sie Pams Stimme in den Hintergrund blendete, ließ Clemmie die Gedanken schweifen.

Sie hatte nie vorgehabt, Arzthelferin zu werden. Wie meistens in ihrem Leben seit ihrem fünfzehnten Lebensjahr war sie da irgendwie so hineingerutscht. Als sie fünfzehn war, war die Firma, bei der ihr Vater arbeitete, vom ländlichen Berkshire nach Thurso am nördlichsten Ende von Schottland verlegt worden. Damals hatte man einvernehmlich beschlossen, dass Clemmie, um nicht die Schule wechseln zu müssen, in Bagley-cum-Russett bleiben und bei ihrer Tante und ihrem Onkel wohnen sollte.

Clemmie, entgegen dem Trend der Zeit total begeistert von Chemie, ein Ass in Naturwissenschaften und durchschnittlich gut in allen anderen Fächern, war fröhlich in die Wohnung über dem Postladen eingezogen und hatte ihr Leben im Dorf so weitergeführt wie zuvor. Vage hatte sie sich vorgenommen, nach dem Abitur (alle Prüfungen in Naturwissenschaften, alle mit Eins), oder vielleicht nach der Universität (Cambridge), in den Norden umzuziehen, um wieder näher bei ihren Eltern zu sein. Aber irgendwie hatte es sich nicht ergeben. Es war sehr viel naheliegender gewesen, nach ihrem Universitätsabschluss einfach wieder an den Ort zurückzukehren, der schon immer ihre Heimat gewesen war, um wieder mit ihren alten Freunden aus Kindertagen zusammen zu sein. Natürlich hätte es nun eigentlich angestanden, aus ihrer beeindruckenden Ausbildung das Beste herauszuholen; aber weil Clemmie mit ihrem Leben eigentlich nichts anderes anfangen wollte, als dekorative Sprengkörper zu basteln, waren die Möglichkeiten ziemlich begrenzt.

Da der Großteil globaler Feuerwerkskörper heutzutage in China hergestellt und in vorgefertigten Gebinden weltweit an pyrotechnische Firmen verschickt wird, waren ihr Diplom und ihre lebenslange Erfahrung im Zusammenbrauen chemischer Cocktails nirgendwo sonderlich dringend gefragt.

So kam es, dass sie nach der Universität und vor der Stelle bei *Dovecote* vorübergehend bei verschiedenen Arbeitgebern als Kellnerin, Bardame, Sachbearbeiterin, Taxifahrerin, Datentypistin, Schülerlotsin, Putzfrau, Küchenhilfe, Immobilienmaklerassistentin, Zahnarzthelferin, Labortechnikerin und natürlich auch als Verkäuferin im Postladen von Bagley-cum-Russett gearbeitet hatte.

Mit ihrem erstklassigen Abschluss in Chemie hätte sie sich im besten Falle zielstrebig anschicken sollen, ein Forschungsprojekt an Land zu ziehen oder im schlimmsten Fall gelangweilte Teenager in Naturwissenschaften zu unterrichten. Wenn sie nach der Universität nur nicht nach Bagley-cum-Russett zu ihrer Tante und ihrem Onkel zurückgekehrt wäre und dadurch den Anschluss verpasst hätte … Wenn sie nur irgendetwas anderes wirklich gerne täte, außer Feuerwerke herzustellen … Wenn sie nur nicht schon immer in Bagley-cum-Russett gelebt hätte … Wenn Sukie und Chelsea und Phoebe und Amber sie nur nicht überredet hätten, zu Ferns und Timmys Hochzeitsfeier zu gehen … Wenn sie sich nur nicht in Guy Devlin verliebt hätte …

»… und deshalb, so leid es mir tut …« Pam machte ein Gesicht wie jemand, der dir gleich sagen will, dass du bei der Führerscheinprüfung durchgefallen bist, dein HIV-Test positiv ist, du ein halbes Vermögen an Einkommenssteuer nachzahlen musst und dein Ehemann mit deiner besten Freundin abgehauen ist, und zwar alles am selben Tag. »Bedauerlicherweise, Clemmie, bleibt mir nichts anderes übrig, als dir eine schriftliche Abmahnung zu erteilen. Möchtest du dich dazu äußern?«

»Durchaus.« Clemmie lächelte bekümmert. »Du warst immer sehr nett zu mir, Pam. Und ich bin dir wirklich dankbar, dass du mir diesen Job besorgt hast, aber …«

»Du warst nie mit dem Herzen dabei?«

Mit dem Herzen? Clemmie schüttelte den Kopf. Nein, die *Dovecote*-Praxis hatte ihr nie am Herzen gelegen. Ihr Herz weilte derzeit irgendwo in Winterbrook, der nächstgrößeren Stadt nach Hazy Hassocks – bei *The Gunpowder Plot* und dem wunderbar verrückten, herrlich unkonventionellen und eindeutig brandgefährlichen Guy Devlin – und widmete sich dem Austüfteln der wildesten und sensationellsten Feuerwerke aller Zeiten.

»So könnte man sagen«, antwortete Clemmie. »Und mal ehrlich, Pam, Bunty und ich werden es doch nie schaffen, reibungslos zusammenzuarbeiten. Wahrscheinlich begehe ich schon ziemlich bald die nächste vermeintliche Todsünde und wegen der schriftlichen Abmahnung wirst du mich dann rauswerfen müssen – was für uns beide schrecklich unangenehm wäre. Lass uns diesen Mittelteil doch einfach überspringen.«

»Es ist nicht nötig …«

»Es ist sehr wohl nötig.« Clemmie stand auf. »Vielen Dank für deine Hilfsbereitschaft. Du wirst mir fehlen. Ich räum nur eben meinen Schreibtisch leer, bildlich gesprochen natürlich, denn ich habe ja gar keinen eigenen.«

»Es tut mir so leid.« Pam stand auf und gab Clemmie die blasse, farblose Hand. »Ich persönlich finde ja, du hast hier frischen Wind hereingebracht, und die Patienten mögen dich. Ich wünschte, es gäbe einen anderen Weg. Viel Glück, Clemmie. Hast du schon irgendeine Idee, was du als Nächstes machen willst?«

»Keinen Schimmer«, sagte Clemmie weitaus munterer, als ihr zumute war. Immerhin sollte man als junge Frau von knapp dreißig ja wohl eigentlich irgendeine Art Lebensentwurf haben. »Ist auf gewisse Art ziemlich spannend.«

Als Clemmie herauskam, merkten die draußen im Wartezimmer verbliebenen Patienten sofort auf.

Bunty, die mit überquellenden Tweedschenkeln auf dem Stuhl hinter dem Empfangstresen thronte, sah ihr vor Vorfreude bebend entgegen. »So, junge Dame, jetzt aber wieder an den Platz und die Ärmel hochgekrempelt! Ich hoffe, Ms Peacock hat klargestellt, wie man sich hier zu benehmen hat. Als Erstes sortieren Sie all diese Akten ein, dann sehen Sie auf der Toilette nach Mrs Jenkins und anschließend übernehmen Sie während der Mittagszeit den Telefondienst. Danach …«

»Bedaure, dass ich Sie unterbrechen muss«, strahlte Clemmie und schlüpfte in ihre nostalgische übergroße lila Mohairjacke. »Aber das werden Sie jetzt alles selbst erledigen müssen. Ich bin weg.«

»*Weg*?« Buntys Aufschrei hallte von den Wänden wider. »Wohl kaum, junge Dame. Ihr Anrecht auf eine Kaffeepause haben Sie leider verwirkt. Und Julia kommt erst um eins, also werden Sie eben …«

Clemmie sammelte ihre wenigen Habseligkeiten ein und packte sie in ihren ramponierten, strassbesetzten Korb. »Nein, Bunty. Ich meine, ich bin WEG. Ich gehe, schmeiße den ganzen Kram hin, verlasse diese Praxis. Ich bin Ihre Mitarbeiterin gewesen.«

Im Wartezimmer hielt man den Atem an.

»Sie hat Sie gefeuert?«, jaulte Bunty. »Neeiin! Sie sollte Sie doch nicht rauswerfen! Wie soll ich denn hier ohne vollzähligen Mitarbeiterstab klarkommen?! Sie können jetzt nicht einfach so gehen!«

»Kann ich und werde ich.« Clemmie hüpfte vergnügt zur Tür.

»Aber geben Sie bitte nicht Pam die Schuld daran. Sie hat mich nicht gefeuert. Ich habe gekündigt. Adieu, Bunty.«

Als Clemmie die Arztpraxis von Hazy Hassocks verließ, standen die Wartenden auf und klatschten ihr laut johlend Beifall.

2. Kapitel

Tja, dachte Clemmie, während sie sich bei stürmischem Wetter auf dem Gehweg der Hauptstraße von Hazy Hassocks durch das Gewühl vormittäglicher Kauflustiger schlängelte, ein weiterer verpatzter Karriereschritt.

Das schien ja allmählich zur Gewohnheit zu werden. Also, was nun? Heim nach Bagley-cum-Russett, sich in die Kittelschürze werfen und wieder im Postladen die Dorfbewohner bedienen, als wäre sie nie fort gewesen? Oder in Hassocks bleiben und sich aus dem Angebot auf der Hauptstraße das Beste herauspicken?

Wenn sie bliebe, könnte sie ins *Faery Glen* stürmen und sich sinnlos betrinken; oder ein paar Stunden im Café *Patsy's Pantry* verbringen und sich mit Unmengen von Kohlehydraten vollstopfen; oder bei *Beauty's Blessings* reinschauen und sich von Jennifer Blessing als Trost für die Blamage, wieder einen Job verloren zu haben, massieren lassen. Und da ihre meisten Freundinnen in und um Hassocks arbeiteten, war es sehr verlockend, zu bleiben und es sich gut gehen zu lassen.

Sie könnte Sukie auf ihrer Aromatherapie-Runde aufspüren, Amber von *Hubble Bubble* weglotsen, Chelsea aus *Big Sava* zerren, ihre beste Freundin Phoebe aus *Paulines Cut 'n' Curl* locken, Fern im *Weasel and Bucket* anrufen und bei einem ausgiebigen Weiber-Lunch über die Ungerechtigkeiten des Lebens, die Mysterien der Liebe und den Sinn des Universums philosophieren.

Oder sie könnte sich nach einem neuen Job umsehen.

Es war doch wirklich erhebend, fand Clemmie. Das Leben lag vor ihr wie ein unbeschriebenes Blatt. Sie könnte sich schlichtweg für beinahe alles entscheiden …

Eine ganz besonders scharfe und kalte Windböe ließ städtische Steppenhexen um ihre Füße tanzen, und sie raffte ihre lange flauschige Strickjacke am Hals zusammen. Iiih! Ein rascher Blick in die verspiegelte Fensterscheibe der Bausparkasse zeigte, dass ihre Haare vom Wind ganz zerzaust waren, ihre Ohrringe hatten sich kreuz und quer in ihrem Kragen verfangen, ihre Nase leuchtete rot und ihre Wimperntusche war unter den Augen verschmiert. Ist doch immer wieder ganz schön ernüchternd, dachte sie, während sie geschickt um einen Haufen Rentner herummanövrierte, die mit ihren Einkaufsrollern beisammenstanden und schwatzten, wenn man glaubt, lässig und à la Boheme gestylt daherzukommen, und dann mit der scheußlichen Realität konfrontiert wird, dass man aussieht, als würde man gut in die Warteschlange einer Armenspeisung passen.

Bevor sie sich auf den arglosen Arbeitsmarkt stürzte, sollte sie vielleicht erst mal nach Bagley zurückkehren und sich ein bisschen herrichten. Sie wollte gerade umkehren und ihren Wagen vom Parkplatz des Supermarkts holen, da hörte sie jemanden ihren Namen rufen.

»Clem! Clemmie! Warte mal!«

Clemmie wandte sich um. Sie lächelte und wartete. Phoebe, ihre älteste Freundin, war aus der bonbonrosafarbenen Tür von Paulines Friseursalon geschlüpft und winkte schwungvoll. Phoebe tat grundsätzlich alles mit viel Elan. Clemmie nahm an, dass sie deshalb seit Kindertagen so gut befreundet waren, weil sie in fast jeder Hinsicht ganz gegensätzlich waren. Phoebe war immer adrett, immer pünktlich, bestens organisiert und immer auf Achse. Phoebe packte die Dinge an – sie verschwendete ihre

Zeit nicht damit, von Feuerwerken zu träumen oder hübsche chemische Mixturen zu brauen, und schon gar nicht damit, sich in wildfremde Kerle zu verlieben.

Phoebe hatte, seit sie mit der Schule fertig war, ein und dieselbe Arbeitsstelle und genauso lange auch ein und denselben Freund. Phoebe begeisterte sich für Tarot und Astrologie und war so unwissenschaftlich, wie man es sich nur vorstellen konnte. Phoebe war alles, was Clemmie nicht war, und sie liebte sie von ganzem Herzen.

»Hi.« Phoebe, die mit ihrem schicken blonden Bob und ihrem schicken pinkfarbenen Friseurkittel ausnehmend hübsch aussah, hakte sich bei ihr ein. »Du bist ja schon früh unterwegs. Hat die böse Hexe Bunty dich zu *Patsy's Pantry* geschickt, um Cremetorte zu holen? Hat jemand Geburtstag?«

»Nein und wieder nein. Du liegst durch und durch falsch«, sagte Clemmie leichthin. »Was ist mit dir? Willst du zur Konditorei?«

»Ja. Drei Brötchen mit Salat und Schinken und ein Zwiebel-Käse-Hörnchen. Pauline hat eine haarige Dauerwelle am Laufen und braucht eine Stärkung. Die anderen Mädchen sind beschäftigt, und da ich erst in einer halben Stunde meinen nächsten Termin habe, habe ich mich freiwillig gemeldet, das ist immer noch besser, als Haare aus Abflusssieben zu pulen.«

»Dann hättest du also Zeit für einen Kaffee?« Clemmie öffnete mit einem Klingeln die mit Spitzenvorhängen behängte Ladentür und atmete die herrlichen Düfte von gemahlenem Kaffee und frisch gebackenem Brot ein. »Und einen Plausch?«

Phoebe steuerte zur Theke und nickte über die Schulter. »Wenn es nicht zu lange dauert. Pauline kann sowieso erst essen, wenn sie die Dauerwelle ausgespült hat, wir haben also ein Viertelstündchen. Such du einen Tisch, ich hol uns was. Möchtest du etwas essen? Entschuldige – dumme Frage.«

Bis Phoebe mit zwei Tassen von Patsys Cappuccino und zwei Stückchen Plunder an den Fenstertisch zurückkam, lächelte Clemmie der übrigen Kundschaft im Café freundlich zu. Die meisten waren Patienten bei *Dovecote* und so alt, dass sie zum Kaffeetrinken zwar den Mantel ablegten, Schal, Hut und Handschuhe jedoch anbehielten und sich gegenseitig mit Mr Biggs oder Mrs Pentelow ansprachen, obwohl sie einander seit Jahrzehnten kannten.

»Du bist mal wieder gefeuert worden, oder?« Phoebe setzte sich und machte sich mit ihren makellosen Zähnen über ein Hefeteilchen her. Sie krümelte nicht einmal auf den Tisch oder ihren Kittel. »Oder hast *du* diesmal gekündigt?«

»Im Grunde beides.« Clemmie biss in ihr Gebäckstück und hatte schon im nächsten Augenblick klebrige Fitzelchen über ihr Gesicht, ihre Wolljacke und den Tisch verteilt. »Spielt sowieso keine Rolle. War ja ohnehin nur ein Lückenfüller. Nächstes Mal finde ich was, das wirklich zu mir passt.«

Phoebe lachte. »Den Spruch kenne ich schon. Jobs und Männer – immer meinst du, du findest beim nächsten Mal den Richtigen.«

Clemmie leckte sich die Finger ab und versuchte einige Krümel vom Ärmel zu schütteln. »Ach, die Männerfrage ist geklärt …«

»Du kannst doch nicht ernsthaft behaupten, dass dein Singledasein durch Guy Devlin beendet worden wäre«, unterbrach Phoebe. »Er ist höchstwahrscheinlich in festen Händen, du hast überhaupt noch nie mit ihm gesprochen, und er weiß nicht einmal, dass es dich gibt. Das haben wir in den letzten fünf Monaten doch schon unzählige Male durchgekaut. Das ist nicht real, Clem. Das ist wie die Schwärmerei eines Teenagers für einen Popsänger oder einen Filmstar. Nicht real – und definitiv nicht Liebe. Es ist nur ein schwerer Fall von Fantasiesehnsucht.

Wahre Liebe muss auf Gegenseitigkeit beruhen, du musst jemanden in- und auswendig kennen und …«

»Entschuldige«, Clemmie spülte den Bissen mit einem Schluck Cappuccino herunter und merkte, dass sie nun Milchschaum *und* Krümel an der Oberlippe hatte, »aber da bin ich anderer Meinung. Ja, ich weiß, du und Ben, ihr seid seit Ewigkeiten zusammen, und du weißt, was er denkt, bevor er selber es weiß, und jeder von euch vollendet die Sätze des anderen und so weiter – aber so eine Pantoffel-Beziehung will ich gar nicht. Das ist Gewohnheit. Und langweilig. Ich will feurige Leidenschaft. Nein, ich habe immer gewusst«, seufzte sie träumerisch, »wenn ich den Richtigen treffe, ist es wie eine spontane Explosion. Wie eine himmlische Kombination von Magnesium und Aluminium und Natriumsalicylat: ein farbenfrohes Feuerwerk mit allem Drum und Dran. Und so war es, als ich Guy begegnet bin.«

Phoebe kicherte in ihren Kaffee. »Ach du meine Güte. Hoffentlich läuft dir der arme Kerl nie wieder über den Weg und du überwindest das Ganze – au weia! – du hast ihm doch nicht etwa nachgestellt, oder?«

»Nein! Natürlich nicht! Für wie bescheuert hältst du mich denn? Es gibt gar keinen Grund, ihm nachzustellen. Wir werden uns wiedersehen. Ich weiß es. Wir sind zwei Menschen in einer kleinen Gemeinde und haben dieselben Vorlieben. Es ist ganz logisch, dass wir zusammen sein sollten. Ich würde fast sagen, es ist Schicksal, wenn ich an so was glauben würde – tu ich aber nicht. Wie dem auch sei, ich finde, wir sind füreinander bestimmt.«

»Jetzt wirst du mir unheimlich. Schicksal und Bestimmung sind doch eigentlich mehr meine Themen als deine.« Phoebe runzelte die Stirn. »O Gott, hast du etwa herumgegaukelt, Clemmie? Du hast doch hoffentlich nicht irgendwen gebeten,

Guy Devlin mit einem Zauberspruch zu belegen? Wir wissen doch beide, dass in diesen Dörfern jede Menge seltsame Dinge vor sich gehen, und ich kenne gut ein halbes Dutzend Leute, die bereit wären, eine nette kleine Beschwörung anzustimmen oder ein passendes Elixier zu mischen, damit deine Träume in Erfüllung gehen.«

Es hatte über die Vorgänge in all den verschlafenen Dörfern, die sich in die Täler der Berkshire Downs schmiegten, schon immer allerhand Gerüchte gegeben. Hier in Hazy Hassocks war Mitzi Blessing schon fast legendär geworden, weil sie mit ihrer *Hubble Bubble* Kräuterküche die unerklärlichsten Dinge bewirkt hatte; in dem nahe gelegenen Weiler Fiddlesticks glaubte man seit Langem standhaft an Astralzauber – und Amber, die dort wohnte, schwor, ihr Leben hätte sich durch die Macht der Sterne von Grund auf verändert. Und dann gab es da natürlich noch Sukie, die in Bagley-cum-Russett im Cottage *Pixies Laughter*, am anderen Ende der Straße, in der auch der Postladen war, ihre Elixiere für Massagen und Aromatherapie zusammenbraute. Und die sollten in letzter Zeit jede Menge Romanzen entfacht haben.

»Zählst du dich auch dazu?« Lachend löffelte Clemmie den restlichen Schaum aus ihrer Tasse. »Mit deiner Wahrsagenummer als Madame Suleika?«

»Ich habe mich niemals Madame Suleika genannt – und es ist keine Nummer!« Phoebe machte ein empörtes Gesicht. »Ich würde niemals mit den Karten Missbrauch treiben, um andere zu manipulieren!«

»Schade.« Clemmie grinste. »Ich hätte gar nichts gegen ein bisschen Manipulation – aber du bist schon in Ordnung, Phoebe. Reg dich ab. Ich weiß doch, dass deine Kartenlegerei etwas ganz anderes ist als dieser esoterische Hexenkram, der sich angeblich hier in der Gegend abspielt.«

»Wie beruhigend, dass ich in deinen Augen auf der richtigen Seite der Ketzerei stehe.« Phoebe trank ihren Kaffee aus. »Ich weiß zwar, dass du nur lachst und sowieso Nein sagst, aber wenn du möchtest, könnte ich dir ja aus den Karten lesen.«

»Ich würde kein Wort davon glauben, genauso wenig wie ich an Kräuterzauber oder Mondgesänge oder Liebestränke glaube. Ich bin Naturwissenschaftlerin.« Clemmie wischte sich den Kaffeeschaum vom Kinn. »Ich glaube nur an Logik, Naturgesetze und Dinge, die ich einwandfrei beweisen kann. Mit solchem Pseudo-Hokuspokus gebe ich mich nicht ab.«

»Wie bitte?« Phoebe schnipste nicht vorhandene Krümel von ihrem Kittel. »Wie viele Beleidigungen willst du mir eigentlich noch an den Kopf werfen? Mein Hobby ist überhaupt nicht pseudo und auch kein Hokuspokus. Astrologie ist eine ehrwürdige alte Kunst ...«

»Ja, ja. Kaum hängt man ›-ologie‹ an ein Wort an, schon klingt es halbwegs seriös. Deine Kartentricks und so sind ja eine nette Partyunterhaltung, aber eigentlich ist es Humbug, Phoebe, und du weißt das auch.«

»Glaub, was du willst.« Phoebe rümpfte die Nase. »Aber ich schwöre dir, wenn du Guy Devlins Sternzeichen wüsstest, könnte ich dein Horoskop mit seinem vergleichen und dir genau sagen, ob du jemals mit ihm zusammenkommst oder nicht.«

»Aber sicher, meine Teure«, frotzelte Clemmie. »Du bist bestimmt genauso gut wie Mystic Meg, Justin Toper, Russel Grant oder andere Starastrologen, aber auch deren Rat brauche ich nicht, denn ich *weiß* einfach, dass Guy und ich uns eines Tages wiedersehen und dass er sich in mich verlieben wird und wir miteinander glücklich sein werden bis ans Ende unserer Tage, und zwar ohne jedes magische Zutun.«

»Und wo genau kommen bei diesem Szenario bitte deine

rein wissenschaftlichen, logischen und nachprüfbaren Naturgesetze vor?« Phoebe fegte die Krümel auf der Tischplatte zu einem ordentlichen Häufchen zusammen. »Könntest du mir das bitte mal erklären?«

»Es wird schon eine günstige Gelegenheit vom Himmel fallen.« Clemmie grinste. »Wissenschaftlich formuliert geht es ganz einfach um eine pyrotechnisch-chemikalische Kombination von Elementen der Periodentafel mit den Regenbogenfarben der sieben Himmelsebenen.«

»Quatsch mit Soße!« Phoebe schniefte und wischte die Krümel in ihre Serviette. »Blödsinniges Wissenschaftsblabla!«

Beide kicherten. Dann beugte sich Clemmie über den Tisch. »Wenn du damals in den Chemiestunden, ganz zu schweigen vom Religionsunterricht, besser aufgepasst hättest, anstatt quer durchs Klassenzimmer schmachtende Blicke mit Ben zu wechseln, Kussmündchen zu spitzen und dein Röckchen bis zum Bauchnabel zu lüpfen, dann wüsstest du ganz genau, wovon ich spreche. Schließlich gilt Liebe allgemein als chemische Reaktion. Also wird sich mit meinem Liebesleben schon noch alles zum Besten wenden, vielen Dank auch – aber für eine astrologische Prognose, wo ich den nächsten Job finde, wäre ich durchaus dankbar.«

»Das ist ganz einfach.« Phoebe lächelte. »Und dafür brauch ich dir nicht mal die Karten zu legen. Hör auf herumzutrödeln, und besinn dich auf deinen Studienabschluss. Die Schulen hier in der Gegend würden sich um dich reißen. Chemielehrer werden dringend gesucht – du bist die Einzige von uns, die zur Uni gegangen ist, noch dazu nach Cambridge – und wenn du so weitermachst, ist die ganze Ausbildung völlig verschwendet. Hör auf im Schuppen von Molly und Bill mit Feuerwerkskörpern herumzuspielen und mach was aus deinem Leben!«

»Phoebe!« Clemmie fühlte sich schwer getroffen. »Das ist ganz schön hart!«

»Aber notwendig.« Phoebe stand auf. »Du wirst dieses Jahr dreißig. Wahrscheinlich hattest du schon dreißig verschiedene Jobs und dreißig Kurzzeitbeziehungen. Ehe du dich versiehst, wirst du vierzig – werden wir alle vierzig sein – und dann ist der Zug abgefahren.«

»Nein, ist er nicht«, grummelte Clemmie, als sie Patsys gemütlich warme Konditorei verließen und auf der Hauptstraße wieder vom schneidenden Wind durchgepustet wurden. »Sechzig entspricht heutzutage dem, was früher vierzig bedeutete, und daher habe ich noch eine ganze Lebenszeitspanne vor mir. Und außerdem, sieh dir doch mal die alten Leute an, die wir so kennen – Mitzi war über fünfzig, als sie mit *Hubble Bubble* angefangen und sich in Joel verliebt hat, Zilla Flanagan hat mit fünfundfünfzig noch mal geheiratet, und Joss Benson hat erst kürzlich ihre verlorene Jugend wiederentdeckt und sich kurz vorm Rentenalter über beide Ohren verliebt, Topsy in Bagley wird demnächst Hilton heiraten, dabei sind sie beide über achtzig, und …«

»Und das hat mit dir überhaupt nichts zu tun.« Phoebes praktischer Kurzhaarschnitt schwang geordnet im Wind. »Außerdem hatten diese Leute alle zuvor schon ein ausgefülltes Leben. Du bummelst immer noch herum. Schau, nur als deine beste Freundin kann ich dir all das sagen. Ich mach mir Sorgen um dich. Ich möchte, dass du glücklich und zufrieden bist. Alle anderen aus unserer Clique werden sesshaft, nehmen ihre Kariere in Angriff, heiraten und …«

»Oooh neeeiin! Verschon mich mit der Aufzählung glücklicher Paare.« Clemmie hakte sich bei Phoebe ein. »Dann verspreche ich dir auch, dass ich nähere Erkundigungen über den Lehrerberuf einholen werde, okay?«

»Okay«, stimmte Phoebe zu. Als sie *Cut 'n' Curl* erreichten, setzte sie nach: »Und versprichst du auch, nicht mehr über meine Astrologie herzuziehen?«

»Nee. Das wär nun wirklich zu viel verlangt – selbst von deiner besten Freundin.«

Als Clemmie nach Bagley-cum-Russett zurückkam, stand Molly im Postladen hinter der Theke und stellte in aller Ruhe bunt gemischte Süßigkeitstütchen zusammen. »Hallo, Liebes. Gefeuert worden?«

»Nun, eigentlich haben wir uns einvernehmlich getrennt.« Clemmie, die sich gerade aus ihrer unförmigen Strickjacke wurstelte und ihre Haare und Ohrringe entwirrte, stutzte. »Woher wusstest du das? Hat Phoebe angerufen und gepetzt?«

»Nein.« Molly tütete in Lichtgeschwindigkeit Lakritzmischungen ein. »Einfache Schlussfolgerung. Normalerweise kommst du um Viertel nach fünf nach Hause – jetzt hat es eben erst zwölf geschlagen. Du bist eindeutig nicht krank und deine Augen glänzen. Alles schon mal da gewesen. Was war denn los?«

Clemmie band sich ihre Schürze um. »Das Übliche. Tut mir leid, jetzt steh ich dir wieder im Weg rum. Egal, soll ich hier weitermachen? Dann könntest du dich um die Postsachen kümmern, Onkel Bill scheint reichlich bedient zu sein.«

Sie spähten beide zur anderen Seite des Ladens. Bill Coddle sprach, durch das Sicherheitsglas getrennt, Nase an Nase mit der mageren alten Topsy Turvey.

»Wahrscheinlich hat sie gerade sein leichtes Unwohlsein als akutes Aorten-Aneurisma diagnostiziert«, gluckste Molly. »Du weißt ja, wie Topsy drauf ist, wenn es um Medizinisches geht. Er wird schon noch ein Weilchen durchhalten. Komm mal her und lass dich umarmen.«

Dankbar sank Clemmie in Mollys weiche Arme. Molly war ihr immer eine wunderbare Ersatzmutter gewesen, wenn ihr das Leben gerade mal wieder übel mitgespielt hatte; sie hatte niemals Kritik geäußert, immer Verständnis gezeigt – wahrscheinlich zu viel Verständnis, dachte Clemmie. Sie und Onkel Bill waren so stolz gewesen, als sie ihr Studium in Cambridge abgeschlossen hatte, und hatten nie ihre Enttäuschung darüber ausgesprochen, dass es mit ihr ziemlich bergab gegangen war, seit sie die Uni verlassen hatte. Wenn Molly und Bill mehr an ihr herumgenörgelt hätten, hätte sie vielleicht schon vor Jahren aufgehört, sich so ziellos treiben zu lassen. Nein, sie konnte und durfte ihnen nicht die Schuld geben. Es lag ganz allein an ihr selbst, dass sie zu nichts zu gebrauchen war und es ihr an Ehrgeiz mangelte.

»Irgendeine Idee, was du als Nächstes machen willst?«, fragte Molly begütigend. »Natürlich könntest du tun, was alle hier machen: Oben im Atomkraftwerk arbeiten oder unten bei Tesco.«

»Unten bei Tesco war ich ja schon mal. Ich war nicht sonderlich gut an der Kasse und auch sonst nirgends. Und ich glaube kaum, dass man mir dort eine zweite Chance geben würde. Und weil Dad oben fürs Atomkraftwerk gearbeitet hat, ist er jetzt in Thurso und ihr habt mich hier am Hals. Phoebe meint, ich solle die Gelegenheit nutzen und mich auf meine Ausbildung besinnen«, sagte Clemmie, als sie sich aus der Umarmung ihrer Tante löste. »Ich dachte, ich könnte mich ja mal wegen einer Stelle als Lehrerin erkundigen.«

»Wäre Unterrichten denn das, was du wirklich möchtest?«, fragte Molly, während sie Seite an Seite eine tobende Meute Kinder aus Bagley in Schach hielten, die darauf brannten, ihr Essensgeld für eine Überdosis Zucker auszugeben. »Sicher wäre es gut, wenn du dein Diplom sinnvoll einsetzen könntest, nachdem du an der Universität so hervorragende Noten hattest. Du könntest aber doch auch eine eigene Feuerwerksfirma gründen? Wäre das nicht vielleicht eine Möglichkeit? Es ist doch allgemein bekannt, dass Feuerwerk eigentlich das Einzige ist, woraus du dir wirklich etwas machst.«

»Ach, das wäre zu schön!« Clemmie verzog das Gesicht, als sie von einem Kind mit verdächtig feuchter Nase im Austausch gegen Zitronenbrausebonbons eine Hand voll klebriger Münzen in Empfang nahm. »Aber das kommt nicht in Frage. Ich bräuchte enorm viel Eigenkapital und einen riesigen Kredit und ein vernünftiges Unternehmenskonzept und ein gesichertes Firmengelände und lauter solche Sachen. Ich habe aber keinen müden Penny – und außerdem wird der Bedarf hier in der Gegend von *The Gunpowder Plot* abgedeckt. Dagegen käme ich nicht an; ich müsste bestimmt vor Ablauf eines Jahres Konkurs anmelden. Nein, wenn ich aus meinem Leben etwas Vernünftiges machen will, läuft es wohl auf eine Stelle als Lehrerin hinaus.«

»Wenn das deine wahre Berufung wäre, hättest du dich doch bestimmt gleich nach der Universität aufs Unterrichten verlegt, oder?«, beharrte Molly folgerichtig. »Ich weiß schon, dass du in Chemie sehr begabt bist und immer noch gerne im Schuppen experimentierst – aber all diese Kinder, die Naturwissenschaften wahrscheinlich verabscheuen? Allein schon all diese Kinder!«

Clemmie schmunzelte. Ihre Tante, mit Absicht kinderlos, tat immer so, als könne sie Kinder nicht leiden – aber sie hatte sich als großartige Pflegemutter für Clemmie erwiesen und alle Kinder in Bagley-cum-Russett liebten sie.

»Ich will ja gar nicht so tun, als wäre die Schule meine wahre Berufung«, sagte Clemmie, während sie mit dem Deckel des Glases voll kandierter Ananasstückchen kämpfte, »aber damit wären eindeutig mehrere Probleme gelöst. Die besten Lehrer an meiner Schule waren diejenigen, die von ihrem Unterrichtsfach von ganzem Herzen begeistert waren, bei denen hat das Lernen nämlich Spaß gemacht, von daher könnte es ja durchaus klappen.« Sie kapitulierte vor dem Ananasglas und sagte achselzuckend zu dem mit offenem Mund vor ihr stehenden Kind: »Tut mir leid, geht nicht auf. Wie wär's mit Birnenbonbons? Nein? Na dann eben nicht.«

»Aus dir wird nie eine Verkäuferin, so viel steht fest.« Molly nahm Clemmie das Ananasglas aus der Hand, klopfte fest auf den Deckel und öffnete ihn mühelos. »Hier, bitte schön – hör mal Liebes, dann ruf doch an, wen auch immer du anrufen musst, um dich wegen einer Stelle als Lehrerin zu erkundigen. Man soll ja das Eisen schmieden, solange es heiß ist und so weiter. Bill und ich kommen hier bestens zurecht.«

Eine halbe Stunde später, in ihrer Zuflucht, dem Schuppen hinter dem Postladen, und mit ihrem Handy, mehreren Telefonbüchern, einigen Zeitungen und der nicht mehr ganz aktuellen »Unterricht und Bildung«-Beilage der Times bewaffnet, erkundigte Clemmie sich zögerlich, wie sie ihr Diplom mit ihrer Leidenschaft verbinden und auf eine ganz neue berufliche Laufbahn umsatteln könnte.

Es war alles sehr frustrierend.

Offenbar konnte sie nicht einfach so in die Schule von Winterbrook spazieren und die chemische Keule schwingen. Sie müsste erst noch einmal für mindestens ein Jahr an die Hochschule zurück und ein pädagogisches Examen ablegen, das aber keine Garantie dafür böte, eine Lehrerstelle in näherer Umgebung zu bekommen. Und aufgrund des allgemeinen Lehrplans gab es offenbar sehr genaue Vorschriften, was sie zu unterrichten hätte. Chemie schon auch, zumindest teilweise, aber nicht ausschließlich, sondern insgesamt wohl eher eine Mischung aus

Naturwissenschaften im Allgemeinen mit großen Anteilen von Physik und Biologie.

»Wie läuft es?« Bill Coddle streckte seinen Kopf zur Tür herein. »Kann ich gefahrlos eintreten? Ich bring dir eine kleine Stärkung.«

»Du bist ein Schatz.« Clemmie rappelte sich aus ihrem antiken Polstersessel hoch und nahm ihm das Tablett ab. »Ich räum nur eben die Eisenfeilspäne und die Schachtel mit dem Aluminium beiseite.«

Bill ließ sich auf einem wackeligen Stuhl in der Ecke nieder, wo Clemmie ihre Reagenzgläser, Wunderkerzendraht und eine Kiste mit allerlei Chemikalien aufbewahrte, von der jedermann in Bagley-cum-Russett inständig hoffte, sie möge nicht irgendwann unvermittelt explodieren.

»Die Leute von der Gesundheitsbehörde bekämen garantiert einen Anfall, wenn sie jemals diesen Schuppen inspizieren würden«, gluckste Bill und biss in ein dickes Käse-Tomaten-Sandwich. »Die wuseln im Laden herum und regen sich über Maße und Gewichte und Hygiene auf, haben aber keine Ahnung, dass hier drin genügend Zeug lagert, um das ganze Dorf in die Luft zu jagen.«

»Wohl kaum.« Clemmie ließ sich ihr Sandwich schmecken. Trotz des Hefeteilchens von vorhin hatte sie einen Bärenhunger. Wie üblich. »Hier gibt es nichts Feuergefährlicheres als in jedem einfachen Chemiebaukasten. Nur ein bisschen mehr davon. Und nicht zur kommerziellen Nutzung. Hm, diese Käse-Tomaten-Teile sind köstlich – Arbeitslosigkeit macht mir immer mächtig Appetit.«

»Mit Arbeitslosigkeit hat das nichts zu tun. Du warst von Geburt an ein Vielfraß.« Bill reichte einen zweiten Teller über die Werkbank. »Ist mir ein Rätsel, wie du dabei so dünn bleibst.«

»Ich hab eben einen schnellen Stoffwechsel geerbt«, erwiderte Clemmie vergnügt und nahm sich ein Schokoladen-Eclair. »Aber bestimmt nicht von der Coddle'schen Seite der Familie.«

»Ich bin eben mollig und gemütlich.« Bill tätschelte seinen dicken Bauch. »Genau wie dein Vater. Wir Coddles sind alle Apfeltypen. Neben deiner Mutter hingegen sieht noch ein Windhund pummelig aus. Wahrscheinlich hast du das von ihr. Wie ist es, lässt die Schule in Winterbrook dich auf ihre Schüler los, um sie das Fürchten zu lehren?«

»Stark zu bezweifeln. Sieht so aus, als müssten Tante Molly und du es noch ein Weilchen mit mir aushalten. Um Lehrerin zu werden, müsste ich erst noch ein Examen an der pädagogischen Hochschule machen, das Studium ginge erst nächstes Jahr los und …«

Es bedurfte noch einiger Eclairs und zwei Bechern Tee, bis Clemmie und ihr Onkel die Feinheiten möglicher Fortbildung durchdiskutiert hatten. Der beste Plan, kamen sie überein, wäre, dass Clemmie weiterhin ihre Fühler in Sachen Lehrberuf ausstreckte und schaute, was sich ergab, während sie sich in der Zwischenzeit vielleicht noch mal nach einer vorübergehenden Tätigkeit umsah.

Plus ça change, dachte Clemmie, aber immerhin könnte sie Phoebe erzählen, sie hätte es versucht.

»Ich hab den *Winterbrook Advertiser* hier«, sagte Bill. »Du könntest ja mal einen Blick auf die Stellenangebote werfen.«

»Danke, mach ich. Aber irgendwie bezweifle ich, dass ich darin die Antwort auf meine Gebete finde: *Pyrotechnik-Firma sucht graduierte Chemikerin, um neue Zündkörper zu entwerfen und landesweit sensationelle Gala-Feuerwerke abzubrennen. Sechsstelliges Gehalt, Penthouse und Limousine inbegriffen.*«

»Es wird wohl eher einen Job im Verkauf oder in einem Callcenter mit scheußlicher Schichtarbeit geben«, stimmte Bill ihr zu. »Aber du weißt ja, dass du hier wohnen kannst, so lange du möchtest, liebe Clemmie. Zumindest musst du dir wegen dem Dach überm Kopf keine Sorgen machen, bis du herausgefunden hast, was du wirklich willst.«

»Du und Tante Molly, ihr wart immer ganz wunderbar zu mir.« Clemmie umarmte ihren Onkel. »Ihr habt viel mehr für mich getan, als ich verdient hätte – eines Tages werde ich euch das alles vergelten, versprochen!«

»Sei doch nicht albern.« Bill nahm das leer gewordene Tablett. »Wir wollten ja immer nur, dass du glücklich bist. Schau doch mal, ob du nicht einen etwas passenderen Job finden kannst, Clemmie. Diese Bunty Darrington von der Arztpraxis war schon immer ein Miststück, schon als Kind. Damals hat sie ihre Schulkameraden tyrannisiert, und heute tyrannisiert sie ihre Kolleginnen. Sei froh, dass du sie los bist.«

Clemmie seufzte, als Bill die Schuppentür hinter sich zuzog. Indem die Coddles ihr so viel Liebe und heimelige Geborgenheit gaben, machten sie es ihr leicht, sich treiben zu lassen. Sie breitete den *Winterbrook Advertiser* auf der Werkbank aus und nahm einen Stift zur Hand.

»Also?« Phoebe saß Clemmie an einem klebrigen Tisch gegenüber und kniff die Augen zusammen. »Wie sieht der nächste Schritt auf der Karriereleiter deines Lebens aus? Hoffentlich weißt du zu schätzen, dass ich hierfür auf einen Abend mit Ben in den heißesten Clubs von Winterbrook verzichtet habe.«

Mit »hierfür« war eine von Clemmie vorgeschlagene spontane abendliche Zusammenkunft an der wenig verheißungsvollen Bar von Bagley-cum-Russetts einzigem Pub, dem *Barmy Cow*, gemeint. Im Vergleich zu anderen Pubs war hier im frühen zwanzigsten Jahrhundert die Zeit stehen geblieben, und wer ein Mindestmaß an Selbstachtung besaß, mied dieses

Lokal. Clemmie ging auch nur hin, wenn sie sich ganz schrecklich einsam fühlte.

Geführt von Hilton, Savoy, Dorchester und Claridge – den steinalten Brüdern Berkeley, die Schulter an Schulter hinter der staubigen Bar standen und den Kunden oft zahlenmäßig überlegen zu sein drohten – war das *Barmy Cow* ein Treffpunkt ziemlich alter, ziemlich einsamer und ziemlich kurzsichtiger Bewohner von Bagley. Da die meisten Kunden einer Generation angehörten, in der Rauchen zum guten Ton gehörte, hatte das allgemeine Rauchverbot in Pubs das *Barmy Cow* endgültig zu ruinieren gedroht. Um die Katastrophe des Bankrotts mit zeitgleichem Ausbruch der Anarchie abzuwenden, hatten die Berkeley-Boys clever improvisiert und den abgetrennten Nebenraum in einen »Raucherclub« umgewandelt. Dies erklärte, warum ein stetiger Strom älterer Leute mit Getränken in der Hand schlurfenden Schrittes hinter einer winzigen geschlossenen Tür verschwand, um wenige Minuten später in eine Rauchwolke gehüllt zurückzukehren, als kämen sie aus einer Räucherkammer.

»Ben wird bestimmt auch mal eine Stunde lang ohne dich überleben können.« Clemmie schwenkte die trübe Flüssigkeit in ihrem Glas, die im *Barmy Cow* als Wein des Hauses ausgeschenkt wurde. »Ich wollte mich für das Gebäck und den Cappuccino heute Morgen revanchieren und mich entschuldigen, dass ich so ein bockiger Dickkopf war.«

»Ich kenn dich schon so lange, dass mich der bockige Dickkopf nicht die Bohne aufregt, und wenn du mich im Gegenzug für heute Morgen einladen wolltest«, Phoebe sah sich mit hochgezogenen Augenbrauen in dem beinahe menschenleeren Schankraum um, »ist diese Kneipe hier ja wohl echt das Letzte. Hätten wir nicht ins *Weasel and Bucket* in Fiddlesticks gehen können? Oder ins *Faery Glen* in Hazy Hassocks?«

»Da würden wir zu viele Leute treffen, die wir kennen. Alle immer hübsch paarweise: Lulu und Shay, Amber und Lewis, Sukie und Derry, Chelsea und Nicky, Fern und …«

»Du willst wohl nicht daran erinnert werden, dass du das einzige arbeitslose einsame Herz des ganzen Dorfes bist?«

»Erraten. Und jetzt wechseln wir mal schnell das Thema. Was die Arbeitslosigkeit betrifft, habe ich auf vier Stellenanzeigen im *Advertiser* hin angerufen, zwei Bewerbungen abgeschickt, einen Job gleich wieder abgelehnt, weil Nachtschichten bei einem Sicherheitsdienst nun wirklich nichts für mich sind, und«, tapfer leerte Clemmie, ohne mit der Wimper zu zucken, ihr Glas und strahlte Phoebe triumphierend an, »für die andere Stelle hab ich morgen früh ein Vorstellungsgespräch.«

»Super! Worum geht es da?«

»Klingt eigentlich ziemlich fade. Hauptsächlich Computerarbeit. Für irgendeine kleine Firma im Gewerbegebiet von Winterbrook. Die Frau am Telefon sagte lediglich, sie bräuchten eine Datentypistin für den üblichen Bürokram und so. Ist nur für sechs Monate – Mutterschaftsvertretung oder so. Ich kenn mich ja am Computer einigermaßen aus, und die Arbeitszeiten sind angenehm.«

»Klingt viel versprechend.«

»Ja, aber wenn ich den Job bekomme, ist die Arbeit wahrscheinlich zum Verblöden und ich gerate gleich wieder in einen Strudel von Bürointrigen zwischen lauter Frauen in Gesundheitstretern, die schon seit Ewigkeiten dort arbeiten, und bestimmt gibt es auch einen üblen alten Lustmolch von Chef, der noch nie etwas von Gleichberechtigung gehört hat und meint, man müsse sexuelle Belästigung als Kompliment auffassen.«

»So ist's recht.« Phoebe stand auf, um Nachschub von der Bar zu holen. »Immer schön positiv denken, Clemmie.«

Clemmie zog eine Grimasse. Dann machte sie aber schnell

ein reichlich übertriebenes strahlendes Lächeln daraus, weil sie merkte, dass ein halbes Dutzend alter Leute aus Bagley, einschließlich Topsy Turvey, die gerade aus dem Raucherzimmer zurückkamen, um in der Kaminecke Karten zu spielen, sie scharf beobachteten. Es war schließlich nicht angesagt, Molly und Bill die Kunden zu vergraulen.

Aber was auch immer das Gespräch am nächsten Morgen bringen oder nicht bringen würde, Clemmie wusste, dass sie es sich nicht leisten konnte, groß wählerisch zu sein. Die Gelegenheit, etwas Neues auszuprobieren, hatte der Himmel geschickt, und vielleicht war es ja wirklich ein netter Arbeitsplatz – und ein angenehmer kleiner Job –, außerdem hätte sie dabei immer noch reichlich Zeit, in ihren Feuerwerksfantasien zu schwelgen, mal ganz abgesehen von den Tagträumen über Guy Devlin.

»Wie du lächelst«, sagte Phoebe, als sie mit zwei weiteren trüben Gläsern zurückkam, »sieht ja gruselig aus.«

»Prost! Eigentlich dachte ich nur gerade, dass morgen ein neuer Tag ist.«

»Willkommen im schönen Klischee!«, antwortete Phoebe, als sie anstießen. »Wollen wir mal hoffen, dass diese Worte dir mehr Glück bringen als Scarlett O'Hara.«

»Scarlett, wenn du dich recht erinnerst, hat jede Gelegenheit beim Schopf gepackt und das Beste daraus gemacht. Sie war eine Frau ganz nach meinem Geschmack, und ich verspreche dir, du erfährst als Erste, wie es morgen gelaufen ist – oh, urgh!« Clemmie prustete. »Da sind kleine tote Frösche im Wein!«

»Die Berkeley-Boys haben gesagt, der Wein sei alle. Dies hier ist Martini – zum halben Preis, weil Dorchester meint, sie hätten ihn wohl schon seit 1986 – und das da sollen Oliven sein.«

»Ach, welch süßes Luxusleben!« Clemmie fischte die Oliven heraus und sah zu, wie sie, steinhart wie Murmeln, in eine schmierige Rille der Tischplatte kullerten. Sie hob erneut ihr

Glas und lehnte sich mit unangenehm auf dem klebrigen Fußboden verankerten Füßen auf dem wackeligen Stuhl zurück. »Zum Wohl, Phoebe. Eines steht jedenfalls fest – was auch immer morgen kommen mag, besser als das hier ist es garantiert!«

3. Kapitel

Der nächste Morgen war bleigrau, neblig und bitterkalt. Kurz vor zehn ging Clemmie, in ihrem besten Vorstellungsoutfit, einem langen schwarzen Rock mit einer grünen Samtjacke, zu der ihre schönsten Kunstsmaragd-Ohrringe von Butler and Wilson aus ihrer wilden Mähne hervorfunkelten, vor einem kleinen Bürogebäude aus Gasbeton an einer der labyrinthartigen Straßen des Gewerbegebiets von Winterbrook bibbernd auf und ab.

Die Gegend war menschenleer. Vor den benachbarten Gebäuden standen reihenweise Autos und sicher waren hinter verschlossenen Türen jede Menge eifriger Mitarbeiter für alle möglichen und unmöglichen Firmen tätig – doch bei Nummer 19, wo ihr Vorstellungsgespräch stattfinden sollte, regte sich keinerlei Lebenszeichen. Clemmie hatte sich bereits vergewissert, dass sie sich nicht verhört hatte und nicht etwa zu Nummer 90 musste, dabei aber entdeckt, dass die Hausnummern mit der 50 endeten.

Sie war also zur richtigen Zeit am richtigen Ort, doch bei Nummer 19 sah man nur eine dunkelblaue Tür und ein kleines jalousienverhängtes Fenster und sonst gar nichts. Nicht einmal ein Namensschild. Nicht, dass ein Namensschild viel geholfen hätte, da die Frau am Telefon den Namen der Firma gar nicht verraten hatte. Clemmie beschlichen ernsthafte Zweifel an dieser ganzen Unternehmung.

Offenbar war das irgendein Schwindel. Ein Jux und reine Zeitverschwendung. Sie zitterte immer stärker und schaute erneut deutlich verstimmt auf die Uhr. Es sah nicht so aus, als würde bald jemand von dieser namenlosen Firma auftauchen. Nachdem sich weitere fünf Minuten im Schneckentempo dahingeschleppt hatten, ging sie zu ihrem Auto zurück. Ihre Freunde amüsierten sich immer darüber, dass Clemmie einen nüchternen schwarzen Peugeot mit Fließheck fuhr. Sie fanden wohl, es würde besser zu ihr passen, in einem regenbogenfarbenen Austin Cambridge mit dem Kosenamen Peggy durch die Gegend zu gondeln.

Sie öffnete gerade die Fahrertür, um zur Redaktion des *Winterbrook Advertiser* zu fahren, die auch in diesem Gewerbegebiet lag, und die für Stellenanzeigen zuständigen Mitarbeiter aufzufordern, die Glaubwürdigkeit ihrer Kunden zu überprüfen, bevor sie Annoncen aufnahmen, mit denen verzweifelte Arbeitssuchende nur ihre Zeit vergeudeten, als ein dunkelroter Geländewagen ruckartig neben ihr zum Stehen kam.

»Entschuldigung!«, gurrte eine schlanke, exquisit geschminkte blonde Frau mit rauchiger Stimme durchs geöffnete Fenster. »Tut mir wahnsinnig leid! Sind Sie Miss Coddle? Warten Sie schon lange? Verdammte Baustellen! Ein Momentchen bitte!«

Clemmie wartete. Die blonde Frau glitt vom Fahrersitz und kam über den Parkplatz getänzelt. Clemmie blinzelte. Sie war selbst schon recht groß, doch diese Frau überragte sie deutlich. Sie war bestimmt über eins achtzig. Mit ihrem topmodischen Make-up, dem kunstvoll zerzausten platinblonden Haar und dem gewagt weit ausgeschnittenen, eng anliegenden Wollkleid unter einem offenen weichen Plüschpelzmantel und in hohen Stiefeln, alles eindeutig Designersachen, war sie von der untersetzten Bunty Darrington und der Gesundheitsschuh-Brigade

Lichtjahre entfernt. Es war, als stünde man auf einmal einem Topmodel wie Gwen Stefani gegenüber.

»Miss Coddle!« Die Frau lächelte, wobei man das Ergebnis einer perfekten kosmetischen Zahnbehandlung zu sehen bekam, und streckte eine elegante, reich beringte Hand mit dunkelroten Fingernägeln aus. Ein Hauch teuren und exklusiven Parfüms umwehte sie. »Ich bitte nochmals um Entschuldigung. Vielen Dank, dass Sie gewartet haben. Tolle Ohrringe! Von Cabochon?«

»Butler and Wilson«, antwortete Clemmie überrascht, schüttelte die schlanke Hand und fragte sich, wie jemand so lange Fingernägel tragen konnte, ohne dass beim Öffnen von Schraubverschlüssen oder beim Geschirrspülen der Nagellack abblätterte. »Ich habe eine Schwäche dafür.«

»O ja, ich auch! Die Klunker von B&W sind einfach himmlisch! Ich bin immer sehr für Glitzersteinchen zu haben! Pardon, ich sollte Sie nicht länger hier draußen in der Kälte stehen lassen. Hoffentlich frieren Sie nicht zu sehr?«

»Nein, geht schon«, antwortete Clemmie und versuchte, das verräterische Zähneklappern zu unterdrücken. »Ich war mir nur nicht sicher, ob ich hier richtig bin.«

Die Blondine stöckelte im Marilyn-Monroe-Stil auf das verlassene Gebäude zu und schloss die blaue Tür auf. »Ich hätte es am Telefon besser erklären sollen – aber ich war davon ausgegangen, dass ich vor Ihnen hier bin. Diese blöden Straßenbauarbeiten machen mir immer wieder einen Strich durch die Rechnung. Kommen Sie doch bitte rein.«

Clemmie folgte ihr nach drinnen und fragte sich, ob die Frau für diese verführerisch rauchige Stimme wohl regelmäßig mit Gin und Glassplittern gurgelte. Dann stutzte sie. Irgendein sechster Sinn schlug Alarm, als ihr auffiel, dass die cremefarbene Inneneinrichtung von Nummer 19 so gar nichts mit den Büros gemeinsam hatte, in denen sie bisher gearbeitet hatte – und angesichts der langen Liste ihrer Arbeitsplätze hielt Clemmie sich diesbezüglich für eine Expertin –, denn es gab keine Schreibtische, keine Computer, keine Telefone und auch keine Mitarbeiter.

In Nummer 19 gab es lediglich zwei Ohrensessel, eine Chaiselongue, die schon bessere Zeiten gesehen hatte, einen Aktenschrank, eine mit Hieroglyphen bedeckte weiße Tafel, einen reichlich bekritzelten Kalender mit Landschaftsbildern von Berkshire, der noch das Blatt vom August zeigte, ein kleines Fenster, vor dem eine Art Verdunkelungsrollo heruntergezogen war, und eine Videokamera auf einem Stativ.

»Äh …« Clemmie blieb zögernd im Türrahmen stehen. »Vielleicht bin ich hier doch eher falsch.«

Die blonde Frau sah sie besorgt an. »Ich hoffe nicht – auf den ersten Blick würde ich sagen, Sie sind genau das, was wir suchen. Ach, Sie meinen das Büro? Lassen Sie sich davon nicht abschrecken. Wir benutzen das hier nur als Postadresse. Wir arbeiten von zu Hause aus, und da ist es ganz nützlich, ein separates Büro zu haben, um, na ja, einen seriösen Eindruck zu machen. Hier heben wir nur ein bisschen Krimskrams auf, machen ein paar Termine, so in der Art. Wir sind nicht oft hier.« Sie schaufelte einen Stapel Briefumschläge vom Boden, um das Gesagte zu unterstreichen. »Unsere Firmenaktivitäten gehen anderswo vor sich, aber wir verabreden uns mit potenziellen Mitarbeitern anfangs gerne hier. Und natürlich ist ein Schlupfwinkel immer nützlich, um in Ruhe neue Ideen durchzuspielen – daher das Videoset.«

Clemmie runzelte die Stirn. Irgendetwas stimmte hier noch immer nicht ganz. Sie erhaschte einen Blick auf den Poststapel, den die Blonde achtlos auf die abgewetzte Chaiselongue geworfen hatte. Auf mehreren der grellfarbenen Umschläge sah man Bilder von langen Stiefeln und Lederhandschuhen und anderem merkwürdigem Fetischzeug und – o nein! – waren das etwa Lackledderkorsagen? Clemmie spähte noch einmal hinüber. Tatsächlich! Sie atmete scharf ein.

Mindestens die Hälfte der Werbepost für Nummer 19 war eindeutig an ein ganz bestimmtes Gewerbe gerichtet.

Pling! Da fiel der Groschen, und auf einmal passte alles zusammen.

Clemmie schüttelte den Kopf. »Wissen Sie, ich bin ja nicht prüde, und womit andere Leute ihren Lebensunterhalt verdienen, ist deren Angelegenheit – aber selbst wenn ich noch so dringend einen Job suchte, so etwas mache ich nicht.«

Die blonde Frau, die sich in einem der Sessel niedergelassen hatte und Clemmie bedeutete, ebenfalls Platz zu nehmen, zog fragend die Augenbrauen hoch.

»Wie meinen Sie das? Was machen Sie nicht?«

»Was auch immer das hier werden soll. Wie auch immer Sie es nennen wollen. Sie wissen schon: Modellfotos … Erwachsenenfilme … Hostessenservice … Na ja, diese Videoausrüstung – und diese Prospekte …«

Die Blonde gluckste ein kehliges Lachen. »Ach du liebe Güte! Wie niedlich! Das ist ja mal erfrischend! Leider muss ich Sie da aber enttäuschen …« sie kriegte sich nur mühsam wieder ein und schlug die langen Beine übereinander, »ich weiß, das kommt Ihnen bestimmt alles ein bisschen merkwürdig vor, aber hier geht's nicht um Schmuddelkram. Weit entfernt. Mit dieser Kamera wurde noch kein einziger nackter Körper aufgenommen. Leider bekommen wir reichlich seltsame Post – aber das geht heute wohl vielen Leuten so. Bitte setzen Sie sich doch, Miss Coddle, ich werde Ihnen alles erklären. Ach, und eigentlich finde ich Miss Coddle ja viel zu förmlich – pardon, nachlässigerweise habe ich mir Ihren Vornamen gar nicht aufgeschrieben.«

»Clemmie«, sagte Clemmie und stand immer noch wie angewurzelt da.

»Wie nett. Sehr hübsch. Passt zu dir. Eine Abkürzung von Clementine?«

»Ja.«

»Nach der kleinen Orangenfrucht oder nach dem australischen Evergreen?«

»Nach der Frau von Winston Churchill. Mein Vater hat meiner Mutter den Heiratsantrag im Park von Blenheim Palace gemacht.«

»Tatsächlich?« Die Blonde hob die makellos geformten Augenbrauen. »Wie romantisch. Nun, Clemmie, setz dich doch bitte, es geht um Folgendes …«

Nachdem Clemmie sich vergewissert hatte, dass die blaue Tür hinter ihr nicht abgeschlossen worden war, hockte sie sich zögerlich auf die Kante des zweiten Sessels. Ihr Instinkt sagte ihr nach wie vor, dass sie sich besser dankend verabschieden und schnurstracks zu ihrem Auto zurückgehen sollte. Andererseits war eindeutig ihre Neugierde geweckt, die blonde Frau wirkte recht nett, und sie brauchte doch einen Job.

»Stört es dich, wenn ich rauche?« Die Blonde hörte auf, in ihrer kleinen Handtasche herumzukramen, die genau zu ihren glänzenden Stiefeln passte. »Ich hätte durchaus Verständnis dafür.«

Clemmie schüttelte den Kopf. »Bitte, nur zu. Ich bin nicht bei den militanten Nichtrauchern. Wenn ich ein bisschen beschwipst bin, zünde ich mir manchmal selbst eine an. Aber natürlich kommt das nicht oft vor, ich meine, dass ich beschwipst bin«, beeilte sie sich hinzuzufügen, denn derlei Geständnisse wirkten bei einem Bewerbungsgespräch wahrscheinlich nicht besonders vorteilhaft. »Nein danke, jetzt möchte ich keine, vielen Dank. Bitte, nur zu.«

Die Blonde holte einen kleinen emaillierten Taschenaschenbecher, ein goldenes Feuerzeug und ein Päckchen Zigaretten einer fremdländischen Marke aus ihrer Tasche und legte sich alles zurecht, dann zündete sie eine langstielige Zigarette an und sog genüsslich den Rauch ein.

»Herrlich.« Sie klimperte mit den riesigen Wimpern und sagte zu Clemmie: »Und bedien dich nur, wenn du das Bedürfnis verspürst. Also, wo waren wir stehen geblieben? Ach ja, das Geschäft.«

Sie lehnte sich im Sessel zurück und erklärte mit ihrer rauen, heiseren Stimme, sie seien eine Firma mit Sitz in Winterbrook und suchten jemanden, der sich am Computer einigermaßen auskannte, sich um die Aktenablage kümmerte, Daten eingab, Sekretariatsarbeiten übernahm, Termine vereinbarte, die Korrespondenz erledigte, ans Telefon ging und ganz allgemein aushalf, wann und wo es gerade erforderlich war.

»In den guten alten Zeiten«, gluckste die Blonde und schnippte Zigarettenasche in den Aschenbecher, »hätten wir in die Anzeige geschrieben: Mädchen für alles gesucht. Aber da heutzutage immer alles so grauenhaft politisch korrekt zugehen muss, haben wir das Stellenangebot dementsprechend etwas langweiliger und einseitiger formuliert, aber du verstehst schon, was ich meine, oder?«

Clemmie nickte. »Mädchen für alles« klang schon okay für sie. Ein größerer Aufgabenbereich beinhaltete ja vielleicht auch bessere Bezahlung. Solange sie dabei die Kleider anbehielt und sich nicht hinlegen musste …

Ihren Universitätsabschluss geflissentlich verschweigend – sie hatte rasch gelernt, dass die meisten potenziellen Arbeitgeber sie sonst für die Art von Jobs, um die sie sich bewarb, für hoffnungslos überqualifiziert hielten und deshalb ablehnten – bestätigte sie, dass sie in allen genannten Bereichen über reichhaltige Erfahrung verfügte und diese Aufgaben problemlos meistern könne.

»Wir brauchen jetzt gleich jemanden; die Person, die wir eigentlich als Mutterschutzvertretung unserer regulären Sekretärin eingestellt hatten, hat uns übel hängen lassen. Stehst du ab sofort zur Verfügung?«

»Ja.« Clemmie nickte. »Ich, äh, habe meinen letzten Job gestern beendet.«

»Irgendwelche Referenzen?«

Clemmie fummelte an den Ärmeln ihrer Samtjacke herum. »Einige schon, allerdings nicht unbedingt neueren Datums. Aber«, sie blickte herausfordernd auf, »in all meinen Zeugnissen steht, dass ich ehrlich, vertrauenswürdig und sehr umgänglich bin. Manche schreiben sogar, dass ich mir große Mühe gegeben habe. Und das stimmt auch. Es war nur so, dass die meisten Jobs einfach nicht ganz das Richtige für mich waren. Wenn mir die Arbeit Freude macht, bringe ich mich hundertprozentig ein.«

»Na, und mehr kann man ja wohl kaum verlangen. Clemmie, wenn wir dich einstellen, und wenn du bei uns arbeiten willst, werden wir uns sicher bald selbst ein Bild von dir machen, ohne lange nach Zeugnissen zu fragen. Wir sind ein recht aufgeschlossener Betrieb, wie du hoffentlich merken wirst.«

Clemmie strahlte. So weit, so gut. »Und was macht ihr genau?«

»Persönlich oder die Firma?«

»Nun, eigentlich die Firma.«

»Wir sind in der Unterhaltungsbranche, so eine Art Partyveranstalter. Freizeit, Vergnügen und so, aber absolut nichts Anrüchiges, das kann ich dir versichern. Meine Rolle dabei ist …«, sie lächelte süß und verstaute ihr Raucherzubehör wieder in der Handtasche, »hauptsächlich die einer persönlichen

Assistentin, wie man so sagt. Aber ich bin nebenbei auch noch selbstständig tätig, und darum brauchen wir noch eine Kraft im Büro, die für mich einspringt, wenn ich auswärts zu tun habe, und mich unterstützt, wenn ich vor Ort bin. Klingt das so, als könnte es dich interessieren?«

Partyveranstalter? War das nicht ungefähr das Gleiche, was Amber in Mitzi Blessings *Hubble Bubble* machte? Amber liebte diese Arbeit und sagte, es sei der beste Job, den sie je hatte. Clemmie würde wohl nicht gerade bewusstseinsverändernde Kräuterrezepte für Rentnerpartys aus dem Hut zaubern müssen oder so, aber ein Job in der Freizeitunterhaltungsbranche wäre nach der *Dovecote*-Praxis bestimmt eine erfrischende Abwechslung. Die Blonde wirkte recht umgänglich und mit ihr zu arbeiten wäre bestimmt sehr viel angenehmer als mit der biestigen Bunty. Außerdem wäre es eine passende Überbrückung, bis sie wegen der Lehrersache zu einer Entscheidung gekommen wäre.

Clemmie holte tief Luft. »Eigentlich klingt es sehr interessant. Mir ist zwar noch nicht ganz klar, was ihr eigentlich macht, aber nach Eintönigkeit und Routine klingt es eindeutig nicht.«

»Davon kann keine Rede sein!« Die Frau lachte kehlig. »Nun, Clemmie, ich gebe immer viel auf den ersten Eindruck, und ich mag dich und glaube, wir könnten gut zusammenarbeiten. Komm doch mit zu unserem Hauptgebäude und sieh dich um, dann kannst du dir das Ganze besser vorstellen. Wir plaudern weiter und machen das Frage-und-Antwort-Spiel vor Ort, dann kannst du eine Entscheidung treffen.«

Warum nicht?, dachte Clemmie. Nun, natürlich sprächen jede Menge Gründe dagegen. In Gedanken hörte sie Phoebe eine ganze Liste aufsagen.

»Gern, danke.«

»Es ist gar nicht weit. Willst du deinen Wagen hier stehen lassen und bei mir mitfahren?«

Blitzartig wurde ein Reflex ausgelöst. Noch hatte sie einen gewissen Selbsterhaltungstrieb und einige nagende Zweifel. Clemmie schüttelte den Kopf. »Vielleicht fahre ich einfach hinterher, okay?«

»Ist mir recht. Dann wollen wir mal.«

So folgte Clemmie fünf Minuten später dem Geländewagen vom Gewerbegebiet aus über die verkehrsreiche Hauptstraße durch Winterbrook. Sie umschifften die Baustellen, mehrere Ampeln und das übliche Chaos im neuen Einbahnstraßensystem der betriebsamen Marktstadt. Dabei hatte Clemmie genügend Zeit um zu bemerken, dass bei diesem reichlich merkwürdigen Vorstellungsgespräch mehrere entscheidende Punkte nicht zur Sprache gekommen waren.

Sie kannte weder den Namen der Firma, noch den Namen der blonden Frau, sie wusste nicht, wo das Hauptgebäude lag, wie viele Mitarbeiter es gab und wie das Gehalt ausfiel …

Clemmie runzelte die Stirn, als der Geländewagen am nächsten Kreisverkehr links blinkte. Sie tat es der blonden Frau nach, ließ mit ihr das Geschäfts- und Bürozentrum von Winterbrook hinter sich und fuhr am Stadtpark entlang stadtauswärts auf die Neubausiedlungen und den Fluss zu. Die Bäume im Park in leuchtenden Herbstfarben standen in klamme Nebelwolken gehüllt. Durch die Nähe des Flusses war es in diesem Teil Winterbrooks im Winter feuchtkalt und im Sommer geradezu tropisch. Clemmie lächelte vor sich hin. Wie schön wäre es, wenn sie von ihrem neuen Arbeitsplatz aus – immer vorausgesetzt, es würde ihr neuer Arbeitsplatz werden – einen Blick auf den Fluss hätte.

Ja, es sah vielversprechend aus. Der Geländewagen wandte sich nun von der Neubausiedlung ab und beschleunigte auf engen Straßen mit hohen Hecken und einem überhängenden Gewirr von Ästen. Es war eine einsame ländliche Gegend, wie Clemmie von Picknicks an heißen Tagen vergangener Jahre gut wusste. Sehr nahe am Fluss. Es gab doch wohl kaum irgendwelche Bürogebäude außerhalb von Winterbrook! Das war ein reiner Grüngürtel. Hier draußen bekäme bestimmt niemand die Erlaubnis, irgendein gewerbliches Gebäude zu errichten.

Clemmie, die eben noch zu Kasabian im Radio mitgesummt hatte, stutzte. Was, wenn die Blonde nun doch nicht so nett war, wie sie zu sein vorgab? Die Dame hatte zwar gesagt, es ginge um nichts Anrüchiges, aber vielleicht wollte man sie mit dem wahren Treiben dieser Firma überrumpeln? Wenn sich hinter der Fassade von Nummer 19 in Wirklichkeit die Pornoindustrie verbarg? Oder womöglich sogar noch Schlimmeres? Wenn man sie an irgendeinen verlassenen Ort lockte, um sie dort zu betäuben, zu fesseln und zu knebeln, um sie dann auf dem weißen Sklavenmarkt zu verschiffen? Was, wenn …?

Der Geländewagen war hinter einer scharfen Kurve verschwunden, und da sie nicht umkehren konnte, fuhr Clemmie ihm nach, inzwischen jedoch ziemlich fest entschlossen, bei der nächstbesten Gelegenheit zu wenden und die Flucht zu ergreifen.

»Oh – wow!«

Der Geländewagen war auf einer gekiesten Auffahrt vor einem ausladenden zweistöckigen Bootshaus aus hellen Backsteinen stehen geblieben, das liebevoll renoviert zum Wohnhaus umgebaut worden war und auf einer kleinen Landzunge stand. In den Sprossenfenstern, eingerahmt von jahrhundertealten knorrigen Glyzinienranken, spiegelten sich die gekräuselten Wellen des Flusses, der das Bootshaus auf drei Seiten umgab, zur Linken schäumend hinter einem kleinen Wehr verschwand und zur Rechten am lehmigen Ufer tanzte und um die herabhängenden Äste von Weidenbäumen strudelte. An der Rückseite des originellen Gebäudes, mutmaßte Clemmie, hatte man sicher ungehinderten Zugang zum Fluss, vielleicht über eine Gleitbahn auf abschüssigem Rasen und – was auch immer diese Firma hier tat – es war offenbar gutes Geld damit zu machen.

»Da wären wir!« Die Blonde war aus dem Geländewagen gesprungen und strahlte Clemmie an. »Na, was meinst du?«

Clemmie kletterte aus dem Peugeot und beschloss, ihre vorigen Gedanken über das Sexgewerbe nicht zu erwähnen. Dennoch nahm sie, nur für alle Fälle, ihre Autoschlüssel und ihr Handy fest in die Hand.

»Ich finde es einfach herrlich. Sind hier wirklich die Büroräume?«

»Die Büroräume sind im Haus, Werkstätten und Lagerräume dort drüben.«

Mit einer ausholenden Bewegung ihres pelzbemäntelten Arms zeigte die blonde Frau auf die roten Ziegeldächer einiger ebenso schmucker Nebengebäude, die hinter den wehenden Weidenzweigen undeutlich zu erkennen waren. »Traumhaft, nicht wahr?«

Allerdings. Clemmie fand, dass sie noch nie etwas so Schönes gesehen hatte. Wenn es hier an einem kalten und grauen Oktobertag schon so zauberhaft war, musste es im Sommer ja direkt atemberaubend sein.

»Komm, wir gehen hinein.« Die Frau stöckelte mit ihren hochhackigen Stiefeln über den Kies und holte einen Haustürschlüssel hervor. »Drinnen bekommst du erst einen richtigen Eindruck.« Sie öffnete die Tür und trat beiseite. »Nach dir.«

Clemmie trat in eine großzügige Diele, in der es nach der Kälte draußen wunderbar warm und kuschelig war. Mit glänzendem Fußboden und Wänden aus echtem Holz, einem antiken Garderobenständer, einer mit Zeitungen, alten Briefen und dem üblichen Alltagskrimskrams beladenen Kommode und beherrscht von einer großen dunkelroten Vase mit bunten Herbstlaubzweigen, wirkte der Raum gemütlich, komfortabel und sehr behaglich. Ebenso die anderen Räume, die sie durch mehrere offene Türen erspähte, als die Blonde sie in den hinteren Teil des Hauses führte. Verschwommene Bilder von großen, bunt zusammengewürfelten Sesseln, Unmengen farbenfroher Kissen und einer Ansammlung polierter antiker Möbel huschten an ihren Augen vorüber.

»Und hier wirst du arbeiten.« Die blonde Frau öffnete eine getäfelte Eichentür. »Immer vorausgesetzt natürlich, es gefällt dir bei uns. Es ist ein nettes kleines Büro mit Blick auf den Fluss – nun, natürlich gibt es hier kaum einen Raum ohne Blick auf den Fluss –, modernste Büroausstattung mit allem Schnickschnack steht auch zur Verfügung. Die Küche und die Garderobe zeig ich dir gleich. Setz dich doch einen Moment, Clemmie, ich geh nur kurz nach oben, um meinen Mantel und die Stiefel auszuziehen, dann können wir uns in Ruhe unterhalten.« Sie zögerte. »Ist der erste Eindruck annehmbar?«

Clemmie blickte aus dem breiten Fenster auf den weiten Fluss und die nebelverhangenen Felder, die sich am anderen Ufer erstreckten, und schüttelte den Kopf. Man kam sich hier vor wie auf einem Boot. »Weitaus mehr als annehmbar. Ich weiß nicht, was ich sagen soll – es ist wundervoll … aber wie viele Leute arbeiten hier sonst noch?«

»Normalerweise sind wir nur zu dritt – und dann kommt noch ein festes Team von etwa einem Dutzend dazu, wenn wir spezielle Veranstaltungen vorbereiten. Du wirst sie sicher alle bald kennen lernen. Dieses Büro hier wird dein Reich sein – ich hoffe, es macht dir nichts aus, hier allein zu arbeiten, wenn ich nicht da bin, aber es schaut immer wieder mal jemand herein. Wie schon gesagt, wohnen wir auch hier, sodass immer jemand ansprechbar ist, wenn irgendein kniffliges kleines Problemchen auftaucht. Sieh dich ruhig ein bisschen um, bis ich wiederkomme, dann besprechen wir alles Weitere.«

»Gut – danke.« Clemmie war immer noch ganz gebannt von der Aussicht sowie der beeindruckenden Hightech-Ausstattung und musste die Sturzflut all der Informationen erst einmal verdauen. »Äh – ja, natürlich – ähm, ich weiß deinen Namen gar nicht.«

»O Entschuldigung – das Blond steigt mir wohl zu Kopf.« Sie blieb im Türrahmen stehen und zwinkerte theatralisch. »Ich bin YaYa, meine Liebe. YaYa Bordello.«

4. Kapitel

Mit offenem Mund starrte Clemmie auf die geschlossene Tür. *YaYa Bordello* – was war denn das für ein Name?

Sofern YaYa nicht eine niedliche Kurzform für Yvonne sein sollte und Bordello nicht in irgendwelchen mediterranen Ländern ein ebenso üblicher Familienname wäre wie Brown, war der Fall sonnenklar. So hießen ja wohl nur Pornostars!

Und das bedeutete, dachte Clemmie ärgerlich, dass dies vielleicht wirklich eine Sexfalle war! Mit YaYa als Lockvogel! Womöglich hatte sie Clemmie hierhergelotst, damit sie unter einem Künstlernamen wie Fifi oder Mimosa zu grottenschlechter Musik aus den Siebzigerjahren mit irgendeinem schnauzbärtigen Kerl in Lederdessous vor der Videokamera herumturnte.

Da sie sich mit Sexfilmen nicht sonderlich gut auskannte – sie hatte nur ein einziges Mal einen gesehen, ganz zufällig bei einer feuchtfröhlichen Studentenparty –, ging sie davon aus, dass alle Pornos mehr oder weniger so eine Handlung hatten.

Okay, dachte sie sauer, jedem das seine und so weiter, aber nicht mit mir! Kommt überhaupt nicht in Frage! Ich bin weg!

Wutentbrannt, dass sie so naiv gewesen war, sich von YaYas überzeugender Art einwickeln zu lassen, riss sie die Tür auf. Und schrie.

Ein langer pelziger Pfeil huschte an ihren Füßen vorbei.

Clemmie raffte den Rock eng um ihre Beine, während die große Ratte – hier am Fluss war das bestimmt eine Wasserratte – eine Runde durchs Büro lief und sich immer wieder auf die Hinterbeine stellte, um alles Mögliche zu beschnüffeln.

Gütiger Himmel!, dachte sie, schlimmer kann es ja wohl kaum noch kommen. Nichts wie weg hier – so schnell wie möglich!

Den Blick auf die riesige Ratte gerichtet, schlich sie rückwärts zur Tür und rumpelte heftig mit jemandem zusammen, der aus der entgegengesetzten Richtung gerade hereinkam.

»Mist!«

»Vielen Dank!«, sagte Clemmie gegen die Brust des Neuankömmlings gepresst. »So was Ähnliches dachte ich auch gerade. Wenn Sie mich bitte vorbeilassen könnten? Ich – o mein Gott!«

»Nicht ganz.« Guy Devlin trat zurück und grinste zu ihr herab. »Ich bin Guy. Und du?«

»Bye-bye.«

»Freut mich, dich kennen zu lernen, Bye-bye.«

Clemmie wagte es nicht, noch irgendetwas zu sagen. Sie würde nur brabbeln, sobald sie den Mund aufmachte. Ihr Gehirn brabbelte. Ihr ganzer Körper brabbelte.

War das ein Traum? Hatte sie so viel von Guy Devlin geträumt, dass in ihrem Gehirn eine Sicherung durchgebrannt war und es nun Trugbilder produzierte? Oder war dies aus irgendeinem sonderbaren und wunderbaren Grund die Wirklichkeit, und sie stand tatsächlich Guy Devlin gegenüber?

Clemmie machte die Augen zu, atmete tief durch und öffnete sie wieder. Guy Devlin war immer noch da. Er hatte sich weder in Luft aufgelöst noch war er zu Staub zerfallen, also war er wohl echt … und leibhaftig noch um einiges atemberaubender als in ihren Fantasien.

Er war zwar genauso groß, dunkel und hinreißend, aber in ihren Tagträumen war seine tiefe warme Stimme nicht genügend zur Geltung gekommen und auch nicht die riesengroßen Augen, die doch sicher von Eyeliner und Wimperntusche umrahmt waren, um so intensiv zu wirken ... auch nicht die engen schwarzen Jeans, der lässige schwarze Pullover, die dünne Kette aus Elfenbeinperlen um seinen Hals, der einzelne kleine goldene Ohrring oder das lange schwarze Haar, das abgestuft seidig auf seine Schultern und zu diesen sagenhaften Augen fiel ... auch nicht die sinnlichen Lippen, diese Wangenknochen, sein Lächeln und ...

Als Clemmie merkte, dass ihr der Mund offen stand, klappte sie ihn ruckartig zu.

»Ich glaube ja nicht, dass du wirklich Bye-bye heißt.« Guy lächelte immer noch, »es sei denn, dein Familienname wäre Miss-American-Pie. Obwohl ich Schulfreunde hatte, die Midsummer und Rhapsody hießen. Ganz schön hart für Jungs.«

»Ich bin Clemmie Coddle«, sagte Clemmie und merkte entsetzt, dass sie klang, als hätte sie ein Papiertaschentuch im Mund. »Und ich wollte mich gerade verabschieden.«

»Schade.« Guy zuckte die Achseln. »Wo wir uns doch so prima verstanden haben. Bist du eine Kundin? Tut mir leid, Steve hält mich sonst über die Aufträge immer auf dem Laufenden.«

Steve? Steve war wohl der Dritte im Bunde. YaYa hatte gesagt, sie arbeiteten hier zu dritt – bei »Kundin« und »Aufträge« dachte Clemmie nur an die Pornofilme. Mensch! Natürlich! Steve war wahrscheinlich der Typ mit dem Schnauzbart und dem Ledertanga. Ihr Filmpartner!

Aber was zum Teufel hatte Guy Devlin damit zu tun? Er war doch wohl nicht auch im Pornogeschäft? Es sei denn, das wäre für ihn ein lukrativer Nebenverdienst. Die Wahrheit kannte sie nicht, aber irgendwas war in diesem verrückten Laden garantiert oberfaul, und es wäre eindeutig besser, wenn sie sich schleunigst aus dem Staub machte. O Gott – wenn sie das Phoebe erzählte – die würde ihr garantiert kein Wort davon glauben.

Zum Glück erwartete Guy keine Antwort von ihr. »Ach nein, wie dumm von mir. Du bist bestimmt die neue – ah! Wunderbar! Da ist er ja!« Guy hatte beim Blick über Clemmies Schulter plötzlich die Ratte entdeckt und gab seltsame Locklaute von sich. »Ein Glück – ich dachte schon, er wäre wieder aus dem Haus geflitzt. Komm her, Süßer.«

Die Ratte trippelte mit bebenden Schnurrhaaren und aufgerichtetem Schwanz freudig erregt durchs Büro, stellte sich wieder auf die Hinterbeine, sodass ihre kleinen Pfoten an Guy Devlins Jeans kratzten, und hüpfte begeistert auf und ab.

Immer noch gurrend nahm Guy sie hoch und die Ratte legte sich auf seine Schultern, von wo aus sie Clemmie mit ihren von einer dunklen Banditenmaske auf hellem Grund umrahmten klugen Knopfaugen triumphierend anfunkelte.

»Das ist Suggs«, sagte Guy Devlin und kraulte das dunkelbraune Tier unter dem Kinn. »Suggs, das ist Clemmie. Leider mag sie dich wohl nicht besonders.«

»Stimmt nicht – er hat mich nur erschreckt, das ist alles. Eigentlich«, verteidigte sich Clemmie, »mag ich alle Tiere. Sogar Ratten.«

»Ratten! *Ratten*?« Guy und Suggs sahen sie schief an. »Suggs ist keine Ratte! Er sieht auch nicht aus wie eine Ratte! Er ist auch kein *Nagetier*, sondern gehört zu den Mardern.«

»Zu den was?«

»Zu den Mardern, der gleichen Tierfamilie wie Otter und Waschbären. Suggs ist ein Frettchen, gehört zur Gattung der Iltisse. Ein zahmes Hausfrettchen. Ein innig geliebtes Frettchen.

Ein überaus geschätztes Frettchen. Du musst dich bei ihm entschuldigen.«

»Entschuldige, Suggs«, sagte Clemmie und lachte. Selbst in ihren eigenen Ohren klangt das nicht wie ihr normales Lachen, aber hey, was war an dieser Situation schon normal? »Macht er als Statist bei den Filmen mit?«

Suggs zappelte ein bisschen.

»Ich verstehe nicht ganz.« Guy zog fragend die Augenbrauen hoch. »Was denn für Filme?«

Clemmie wollte gerade in eine Tirade über die Ausbeutung der Frau ausbrechen und loszetern, dass man sie unter Vorspiegelung falscher Tatsachen hierhergelockt hatte und wieso jemand mit einer so erfolgreichen Feuerwerksfirma es überhaupt nötig hätte, sich mit Pornofilmen abzugeben, als YaYa – ohne den Pelzmantel, stattdessen in einer pinkfarbenen Kaschmirstrickjacke und aberwitzig hochhackigen pinkfarbenen Schuhen – mit Hüftschwung wieder ins Zimmer tänzelte.

»Ach wie nett. Ihr habt euch schon kennen gelernt«, sprudelte sie los und klimperte auf gleicher Augenhöhe wie Guy mit den Wimpern. »Dann kann ich mir die Vorstellungsrunde ja sparen. Also Clemmie, möchtest du die neue Assistentin von *The Gunpowder Plot* werden?«

Jetzt kam sie sich aber wirklich vor wie *Alice im Wunderland* – oder war es *Hinter den Spiegeln*? Wie auch immer, dachte Clemmie, das alles hier ergab keinerlei Sinn. Das konnte doch nur ein Traum sein.

»Clemmie sieht ziemlich verblüfft aus«, sagte Guy freundlich. »Ich vermute«, sagte er grinsend zu YaYa, »dass du mit der Geheimniskrämerei ein kleines bisschen zu weit gegangen bist. Wie üblich. Wahrscheinlich hast du ihr kein Sterbenswörtchen über unsere Firma und die Arbeit hier erzählt, stimmt's?«

YaYa gluckste und zündete sich eine weitere lange Zigarette an. »Kann sein, dass ich den einen oder anderen sachdienlichen Hinweis unterschlagen habe – ich weiß doch, wie viel Wert du auf Diskretion legst.«

Während Suggs munter in seinen Haaren herumschnupperte, wies Guy auf einen der Stühle. »Clemmie – tut mir wirklich leid. Bitte setz dich doch. Sollen wir noch mal von vorne anfangen?«

»Das wäre hilfreich«, sagte Clemmie, als sich alle hingesetzt hatten und Suggs zusammengerollt auf Guys Schoß saß. Sie wagte kaum zu glauben, dass sie möglicherweise vielleicht gerade einen Job bei *The Gunpowder Plot* an Land zog – und unterdrückte die schauderhafte Vorstellung, dass sie um ein Haar fast davongelaufen wäre. »Aber vorab müsst ihr mir versichern, dass es hier nicht um Pornos geht.«

Guy und YaYa kriegten sich kaum wieder ein vor Lachen. Suggs rümpfte verächtlich die Nase.

Wie ein überdrehtes Komikerduo redeten Guy und YaYa abwechselnd und schließlich konnten sie Clemmie davon überzeugen, dass sie wirklich vorübergehend eine Büroassistentin bei *The Gunpowder Plot* brauchten; dass die Kameras und Camcorder und Videos allem Möglichem dienten wie Recherche, Planung und Aufzeichnung von Feuerwerken, um die musikalische Choreografie durchzugehen und zu überprüfen, wie verschiedene Farben zusammenwirkten, und dass die vorsichtige Formulierung des Stellenangebots, die Anonymität der Räume im Gewerbegebiet und YaYas anfängliche Geheimnistuerei daher rührten, dass sie sich immer vor Konkurrenzunternehmen in Acht nehmen mussten, die versuchten, einen Maulwurf bei ihnen einzuschleusen. Sie waren mit dem letzten, Mitarbeiter erst kürzlich übel hereingefallen, als YaYa ihn nach gerade mal einer Woche dabei erwischt hatte, wie er im

Auftrag eines Rivalen in den Firmenpapieren herumschnüffelte.

Clemmie fühlte sich wahrhaft wie im siebten Himmel, sie saß da, hörte zu, versuchte Guy, der mit jedem Moment atemberaubender aussah, nicht völlig hingerissen anzustarren, und konnte es sich nur mit Mühe verkneifen aufzuspringen, in die Luft zu boxen, die Jacke über dem Kopf zu schwenken und laut »Jaaaaa!« schreiend durch das Büro zu toben.

»… so«, schloss Guy. »Das war's in groben Zügen. Wenn du immer noch Lust hast, in diesem Irrenhaus zu arbeiten, umreiße ich dir noch ungefähr, wie wir vorgehen und worin deine Aufgaben bestehen, okay?«

»Okay«, antwortete Clemmie, um Lässigkeit bemüht. »Klingt alles ganz wunderbar. Ich muss mich entschuldigen, dass ich dachte …«

»Meine Schuld«, kicherte YaYa kehlig, während sie über Guy gebeugt mit langsamen Bewegungen Suggs' Schweif streichelte. »Ich bin wohl manchmal ein bisschen überfürsorglich.«

Pling! Bei Clemmie fiel ein weiterer Groschen.

Oh, verdammt! YaYa war nicht nur eine Angestellte, sondern offenbar Guys bessere Hälfte. Natürlich, sie hatte vorhin ja auch gesagt: »Wir wohnen hier.« Und war nach oben gegangen, um Mantel und Stiefel auszuziehen. YaYa musste wohl an die Stelle der Mrs Peel à la *Schirm Charme und Melone* getreten sein, die Guy am Maifeiertag nicht von der Seite gewichen war. Was erkennen ließ, dass Guy einen Hang zu reichlich aufgedonnerten – um nicht zu sagen, leicht übertrieben aufgetakelten – Frauen hatte, aber da YaYa bei ihm eingezogen war, musste es wohl etwas Ernstes sein.

Mist. Clemmies Herz plumpste in den Keller. Und sie hatte Phoebe erzählt, schicksalhafte Bestimmung würde Guy und sie zueinanderführen. Offenbar hatte niemand diese blöde schicksalhafte Bestimmung darauf hingewiesen, dass eine Lebensgefährtin im selben Haushalt für eine sich entwickelnde Beziehung doch ein gewisses Hindernis darstellte.

Würde sie es denn aushalten, Tag für Tag mit Guy zusammenzuarbeiten und zu wissen, dass sie ihn zwar anschauen, aber niemals anfassen dürfte?

Sie merkte, dass Suggs sie mit wissendem Ausdruck in den schlauen braunen Äuglein betrachtete. Ob er ihre Gedanken lesen konnte? Hatten Frettchen etwa übersinnliche Kräfte? Sie starrte ihn an. Da blinzelte er, rümpfte noch einmal die Nase, ließ sich flink zu Boden gleiten und lief zur Tür.

»Suggs will Mittagessen«, meinte Guy. »Eigentlich keine schlechte Idee. Wollen wir vorher noch die Besichtigung hinter uns bringen?«

Als sie nacheinander das Büro verließen und Clemmie sich selbst ganz fest zwickte, um sich zu vergewissern, dass sie nicht träumte, fasste YaYa sie am Arm. »Clemmie, es tut mir wirklich leid, dass du die ganze Geschichte vorhin in den falschen Hals bekommen hast. Aber jetzt ist doch hoffentlich alles klar, oder?«

»O ja, klar wie Kloßbrühe«, erwiderte Clemmie munter. »Ich war nur etwas verwirrt. Nein, das ist genau der Job, von dem ich immer geträumt habe.« Sie fand es allerdings diplomatischer nicht zu erwähnen, dass sie in den letzten fünf Monaten vom Inhaber dieser Firma und YaYas Liebhaber ebenfalls geträumt hatte, und zwar noch weitaus intensiver, inniger und intimer.

Suggs verdrückte sich in Richtung Küche, während Guy eine seitlich vom Flur abgehende Tür ins Freie öffnete und sie durch kühlen Nebel über einen Hof und in das erste der Nebengebäude führte.

»Diese Bude hier ist meine Bibliothek.« Guy blickte über die

Schulter zu Clemmie. »Ich schätze, hier gibt es so gut wie jedes Buch über die Geschichte des Feuerwerks, das je geschrieben wurde.«

Begeistert ließ Clemmie den Blick über die Titel in den raumhohen Regalen wandern. Manche dieser Bücher zierten auch ihren eigenen Bücherschrank in Bill und Mollys Schuppen. Andere hatte sie in der Bücherei ausgeliehen und einige Titel waren so ausgefallen, dass sie diese selbst bei Internetrecherchen nirgends hatte aufspüren können. Guys Sammlung war einfach fantastisch. Wenn sie die Zeit dazu fände, würde sie in freien Momenten hier herüberschleichen und einiges an Lektüre nachholen.

»Ich kann damit nichts anfangen, Liebes!« Yaya machte eine wegwerfende Bewegung in Richtung der Bücherregale. »Ich lese nur romantische Liebesgeschichten, alles andere interessiert mich nicht. Das hier ist für mich wie ägyptische Hieroglyphen.«

Clemmie verschlang die Bibliothek noch immer mit gierigen Blicken und lachte. »Wohl eher chinesische Schriftzeichen, würde ich sagen, schließlich haben doch die alten Chinesen das Feuerwerk erfunden. Oh, wow! Das ist ja eine Ausgabe von Allbards *Magische Alchemie des Mittelalters*! Ich hätte nicht gedacht, dass man das noch irgendwo kaufen kann. Ist das nicht das Buch mit alten pyrotechnischen Rezepten, die noch nie irgendjemandem gelungen sind und bei denen bestimmte Mixturen mit Zaubersprüchen verknüpft werden?«

Guy runzelte die Stirn. »Ja – allerdings habe ich nie genug davon verstanden, um tatsächlich etwas auszuprobieren. Es ist nur eines jener Bücher, die alle Pyrotechniker gerne haben möchten. Aber woher weißt du, wovon es handelt?«

»Ach – wir haben in der Schule mal darüber gesprochen«, fabulierte Clemmie wild drauflos. Denn sie war überzeugt, wenn sie jetzt von ihrer lebenslangen grenzenlosen Begeisterung für Feuerwerk erzählte, würde sie in den Verdacht geraten, ein weiterer Maulwurf zu sein, und auf der Stelle in hohem Bogen wieder rausfliegen.

»Ähm ... in Literaturgeschichte. Wir sollten ein Thema wählen und versuchen, alle Bücher zu finden, die je darüber geschrieben wurden. Ich war nie sonderlich gut in Geisteswissenschaften, aber weil ich für Technik was übrig hatte, habe ich Feuerwerk als Thema gewählt, das fand ich schon immer toll.« Sie brach ab. Würde Guy ihr das glauben? Oder klang die Geschichte wirklich so dürftig?

»Wie vorausschauend von dir – und deiner Schule.« Guys Gesichtsausdruck war schwer zu deuten. »Und was für ein hervorragendes Langzeitgedächtnis du hast. Erinnerst du dich auch noch an andere dieser Titel?«

»O ja – ich fand Berkstein Hillyards Abhandlung über die Geschichte des europäischen Feuerwerks immer am besten. Wirklich gut auf den Punkt gebracht. Schreibt er es nicht Marco Polo zu, irgendwann im dreizehnten Jahrhundert das Schwarzpulver nach Europa geholt zu haben? Und da ist sogar eine Ausgabe von *Die Elisabethanischen Feuerwerker*! Shakespeare hat mich ja immer gelangweilt, aber ich war schwer beeindruckt davon, dass in seinen Stücken Feuerwerke vorkamen – und auch, dass Königin Elizabeth die Erste tatsächlich einen Feuerwerker an ihrem Hof beschäftigt hat. James der Zweite hat seinen Feuerwerker sogar zum Ritter geschlagen und ...«

»Du weißt ja ganz schön viel über die Geschichte des Feuerwerks«, warf Guy mit noch immer gefurchter Stirn ein. »Selbst wenn dich dieses Schulthema wirklich begeistert hat, muss das doch mindestens zehn Jahre her sein. Gibt es da etwas, wovon ich wissen sollte?«

»Abgesehen davon, dass sie genauso abgedreht ist wie du?«,

unterbrach YaYa mit kehligem Lachen. »Jetzt mach mal halblang, Guy. Sei nicht so paranoid. Das arme Mädchen versucht doch nur, dich zu beeindrucken. Und auch wenn du nicht beeindruckt bist, ich bin es, und zwar schwer. Alle Achtung, Kleine.«

Clemmie merkte, dass ihr Enthusiasmus mit ihr durchgegangen war. Wenn sie nicht aufpasste, würde sie diesen Job in den Sand setzen, bevor sie überhaupt angefangen hatte. Sie wurde rot und zog eine Grimasse. »Tut mir leid – YaYa hat Recht. Ich hab ein bisschen angegeben. Ich neige wohl dazu, Quizshow-Wissen zu speichern, um es in den unpassendsten Augenblicken zum Besten zu geben. Es hat mich schon mehrmals den Job gekostet, dass ich den Anschein erweckt habe, klüger zu sein, als ich eigentlich bin.«

Glücklicherweise schien Guy diese Erklärung zu akzeptieren, denn er ließ die herrliche Bibliothek hinter sich und ging mit eingezogenem Kopf durch einen Bogendurchgang in den nächsten Raum.

Er grinste sie an. »Da sich beim Feuerwerk Geistes- und Naturwissenschaften vereinen, ist dies unser Technikraum. Bestimmt hast du auch dazu jede Menge interessanter Informationsschnipsel auf Lager?«

»Ööh.« Dankbar griff Clemmie nach dem Strohhalm, den er ihr hinhielt, und sah sich die Tische mit Bildschirmen, Mischpulten, Tastaturen und Hightech-Equipment an. »Nee. Ganz und gar nicht. Ich würde sagen, es sieht aus wie ein Aufnahmestudio. Zumindest würde ich mir so ungefähr ein Tonstudio vorstellen. Oder?«

»Beinahe richtig.« Guy drückte ein paar Schalter. »In diesem Raum stellen wir – das heißt, ich als Amateur und die wirklich talentierten Technikfreaks, die ich beschäftige – am Computer die Choreografie der Shows zusammen. Die ganze Musik ist hier aufgelistet, und wenn wir ein Stück auswählen, läuft es hier durch, schau, man sieht es auf diesen Bildschirmen, mit einem auf Sekundenbruchteile genauen Timing, sodass wir das Feuerwerk entsprechend koordinieren können. Sagen wir mal, wir hätten ein reines Höhenfeuerwerk, das fünf Minuten dauern soll, mit irgendeinem Thema – beispielsweise Nordlichter –, dann wählen wir hier die passende Kategorie«, er scrollte durch eine Liste von Titeln, »wir könnten es also mit Berwalds *Vierter Symphonie* versuchen, die dauert fünf Minuten und vierundzwanzig Sekunden, und voilà!«

Die Musik schwoll an und wirbelte durch den Raum und als Guy die Schieber bewegte, tanzten auf dem Bildschirm kleine farbige Säulen. Clemmie bekämpfte den Drang, sich ihm in die Arme zu werfen, stattdessen konzentrierte sie sich auf die Musik und stellte sich das sensationelle Feuerwerk vor, das dazu abgebrannt werden könnte.

Guy schaltete den Berwald ab und ging erneut die Liste durch. »Oder wir könnten die *Karelia Suite* von Sibelius – vier Minuten – mit drei Minuten aus Griegs *Holberg Suite* verbinden – und sie ungefähr so zusammenfügen …« Erneut erklang die Musik und die Bildschirme flackerten. Er wandte sich um und lächelte Clemmie zu. »Ist das verständlich?«

Sie wünschte wirklich, er würde sie nicht auf diese Weise anlächeln. Es war so ein küssenswertes Lächeln. Und als Frau war man ja schließlich auch nur ein Mensch. Nur mit größter Mühe konnte sie ihre davongaloppierenden Gedanken im Zaum halten und nickte. »Und wenn ihr zu einer Veranstaltung geht, sind all diese Informationen, die Musik und das exakte Timing des Feuerwerks mit der Reihenfolge der Zündungen wohl auf einer Art großem tragbarem Computer gespeichert? Und ihr baut die Feuerwerkskörper der Reihe nach mit Verzögerungszündern auf und schießt sie per Fernbedienung zu den im Computer festgelegten Zeitpunkten ab, oder? Und wenn alles nach Plan läuft, spielt die Musik und die Feuerwerkskörper – äh – zünden, und alles fügt sich eindrucksvoll zusammen.«

»Teufel auch.« Guy blinzelte über die Reihe der Bildschirme misstrauisch zu ihr hinüber. »Genau so ist es. Entschuldige, wenn ich ein bisschen paranoid wirke, aber allmählich fange ich an, eine Ratte zu riechen. Komm schon, Clemmie. Raus mit der Sprache. Woher weißt du das alles?«

5. Kapitel

Ach, das habe ich alles nur irgendwo aufgeschnappt. Wie gesagt, ich habe ein unheimlich gutes Gedächtnis für wissenschaftliche Details – und Feuerwerke habe ich schon immer geliebt, das habe ich ja bereits erzählt.« Clemmie lächelte standhaft. Ups. Nun dachte er bestimmt, dass sie schlimmstenfalls eine Schnüfflerin oder bestenfalls ziemlich schräg drauf war, und würde sie wegschicken, bevor sie überhaupt angefangen hätte.

Sie setzte einen Gesichtsausdruck auf, der, wie sie hoffte, dem einer begeisterten Amateurin entsprach, und schaltete in den Streber-Modus. »Um ehrlich zu sein, ich sehe mir immer jede Menge Pyrotechnik-Sendungen auf *Discovery Channel* an und war von Galafeuerwerken schon immer total fasziniert, wie sie ablaufen, woraus sie gemacht werden, wie die Effekte entstehen und all das. Insofern kannst du dir sicher vorstellen, dass ich überglücklich bin, hier gelandet zu sein.«

»Cool!«, seufzte YaYa in Clemmies Ohr. »Auch wenn er vielleicht genervt wirkt, wird er dich insgeheim doch dafür lieben, dass du all diesen technischen Schnickschnack draufhast. Das kommt unheimlich gut, wenn Leute am Telefon knifflige Fragen stellen.«

»Ich glaube«, sagte Guy langsam, »wenn Clemmie die Wahrheit sagt, dann hat sie der Himmel geschickt. Wenn sie wirklich ein heimlicher Feuerwerk-Fan und eine Faktensammlerin und nichts Schlimmeres ist, dann sind wir eindeutig füreinander bestimmt.«

Oooh … dachte Clemmie, wenn du wüsstest! Immerhin war er ihrer Feuerwerksschwärmerei offenbar auf den Leim gegangen. Sie lächelte strahlend. »Sieht wirklich ganz danach aus! Was für ein glücklicher Zufall, dass ich mich auf eure Anzeige beworben habe.«

Guy nickte. »In der Tat. Also, willst du dich mal am Mischpult versuchen, nur zum Spaß? Nehmen wir mal an, wir planen eine Show am Valentinstag. Ein zehn Minuten langes Feuerwerk mit explodierenden Herzen und Blumen, hauptsächlich in Rot und Pink mit etwas Silber und Gold – diesen Teil hätte ich bereits vorbereitet. Welche Musik würdest du dafür verwenden? Um die Auswahl zu erleichtern, haben wir die Titel für themenbezogene Shows in die beliebtesten Kategorien unterteilt.«

In der Hoffnung, dass er nicht hörte, wie ihr Herz wummerte, und nicht merkte, wie ihre Hände zitterten, trat Clemmie dicht neben ihn und überflog die unter »Romantik« aufgelisteten Titel. Klassische Musik war nicht gerade ihr Spezialgebiet, aber immerhin waren einige der Stücke recht bekannt.

Sie holte tief Luft. »Auf jeden Fall Tschaikowskis *Romeo und Julia* – drei Minuten und einundzwanzig Sekunden … und mal sehen – ach ja – Mozart: *Figaros Hochzeit*, knapp drei Minuten – dann bleiben … drei Minuten und ein paar Sekunden, das heißt, die Zeit reicht gerade noch für – Elgars *Liebesgruß*.«

»Die Dame hat Talent!« YaYa applaudierte. »Komm schon, Guy, du musst zugeben, dass das echt beeindruckend war.«

Guy nickte grinsend. »Meine erste Wahl sähe zwar anders aus – aber ja, das würde wirklich gut passen. Hat dich auch ganz bestimmt nicht einer unserer Konkurrenten geschickt, um uns auszuspionieren?«

»Natürlich nicht!« YaYa lachte heiser. »Sie wusste ja gar nicht, wer wir sind und was wir machen, als sie auf die Anzeige geantwortet hat. Wie auch immer, mach weiter, ich bin am Verhungern. Suggs ist nicht der Einzige, der etwas zu Mittag essen möchte – und heute Nachmittag habe ich noch was vor, das weißt du ja.«

»Wie könnte ich das vergessen.« Guy schaltete die Computer und Bildschirme aus. »Gut, im nächsten Schuppen lagern wir die Feuerwerkskörper: Rauchen ist also strengstens verboten.«

YaYa zog eine »Ist-ja-schon-gut-Grimasse«. »Wir sind doch nicht blöd. Außerdem raucht Clemmie nur, wenn sie beschwipst ist, das hat sie mir beim Vorstellungsgespräch erzählt.«

»Das muss ja ein sehr tiefschürfendes Gespräch gewesen sein.« Guy sah Clemmie erstaunt an. »Wie viele Geheimnisse hat YaYa denn sonst noch aus dir herausgekitzelt?«

»Nur dieses eine. Und das ist mir nur herausgerutscht, weil ich so nervös war.«

»Eigentlich«, gluckste YaYa, »hast du mir aber auch erzählt, dass du im Park von Blenheim Palace gezeugt wurdest.«

»Tatsächlich?« Guy verkniff sich ein Lachen. »Ganz schön waghalsig von Clemmies Eltern.«

»Stimmt gar nicht!« Clemmie wurde rot. »Ich habe nichts Derartiges gesagt! Ich wurde überhaupt nicht dort gezeugt! Mum und Dad haben sich dort nur verlobt, das war alles.«

»Ach so.« YaYa gluckste erneut. »Ich wusste ja, dass es irgendwas in dieser Richtung war. Tut mir leid, Süße. Dann war beschwipstes Rauchen also wohl doch das einzige Geständnis.«

»Ja, aber da ich nicht oft beschwipst bin, rauche ich eigentlich so gut wie nie und …«

»Ist schon okay«, warf Guy ein. »Lass dich von YaYa nicht aufziehen, ich trau Typen, die sich als Tugendbolde darstellen, sowieso nicht. Ich mag lieber Leute, die zugeben, menschlich zu sein. Und wir haben doch alle unsere kleinen Laster. Auch ich, ob du es glaubst oder nicht.«

YaYa prustete.

»Ich hatte eigentlich gar nicht vor, mit YaYa übers Rauchen zu sprechen«, sagte Clemmie, besorgt, Guy könnte womöglich denken, sie würde sich gewohnheitsmäßig mit der Kippe im Mund ins Koma saufen und läge jedes Wochenende mit der siebenundachtzigsten Flasche Alkopop in der Hand und dem Rock als Halskrause irgendwo im Rinnstein. »Mir liegt sonst sehr an Diskretion, was mein Privatleben betrifft.«

»Diskretion?« Guy steuerte über einen weiteren kühlen Hof auf ein klotziges Gebäude aus Gasbetonsteinen zu. »Nun, das ist in dieser Firma sehr von Vorteil. YaYa allerdings kennt keine Diskretion, nicht einmal, wenn die sich ihr höchstpersönlich und mit Namensschild am Revers vorstellen würde. Indiskretion ist ihr Markenzeichen. Schön, nun also zurück zum Geschäft. Diese Lagerräume sind unser Hochsicherheitstrakt; aber keine Sorge, du wirst nicht hier reingehen müssen, wenn ich nicht da bin.«

Clemmie versuchte, mit Guys großen Schritten mitzuhalten, und fröstelte, als der kalte Nebel vom Fluss herüberwehte, der wie ein graues, gewundenes Band seitlich hinter den Nebengebäuden entschwand und mit widerhallendem Getöse über das den Blicken entzogene Wehr davonfloss.

»Die Gewerbeaufsicht hat uns ständig auf dem Kieker«, sagte Guy, als sie den nächsten Schuppen erreichten und er mehrere Riegel und Sicherheitsschlösser aufsperrte. »Man gewöhnt sich an ihre Besuche. Es gibt für Feuerwerksfirmen mehr pingelige Sicherheitsvorschriften als für jedes andere Gewerbe im Land. Deshalb lebe und arbeite ich lieber weit weg von bebauten Gebieten – nur für den Fall, dass mal ein Unfall passiert. Wie du sehen kannst, haben diese Lageräume vorschriftsgemäß massiv gebaute dicke Wände und ein sehr dünnes Dach.«

Clemmie machte ein erstauntes Gesicht.

»Im schlimmsten Fall«, erklärte YaYa, »wenn es zu einer Explosion kommt oder irgendein Irrer einbricht und die Lagerbestände oder sonst was anzündet, gehen die Feuerwerkskörper alle nach oben los und jagen das Dach hoch. Die dicken Wände sorgen dafür, dass die Explosion nicht zur Seite geht, und das windige Dach hebt beim ersten Knall ab, auf diese Weise wird verhindert, dass sich der ganze Ort hier in einen riesigen Feuerball verwandelt.«

Clemmie nickte. Das leuchtete durchaus ein.

»Fantastisch!« In hellem Entzücken betrachtete sie die bis zur Decke gestapelten Kisten. »Das ist ja schöner als freier Eintritt in die Schokoladenfabrik!«

Sie merkte, dass Guy und YaYa sie wohlwollend amüsiert beobachteten, wie stolze Eltern, die vergnügt an der Freude ihres Kindes teilhaben, das zum ersten Mal Schnee sieht.

Raketen, Mehrschüsser, Bomben, Feuerwerksbatterien, Mörserkästen, Römische Lichter, Sonnen und Feuertöpfe – Hunderte und Aberhunderte verschiedene Versionen von Großfeuerwerken waren in prächtig farbenfrohen Kisten vom Boden bis zur Decke gestapelt.

»Wir verkaufen manchmal einzelne Feuerwerkskörper oder Sortimente mit kleineren Römischen Lichtern und Raketen direkt an Kunden«, sagte Guy, »aber diese choreographierten Feuerwerke hier sind unser hauptsächliches Handwerkszeug für Party-Aufträge. Eine deiner Aufgaben wird darin bestehen, dafür zu sorgen, dass von allem immer genug da ist. Ich hasse es, einen Auftrag ablehnen zu müssen, weil wir nicht vorrätig haben, was der Kunde wünscht.«

YaYa schauderte sichtlich. »Ich weiß ja nicht, wie es euch

beiden geht, aber ich friere. Und ich schätze, Clemmies Informationsverarbeitungskapazität dürfte erschöpft sein. Sie wird reichlich Zeit haben, alles Nötige zu lernen, wenn sie erst mal hier arbeitet.«

Guy nickte. »Okay. Vielleicht sollten wir jetzt essen – ich weiß ja, dass du heute Nachmittag in den hohen Norden fährst, und viel mehr gibt es hier eigentlich auch nicht zu sehen.«

»Und was ist das da drüben?«, fragte Clemmie, plötzlich hin und her gerissen zwischen dem Wunsch, in dieser Schatzkammer pyrotechnischer Herrlichkeiten zu verweilen oder so lange wie möglich so nah wie möglich bei Guy zu sein.

»Das ist sein Allerheiligstes«, kicherte YaYa. »Zutritt allerstrengstens verboten.«

»Dort ist mein Labor«, erklärte Guy, während sie sich gemeinsam wieder auf den Ausgang zubewegten. »Ich wäre im Grunde wohl gern so etwas wie ein moderner Alchemist. Dich würde das wahrscheinlich interessieren, aber YaYa findet es ziemlich doof, dass mein Beruf zugleich mein einziges Hobby ist.«

»Wie bitte?«, fragte YaYa gespielt affektiert. »Einziges Hobby? Ich höre wohl nicht recht. Schließlich sind da ja auch noch die Daaamen! Und davon gab es im Lauf der Jahre nun wirklich ganz schön viele.«

»Was kann ich dafür, dass ich so unwiderstehlich bin?«, grinste Guy. »Aber dank dir liegt das nun ja alles hinter mir. Nun, wo waren wir stehen geblieben?«

»Äh – Chemie als Hobby?«, schlug Clemmie vor, die sich wirklich keine delikaten Einzelheiten über Guys zahllose sexuelle Eroberungen der Vergangenheit oder Gegenwart anhören wollte.

»Ach ja.« Guy nickte. »Ich experimentiere gern mit verschiedenen chemikalischen Mixturen, um zu sehen, was dabei herauskommt. Ich habe in der Tat eine Lizenz, eigene Feuerwerkskörper zu entwickeln – zum Eigenbedarf, keinesfalls zum Verkauf –, aber ich benutze sie nicht bei Veranstaltungen, sie entsprechen einfach nicht den Standards, die die Kunden heutzutage gewohnt sind.«

»Du stellst tatsächlich eigene Feuerwerkskörper her?« Clemmie bemühte sich, eher groupiemäßig und nicht so wissenschaftlich zu klingen. Sie war überzeugt, wenn sie nach ihren unbedachten Ausrutschern von vorhin noch beiläufig ihr Chemie-Diplom erwähnte, wäre sie diesen Job ebenso schnell los, wie eine Rakete »Wusch!« macht. »Ist ja irre!«

Guy belächelte ihre mädchenhafte Schwärmerei. »Natürlich besteht gar keine Notwendigkeit, dass ich irgendetwas erfinde, denn meine chinesischen Lieferanten besorgen mir alles, was ich jemals brauchen könnte, in vorgefertigten Gebinden, aber das hält mich nicht davon ab, hin und wieder ein bisschen herumzuexperimentieren. Ich würde zu gern eine Art pyrotechnischen Gral entdecken und herstellen.«

Clemmie hätte vor Freude in die Luft springen können. Sie biss die Zähne zusammen, so fest sie konnte, damit ihr nicht unverhofft die Worte: »Ich auch!« entfuhren.

Widerstrebend folgte sie Guy aus dem Schuppen und zum Haus zurück. YaYa hatte sich kameradschaftlich bei ihr untergehakt. Clemmie stöhnte innerlich. Verflixt und zugenäht. Durch irgendein wunderbares Zusammentreffen glücklicher Umstände hatte sie den einzigen Job ergattert, den sie sich jemals gewünscht hatte, arbeitete zusammen mit dem einzigen Mann, den sie sich jemals wünschen würde, aber mit YaYa als Dreingabe. Und YaYa war wirklich nett. So ein Mist.

»Bleibst du zum Lunch?«, fragte Guy, als sie in die wohlig warme Küche kamen. »Tut mir leid, dass wir dich so lange aufgehalten haben – ich hoffe, du hast dich nicht gelangweilt?«

»Ich habe jeden Augenblick genossen, danke. Aber ich esse nicht mit euch, wenn es recht ist; ich habe meiner Tante versprochen, heute Nachmittag im Laden zu arbeiten. Muss schließlich meinen Lebensunterhalt verdienen.«

Natürlich hätte sich Clemmie nur zu gerne mit an den großen, unordentlichen Bauerntisch gesetzt, zwischen all den Papieren und Zeitschriften und blau-weißem Geschirr die Ellbogen aufgestützt und so viel Zeit wie möglich mit dem begehrenswerten Guy verbracht. Doch das ging nicht. Wegen YaYa, und auch weil sie sich davor fürchtete, aufdringlich zu wirken, oder dass ihr beim Essen irgendeine Sauerei passierte, und sie es sich dadurch mit Guy dann endgültig verderben könnte.

YaYa war aus der Küche geeilt und hatte irgendetwas gemurmelt, sie müsse sich für ihre Reise nach Norden fertig machen. Dabei ging es sicher um den kleinen Nebenerwerb, von dem sie gesprochen hatte, dachte Clemmie. Wahrscheinlich unternahm sie Recherchen für zukünftige Großfeuerwerke. Vielleicht erkundete sie Abbrennplätze, zog neue Kunden an Land, verteilte Werbematerial und kümmerte sich ganz allgemein um die Öffentlichkeitsarbeit der Firma. Nachdem Berkshire und die benachbarten Grafschaften erobert waren, wollte *The Gunpowder Plot* nun ja vielleicht global expandieren.

Guy bückte sich, um Suggs zu streicheln, der sich auf einer Art Minisofa neben dem Ofen zusammengerollt hatte. Suggs putzte sich und drehte den Frettchenkopf, um Clemmie aus seiner Banditenmaske scharf anzustarren. Clemmie erwiderte seinen Blick. Sie hatte immer noch das starke Gefühl, er könne ihre Gedanken lesen.

»Okay«, sagte Guy, stand auf und griff sich einen Laib Brot. »Wenn YaYa dir erzählt hat, was für ein schlechter Koch ich bin, überrascht es mich nicht, dass du den Lunch ausschlägst. Aber meine Sandwichs sind etwas Besonderes.«

Clemmie, die ihm am liebsten erklärt hätte, dass in ihren Augen alles, was er tat, als etwas Besonderes gelten konnte, lächelte nur. »Von deinen Kochkünsten war bei dem Gespräch gar nicht die Rede – und vielen Dank, dass du dir Zeit für so eine umfassende Führung genommen hast. Bitte entschuldige mein Geplapper von vorhin, ich liebe Feuerwerk eben über alles. Ich kann es kaum erwarten, hier anzufangen. Ach ja, wann soll ich denn überhaupt anfangen?«

»Montag wäre prima, wenn es dir recht ist. So haben wir beide genug Zeit, um die Formalitäten zu erledigen: Vertrag, Referenzen, Sozialversicherung – und all diesen langweiligen Papierkram. Wie wär's mit Montag um halb zehn?«

»Perfekt, vielen Dank. Ach – sind das Bilder von deinen Feuerwerken?«

Guy blickte zur Bilderwand neben der Speisekammer. »Einige davon. Das sind eher private Aufnahmen; auf unserer Webseite und in den Prospekten zeigen wir andere. Hast du jemals eine Show von *The Gunpowder Plot* gesehen?«

»Ja, schon viele. Es sind einfach die besten Feuerwerke aller Zeiten. Kann ich mir die Fotos mal ansehen?«

»Na klar.« Guy zersäbelte gerade einen Eissalat. »Einige davon sind ziemlich lustig.«

Clemmie ging über den uneben gefliesten Boden und betrachtete die Bilderreihen. Die meisten zeigten herrliche bunt funkelnde pyrotechnische Explosionen vor schwarzsamtenem Himmel, aber zwischen den Sternenfeuern hingen vereinzelt auch ein paar persönliche Gruppenfotos. Guy, fiel ihr auf, hatte auf manchen der älteren Bilder viel kürzere Haare. Obwohl er auch damit unglaublich begehrenswert aussah, gefiel er ihr mit langen Haaren doch deutlich besser.

»Da war ich auch!« Clemmie zeigte auf einen neueren Schnappschuss von einem langhaarigen Guy mit Fern und

Timmy Pluckrose bei deren Hochzeitsfeier in Fiddlesticks und ermahnte sich gerade noch rechtzeitig, nicht auszuplaudern, dass sie ihn bei dieser Gelegenheit zum ersten Mal in Fleisch und Blut gesehen und wie er auf sie gewirkt hatte. »Das war eine fantastische Nacht und ein großartiges Feuerwerk.«

»Danke.« Guy, der gerade Brot mit Butter bestrich, hielt inne. »Hat uns Spaß gemacht, auch wenn ganz Fiddlesticks einen Knall hat. Ach je – entschuldige. Du wohnst doch nicht etwa dort? Nein, ein Dorf weiter, nicht wahr? Die Welt ist doch klein.«

»Hm.« Clemmie besah sich weiter die Hochzeitsfotos. Da war eines von Guy, auf dem er unglaublich sexy aussah, mit mehreren Leuten aus Fiddlesticks und dem Mrs-Peel-Double à la Schirm, Charme und Melone. Clemmie blinzelte. Kein Zweifel, sie sah genauso aus wie YaYa. Schwarzhaarig statt blond und ein anderer Kleidungsstil, aber es war eindeutig YaYa. Ihr Herz rutschte in den Keller. Das hieß, YaYa war schon seit Ewigkeiten mit Guy zusammen.

»Ist das YaYa?«

»Ja, in der Aufmachung mit schwarzen Stiefeln und Catsuit.« Guy lachte. »Sie verfügt über mehr verschiedene Persönlichkeiten als jeder Patient mit multipler Schizophrenie. Heute Abend tritt sie als Showgirl auf, glaube ich. Von oben bis unten in Federboa und Pailletten und Netzstrümpfen.«

Clemmie schüttelte den Kopf. »Wie bitte? Ich dachte …«

»Was dachtest du, meine Liebe?« Frisch geschminkt und mit dem Plüschpelz über dem Arm kam YaYa in die Küche gefegt und ließ einen Berg Luxustüten zu Boden fallen. »Ach, die Bilder. Ja, das bin ich – und das auch – und das auch. Eine Perücke und ein Outfit für jeden Anlass. Ich hab dir doch erzählt, dass ich hier verschiedene Rollen spiele. Die anstrengendste davon ist die, Guy bei allen öffentlichen Auftritten zu begleiten, ob ich nun gerade Lust auf ihn habe oder nicht. Er ist so verdammt anziehend, dass er nirgendwo hingehen kann, ohne dass sich ihm irgendeine blöde Kuh an den Hals wirft, und diese Frauen können echt eine Landplage sein. Hilfe! Siehst du die da? Tarnia Snepps aus Hazy Hassocks! Weißt du noch, Guy? Die war teuflisch schwer abzuwimmeln!«

»Erinnere mich nicht *daran*!«, stöhnte Guy. »Ich dachte schon, sie verschlingt mich mit Haut und Haar. Außerdem hat sie uns dieses Jahr wieder gebucht, also lass sie bloß nicht in meine Nähe kommen.«

»Ich werde mein Bestes tun, Süßer, wie immer.« YaYa zwinkerte ihm zu, dann wandte sie sich lächelnd an Clemmie. »Guy hat mir geschworen, nie wieder eine Frau anzusehen, aber da sie ihm scharenweise nachlaufen, fanden wir es am einfachsten, wenn ich ihm bei öffentlichen Auftritten nicht von der Seite weiche.«

Clemmie hielt den Atem an. Sollte das eine Warnung sein? Hatte sie während der Einführungsrunde irgendwie durchblicken lassen, dass sie Guy Devlin an die Wäsche wollte? Lief sie Gefahr, als blöde Kuh etikettiert zu werden?

»Wie lange arbeitet ihr denn schon zusammen?«, fragte sie zögernd.

Guy und YaYa lächelten einander kameradschaftlich zu.

»Wir sind schon länger zusammen, als die meisten verheirateten Paare es miteinander aushalten. Aber es ist nicht alles ganz so, wie es scheint – wie du sicher noch herausfinden wirst.« Er sah YaYa an. »Komm schon. Sie sollte Bescheid wissen.«

YaYa verbeugte sich schwungvoll und nahm unvermittelt die blonde Perücke ab, unter der ein kahl rasierter Schädel zum Vorschein kam.

»Das gibt's doch nicht!« Clemmie konnte es kaum fassen. »Du bist ein …«

»Ein Kerl, ja, Süße.« YaYa gluckste. »Ich heiße Steve. Als ich sagte, wir würden hier zu dritt arbeiten, habe ich keineswegs auf eine gespaltene Persönlichkeit angespielt – ich meinte dich, mich und Guy.«

Guy klatschte Brotscheiben auf seine dicken Salatsandwichs. »Die YaYa-Nummer läuft schon seit Ewigkeiten, sodass selbst ich sie jetzt auch schon so nenne. Aber Steve war in der Schule mein bester Freund und manchmal, wenn ich nicht aufpasse, verwende ich auch diesen Namen.«

»Ich bin noch immer dein bester Freund, Liebling«, gurrte YaYa und spitzte einen Kussmund.

»Bist du«, bestätigte Guy grinsend, während er mannhaft die Sandwichs zersäbelte. »Ich kann aufrichtig sagen, dass es keine andere Frau mit dir aufnehmen kann.«

YaYa klimperte mit den langen künstlichen Wimpern. »Und nicht vergessen, Liebling.«

»Als ob du mich nicht oft genug daran erinnern würdest.«

Clemmie wusste wirklich nicht, was sie dazu sagen sollte. Sie war vollkommen perplex. Nichts in der Welt hätte sie gegen diesen endgültigen Todesstoß ihrer romantischen Träume wappnen können.

Guy war schwul. Und sie hatte sich eben noch selbst dazu beglückwünscht, dass alles so wundervoll klappte.

Sie schluckte und sah YaYa an. »Und dein anderer Job? Im Norden? Die Sache als – ähem – Showgirl?«

»Ich bin ein Transvestit, Süße.« YaYa rückte die schicke blonde Perücke wieder zurecht. »YaYa Bordello – Dragqueen erster Klasse. Eine der besten im ganzen Showgeschäft, auch wenn ich das selbst sage.«

6. Kapitel

Clemmie war nun seit zwei Wochen bei *The Gunpowder Plot*. Der Oktober neigte sich mit kaltem, nassem und sehr windigem Wetter dem Ende zu, und der Fluss brauste schäumend und rauschend an den Bürofenstern vorüber.

Den Schock über die Sache mit Guy und YaYa hatte sie beinahe überwunden, wenn auch noch nicht ganz. Selbst wenn die beiden glücklich sein mochten, so war es aus ihrer Sicht bei einem so tollen Mann doch ein schlimmer Fall von Verschwendung und ein wirklich grausamer Tod ihrer wildromantischen Träume.

Obwohl weder Guy noch YaYa sie gebeten hatten, über die Art ihrer Beziehung Stillschweigen zu wahren, hatte sie kein Sterbenswörtchen verraten. Wenn Guy Devlin sich outen wollte, sollte er das zu einem selbst gewählten Zeitpunkt tun. Wenn der Umstand, dass die hinreißende YaYa ihn zu jeder öffentlichen Veranstaltung begleitete, dazu beitrug, die Lüge zu verbreiten, er wäre ein heißblütiger heterosexueller Don Juan – so wollte er wohl wirken – dann bitte sehr.

Es genügte ihr fast, einfach mit ihm zu arbeiten, mit ihm zu lachen, an seiner Begeisterung für alles Pyrotechnische teilzuhaben. Fast.

Molly und Bill hatten sich über ihr außerordentliches Glück, diesen Job ergattert zu haben, riesig gefreut. Beide fanden einhellig, es grenze an ein Wunder, dass sie so unübertrefflich auf die Füße gefallen sei, und meinten, das sei eben wieder mal eine jener unerklärlichen Launen des Schicksals.

Phoebe jedoch, die als Einzige um Clemmies Gefühle für Guy wusste, hatte etwas eingehender nachgefragt.

»Und du hast das wirklich nicht irgendwie eingefädelt?«, hatte sie Freitagabend bei der Livemusik in Winterbrooks einzigem Jugendschuppen über die wummernden Disco-Bässe hinweg gerufen. »Für mich sieht das schon nach einem ganz schön merkwürdigen Zufall aus.«

Und Clemmie hatte ihr zum x-ten Mal versichert, dass es sich um nichts anderes handelte als um ein zufälliges Geschenk des Himmels – eine jener Fügungen, die bewiesen, dass das Leben selbst oft die merkwürdigsten Geschichten schrieb.

»Haben sich deine Pläne wegen einer Karriere als Lehrerin damit erledigt?«, hatte Phoebe ein besonders lautes Schlagzeugsolo übertönend gefragt. »Willst du jetzt bis ans Ende deiner Tage bei *The Gunpowder Plot* bleiben?«

»Hoffentlich, es sei denn, meine Vorgängerin beschließt, nach ihrem Erziehungsurlaub wieder zurückzukommen – momentan sieht es aber nicht sehr danach aus, denn sie ist schon über vierzig und findet es herrlich, zum ersten Mal als Mutter mit ihrem Kind zu Hause zu bleiben«, brüllte Clemmie zurück. »Ich drück die Daumen und halte mir alle Möglichkeiten offen.«

Sie hatte Phoebe schon erzählt, dass Guy und YaYa eine feste Beziehung hatten, ohne jedoch zu erwähnen, dass YaYa ein Transvestit war, der als Steve auf die Welt gekommen war. Manches ließ man doch besser ungesagt, fand sie. Es hatte genügt, Phoebe zu erklären, dass YaYa das Mrs-Peel-Double von Ferns und Timmys Hochzeitsfeier war, um jegliche Unterstellungen von vorneherein zu unterbinden, Clemmie wolle ja nur wegen ihrer lüsternen Fantasien über Guy Devlin bei *The Gunpowder Plot* arbeiten.

So musste sie auch keinen weiteren unangenehmen Fragen über ihn ausweichen und blieb von Phoebes Frotzeleien verschont, wie weit die Erfüllung ihrer schicksalhaften Bestimmung denn schon gediehen sei.

»Die beiden sind schon seit Ewigkeiten zusammen«, hatte sie gesagt, wobei ihr fast das Herz brach. »Offenbar kennen sie sich schon seit der Schulzeit.«

»Ganz schön herber Schlag für dich, aber echt romantisch, wenn es eine Jugendliebe ist«, hatte Phoebe schwärmerisch gemeint. »Genauso wie ich und mein Ben.«

Genau wie du und dein Ben, hatte Clemmie traurig gedacht, allerdings mit einem klitzekleinen, entscheidenden Unterschied.

Und dann war Ben aufgetaucht und hatte über Clemmie als Dritte im Bunde nicht sehr erfreut gewirkt, was dem weiteren Kreuzverhör durch Phoebe ein Ende setzte. Clemmie hatte die Turteltäubchen sich selbst überlassen, war mit Kopfschmerzen aus dem Jugendschuppen geflohen und hatte betrübt festgestellt, dass sie mit knapp dreißig nicht mehr zur Jugend gehörte, für Discoabende viel zu alt war und außerdem dazu verdammt, ihr restliches Leben als unglückliche alte Jungfer zu verbringen, die sich nach einem Mann verzehrte, dessen Neigungen nie im Leben mit einer freakigen Möchtegernpyrotechnikerin, die zufälligerweise weiblichen Geschlechts war, vereinbar sein würden.

Phoebe hatte Clemmie jedoch als hilfreicher Engel geholfen, sich für den Start ins richtige Berufsleben zu organisieren. Früher war sie jeden Morgen aus dem Bett gefallen, hatte sich erst mal durch chaotische Kleiderhaufen und einen Wirrwarr aus Schmuck und Make-up wühlen müssen, in dem meist vergeblichen Versuch irgendwas Zusammenpassendes zu finden, und war jedes Mal verlottert aussehend zu spät gekommen.

Phoebe hatte einen ganzen Sonntag mit Clemmie in deren winzigem Zimmer über dem Postladen verbracht, ihre vielen langen Röcke und Hippie-Oberteile und Stiefel nach Farben sortiert und dementsprechend in den Schrank eingeordnet. Molly und Bill hatten für die Frisierkommode einen Schmuckständer in Form einer kopflosen Dame beigesteuert – Clemmie fand insgeheim, dass sie in den schwarzen Netzstrümpfen mit Perlen und Pailletten haargenau aussah wie eine enthauptete YaYa –, und Phoebe hatte Clemmies umfassende Sammlung extravaganter Ohrringe entwirrt und alle ordentlich paarweise an die Haken gehängt.

Auf diese Weise, dachte Clemmie nun, als sie aus dem Bürofenster nach draußen auf die reißenden Fluten des Flusses schaute, kam sie zum ersten Mal im Leben jeden Morgen ordentlich geschminkt und mit zusammenpassenden Kleidern und Ohrringen pünktlich zur Arbeit.

Das war einzig Phoebes Organisationstalent zu verdanken, sagte sie sich, und hatte überhaupt nichts damit zu tun, dass sie sinnloserweise versuchte, für den unerreichbaren Guy Devlin so gut wie möglich auszusehen.

Heute trug sie einen knöchellangen himmelblauen Rock aus Knittersamt zu einem rot-blau gemusterten Kaftanoberteil und zwischen ihren wallenden Locken funkelten Ohrringe mit künstlichen Saphiren und Rubinen. YaYa, die diesmal einen Rotschopf und zu schwarzen Lederhosen ein zitronengelbes Bardot-Top trug, hatte anerkennend die glänzenden sinnlichen Lippen gespitzt. Guy allerdings nicht.

»Clemmie!«, rief YaYa mit einem Telefon an jedem Ohr quer durchs Büro. »Wach auf, Süße! Du warst ja meilenweit weg.«

»Entschuldige. Hast du mich was gefragt?«

»Ich wollte nur wissen, ob du Guys Terminkalender hast – nicht die Computerfassung, sondern das Buch. Ich hab hier einige Anfragen und will mich vergewissern, dass er für bestimmte Termine nicht schon Feuerwerke vereinbart hat, ohne es uns zu sagen. Ich will ihn nicht doppelt buchen.«

Clemmie schüttelte den Kopf. »Ich habe seinen Kalender nicht gesehen. Ich weiß nur, dass er ihn gestern nach Steeple Fritton mitgenommen hat. Hier hat er ihn nicht gelassen. Ist er denn heute da?«

»Hm, ich glaube, er spielt im Labor herum. So viel ich weiß, sind heute Morgen einige von der Mannschaft da, um das Feuerwerk für den fünften November durchzugehen. Guy ist wahrscheinlich drüben, noch immer auf der Suche nach dem heiligen Gral.«

»Soll ich ihn anrufen?« Clemmie bemühte sich, nicht allzu hoffnungsfroh zu klingen. Sie fand sich zwar halbwegs damit ab, dass sie Guy nie wirklich kriegen würde, aber sie genoss es nach wie vor über die Maßen, ihn anzusehen, mit ihm zu sprechen, mit ihm zusammen zu sein. »Hat er sein Handy dabei?«

»Wahrscheinlich nicht.« YaYa hielt beide Hörer zu und räkelte sich geräuschvoll. »In solchen Dingen ist er nicht sehr zuverlässig, wie du sicher schon gemerkt hast.«

So war es. Clemmie hatte in den zehn Tagen bei *The Gunpowder Plot* schon ziemlich viel über Guy Devlins Vorlieben, Abneigungen und Eigenarten herausgefunden. Bedauerlicherweise war er durch keine dieser Entdeckungen in ihren Augen weniger begehrenswert geworden.

YaYa deutete elegant mit dem Arm zur anderen Seite des Büros. »Wärst du vielleicht ein lieber Schatz und würdest mal eben rüber ins Labor springen, um seinen Terminkalender zu holen? Und nimm Suggs mit. Er braucht ein bisschen Auslauf.«

Clemmie furchte die Stirn. Suggs und sie waren noch nicht so recht warm miteinander geworden.

»Okay – sag mir, wann deine Shows stattfinden sollen. Ich hab hier auch ein paar briefliche Anfragen und mehrere E-Mails, in denen nach möglichen Terminen gefragt wird. Er wird bestimmt jede Menge Aufträge ablehnen müssen.« Clemmie griff sich den Stapel mit Papieren. »Hat er noch nie daran gedacht, zu expandieren?«

»Niemals.« YaYa flüsterte heiser etwas in die beiden Telefone und versprach, im Lauf der nächsten Stunde zur Terminbestätigung zurückzurufen. »Die großen Jungs im Feuerwerksgewerbe treten immer wieder wegen einer Übernahme oder Fusion an ihn heran, aber Guy will seine eigene Show abziehen. Die Feuerwerke zu den Olympischen Spielen und zur Silvesterfeier in London überlässt er gern den großen Firmen. Er hat erreicht, was er wollte, ein dicker Fisch im kleinen regionalen Pyro-Teich zu sein, und kann es nicht ausstehen, wenn er nicht alles unter Kontrolle hat.«

Das konnte Clemmie gut nachfühlen. Da sie wusste, dass Guy von Feuerwerk ebenso besessen war wie sie und zu Recht stolz auf seine Fähigkeiten als künstlerischer Pyrotechniker, leuchtete ihr ein, dass er sich von anderen keine Anweisungen geben lassen wollte.

Sie eilte in die Küche, die so warm und unordentlich war wie immer, und runzelte die Stirn. Suggs war nirgends zu sehen. Sie rief seinen Namen, nahm sein kleines Geschirr mit der Leine vom Haken und schüttelte es hoffnungsvoll. Es amüsierte sie immer noch, dass Suggs absolut stubenrein war, frei durchs Haus laufen durfte, durch eine Katzenklappe zu seiner Kiste mit Streu in den Vorbau ging, wenn er mal musste, und auf seinen Namen hörte.

Aus der anderen Ecke der Küche war ein gedämpftes Scharren zu hören.

»Oh!« Entsetzt fiel ihr Blick auf die Speisekammer. »Oh, Suggs!«

Jemand hatte die Tür des Vorratsschranks offengelassen. Suggs war flink die Bretter emporgeklettert, hatte rücksichtslos alles beiseite geräumt, was ihn nicht interessierte, und saß nun inmitten der Bruchstücke und schleckte zufrieden an einer dicken Pfote voll Fischpaste.

Clemmie entfernte rasch die Scherben des zerbrochenen Glases, und nachdem sie das Durcheinander weggeräumt hatte, wischte sie Suggs Pfoten mit einem Stück Küchenrolle ab und legte ihm sein Geschirr an. Im Bestreben sein improvisiertes Frühstück fortzusetzen, zappelte er heftig und sabberte Fischpaste in Clemmies Ärmel.

»Na prost!« Sie grinste ihn an. »Jetzt stinke auch ich zum Himmel. Und schau mich bloß nicht so an – ich bin noch immer kein besonders großer Fan von dir.«

Suggs hüpfte munter herum, ließ seinen bürstenartigen Schwanz hin und her schnellen und warf ihr aus seiner Banditenmaske kokette Blicke zu.

»Na gut!« Sie hob ihn hoch und küsste ihn auf die Nase. »Vielleicht bin ich doch ein ganz kleines bisschen angetan von dir. Und jetzt sei brav und komm schön mit.«

Als ihm klar geworden war, dass Clemmie nun das Sagen hatte, versuchte Suggs nicht länger die Fischpaste zurückzufordern, und wieselte zur Hintertür.

»Kommt nicht in Frage«, erklärte ihm Clemmie, nahm einen Regenschirm aus dem Ständer neben der Tür und zog an Suggs Leine. »Wir gehen über den Hof, und nicht am Flussufer spazieren. Dazu ist es viel zu nass und windig. Wir gehen zu Guy.«

Da. Sie hatte es ausgesprochen. Laut ausgesprochen. Weil es wirklich so war. Sie sagte es sich in Gedanken immer wieder vor. Wie einen verknallten Teenager versetzte es sie in freudige Erregung, seinen Namen auszusprechen. Sie konnte es sich gerade noch verkneifen, ihr Stiftemäppchen über und über damit zu bekritzeln.

Suggs warf ihr wieder einen wissenden Blick zu, dann gab er nach und trottete zufrieden neben ihr über den Hof, wobei seine kleinen Beine wie Motorkolben arbeiteten, um nicht das Gleichgewicht zu verlieren und den heftigen Windböen zu trotzen, die immer wieder vom Fluss her die Luft peitschten.

»Guy ist drüben im Labor«, erklärte Syd, einer von der Feuerwerks-Crew, und sah vom Musik-Mischpult auf, als sie in den Computerraum kam. »Du musst an die Tür klopfen und rufen. Sein Handy ist hier, das nützt dir also nichts – er hat gesagt, er wolle allein sein. Er weilt heute Vormittag wohl mit den Gedanken in fernen Galaxien.«

Alle lachten. Auch Clemmie lächelte. Der unentbehrlichen Helfermannschaft von *The Gunpowder Plot* war sie im Lauf ihrer ersten Woche vorgestellt worden. Diese Schar von hingebungsvollen Männern und Frauen – Ingenieure, Computerfreaks, Sprengstoffexperten und allesamt Pyrotechniker – hatte sie mit sprichwörtlich offenen Armen willkommen geheißen.

»Sag ihm, ich brauche ihn gleich mal.« Syd fummelte an den Schiebern des Mischpults herum. »Ich komm nicht ganz dahinter, wie dieses Finale aussehen soll. Seinen Aufzeichnungen zufolge habe ich hier mehr Feuerwerk als Musik, also frag ihn doch bitte, ob ich noch irgendetwas einfügen soll, ja, Clemmie?«

Clemmie antwortete ja, natürlich mache sie das, rannte über die nächste kalte Freifläche und eilte durch den herrlich verlockenden Lagerschuppen, wo sie sich beherrschen musste, um nicht länger bei den regenbogenfarbenen Kisten zu verweilen.

»Guy!«, rief sie, klappte den Schirm zusammen, und hämmerte gegen die Tür. »Guy! Ich bin's – Clemmie! Kann ich reinkommen?«

Die Tür ging auf. In eng anliegenden Kleidern ganz in

Schwarz sah Guy einfach fantastisch aus. Er grinste. »Liebling! Wie schön, dich zu sehen.«

Für den Bruchteil einer Sekunde blieb Clemmie fast das Herz stehen. Ihre Gedanken schlugen Purzelbäume, bis ihr aufging, dass Guy mit Suggs gesprochen hatte.

Wie peinlich hätte das werden können! Rasch konzentrierte sie sich auf den tropfenden Regenschirm und während sie inständig hoffte, dass Guy ihr verklärtes Lächeln nicht aufgefallen war, sank Clemmies Herz in sich zusammen wie ein angestochenes Soufflee.

Suggs tollte herum und sprang an Guys schwarzen Jeans hoch, um geknuddelt zu werden.

Ach, glücklicher Suggs, dachte sie neidvoll und versuchte den Augenblick zu nutzen, um ihr vom Wind zerzaustes Haar halbwegs in Ordnung zu bringen.

»Entschuldige die Störung, du hast dein Handy nicht mit, aber wir haben jede Menge Anfragen und müssen in deinen Terminplan sehen ...«

»Himmel! Er stinkt ja nach Fisch!« Guy verzog das Gesicht. »Womit hast du ihn gefüttert?«

»Mit gar nichts«, wehrte sich Clemmie. »Er war auf Selbstbedienungs-Tour. Jemand hat die Speisekammer offengelassen.«

»Ach – das werde ich wohl gewesen sein, tut mir leid.« Guy machte ein zerknirschtes Gesicht. »Ich hatte heute Morgen nach einer frischen Packung Cornflakes gesucht und hab wohl vergessen, den Riegel vorzuschieben. Frettchen sind unverbesserliche Räuber und Suggs gehört zu den Meisterdieben. Hat er schlimme Unordnung angerichtet, musstest du hinter ihm herputzen?«

»Beides ja, war aber nicht schlimm. Allerdings wollte er sich nur ungern von der Fischpaste trennen.«

»Ja, auf Fischpaste ist er ganz versessen.« Guy grinste. »Ebenso wie auf Hühnerpaste und Rinderpaste und Krabbenpaste. Wir kaufen das Zeug en gros extra für ihn und vermischen es mit seinem normalen gesunden Frettchenfutter, das er ziemlich langweilig findet, solange keine Geschmacksverstärker und künstlichen Aromen mit drin sind. Junkfood frisst er am allerliebsten und macht dabei immer eine schreckliche Sauerei.«

Klingt ganz nach mir, dachte Clemmie und wünschte sich von tiefstem Herzen, mit Suggs tauschen zu können, als sie sah, wie er an Guys Hals schnüffelte. Dann wechselte sie gedanklich schnell das Gleis, richtete Syds Botschaft aus, erklärte, dass YaYa und sie eine plötzliche Flut von Anfragen entgegengenommen hatten, während sie die Listen auf Guys Werkbank ausbreitete.

»Tut mir leid, ich hätte meinen Terminkalender im Büro lassen sollen.« Guy setzte Suggs ab und trat an die Werkbank. »Lass mal sehen.«

Während er die Listen mit seinem Kalender verglich, beäugte Clemmie begehrlich die chemischen Mixturen. Ihr erster Impuls war natürlich, Guy zu beäugen, doch da das ziemlich zwecklos war, wollte sie es sich abgewöhnen. Allmählich.

Auf den Behältern in den Regalen standen all die magischen Namen, die Clemmies Fantasie von jeher beflügelt hatten: Strontiumsalze, Lithium, Kalzium, Natrium-Verbindungen, Kupfer, Titan, Magnesium. Zudem waren da leere Mörser und Zündschnüre und große Säcke mit Holzkohle – das unentbehrliche schwarze Pulver, ohne das kein Feuerwerk möglich war.

»Braust du gerade etwas zusammen?«

Zu gern hätte sie die kleinen Löffel zur Hand genommen und auf den Waagschalen eine Mischung abgemessen. Sie betrachtete die Reagenzgläser, die neben dem aufgeschlagenen Exemplar von Allbards *Magische Mittelalterliche Alchemie* auf der

Werkbank standen. Versuchte Guy, ein geheimnisvolles altes Feuerwerk herzustellen? »Aber ja! Ist das ein Rezept nach dem Buch? Ach nein, zu modern – Strontium und Lithium ergeben Rot – aus Kalzium wird Orange – ah, und Natrium für Gelb. Eine fantastische Kombination! Das wird aussehen wie eine Supernova!«

Guy unterbrach den Abgleich der Listen und sah sie an, sein Blick war hart wie Stahl. »Nur weiter.«

»Äh …« Clemmie ruderte in Gedanken zurück. »Ja, nun – ich meine, ich vermute natürlich nur, dass es so aussehen würde, ähem, ich meine …«

»Zu spät.« Guy klopfte mit dem Stift auf seinen Terminkalender. »Wenn du dich nicht früher schon mit Pyrotechnik beschäftigt hättest, wüsstest du nie im Leben die Namen der Bestandteile, geschweige denn, welche Kombinationen welche Farben ergeben. Ich weiß, du hast gesagt, du stehst auf Feuerwerke und warst in der Schule gut in Naturwissenschaften, aber das hier geht weit darüber hinaus. Ich denke, du schuldest mir eine Erklärung – zum Beispiel, für welche Firma du arbeitest? Wer dich hergeschickt hat? Wie viele Informationen du über meinen Betrieb schon weitergegeben hast? Und wie lange du brauchst, um deine Sachen zu packen.«

Clemmie stöhnte. »So ist es ganz und gar nicht. Ehrlich. Ich arbeite wirklich nicht für eine andere Feuerwerksfirma. Glaub doch bitte nicht, ich wäre eine Spionin. Es ist nur …«

»Nur was?« Guys Stimme war so stählern wie der stürmische Oktoberhimmel. »Nur was, Clemmie?«

Sie zuckte die Achseln. Den Job war sie jetzt wahrscheinlich sowieso los, doch sie fände es unerträglich, wenn Guy sie für einen Maulwurf hielte. »Schau, YaYa war nicht die Einzige, die bei dem Vorstellungsgespräch mit manchem hinterm Berg gehalten hat – aber ich schwöre dir, ich wusste wirklich nicht, dass es um einen Job in deiner Firma ging. Ich hatte überhaupt keine Ahnung, um was für einen Betrieb es sich handelt. Sie sagte, ihr wärt Partyveranstalter und da wollte ich ihr nur deshalb nicht alles erzählen, damit sie mich nicht für überqualifiziert hielte.«

Guys Gesicht zeigte keinerlei Regung. Suggs kletterte auf einen der Kohlesäcke, rollte sich zusammen und beobachtete sie spöttisch mit einem Auge.

»Ach, tatsächlich?« Guys Stimme klang immer noch kalt. »Inwiefern denn überqualifiziert?«

Clemmie schluckte. Sie konnte nicht länger lügen. »Ich habe Chemie studiert. Und seit ich alt genug war, ein Streichholz anzuzünden, habe auch ich Experimente gemacht, um eigene Feuerwerkskörper zu bauen. Daher kannte ich die Bücher in deiner Bibliothek und wusste, wie Feuerwerke funktionieren und natürlich auch, was es mit den Chemikalien auf sich hat. Ich hatte zahllose langweilige Jobs, weil der einzige Job, den ich je wollte – nun – dieser hier ist.«

Guy wandte sich von der Werkbank ab und schaute aus dem Fenster. Sein Rücken sah ziemlich abweisend aus. »Wo hast du studiert?«, fragte er misstrauisch.

»Cambridge.«

»Und wie war deine Abschlussnote?«

»Ich – ich hatte eine Eins.«

Er drehte sich um. »Mist. Bessere Note als ich. Bessere Uni als ich.«

»Echt?«

»Ja, echt. Ich hatte Zwei Komma Eins. Aber diese Information solltest du besser gleich wieder vergessen.«

»Welche Information?«

»Wie schön, dass wir uns so gut verstehen.« Er machte ein Gesicht, als könne er sich nur mit Mühe das Lachen verkneifen. »So, und wann hattest du vor, uns wissen zu lassen, dass du mehr zu bieten hast als ein hübsches Gesicht?«

Meinte er das ernst?, fragte Clemmie sich aufgeregt. War das ein Kompliment? Oder einfach nur eine abgenutzte Redewendung? Nicht, dass es eine Rolle spielte, da Guy ja schwul war, aber trotzdem …

»Ich hatte gehofft, es wäre nicht notwendig. Hör zu, es tut mir leid. Ich wollte euch nicht hinters Licht führen, aber ich wollte diesen Job und nun, tja, ich liebe diese Arbeit und ich dachte, wenn du über mein Studium und meine amateurhafte Bombenbastelei Bescheid wüsstest, würdest du denken, ich wollte mich in die Pyrotechnik hineindrängen oder bald eine Gehaltserhöhung verlangen oder so. Und das will ich ja gar nicht.« Sie holte tief Luft. »Alles, was ich will, ist weiter hier arbeiten, als Büromädchen für alles und …«

»Du glaubst doch nicht im Ernst, dass das jetzt noch möglich ist?«

7. Kapitel

»O Gott!« Clemmie schüttelte den Kopf. »Du kannst mich doch jetzt nicht feuern! Ich bin hier wirklich glücklich.«

»Feuern? Ich habe nicht vor, dich rauszuwerfen.« Guy kritzelte anhand seines Terminkalenders einige Notizen auf die Papiere. »Warum in aller Welt sollte ich dich feuern wollen? Ich wusste von Anfang an, dass du mehr drauf hast, als eine angenehme Telefonstimme und effiziente E-Mail-Verwaltung. Den ganzen Quatsch von wegen, du hättest dich für ein Schulprojekt mit dem Thema Feuerwerk beschäftigt und würdest Pyro-Sendungen im Fernsehen anschauen, habe ich dir sowieso nicht wirklich abgekauft.«

»Nicht?«

Guy schüttelte den Kopf. Sein schwarzes Haar fiel ihm seidig ins Gesicht. Clemmie kribbelte es in den Fingern, es zu streicheln. Er blickte auf. »Nein. Ich glaube dir gern, dass du diese Sendungen ansiehst – tun wir alle –, aber einmal ein Feuerwerkfreak, immer ein Feuerwerkfreak, und ich erkenne alle gleichgesinnten Bombenbastler.«

Clemmie grinste. »Ich hätte wirklich schon früher Farbe bekennen sollen, wie meine Freundin Chelsea immer sagt, aber ich hatte Angst, dass du denkst – nun, was du ja auch gedacht hast – ich wäre eine Spionin. Vor allem nach der Erfahrung mit eurem letzten Mitarbeiter.«

»Nun, das haben wir ja aber geklärt. Inzwischen hast du

schon bewiesen, dass du im Büro eine echte Perle bist, und YaYa mag dich sehr gern. Nachdem ich nun von deinem Chemiestudium weiß, wirst du ein noch größerer Gewinn für unsere Firma sein. Wenn ich also dein Gehalt etwas nach oben korrigiere, wärst du dann an einer Dauerstellung interessiert – mit ein paar Zusatzaufgaben? Unter nur einer Bedingung?«

Clemmie machte im Geiste einen Luftsprung. Zeig dich nicht zu bedürftig, sagte sie sich. Wirk nicht zu begierig. Sag nicht zu schnell Ja …

»Ob ich interessiert wäre? Na klar! Vielen, vielen Dank! Oh, aber was ist mit der Dame im Erziehungsurlaub? Und was für Zusatzaufgaben? Und unter welcher Bedingung?«

»Jacky hat mich gestern Abend angerufen. Sie ist als Hausfrau und Mutter rundum zufrieden und möchte nicht zurückkommen. Ich hatte ohnehin vor, dir heute eine feste Stelle anzubieten – und die Extras – nun ja, du bist hier natürlich mehr als nützlich, aber ich glaube, wir könnten dich auch bei den Groß-Feuerwerken ab und zu brauchen. Würde dir das gefallen?«

»Gefallen?« Clemmie bemühte sich vergeblich, nicht übers ganze Gesicht zu strahlen wie ein Honigkuchenpferd. »Gefallen? Ebenso gut könntest du ein Groupie fragen, wie ihr ein ›Access All Areas‹-Pass für alle großen Konzerte im Wembley-Stadion gefallen würde!«

»Dann nehme ich das mal als ein Ja«, sagte Guy grinsend. »Aber es gibt noch die eine Bedingung.«

Clemmie hörte auf zu strahlen. Das könnte der Knackpunkt sein. »Ja richtig. Und die wäre?«

»Dass du YaYa niemals erzählst, dass deine Ausbildung und deine Abschlussnote besser sind als meine.«

»Niemals. Pfadfinderehrenwort. Hoch und heilig.«

»Wunderbar.« Lachend gab Guy ihr den Kalender und die Papiere zurück. »Wär gut, wenn ihr diese Termine noch mal abgleicht, denn ich sehe jetzt schon ein paar Überschneidungen, den Rest klären wir dann später. Willkommen im Team – ich bin überzeugt, wir werden eine Menge Spaß zusammen haben.«

Spaß? Zusammen? Clemmie atmete scharf aus. Er würde nie erfahren, welchen Spaß sie sich in ihren Fantasien zusammen mit ihm ausgemalt hatte. Nein, Spaß war eigentlich auch nicht der Ausdruck, den sie wählen würde. Enttäuschung traf es wahrscheinlich schon eher. Wenn Guy und YaYa kein festes Paar wären, könnte das natürlich anders aussehen, aber so wie die Dinge standen, musste sie sich eben mit den Feuerwerken begnügen.

Sie lächelte. »O ja, bestimmt. Hier wird ein Traum für mich wahr. Du ahnst ja gar nicht, wie sehr ich mir gewünscht habe …« Leider fing Clemmie in diesem Moment Suggs Blick auf. Die Augen in der Banditenmaske sahen sie spöttisch und zweifelnd an. Okay, dachte sie und hielt seinem Blick stand, bis er wegsah, du und ich, wir kennen die Wahrheit, aber das bleibt unter uns. »Entschuldige – ich hör schon auf zu plappern. Ich weiß ja, dass du zu tun hast.«

»Ich arbeite nicht wirklich. Ich experimentiere.« Guy deutete auf das alte Alchemiebuch und die Ansammlung von Chemikalien auf der Werkbank. »Nachdem du von Allbard so geschwärmt hattest, dachte ich mir, ich versuche mal, seine Rezepte in Komponenten des einundzwanzigsten Jahrhunderts zu übertragen – bislang ohne Erfolg. Ich träume noch immer davon, das Unmögliche zu verwirklichen.«

»Ein Feuerwerk, das noch niemand hat herstellen können? O ja, ich auch!« Welch Glück, das endlich aussprechen zu können! »Das heißt, nicht in dieser Größenordnung natürlich, aber ich träume schon lange davon, eines Tages mein eigenes bahnbrechendes Feuerwerk zu bauen – wahrscheinlich, um damit in die Unsterblichkeit einzugehen. Aber als Chemikerin bin ich mehr von der Sorte: ›Knapp vorbei ist auch daneben.‹ Ich arbeite wie eine Art Jamie Oliver der Pyrotechnik: eine Prise von diesem und ein Schuss von jenem.«

»Erstaunlich, dass du Bagley-cum-Russett noch nicht in den siebten Himmel gejagt hast.« Guy lachte. »Orientierst du dich auch an Allbards Rezepten?«

»Aber nein – ich habe zwar jahrelang versucht, eine Ausgabe dieses Buches in die Finger zu bekommen, würde ihn aber wahrscheinlich ebenso wenig übersetzen können wie du. Nicht, dass ich von dem magischen Element überzeugt wäre, versteht sich.« Sie warf Guy einen schnellen Blick zu. »Wie du weißt, beschäftigen sich viel zu viele Leute in den Dörfern dieser Gegend hier mit Magie; und für meine Begriffe lassen sich Magie und Wissenschaft einfach nicht unter einen Hut bringen.«

»Allbard würde dir da widersprechen. Für ihn ist das Zusammenrühren von Chemikalien genau dasselbe, wie eine Kräutermischung für einen Zaubertrank herzustellen, und er meint, das Unerklärliche könne geschehen, wenn man nur die richtige Zusammensetzung findet. Schau, wie es Mitzi Blessing in Hazy Hassocks ergangen ist. Sie hat mit Rezepten der Erdmagie eine Marktnische gefüllt und die Leute schwören darauf. Und wie war das mit der jungen Frau und den Massagen? YaYa war letztes Jahr ganz wild darauf, eines dieser Liebeselixiere auszuprobieren.«

»Hat YaYa das wirklich nötig?«, fragte Clemmie um Leichtigkeit bemüht. »Sukie Ambrose ist schon seit der Schulzeit eine gute Freundin von mir – und auch wenn es stimmt, dass irgendwie eigenartige Dinge geschehen sind, als sie ihre Lotionen nach den Rezepten ihrer Patentante zusammengestellt hat – an Magie glaube ich trotzdem nicht. Dazu bin ich viel zu pragmatisch.«

»Wenn wir Allbard mal beiseitelassen, wie sähe dein persönliches Feuerwerk denn aus? Ich will nicht deine Ideen klauen, ich bin nur neugierig.«

Clemmie drückte den Terminkalender an die Brust. »Ich habe versucht, eine Batterie mit Farbbukett-Bombetten in Intervallabschüssen zu entwickeln. Ich nenne es – lach bitte nicht – ›Siebter Himmel‹. Die Idee basiert auf der alten religiösen Vorstellung, dass es sieben verschiedene Himmelsebenen gibt, von denen jede eine eigene Färbung hat.«

Guy sah sie schweigend an. Clemmie seufzte. Jetzt hielt er sie natürlich für übergeschnappt. Vielleicht war es ja auch übergeschnappt, jahrelang im Schuppen der Coddles mit verrückten Ideen herumzuspielen.

»Erzähl weiter.« Er lehnte sich gegen die Werkbank. »Ich bin fasziniert. Das klingt noch viel spannender als meine Versuche. Ich dachte, ich könnte mit Allbard eine bislang noch unentdeckte Feuerwerksfarbe finden.«

»Grün!« Clemmie strahlte ihn an. »Ein wirklich dunkles Waldgrün oder das dunkelste Grün eines tropischen Ozeans? Die Art von Grün, über die sich Pyrotechniker seit Jahren die Köpfe zerbrechen?«

»Du weißt wirklich gut Bescheid«, lachte Guy. »Genau darum geht es. Und glaub mir, ich habe es mit jeder nur menschenmöglichen Kombination aus Blau und Gelb versucht, doch es kommt immer das Falsche heraus – zu blass oder zu grell … Aber erzähl mir von den sieben Himmelsebenen. Davon habe ich noch nie gehört.«

»Wir hatten einen tollen Religionslehrer, der uns jede Menge spannende Sachen über verschiedene Religionen und Glaubensinhalte erzählt hat, aber da ich mich nur für Farben und Sprengstoffe interessiert habe, habe ich mir nur die Details gemerkt, von denen ich dachte, dass ich sie vielleicht gebrauchen könnte.« Clemmie spielte an ihren Ohrringen herum. »Im ersten Himmel sollen silberne Sterne an goldenen Ketten aufgereiht sein, der zweite leuchtet in reinem Gold, der dritte schimmert in Perlmutt, im vierten funkeln Tränen aus Weißgold und Silber, im fünften sieht man Silber und orangerotes Feuer, im sechsten üppige rote Edelsteine wie Rubine und Granate, und dann erreicht man den siebten Himmel …«

Guy starrte sie an. »Himmel, erzähl weiter!«

»Tja, nun, das ist das Problem. Den alten Schriften zufolge ist die Farbe des siebten Himmels ein unbeschreibliches göttliches Licht, eine nie zuvor gesehene prächtige Farbe. Da käme dann wohl, in pyrotechnischen Kategorien gedacht, das magische Dunkelgrün ins Spiel.«

Guy schwieg. Suggs saß auf seinem Holzkohlesack und beobachtete die beiden aufmerksam.

Clemmie zuckte die Achseln. »Entschuldige – du findest das wahrscheinlich ziemlich blöd. Ich meine, du bist ein erfolgreicher Pyrotechniker und ich nur eine Amateurdilettantin mit einer verrückten Vision.«

»Ich finde«, sagte Guy und löste sich von der Werkbank, »dass deine Idee vom siebten Himmel sehr beeindruckend klingt, und kann kaum glauben, dass bislang noch keine der großen Feuerwerksfirmen darauf gekommen ist. Ich sehe da ein überwältigendes magisches Finale vor mir: Während die Effekte explodieren, ergießt sich fantastisch verzögert eine herabregnende Farbkaskade auf die vorherige und das Ganze gipfelt schließlich in diesem sagenhaften, noch nie da gewesenen Dunkelgrün.«

Auch Clemmie sah es vor sich. Schweigend standen sie

einen Moment lang da, beide gedankenverloren in demselben Traum.

Guy runzelte die Stirn. »Was ich allerdings nicht verstehe, ist, warum du nicht zu einer der landesweit arbeitenden Feuerwerksfirmen gegangen bist. Man hätte dich doch sicher mit Handkuss genommen? Warum in aller Welt wohnst du noch immer in Bagley und machst Bürojobs, die dir größtenteils gegen den Strich gehen?«

»Die Wahrheit?«

»Wär mal eine nette Abwechslung.«

Lächelnd sahen sie einander an. Ach herrje, dachte Clemmie und schaute rasch weg – er ist einfach so herzzerreißend wunderbar.

Sie holte tief Luft. »Wahrscheinlich findest du, das klingt reichlich blöd, aber mir gefällt es hier einfach so gut. An der Universität hatte ich schreckliches Heimweh. Ich konnte es kaum erwarten, wieder nach Hause zu kommen. Meine Freunde, meine Tante und mein Onkel, alles Vertraute und Bekannte war immer hier gewesen, und ich hatte überhaupt kein Verlangen, all das wieder zu verlassen. Feuerwerk war nur eine persönliche Leidenschaft, mein Hobby. Ich wollte beides haben. Vor allem aber wollte ich glücklich sein, und ich war nirgendwo anders glücklich als hier in Bagley und den umliegenden Dörfern.«

»Du hättest dich doch bei *The Gunpowder Plot* um eine Stelle bewerben können.«

»Glaub mir, mit dem Gedanken habe ich durchaus gespielt.« Clemmie vermied es an diesem Punkt, Suggs anzuschauen. »Ich habe immer wieder die Stellenanzeigen durchgesehen, ob ihr einen Mitarbeiter sucht, aber ich dachte, dass ihr schon eine ellenlange Warteliste von Möchtegern-Feuerwerkern habt.« Wieder fummelte sie an ihren Ohrringen herum. »Ich bin von meinen Fähigkeiten nicht sonderlich überzeugt, daher hätte ich es nie gewagt, eine Blindbewerbung einzureichen.«

»Gott sei Dank hast du dich dann ja auf unsere Büroanzeige beworben«, sagte Guy. »Allerdings glaubt YaYa bestimmt nicht, dass dies ein glücklicher Zufall war. Sie wird denken, es sei das Zusammenwirken irgendwelcher Astralkräfte oder eine himmlische Fügung oder so.«

Clemmie lachte. »Sie sollte sich mal mit meiner Freundin Phoebe unterhalten, die schwört auf alles, was mit Astrologie zu tun hat. Aber im Ernst, mir ist es ganz gleichgültig, wie es kam, ich bin einfach nur froh, dass es so gekommen ist.«

Suggs setzte sich auf und schnaubte verächtlich.

»Ich auch.« Guy hob Suggs vom Kohlensack und streichelte zärtlich seinen Kopf. »Und wie gesagt, ich habe nicht vor, deine Ideen zu klauen, aber wenn du möchtest, kannst du gerne dieses Labor benutzen und versuchen, deinen siebten Himmel etwas weiterzuentwickeln.«

»Wirklich?« Clemmie hätte ihn am liebsten geküsst. »Toll! Vielen Dank – das wäre wunderbar. Aber ohne dich könnte ich es gar nicht. Das ist mein Problem. Ich spiele mit Pyrotechnik herum, weil ich einfach nicht genügend weiß. Du hättest wohl nicht vielleicht Zeit, mir zu helfen? Nein, natürlich nicht.«

»Glaub mir, nichts täte ich lieber. Wir könnten uns ja an einem Abend, an dem ich keine Veranstaltung habe, mal ein wenig Zeit nehmen und schauen, was dabei herauskommt – wenn du Lust hast?«

Wie große Lust ich auf dich habe, dachte Clemmie, brächte wahrscheinlich den ärgsten Sünder zum Erröten.

»Das klingt fantastisch. Unheimlich gerne! Du ahnst ja nicht …«

Ein heftiges Klopfen an der Tür verhinderte glücklicherweise, dass ihre Schwärmerei weiter ausuferte.

»Guy!«, ertönte die Stimme von Syd. »Entschuldige die Störung, aber wir kommen mit dem Feuerwerk für Snepps nicht weiter, wenn du nicht einen Blick darauf wirfst und dieses kniffelige Timing abklärst!«

»Tut mir leid«, sagte Guy zu Clemmie. »Wir werden uns später mit dem siebten Himmel beschäftigen.« Er übergab ihr Suggs Leine und zog die Tür auf. »Okay, Syd. Ich komme.«

Clemmie vergewisserte sich, dass sie alle Papiere und den Terminkalender hatte, und schwebte mit Suggs an ihrer Seite ohne auf den Regen zu achten über den Hof zum Haus zurück.

YaYa war in der Küche, saß mit einer aufgeschlagenen Zeitung an dem unordentlichen Tisch, rauchte eine lange Zigarette und nippte an einer Tasse mit schwarzem Kaffee.

Suggs kletterte unverzüglich auf ihren Schoß.

»Ih bäh! Ihr seid ja beide klatschnass!« Sie blickte von der Zeitung auf, langte über den voll beladenen Tisch und griff sich ein Stück Küchenrolle, um Suggs die Regentropfen vom Fell zu wischen. »Hattest du keinen Schirm dabei?«

»Doch, ich glaube schon«, antwortete Clemmie träumerisch. »Ich muss ihn wohl vergessen haben.«

»Süße«, gluckste YaYa, während Suggs sich rasch putzte, ehe er sich auf ihrem Schoß zusammenrollte, »du machst ein Gesicht, als hättest du einen Schlag auf den Kopf bekommen. Was ist passiert? Ach, Guy war doch hoffentlich nicht grob zu dir, oder? Er kann manchmal ganz schön patzig sein, wenn er gerade mit seinen Senkrechtstartern rumspielt.«

»Nein, nein, gar nicht«, seufzte Clemmie. »Ganz im Gegenteil. Er hat mir eine feste Anstellung angeboten und gesagt, ich könne gelegentlich bei Feuerwerken mitmachen und …«

Sie brach ab, denn sie fand, YaYa vom siebten Himmel zu erzählen, käme womöglich der einen Bedingung eine Spur zu nahe.

»Das sind ja wirklich gute Nachrichten, meine Liebe.« YaYa zwinkerte. »Das freut mich aber. Und genau im richtigen Moment, denn für mich gab es auch gerade eine erfreuliche Neuigkeit. Hol dir einen Kaffee und nimm dir einen Stuhl, dann gehen wir die Termine dieser Buchungen und Anfragen durch.«

Clemmie holte und nahm und strahlte noch immer übers ganze Gesicht.

»Welches Sternzeichen bist du?« YaYa studierte die Zeitung.

»Das brauchst du mir gar nicht erst vorzulesen. Ich glaube nicht an Astrologie. Meine beste Freundin Phoebe schwört allerdings auf all dieses Zeug. Ich habe Guy gerade von ihr erzählt. Sie legt Tarotkarten und erstellt Geburtshoroskope.«

»Gibt's ja nicht!« YaYas Wimpern klimperten wie Kolibriflügel. »Du musst mich unbedingt mit ihr bekannt machen, Clemmie! Meinst du, sie würde mir mal aus den Karten lesen?«

»Natürlich.« Clemmie nahm einen Schluck Kaffee. »Sie ist ständig auf der Suche nach neuen Opfern – äh – Klienten.«

»Fantastisch. Ich nehm dich beim Wort. Und jetzt sag schon, welches Sternzeichen bist du?«

»Zwillinge. Aber das bringt nichts.«

YaYa wackelte aufgeregt mit den langen roten Fingernägeln und verstreute Asche über den Tisch. »Zwillinge! Na also – dann ist ja alles klar! Ich bin Waage, und Guy ist Wassermann. Wir sind alle drei Luftzeichen, verstehst du? Miteinander verknüpft durch ein himmlisches Band! Wir sind ein einzigartiges Team und arbeiten zusammen in astraler Harmonie. Kein Wunder, dass wir uns alle so gut verstehen. Und noch dazu weißt du jede Menge über Feuerwerk. Dich hat wirklich der Himmel geschickt.«

»Alles nur Hokuspokus«, kicherte Clemmie, »Quatsch mit Soße! Aber egal, du hast gesagt, bei dir gäbe es auch Neuigkeiten?«

Suggs richtete sich auf, streckte sich, sah Clemmie aus zusammengekniffenen Augen an und schüttelte den Kopf. Clemmie zwinkerte ihm zu. Er rümpfte abschätzig die Nase und rollte sich wieder auf YaYas Schoß zusammen.

»Ach ja: Meine Neuigkeiten ...« YaYa ließ das Bardot-Top etwas weiter von den schlanken, gebräunten Schultern gleiten. »Nun, man hat mir eine kleine Tournee angeboten. Nur eine Woche – aber zusammen mit den *Dancing Queens*. Sie hatten eine Show in Melton Mowbray und eines der Girls ist in ein Handgemenge mit einem ehemaligen Polizisten geraten. Nun liegt sie im Streckverband im Krankenhaus.«

»Ach du liebes bisschen.« Clemmie schluckte schnell einen Mund voll Kaffee. »Und der Polizist?«

»Hat sich nur den Gummiknüppel verstaucht. Aber der entscheidende Punkt ist, dass es eine große Ehre ist, gefragt zu werden. Die *Dancing Queens* sind einfach die Besten.« YaYa sah über den Tisch zu Clemmie. »Hast du schon mal von ihnen gehört?«

»Nein, tut mir leid. Ich habe von Travestieshows überhaupt keine Ahnung.«

»Das sollten wir ändern«, meinte YaYa vergnügt. »Wenn Bekannte von mir mal hier in der Gegend auftreten, nehme ich dich mit.«

»Ich freu mich schon«, sagte Clemmie zaghaft. »Glaub ich jedenfalls.«

»Du wirst begeistert sein. Ich achte darauf, dass es kein billiger Kitsch ist. Wir treten auch bei Polterabenden und Partys auf und in allen möglichen Clubs – Rugby Clubs sind eine heiße Adresse – und natürlich in Schwulenbars.« YaYa gluckste.

»Auf jeden Fall brauchen mich die *Dancing Queens* in der ersten Novemberwoche, und das heißt, ich werde bei der Feuerwerksparty für Snepps in Hazy Hassocks am fünften November nicht hier sein. Du wirst mitgehen und mich vertreten müssen, meine Liebe.«

»Dich vertreten?«

»Als Guys bessere Hälfte, ja. Ist allerdings keine einfache Aufgabe. Du wirst alle Register ziehen müssen. Diese Tarnia Snepps ist hemmungslos. Absolut hemmungslos. Und Guy kann nicht so unhöflich zu ihr sein, wie er es gern wäre, weil sie eine gute Kundin ist.«

Clemmie wäre am liebsten mit Jubelrufen und in die Luft boxend durch die Küche gehüpft, schaffte es aber, nicht übertrieben interessiert zu wirken. »Okay – ich werde mein Bestes tun, ihn für dich zu beschützen.«

»Gutes Mädchen.« YaYa zündete sich eine neue Zigarette an. »Guy wird zwar nicht allzu begeistert sein, aber er ist insgesamt sehr locker, was meine Arbeit betrifft. Schließlich sind wir keine siamesischen Zwillinge.«

Ihr lebt nur in einem Haus und schlaft in einem Bett, dachte Clemmie und zügelte ihre ausschweifenden Fantasien angesichts der Vorstellung, einen ganzen Abend lang Guys Ersatzfrau sein zu dürfen. Er ist schwul, du dumme Nuss. Vergiss das nicht.

»Die Snepps an der Nase herumzuführen wäre also gebongt – jetzt lass mal sehen, welche weiteren Aufträge wir unter Dach und Fach bringen können.« YaYa griff sich den Kalender. »Hm, ein paar müssen wir umbuchen und dann die Schautafel auf den neuesten Stand bringen. Ich bemühe mich immer, Alternativtermine anzubieten, anstatt abzusagen, weil wir schon gebucht sind. Aber der Rest geht wohl in Ordnung. Ich rufe ein paar Leute an und bestätige die Termine, den anderen kannst du E-Mails schicken. Schön – nur diese beiden sind ein wenig speziell.«

Clemmie besah sich Guys große Krakelschrift. »Steeple Fritton – ist er dort nicht erst gestern gewesen?«

YaYa nickte. »Anfrage für eine Hochzeit. Am Valentinstag nächstes Jahr. Wie süß. Und wenn du versprichst nicht zu sagen, dass ich es dir verraten habe, das ist auch Guys Geburtstag.«

»Gibt's doch nicht!« Clemmie war ganz verzückt. »Passt ja perfekt! Guy kam am Valentinstag zur Welt! Äh … ich meine …«

»Ich weiß genau, was du meinst. Als wir noch zur Schule gingen, bekam er säckeweise Glückwunschkarten zu beiden Anlässen. Der arme Briefträger hätte sich fast einen Leistenbruch geholt.« YaYa lachte, und die Zigarette tanzte zwischen ihren glänzenden sinnlichen Lippen. »Allerdings gibt es mit dieser speziellen Hochzeit offenbar Komplikationen und der Typ, mit dem sich Guy gestern getroffen hat, musste in letzter Minute alles abblasen. Wirkt alles ein bisschen wie eine Nacht-und-Nebel-Aktion. Wir müssen so bald wie möglich noch mal hinfahren, um herauszufinden, was genau da gewünscht wird. Willst du das übernehmen?«

Clemmie nickte. »Ich weiß, wo Steeple Fritton ist. In Richtung Upton Nervet – eines dieser wirklich malerischen kleinen Berkshire-Dörfer. Aber ich weiß bei Weitem noch nicht genug über *The Gunpowder Plot*, um das alleine durchziehen zu können.«

»Dann fahren wir gemeinsam«, sagte YaYa und blätterte im Kalender. »Du und ich. Guy kann sich ums Büro kümmern, solange wir weg sind. Da kannst du mal lernen, wie man so was abwickelt.«

»Wunderbar. Aber was ist daran so kompliziert?«

»Es soll eine geheime Hochzeit sein, Süße. Der Bräutigam

arrangiert alles ohne Wissen der Braut. Guy sagt, er will so tun, als gingen sie zur Hochzeit von jemand anders, und möchte die Glückliche überraschen, wenn sie beim Standesamt sind.«

»Ach du liebe Zeit! Und wenn sie ihn nicht heiraten will?«

»Das Risiko will er offenbar auf sich nehmen. Mutiger Junge. Ich werde ihn also nächste Woche dazwischenschieben, okay? Dienstag, wenn ihm das recht ist. Wie hieß er gleich noch mal? Ach ja, Ellis Blissit, und da ist auch seine Handynummer, ich rufe ihn also heute Nachmittag an. Schön, der andere Auftrag, den wir klären müssen, ist noch eine Hochzeit. Ich liebe Hochzeiten, du nicht auch?«

Da es nicht so aussah, als ob sie selbst jemals eine erleben würde, war Clemmie sich nicht ganz sicher, aber sie nickte trotzdem. »Und wo findet die statt?«

»In Milton St. John bei Charlie Somerset und Jemima Carlisle. Anfang Dezember. Sie rief letzte Woche an.«

»Ist Milton St. John nicht dieses Dorf mit den Pferderennen? In der Nähe von Newbury? Von Charlie Somerset habe sogar ich schon gehört. Mein Onkel Bill hat ein kleines Vermögen gewonnen, als er noch Jockey war – ich meine natürlich Charlie Somerset, nicht mein Onkel Bill.«

»Unheimlich sexy, der Bursche«, meinte YaYa anerkennend. »Wirklich durchtrainiert. Ich meine natürlich Charlie Somerset, nicht deinen Onkel Bill – obwohl ich da auch falsch liegen könnte, schließlich bin ich deinem Onkel Bill ja noch nie begegnet.«

»Du liegst schon richtig.«

»Schade. Aber wie dem auch sei, für diese Show werden wir mehrere Besuche machen müssen, Charlie und Jemima wollen wegen der Pferde nämlich ein geräuscharmes Feuerwerk, also werden wir ihnen ein paar Videoaufnahmen bringen und etwas entsprechend Hübsches, Festliches, aber Lautloses austüfteln. Soll ich dich mit Guy dafür eintragen? Sagen wir, Ende nächster Woche?«

»Klingt gut«, seufzte Clemmie glücklich. »Ja, sehr gerne.«

»Allerdings«, YaYa blätterte im Kalender, »hat Jemima um eine Vorbesprechung gebeten, damit sie unser Timing mit dem übrigen Unterhaltungsprogramm der Hochzeitsfeier abstimmen kann. Sie hat gesagt, wir müssen uns vielleicht auswärts irgendwo mit ihr treffen, weil sie mit all den Hochzeitsvorbereitungen in letzter Minute so viel zu tun hat. Die Ärmste klang total abgehetzt. Wenn du den zweiten Termin also mit Guy machst, wie wär's, wenn du den ersten allein übernimmst, nachdem Guy dich ja nun zur festen Mitarbeiterin erklärt hat? Wir müssen nur kurz Jemima anrufen und für euer Treffen den passenden Zeitpunkt am passenden Ort austüfteln. Einverstanden?«

»Wunderbar! Ich bin sicher, das kriege ich hin. Soll ich die anderen Termine auch gleich abklären?«

»Ach, lass uns erst noch eine Tasse Kaffee trinken«, sagte YaYa, nahm Suggs hoch und brachte ihn zu seinem Minisofa. »Und dazu ein süßes Teilchen. Es geht doch nichts über etwas Süßes in der Mittagspause. Ich mach den Kaffee und du holst die Teilchen. Sie sind im Kühlregal in der Speisekammer.«

Da Clemmie es geschafft hatte, in den letzten vierundzwanzig Stunden nichts Gesundheitsschädliches zu essen, und weil es so ein toller Tag war, hatte sie keinerlei Schuldgefühle, einer Tonne Kalorien mit Schlagsahne zu frönen, bevor sie wieder an die Arbeit ging.

Sie hob vorsichtig den Karton aus dem Vorratsschrank, dachte auch daran, die Tür gegen Suggs' Raubzüge zu verriegeln, und betrachtete erneut die Wand mit den Fotos. Tarnia Snepps machte eindeutig einen lüsternen Eindruck. Dennoch würde es sicher Spaß machen, ihren Tagtraum auszuleben und so zu tun, als wären sie und der hinreißende Guy ein Paar – selbst wenn es nur eine Scharade für einen einzigen Abend wäre.

»Oh – die sieht aber gut aus!« Clemmie zeigte auf das Foto einer klassisch schönen blonden Frau mit vier engelhaften Kindern, die in einem weitläufigen und makellos gepflegten Sommergarten an einem Holztisch saßen. »Und diese Kinder! Alle vier – blond und so süß. Die sehen ja aus wie aus dem Werbefernsehen. Sind das auch Kunden von *The Gunpowder Plot*, für die ihr ein Feuerwerk veranstaltet habt?«

YaYa kam durch die Küche getänzelt und spähte über Clemmies Schulter.

»Ach die«, sagte sie abfällig. »Guy nimmt das Bild immer wieder ab, und ich hänge es immer wieder auf, damit ich es anspucken kann, wenn ich ganz besonders wütend bin.«

»Warum?« Clemmie lachte. »Wer ist das?«

»Die Blonde ist Helen – wie die schöne Helena, viel bewundert und viel geliftet – und ihre Gören sind die glubschäugigen Ausgeburten der Hölle: Kacki, Kotzi, Rotz und Ratte.«

»Was bist du doch für ein Biest«, kicherte Clemmie.

»Danke, ich tu mein Bestes.«

»Aber was um Himmels willen haben diese Helen und ihre Kinder dir denn angetan?«

»Mir, meine Süße, nicht sonderlich viel. Aber Guy eindeutig zu viel.«

»Wieso?«, fragte Clemmie verwundert, während YaYa die Schachtel mit dem Gebäck zum Tisch trug. »Was haben sie gemacht? Haben sie ihre Rechnung nicht bezahlt? Oder an einem Feuerwerk herumgenörgelt? Wer in aller Welt ist das denn?«

»Ach, du wirst sie schon noch früh genug kennen lernen.« YaYa zog scharf die Luft ein. »Das ist Guys Frau samt Kindern.«

8. Kapitel

Einige Tage später fuhr Clemmie durch die Spätherbstsonne in Richtung Newbury, um sich mit Jemima Carlisle zu treffen, und bemühte sich, ihre Gedanken zu sammeln. Da dies ihr erster offizieller Außentermin als Mitarbeiterin von *The Gunpowder Plot* war, musste sie sich konzentrieren, um alles richtig zu machen. Sie durfte in Gedanken jetzt nicht bei den eher privaten Belangen verweilen, die sich in ihren Arbeitsalltag im Bootshaus drängten. Heute musste sie wirklich professionell auftreten.

Das würde nicht einfach werden.

Nachdem sie sich gerade erst mit der niederschmetternden Neuigkeit über Guy und YaYa abgefunden hatte, war es für sie ein wirklich sehr verwirrender Seitenhieb gewesen, plötzlich zu erfahren, dass Guy außerdem eine Frau und vier Kinder hatte.

Zahllose Fragen waren ihr an jenem Tag durch den Kopf geschwirrt. Sie hatte die Zähne zusammengebissen, um nicht Worte mit womöglich verheerenden Folgen herauszusprudeln, und heldenhaft darum gekämpft, ihre Gesichtszüge nicht entgleisen zu lassen und beherrscht zu reagieren.

»Seine Frau? Ach tatsächlich? Ich wusste gar nicht, dass er verheiratet ist.«

»Verheiratet war, muss es heißen.« YaYa hatte die Schachtel mit dem Gebäck auf den Tisch geknallt und es auf zwei Teller verteilt. »Offiziell ist Helen seine Ex. Aber man merkt nicht viel davon. Sie lässt ihm immer noch keine Ruhe. Zwar sagt sie, sie habe keine Lust mehr, mit ihm ins Bett zu hüpfen, aber sein Bankkonto liebt sie nach wie vor. Er bezahlt ihr jede Abfindung, um die sie bittet.«

Eine Exfrau war ja wohl immer ein Stein im Getriebe, hatte Clemmie gedacht, als sie in ihr Teilchen biss, ohne auf den hervorspritzenden Zuckersirup zu achten, der ihr vom Kinn lief, noch auf die Fruchtsoße, die sich sofort über ihre Finger ergoss. Vor allem, da Guy schwul war. Oder war er bisexuell? Oder hatte er den Frauen völlig abgeschworen, seit er nun mit YaYa zusammen war?

Ach du liebe Zeit. Das war alles sehr verwirrendes Neuland für sie. Und überdies war es ein hartes Schicksal, wenn der größte Hoffnungsfunken ihres Liebeslebens darin bestand, dass sich der Mann ihrer Träume vielleicht als nicht schwul, sondern nur bisexuell erweisen könnte.

»Sie besucht ihn also noch hier?«

»Wann immer sie ein neues Paar Designerschuhe will oder eine Urlaubsreise oder ein neues Auto oder eine frische Schönheitsoperation oder ihre Brut zum Skikurs soll oder …«

Clemmie hatte das Gebäck mit einem Schluck Kaffee hinuntergespült. »Bestimmt hasst sie dich.«

»Sie verabscheut mich, Süße«, hatte YaYa vergnügt geantwortet. »Sie hasst die ganze Steve-YaYa-Geschichte. Die Zimtzicke pflegt höchst ungalant mit mir und über mich zu sprechen. Aber ich zahl es ihr natürlich mit gleicher Münze heim.«

Auch wenn Clemmie YaYa ins Herz geschlossen hatte, verspürte sie an diesem Punkt durchaus eine gewisse Sympathie mit der schönen Helen. Es war doch bestimmt fürchterlich herauszufinden, dass der eigene Ehemann die ganze Zeit insgeheim seinen besten Freund aus der Schulzeit liebte und einen wegen einer überkandidelten Dragqueen fallen ließ, die früher mal Steve geheißen hatte.

»Und die Kinder? Guy muss noch sehr jung gewesen sein, als sie zur Welt kamen, oder? Er ist doch sicher kaum älter als dreißig.«

»Im Februar wird er einunddreißig.« YaYa hatte sich noch ein Teilchen genommen. »Und die Gören sind gar nicht wirklich seine. Nicht im biologischen Sinn. Die durchtriebene Helen hat ihre Laufbahn als Heiratsschwindlerin gleich nach der Schule eingeschlagen. Sie hatte schon einige Ehemänner verschlissen, als sie Guy in die Krallen kriegte. Als sie ihm Ketten anlegte, hatte sie Kacki, Kotzi, Rotz und Ratte schon im Schlepptau. Er liebt Kinder und hat früher immer gesagt, er wolle ein ganzes Fußballteam davon adoptieren, aber diese Satansbraten waren von Anfang an total ekelhaft zu ihm. Leider ist er so ein Gentleman, dass er sie trotzdem ohne Murren aufgenommen hat.«

»Aber wenn sie – und ihre Kinder – so schrecklich waren, warum in aller Welt hat er sie denn geheiratet, noch dazu wenn …« Clemmie brach ab. Das war wohl nicht der geeignete Moment, um Guys sexuelle Neigungen anzusprechen.

»Weil er einsam war und scharf auf sie und einem raffinierten Raubtier zur Beute fiel«, schniefte YaYa. »Helen ist, wie du bemerkt hast, ausnehmend schön, so wie eine blutleere Eiskönigin. Sie ist zu einem Zeitpunkt auf der Bildfläche erschienen, als Guy ziemlich verletzlich war. Seit der Pubertät hatten sich ihm die Mädchen – und Jungs – an den Hals geworfen. Er war von großer Auswahl verwöhnt und als Don Juan geradezu berüchtigt. Aber es war kurz zuvor eine Beziehung auseinandergegangen, die ihm viel bedeutet hatte, und Helen hat einfach alle richtigen Knöpfe auf einmal gedrückt, da sie nicht nur eine ziemlich heiße Braut war, sondern ihm auch noch eine fertige Familie auf dem Silbertablett präsentierte. Sie hat ein ausgeklügeltes Spiel mit ihm gespielt, indem sie so tat, als sei sie gar nicht sonderlich an ihm interessiert. Das war er nicht gewöhnt und ist ihr natürlich eifrig hinterhergerannt – und zack! – hat sie die Falle zuschnappen lassen und der arme Kerl stand schneller vor dem Traualtar, als ich mein Rouge auflegen könnte.«

Sie hatte gerade drei Teilchen verdrückt, war Clemmie plötzlich aufgefallen. Also hatte sie die gröbsten Spuren von ihren Ärmeln gewischt und die Krümel für Suggs vom Tisch gefegt, der aus seinem Körbchen geklettert war und die Reste in Lichtgeschwindigkeit weggeputzt hatte. Wenn Guy schon einmal eine Frau so sehr geliebt hatte, dass er sie geheiratet hatte, konnte sie womöglich zu hoffen wagen, dass sie vielleicht doch noch eine Chance hätte?

Aber was für ein Gedanke, das würde doch YaYa das Herz brechen!

»Und als sie sich scheiden ließen, bist du bei ihm eingezogen?«

»Aber nein, meine Liebe. Ich war vor, während und nach Helen hier. Deshalb kann sie mich ja auf den Tod nicht ausstehen. Ich kannte ihn, weißt du. Kannte ihn wirklich gut. Besser als sie ihn je kennen lernen konnte. Und ich stand ihm immer schon näher, als sie ihm je hätte sein können. Er ist mein bester Freund. Das ist er für sie nie gewesen.«

Dann hatte Clemmie die Teller und Kaffeetassen abgeräumt, sie und YaYa waren ins Büro zurückgewandert, und Clemmie hatte, so gut sie konnte, versucht, nicht darüber nachzudenken, dass die delikaten Details dieser Menage à trois aus Guy, Helen und YaYa die Klatschzeitungen sicher wochenlang mit Stoff hätten versorgen können.

Mit einem Ruck rief sich Clemmie in die Gegenwart zurück, denn nun musste sie alle Gedanken an Guy erst mal beiseiteschieben. Sie fand einen Parkplatz und überprüfte die Adresse, die Jemima Carlisle ihr gegeben hatte.

»Tut mir wirklich leid«, hatte Jemima am Telefon gesagt, »würde es Ihnen etwas ausmachen, wenn wir uns in dem Brautkleidergeschäft in Newbury treffen? Ich habe mit all den Vorbereitungen in letzter Minute so schrecklich viel zu tun. Wir könnten dort den Rahmen des Feuerwerks abstecken, während ich mein Brautkleid anprobiere, dann ist nachher alles schon viel einfacher, wenn Sie kommen, um mit mir und Charlie die Einzelheiten zu klären. Ist das okay?«

Clemmie hatte geantwortet, das klänge gut – um nicht zu sagen, recht vergnüglich –, und sie würde sich ganz nach Jemimas Wünschen richten.

Und so schloss sie den Peugeot ab und steuerte auf Newburys belebte Hauptstraße zu.

Im gleichen Augenblick weideten sich Jemimas Blicke in einer von Newburys Brautmoden-Boutiquen an dem Ambiente knöcheltiefer cremefarbener Teppiche, Kristalllüster sowie Unmengen von Seide, Satin, Chiffon und Spitze, während in einer Dauerschleife leise Musik von Lionel Ritchie spielte.

»Ich kann nicht in Weiß gehen«, stöhnte Jemima, »ich habe acht Jahre lang in Sünde gelebt!«

»In Sünde gelebt?« Maddy Fitzgerald, Jemimas Trauzeugin, die gerade einen Arm voll glänzenden Satins streichelte, sah auf. »Na hör mal! In eheähnlicher Gemeinschaft, meinst du wohl. Heutzutage lebt niemand mehr in Sünde.«

Suzy, Maddys jüngere Schwester, probierte gerade eine paillettenbesetzte Tiara an und beobachtete die beiden im Spiegel. »Lieber Himmel, Maddy! Sie lebt mit Charlie Somerset zusammen. Alles, was mit Charlie zu tun hat, ist die reine Sünde!«

Sie kicherten. Charlie Somerset, einstiger Champion im

Hindernisrennen und ein großer Frauenheld, war ungeheuer sexy. Seit er sich Hals über Kopf in Jemima verliebt hatte, die den Buchladen in Milton St. John führte, war er jedoch ein anderer geworden. Charlie, der immer noch umwerfend gut aussah, nun aber streng monogam lebte, arbeitete für Maddys Ehemann Drew als Trainer auf dem Gestüt Peapods, wo er und Jemima sich eine wunderschöne Wohnung über den Stallungen teilten.

»Nimm mal mein Handy.« Jemima reichte Suzy das Telefon. »Falls das Mädchen von *The Gunpowder Plot* anruft und nach dem Weg fragt, während ich gerade in der Unterwäsche dastehe oder so.«

»Nur keine Panik!« Suzy drückte eine Tiara nach der anderen auf ihre blonde Strubbelmähne, nur um sie im nächsten Augenblick gleich wieder zu wegzulegen. »Alles wird gut. Wenn sie aufkreuzt, während du gerade etwas anprobierst, wird sie bestimmt gerne einen Moment warten.«

Es war süß, dass Jemima sie gebeten hatte, ihre Brautjungfer zu sein, fand Suzy, aber sie war noch nie ein Glamourgirl gewesen – und nun sollte es ausgerechnet ein Volantkleid sein! Immerhin würde es ihr verkürztes, verkrüppeltes Bein vor den Blicken einer Kirche voller Hochzeitsgäste verbergen, die nicht daran gewöhnt waren, wie sie es in und um Milton St. John unter abgeschnittenen Shorts und Miniröcken allgemein sehen ließ.

Nicht, dass ihr Bein sie noch groß kümmerte. Sie dachte kaum noch daran, immerhin lag der Unfall, kurz vor ihrem einundzwanzigsten Geburtstag, nun schon sieben Jahre zurück. Aber ihr fiel nach wie vor auf, dass Fremde sich bemühten, sie nicht anzustarren, wenn sie an ihnen vorbeihumpelte. Vielleicht fanden sie es tragisch, dass eine junge, schlanke, überaus modebewusste Frau an einer so offensichtlichen Behinderung litt. Vielleicht fanden sie auch, sie hätte etwas dagegen unternehmen sollen.

Suzy zuckte die Achseln. Sie hatte alles machen lassen, was orthopädische Chirurgen bewerkstelligen konnten. Sie hatten hervorragende Arbeit geleistet, und Suzy war ihnen dafür sehr dankbar gewesen. Ihre Karriere als aufstrebender weiblicher Jockey war zwar ebenso wenig zu retten gewesen wie ihre Beziehung zu dem einzigen Mann, den sie je geliebt hatte, aber ihr Leben war gerettet worden und auch ihr Bein. Damit war sie mehr als zufrieden.

»Also«, sagte Maddy zu Jemima. »Dass du nicht Weiß tragen willst, wäre damit klar. Wie ist es mit dem Stoff? Seide oder Satin oder was?«

»Samt eignet sich hervorragend für eine Trauung im Winter«, tönte die Boutiquebesitzerin geisterhaft hinter einem Kabinenvorhang. Sie sprach mit halb erstickter Stimme und klang, als wäre sie krank. »Mit Schwanendaunen. Ich nehme an, die Dame plant eine Winterhochzeit?«

»Wer ist hier eine Dame?« Jemima zog die Augenbrauen hoch und sah sich im Geschäftsraum um.

»Sie meint dich.« Suzy knuffte Jemima in die Rippen. »Das ist Nobelklamottenladenjargon.«

»Ach so. Ja.« Jemima nickte in Richtung der Kabine. »Die Hochzeit ist am ersten Dezemberwochenende. Aber ich bin ziemlich groß und – tja – eher dünn. In Samt und Schwanendaunen würde ich wahrscheinlich aussehen wie ein Storch.«

Die gedämpfte Stimme jenseits des Vorhangs machte missfällig ts-ts und seufzte, hatte aber keine weiteren Vorschläge auf Lager.

»Außerdem glaube ich«, murmelte Jemima, »dass ich mich vielleicht doch erst für eine Farbe entscheiden sollte, bevor ich den Stil und das Material aussuche. Ach, mir liegt so was einfach nicht. Du kennst mich ja, ich gehe am liebsten tagein, tagaus im Hippielook.«

»Hippielook ist absolut out«, beschied Maddy knapp. »Genauso wie deine Vorliebe für Schwarz, Grau und gedeckte Farben. Also, wie wär's mit Elfenbein?«

»Elfenbein wird sehr gern genommen.« Die Hochzeitsboutiqueverkäuferin streckte den Kopf hinter einem zweiten Kabinenvorhang hervor, wo mehrere beleibte Frauen versuchten, sich in Satin-Brautjungfernkleider mit Zebrastreifen zu quetschen. »Sehr vorteilhaft für die reifere Braut.«

Jemima kicherte, als die Verkäuferin wieder hinter dem Vorhang verschwand, um sich ihren Schäfchen zu widmen. »Dann eben Elfenbein. Was ist denn hier Elfenbein, Maddy?«

»Die Farbe zwischen Weiß und Creme, denke ich«, seufzte Maddy. »Diese Kleider sind alle so bezaubernd – und da du groß und schlank bist, kannst du natürlich jedes davon tragen. Dir bleibt also die Qual der Wahl, aber sicher hast du schon eine ungefähre Vorstellung?«

»Nun … im Ernst, eigentlich wünsche ich mir alles ganz traditionell. Charlie hat während der letzten acht Jahre beinahe täglich um meine Hand angehalten, aber ich habe eben eine Weile gebraucht, bis ich überzeugt war, dass er es ernst meint und es nicht bereuen wird.«

»Natürlich meint er es ernst«, schnaubte Suzy. »Und er wird es niemals bereuen. Er vergöttert dich, Jemima. Er liebt dich aufrichtig, wahnsinnig und von ganzem Herzen. Er war dir acht Jahre lang unverbrüchlich treu und ist unheimlich glücklich. Bei dem Ruf, den er früher hatte, und angesichts der Tatsache, dass jede Frau mit Augen im Kopf ganz hin und weg von ihm ist, hätte er dir doch gar nicht deutlicher zeigen können, dass er dich liebt und begehrt – nur dich allein – bis ans Ende seiner Tage.«

Jemima wurde rot. »Ich weiß, und ich werde ihn ja auch lieben, solange ich lebe. Andernfalls würde ich ihn nicht heiraten. Und deshalb will ich die Hochzeit mit allem Drum und Dran. So richtig mit Brautkleid und Zylinder, mit passend gekleideten Brautjungfern …«

»Ich frage mich, ob die hier auch eine Kollektion für pummelige ältere Brautjungfern haben«, grinste Maddy. »Denn mir passt garantiert nie wieder was Kleineres als Größe vierzig, und an meinem letzten Geburtstag bin ich mit siebenunddreißig schon schrecklich alt geworden.«

»Ich auch.« Jemima nahm ein hellelfenbeinfarbenes Satinkleid von der Stange, dessen trägerloses Oberteil mit schimmernden dreifarbigen Zuchtperlen eingefasst war. »Wo ist nur die Zeit geblieben? Schau mal, das hier ist schön – aber findest du nicht, es ist zu jugendlich für mich?«

»Gnädigste!« Die Boutiquebesitzerin hatte ihr Werk hinter dem Vorhang offenbar vollendet und trippelte über den dicken Teppich geräuschlos auf sie zu. »Das wird Sie ganz ausgezeichnet kleiden. Als wäre es eigens für Sie gemacht. Probieren Sie es doch einmal an, vielleicht mit diesem Schleier – möchten Sie ihn bodenlang? Und vielleicht eine passende Stola für die kühleren Momente – während der Fotos und so weiter? Wie wäre es mit einem Perlendiadem dazu? Und dann könnten wir vielleicht in einem passenden Farbton etwas für Ihre Brautjungfern aussuchen. Sind diese beiden Damen Ihre einzigen Begleiterinnen?«

»Meine Töchter werden als Blumenmädchen gehen«, sagte Maddy, »und mein Sohn als Page. Aber wir wollten uns lieber erst selbst einkleiden, bevor wir sie hier drin loslassen.«

Suzy strich mit der Hand über die Reihen prächtiger Gewänder und schmunzelte vor sich hin. Ihre Nichten, die neunjährige Poppy Scarlet und die vierjährige Iris Blue sowie ihr siebenjähriger Neffe Daragh waren im Grunde sehr wohlerzogen, doch da sie zu Hause in Milton St. John in der rauen Männerwelt der Rennställe aufwuchsen, hatte man Daragh noch nie anders als leicht angeschmuddelt gesehen, und die Mädchen liefen tagein, tagaus in Jeans und Stiefeln herum. Unmöglich sich vorzustellen, wie Daragh in einem Kilt oder Poppy Scarlet und Iris Blue in sittsamen Reifröcken aussehen würden.

»Eine kluge Entscheidung.« Die Boutiquebesitzerin winkte Jemima samt dem elfenbeinfarbenen Perlenkleid in eine Kabine. »Sie können sich gar nicht vorstellen, was für Wutanfälle manche engelsgesichtigen Püppchen hier schon aufgeführt haben, als sie in ihren Kleidern nicht genauso aussahen wie Britney Spears. Nun wollen wir mal sehen, wie das passt. Dann können ihre reifen Brautjungfern vielleicht nach farblich entsprechenden Ensembles Ausschau halten.«

Maddy und Suzy tauschten belustigte Blicke aus, verkniffen es sich aber, erneut über die gekünstelte Ausdrucksweise zu kichern, und ließen sich vor den Kabinen auf gold- und cremefarbenen Stühlen im Queen-Anne-Stil nieder.

»Diese Umgebung stimmt mich ganz nostalgisch«, murmelte Maddy. »Es kommt mir vor, als läge meine Hochzeit mit Drew erst fünf Minuten zurück. Es war der schönste Tag meines Lebens. Die Zeit ist wie im Flug vergangen.«

Suzy nickte. Maddy und Drew waren noch immer völlig vernarrt ineinander und lebten nach wie vor auf dem wunderschönen weitläufigen Gestüt Peapods, wo Drew nun einer der führenden Rennpferdetrainer des Landes war. Maddy und Drew blickten auf segensreiche acht Jahre zurück: Sie hatten einander, einen gut gehenden Betrieb, eine Arbeit, die sie gerne machten, eine Menagerie heiß geliebter Tiere, drei wunderbare Kinder …

Und was hatte sie? Ehrlich gesagt nicht viel. Wie sehr hatte sich ihr Leben doch verändert, seit Drew und Maddy geheiratet hatten. Natürlich war da der Unfall gewesen – ein harter Sturz beim ersten Rennen in Ascot, ihr Pferd war gestolpert und hatte sie abgeworfen, während ihr rechter Fuß im Steigbügel hängen geblieben war, dann war es in den Zaun getaumelt und schließlich auf sie gestürzt – und danach war nichts mehr wie zuvor gewesen.

Aber sie war schließlich selbst schuld. Nicht an dem Sturz, aber daran, dass sie so hoch hinausgewollt hatte, dass sie ehrgeizig, verbissen, besessen und entschlossen gewesen war, die beste Jockette im ganzen Land zu werden, nicht nur ebenso gut wie die Männer, sondern noch besser. Ihrem Ehrgeiz zuliebe hatte sie Milton St. John und Maddy und Drew und all ihre Freunde verlassen. Und aus denselben Gründen hatte sie auch Luke verlassen. Ihre Karriere war ihr wichtiger gewesen als Luke Delaney – und das war sie teuer zu stehen gekommen.

Suzy schluckte. Noch immer erinnerte sie sich nicht an den Schmerz, als ihr Bein unter dem halbtonnenschweren Gewicht des in Panik geratenen Tiers zermalmt worden war, sondern nur an ihre Angst, dass dem Pferd etwas passiert sein könnte. Sie hatte gewusst, dass ihr Bein sicher an mehreren Stellen gebrochen war, aber menschliche Glieder heilten wieder. Bei Pferden hingegen war das nur selten der Fall.

Doch dem Pferd war nichts passiert. Es lief immer noch Rennen. Sie selbst aber hatte seit jenem Tag beruflich kein Pferd mehr geritten. Sie arbeitete nun für Drew, als seine Sekretärin, organisierte effizient den täglichen Ablauf auf Peapods, verwaltete die Termine für seine Pferde und Jockeys und gab sich allergrößte Mühe, sich nicht zu grämen, dass nicht sie es war, die in Epsom oder Haydock oder Doncaster oder Cheltenham ritt.

»Suzy?« Maddy beugte sich zu ihr. »Geht es dir gut?«

»Bestens – ich dachte nur gerade … an deine Hochzeit, wie schön die Feier war und was für ein Glück du hattest. Jemima und Charlie werden jetzt bestimmt ebenso glücklich werden wie du und Drew.«

Maddy umarmte sie. »Ja, bestimmt. Und eines Tages auch du. Du bist ja noch jung. Wie viele Männer hast du eigentlich abblitzen lassen, seit …«

»Jede Menge«, seufzte Suzy. »Es war eben nicht der Richtige dabei.«

Mad hatte natürlich Recht. Sie war noch jung. Eines Tages würde sie vielleicht mit ihrer Mutter in einem Geschäft wie diesem ein Brautkleid aussuchen. Sie konnte es sich bildlich vorstellen, sah Poppy Scarlet und Iris Blue als Brautjungfern und ihren Vater, der sich im Anzug unbehaglich fühlte, wie er ihren Arm nahm, sie den Mittelgang der Kirche entlangführte und dabei ganz langsam ging, wegen ihres Beins … Ach ja, sie sah alles vor sich. Nur das Gesicht ihres Bräutigams konnte sie seltsamerweise nicht sehen. Denn, musste sie sich eingestehen, der einzige Mann, den sie je hatte heiraten wollen, war Luke Delaney. Und der war nun unerreichbar.

Beide saßen nun wieder schweigend da, und Maddy blätterte in einigen gefällig platzierten Katalogen für Brautmoden, wahrscheinlich in der Hoffnung irgendetwas zu finden, dem sich Poppy und Iris nicht von vorneherein verweigern würden.

»Ach schau mal, dieses Perlenhalsband mit den passenden Ohrringen – würde das nicht hübsch zu Jemimas Kleid passen? Ich zeige es ihr mal eben.«

Als Maddy durch den Teppich zur Kabine watete, öffnete sich die Ladentür und eine große schlanke junge Frau im langen schwarzen Mantel mit dunkelroter Mähne spähte in die Boutique.

»Verzeihung – ich suche Jemima Carlisle.«

»Sie ist bei der Anprobe.« Suzy lächelte. »Sind Sie die Feuerwerksfrau, mit der sie sich hier treffen wollte?«

»Bin ich, ja. Clemmie Coddle.«

»Suzy Beckett. Eine von Jemimas und Charlies Brautjungfern. Setzen Sie sich doch bitte und leisten Sie mir Gesellschaft. Sie wird sicher bald kommen.«

»Danke.« Clemmie hockte sich auf die Vorderkante des fragilen Stuhls, den Maddy freigemacht hatte, und sah sich um. »Ach, das ist ja herrlich hier. Selbst wenn man keine Hochzeitspläne hat, lenkt es die Gedanken doch sofort in diese Richtung, finden Sie nicht?«

Suzy nickte. »Ich war vor meinem geistigen Auge fast schon dabei, meine eigene Hochzeit zu planen – dabei habe ich gar nicht vor, zu heiraten.«

Clemmie schmunzelte. »Ich auch nicht. Aber ich verstehe, was Sie meinen. Ich könnte mich in diesen Kleidern vor Wonne wälzen.«

»Genau! Und dabei mag ich eigentlich gar keine Festkleider. Muss eine Art Heiratsfieber sein.«

Bevor sie noch etwas sagen konnten, betraten weitere Kunden in Hochzeitsvorbereitung die Boutique, die Mutter der Braut gab offenbar den Ton an und schwenkte bereits eine Einkaufsliste. Ihre Tochter, eine kleine graue Maus, kam zögernd und verlegen dreinblickend hinterher. Eine andere Verkäuferin stürzte sich auf die beiden, besah sich die Liste, nickte dann, lächelte und winkte sie zu einer Reihe pinkfarbener Aschenputtel-Ballkleider.

»Wenn diese Jordan so was kriegen konnte«, sagte die Mutter der Braut, »soll meine Natalie das auch haben. Wir wollen den ganzen Firlefanz – rosa Krone, rosa Zauberstab, rosa Tauben, rosa Pferde, rosa Kutsche, rosa Was-auch-immer.«

Suzy fing Clemmies Blick auf und unterdrückte ein Kichern.

Clemmie prustete verhalten. »Sorry – ich sollte wirklich nicht lachen –, aber irgendwie kann ich mir vorstellen, dass meine Mutter auch ein bisschen so wäre. Sie ist der liebenswerteste Mensch der Welt, aber wahrscheinlich verwandelt man sich bei der Hochzeit seiner Tochter in ein herrschsüchtiges Ungeheuer.«

»Gut möglich.« Suzy nickte. »Als meine Schwester Maddy geheiratet hat, hat meine Mum sich bis zur Erschöpfung verausgabt, damit es auch ja die Hochzeit des Jahres wird. Jemima kann von Glück reden, dass ihre Mutter sich vornehm zurückhält.«

Sie lächelten einander an und versanken dann in träumerisches Schweigen.

Luke hatte Suzy nach dem Unfall besuchen wollen. Jeden Tag. So hatte man ihr im Krankenhaus erzählt. Aber sie hatte sich geweigert, ihn zu empfangen. Sie hatte sein Mitleid nicht gewollt. Sie hatte ihm das Herz gebrochen und ihn verlassen. Ihr waren Ruhm und Reichtum wichtiger gewesen als er. Und sie hatte gedacht, dass er sicher nur zurückkäme, weil sie ihm leidtat.

Er hatte Briefe geschrieben und angerufen und Mails geschickt und SMS, aber sie hatte auch das alles ignoriert und schließlich hatte er aufgegeben. Seit sechs Jahren hatte sie nun von Luke Delaney nichts mehr gehört; obwohl sie seine Karriere natürlich verfolgt hatte. Er hatte vor all den Jahren Frankie Dettori, den jüngsten, attraktivsten, charismatischsten und talentiertesten Jockey der ganzen Rennbahn fast in Grund und Boden geritten. Dann war er aus Berkshire fortgegangen und sich nicht minder erfolgreich bei Pferderennen in Hong Kong und Amerika behauptet, wo er sich dann in Kentucky niedergelassen und vor vier Jahren die Tochter seines Trainers geheiratet hatte.

»Oh, wow!« Als der Kabinenvorhang aufgezogen wurde,

stupste Clemmie Suzy an und holte sie schlagartig wieder ins Hier und Jetzt. »Ist das Jemima? Sie sieht aus wie ein Topmodel!«

Suzy bekam einen Frosch im Hals, als Jemima hinter dem Vorhang hervortrat. Bahnen elfenbeinfarbenen Satins umschmeichelten ihre wunderbare Figur, glänzende Perlen funkelten in ihrem dunklen wuscheligen Haar, die schwere Schleppe floss auf den Boden zu ihren Füßen, der Schleier, ein feiner Hauch cremefarbener Gaze, wirkte wie eine zart schimmernde Aura.

»Heilige Hölle!« Suzy grinste. »Charlie wird seine Finger nicht von dir lassen können.«

»Kann er doch sowieso nie«, lachte Maddy, die hinter Jemima zum Vorschein kam.

Die Boutiquebesitzerin stand mit gefalteten Händen neben der reichlich verdatterten Jemima und platzte fast vor Stolz. »Das ist es, meine Damen, da werden Sie mir sicher zustimmen. Madam ist darin so wunderschön, wie jede Braut es sein sollte. Nun, wo wir gerade in Schwung sind, wie steht es mit Ihren Kleidern? Ich denke da an einen ähnlichen Stil, vielleicht in einem mehr pfirsichfarbenen Ton, passend zu den Zuchtperlen. Folgen Sie mir. Hopp, hopp.«

»Eigentlich«, sagte Clemmie, als sie mit Suzy und Maddy zu den Stangen mit den Brautjungfernkleidern gescheucht wurde, »bin ich gar keine Brautjungfer. Ich wollte mit Jemima, der Braut, sprechen …«

»Wie Sie wünschen.« Die Inhaberin wischte sie förmlich beiseite. »Aber stehen Sie bitte nicht im Weg – jetzt brauche ich nur die Begleiterinnen der Braut.«

Suzy blickte über die Schulter. »Auf Wiedersehen, Clemmie. Hat mich gefreut, Sie kennen gelernt zu haben.«

»Mich auch!«

Clemmie war nun mit Jemima allein und sagte lächelnd: »Ich bin Clemmie von *The Gunpowder Plot* – aber bevor wir übers Feuerwerk sprechen, muss ich Ihnen sagen, Sie sehen wirklich hinreißend aus.«

»Dankeschön!« Jemima betrachtete reichlich verwirrt ihr Ebenbild in einem der vielen beleuchteten Spiegel. »Aber mir ist, als sähe ich eine wildfremde Person. Entschuldigung – Sie haben sicher viel zu tun – tut mir leid, dass wir das hier erledigen müssen«, sie sauste in ihrem sinnlich knisternden Kleid durch die Boutique und holte eine Aktentasche, »aber ich kann mich nur selten einen Tag vom Geschäft freimachen, und es gibt so unendlich viel zu erledigen.«

Clemmie spähte Jemima über die Schulter, als sie mehrere Mappen aus ihrer Aktentasche holte und darin herumzublättern begann. »Ach, das ist clever – Sie sind aber gut organisiert! Alles farblich markiert und mit Querverweisen.«

»Ich bin das Paradebeispiel einer Zwangsneurotikerin, wie Suzy Ihnen wahrscheinlich schon genüsslich erzählt hat«, seufzte Jemima und strich sich den Schleier aus dem Gesicht. »Aber es liegt mir so sehr am Herzen, dass diese Hochzeit perfekt wird.«

»Ja natürlich«, antwortete Clemmie nickend. »Wie wär's, wenn wir mal alles auf dem Tisch da drüben ausbreiten, dann erklären Sie mir, was Sie bereits arrangiert haben, und was Sie sich von uns wünschen. Ich werde Ihnen dann diese Unterlagen hier dalassen, und wenn ich wieder im Büro bin, kann ich die Kosten überschlagen. Dann kommen wir kurz vor der Hochzeit zu einer Besprechung mit Ihnen und, äh, Charlie, und legen die Einzelheiten endgültig fest.«

»Das klingt prima.« Jemima raffte den Rock und tänzelte mit der Eleganz eines Models durchs Geschäft. »Also, das hier ist das Programm, und hier sind die entsprechenden Uhrzeiten. Von Ihnen wünsche ich mir dazu ein wunderbares, farbenprächtiges Feuerwerk, das keinen Krach macht. Ist das möglich?«

»Aber sicher.« Clemmie holte die Broschüren und die Preislisten hervor, die Guy ihr am Morgen gegeben hatte. »Das alles hier eignet sich für eine geräuscharme Show. Hier unten steht, wie lange die einzelnen Effekte dauern, und das hier ist unsere Preisliste.«

Während Jemimas schlanker Finger die Liste hinabwanderte, sie dies und jenes in ihre Mappe kritzelte und manche Details in einen elektronischen Organizer tippte, warf Clemmie einen Blick auf die anderen Programmpunkte der Hochzeitsfeier.

»Ach wie schön – Livemusik und Disco, ein Schokoladenbrunnen und der Bradley-Morland Nostalgie-Jahrmarkt ... klingt wirklich fantastisch. Aber wer sind Solomon und Bonne Nuit? Eine Varieté-Nummer?«

Jemima hörte auf zu schreiben. »Lachen Sie nicht – das sind die ältesten Pferde des Gestüts, auf dem Charlie und ich wohnen. Weil das ganze Dorf sie so ins Herz geschlossen hat, sollen die alten Knaben mit blumengeschmückten Mähnen auch mit zur Hochzeit kommen. Ich habe alle Einzelheiten aufgeschrieben, damit ich auch ja nichts vergesse.«

»Eine nette Idee, die Pferde mit einzubeziehen.«

»Ja, nun, und es liegt natürlich auch an all den Pferden, dass wir kein lautes Feuerwerk veranstalten können.« Jemima fuhr fort, sich Notizen zu machen. »Aber alles, was Sie hier anbieten, klingt wundervoll. Vielen Dank für diese Broschüren. Okay – ich habe aufgeschrieben, was mir gefallen würde und wie es sich ins Programm einbauen ließe. Könnte ich von dem, was ich ausgesucht habe, vorab kurze Filmclips ansehen?«

»Natürlich.« Clemmie schob Jemimas Notizen in ihre Tasche. »Das machen wir, wenn wir zu Ihnen kommen.«

»Vielen Dank«, antwortete Jemima lächelnd und betrachtete sich erneut im Spiegel. »Wahrscheinlich hätten wir das alles auch am Telefon oder per Post oder E-Mail klären können.«

Clemmie nickte. »Hätten wir. Aber Guy Devlin«, sie ließ sich den Namen auf der Zunge zergehen, »der Inhaber von *The Gunpowder Plot*, betont immer, wie wichtig der persönliche Kontakt in unserer Branche ist. Er legt Wert darauf, all seine Kunden persönlich kennen zu lernen.«

»Ein Mann nach meinem Herzen«, sagte Jemima und verstaute die Mappen wieder in ihrer Aktentasche. »Das finde ich wunderbar erfrischend in diesem Zeitalter der Online-Kommunikation und anonymer Firmen.«

»Genau.« Clemmie strahlte Jemima an. »Ich fahre jetzt zurück nach Winterbrook, und wir arbeiten ein Feuerwerk für Sie aus, dann setzen wir uns wieder mit Ihnen in Verbindung. Und – ach …«, sie seufzte. »Sie sehen wirklich himmlisch aus.«

Jemima wirbelte herum und deutete einen Knicks an. »Ehrlich gesagt, ich liebe dieses Kleid. Am liebsten würde ich es nie wieder ausziehen. Vielen Dank, Clemmie – ich freue mich schon auf unser Wiedersehen.«

Clemmie verabschiedete sich und trat übers ganze Gesicht strahlend darüber, dass ihr erster Auswärtstermin so erfolgreich verlaufen war, aus der exklusiven Atmosphäre der Boutique beschwingt wieder auf die lärmende, geschäftige Hauptstraße von Newbury.

Eine Stunde später kehrten Jemima, Suzy und Maddy mit brummenden Köpfen wieder nach Milton St. John zurück – die Kleider waren ausgesucht und für kleine Änderungen und weitere Anproben dagelassen worden – mit dem Versprechen, nächstes Mal mit dem jüngeren Brautgefolge wiederzukommen.

»Kaffee«, sagte Jemima schwach, als Suzy ihren Wagen durch die enge Hauptstraße von Milton St. John steuerte. »Bevor ich wieder an die Arbeit gehe, brauche ich Koffein. Und zwar eine ganz große Dosis.«

»Das geht uns wohl allen so«, stimmte Suzy ihr zu und parkte den Wagen vor ihrem Cottage. »Seit meinen Zeiten bei der Physiotherapie bin ich nicht mehr derart herumgescheucht worden. Die Frau muss in einem früheren Leben Bodybuilderin gewesen sein. Außerdem kann ich's kaum fassen, dass ich wirklich davon angetan war, ein hautenges, glänzendes, pfirsichfarbenes Kleid zu tragen.«

»Du hast traumhaft ausgesehen«, sagte Maddy und wurstelte sich vom Rücksitz. »Ich hätte gedacht, dass Glänzend und Pfirsichfarben in etwa das Unvorteilhafteste wären, was man für jemanden mit meiner Figur aussuchen könnte, aber merkwürdigerweise war auch ich ganz begeistert davon.«

»Wir haben alle ausnehmend herrlich ausgesehen«, kicherte Jemima, »kaum wiederzuerkennen.«

Suzy sperrte ihr Cottage auf, kämpfte ein wenig mit der Tür und versetzte dem Fußabtreter in der Diele beim Hineingehen einen Tritt.

In diesem Cottage auf der gegenüberliegenden Straßenseite von Peapods hatte Maddy früher gewohnt. Dann hatten Suzy und Maddy es sich geteilt, und als Mad bei Drew eingezogen war, war es das Zuhause von Suzy und Luke geworden. Als Suzy nach dem Unfall nach Milton St. John zurückkehrte und das Cottage noch leer stand, war sie einfach wieder eingezogen und hatte es erneut gemietet. Dass es eingeschossig war, hatte es ihr in jenen Tagen erleichtert, mit ihren Verletzungen zurechtzukommen. Es war ihre Zuflucht, ihr Allerheiligstes und nun der einzige Ort, an dem sie je leben wollte.

Maddy und Jemima hatten sich in die Sessel zu beiden Seiten des Kamins fallen lassen, während Suzy in der eigentümlich geschnittenen Küche des Cottages Kaffee machte. Als sie ins Wohnzimmer zurückkam, hatten die anderen den Inhalt von Jemimas Hochzeitsmappen auf weiten Teilen des Fußbodens ausgebreitet.

»Bis ins Letzte durchorganisiert!«, spöttelte Suzy und setzte das Tablett auf einem kleinen Beistelltisch ab. »Hast du auch eine Liste, auf der alles abgehakt wird?«

»Na klar«, erwiderte Jemima zufrieden. »Ach, es gibt auch Kekse, wunderbar Suzy, vielen Dank. So, die Kleider wären geklärt – ebenso die Blumen, der Fotograf und die Wagen. Auch Clemmie war wirklich gut vorbereitet, sodass mit dem Feuerwerk sicher ebenfalls alles glattgeht.«

»Ich mag sie sehr«, sagte Suzy. »Schade, dass sie schon weg war, als ich meinen Auftritt in dem glänzenden Pfirsichkleid hatte. Hoffentlich kommt sie mit den Feuerwerksleuten zur Hochzeitsfeier.«

»Ich werde dafür sorgen, dass sie dabei ist.« Jemima sortierte ihre Akten. »Und kurz vor dem Termin wird sie uns ein paar DVDs zeigen, da kannst du ja auch kommen. Also, wie steht es mit der Gästeliste?«

»Ich weiß ja, dass das gesamte Dorf anwesend sein wird, aber kommen auch Kit und Rosa mit ihrer Brut von Jersey rüber?«, fragte Maddy und tunkte bereits einen Keks in den Kaffee. »Und was ist mit Georgia und Rory samt ihren Jungs aus Upton Poges?«

»Zweimal Ja – es gab nur ein kleines Problem mit Georgias Großmutter. Wir wollten sie auch einladen, aber sie flirtet so leidenschaftlich gern, dass man nie weiß, mit welchem Mann sie antanzen wird; also haben wir auf ihre Einladung einfach ›mit Begleitung‹ geschrieben.«

»Die gute alte Cecilia«, gluckste Suzy. »Immer noch auf der

Pirsch, mit – liebe Güte – wie alt ist sie jetzt wohl? Irgendwas über achtzig?«

»Mindestens.« Jemima nickte über ihrem Kaffeebecher. »Sie ist unglaublich.«

»Die ganze Feier wird unglaublich«, sagte Maddy und nahm sich noch ein Biskuit. »Das wird der herrlichste Tag, den Milton St. John je erlebt hat – nun, zumindest seit meinem Hochzeitstag. Es wird einfach wunderbar werden.«

Ja, dachte Suzy, zumindest ziemlich wunderbar. Nur eines würde fehlen, um den Tag für sie vollkommen zu machen. Oder vielmehr eine Person. Aber da war wohl nichts zu machen. Man bräuchte Magie oder ein Wunder oder beides, damit Luke Delaney käme, allein und ihretwegen. Doch Luke war Tausende Meilen entfernt und führte ein neues Leben mit seiner Frau.

Und daran war ganz allein sie selbst schuld. Sie durfte Jemima keinesfalls die Stimmung verderben. Es würde ein herrlicher Tag werden, auch wenn Luke sie nicht in ihrem eleganten Kleid sehen könnte, in dem sie zeigte, wie sie sich weiterentwickelt hatte, mit allem zurechtkam, ihre neue Situation bewältigte und sich des Lebens freute. Sie erteilte sich selbst in Gedanken einen strengen Rüffel. Immer nach vorne und nach oben schauen!

9. Kapitel

Ellis Blissit stand hinter der Bar von Steeple Frittons einzigem Pub, dem *Crooked Sixpence*, den er gemeinsam mit seiner Partnerin und Lebensgefährtin Lola Wentworth betrieb, und sah in einem fort auf die Uhr über dem Kamin. Teufel noch mal – schon zehn nach elf! Wenn die Leute von *The Gunpowder Plot* nicht bald kämen, müsste er für die Mittagskundschaft öffnen und Lola käme aus Reading zurück und all seine Pläne wären zunichte.

Posy hatte versprochen, Lolas Rückkehr nach Steeple Fritton so lange wie möglich hinauszuzögern, aber Lola würde sicher wittern, dass irgendwas im Busch war. Sie war beängstigend scharfsinnig, um nicht zu sagen beinahe hellsichtig, und hatte bereits einige unangenehme Fragen gestellt. Und auch wenn sie beste Freundinnen waren, hatte Lola einfach nicht verstehen können, warum Posy Malone, die im siebten Monat schwanger war, sie gebeten hatte, sie an diesem Vormittag zur Schwangerschaftsvorsorgeuntersuchung zu begleiten.

»Warum kommt Flynn denn nicht mit?«, hatte Lola wissen wollen. »Er möchte doch sicher dabei sein?«

»Normalerweise schon – aber es ist ein Routinetermin, keiner, bei dem der Ehemann mitkommen müsste, und Flynn hat zu viel Arbeit, um mich zu begleiten«, hatte Posy leichthin geantwortet. »Ich kann natürlich auch allein zu dem Check im Krankenhaus gehen, aber eigentlich hätte ich gerne jemanden bei mir, nur für den Fall, dass man mir plötzlich eröffnet, ich bekäme Vierlinge oder so.«

Und wenngleich sie Flynns Treulosigkeit scharf getadelt hatte, hatte Lola sich natürlich bereit erklärt mitzukommen, denn sie würde es sich nie verzeihen, wenn Posy irgendetwas zustieße.

Ellis lächelte vor sich hin. Armer Flynn. Er wollte Posy unbedingt zu jedem Termin begleiten und hatte nur sehr widerstrebend davon Abstand genommen, um Ellis den Rücken frei zu halten. Außerdem würde Lola stinksauer werden, wenn sie wüsste, was Ellis vorhatte, doch was blieb ihm anderes übrig? Er wollte sie unbedingt heiraten, aber sie sagte immer nur Nein, weil …

»Ellis! Hast du noch nicht auf?«, bellte Neddy Pink, einer der älteren Stammgäste des *Crooked Sixpence*, und rüttelte an der Tür. »Martha und Mary und ich sind völlig durchgefroren! He! Ellis! Hörst du mich? Die verflixte Tür klemmt schon wieder! Ich komm nicht rein!«

»Wir haben geschlossen!«, schrie Ellis. »Es ist noch nicht zwölf! Setzt euch draußen auf die Bank – ich mache auf, wenn es Zeit ist.« Und wenn jemand kommt, der sich hinter den verdammten Tresen stellt, dachte er, während ich mit den Leuten von *The Gunpowder Plot* das Feuerwerk bespreche – sofern die sich jemals hier blicken lassen.

»Es ist Oktober und kein warmer Junitag! Ist reichlich frisch hier draußen für die Mädels. Sind doch keine jungen Hühner mehr!«

»Versuch bloß nicht, mir ein schlechtes Gewissen einzureden«, rief Ellis. »Es ist ziemlich mild heute und deine Schwestern sind genauso zäh wie du. Setzt euch auf die Bank in die Sonne – da seid ihr gut aufgehoben.«

»Das find ich ganz schön blöd, weißt du«, grummelte Neddy

lautstark. »Du solltest die ganze Woche über rund um die Uhr offen haben, wie die anständigen Pubs in Reading.«

Ellis schmunzelte vor sich hin. Seit flexible Schankzeiten eingeführt worden waren, hatten Lola und er im *Crooked Sixpence* alle möglichen Öffnungszeiten ausprobiert, waren aber rasch zur alten Routine zurückgekehrt, drei Stunden mittags und fünf Stunden abends aufzumachen, und nur zu besonderen Anlässen bis nach Mitternacht.

Ihr kurzer Versuch, rund um die Uhr geöffnet zu haben, war in völliges Chaos ausgeartet. Nicht etwa wegen Scherben und Schlägereien vor der Tür oder weil die Leute sich im Morgengrauen die Seele aus dem Leib gekotzt hätten. Nein, um Mitternacht war regelmäßig ein Großteil der älteren Stammgäste aus Steeple Fritton selig beduselt in den gemütlichen Sesseln am Feuer tief und fest eingeschlafen, sodass Lola und er sie zudecken und ihnen am Morgen ein Frühstück servieren mussten.

»Ellis – entschuldige, ich bin aufgehalten worden.« Flynn Malone trat durch die Hintertür in den Pub. »Komm ich zu spät?«

»Nicht wirklich«, sagte Ellis lächelnd zu Posys Mann und seinem besten Freund. »Aber ich bin echt froh, dass du da bist. Gott weiß, wo die Leute von *The Gunpowder Plot* bleiben. Ich habe versucht, die Handynummer anzurufen, die man mir für heute gegeben hatte, aber da kommt nur eine höchst merkwürdige Ansage. Klingt mehr nach Massagesalon als nach Feuerwerksfirma. Außerdem machen die Pinks mir das Leben schwer, weil sie finden, wir sollten sie früher reinlassen.«

»Ja«, antwortete Flynn nickend. »Ich hab sie mit stinksauren Mienen draußen auf der Bank hocken sehen. Deshalb bin ich hintenrum gegangen. Die können einen ja richtig das Fürchten lehren. Aber egal, jetzt bin ich hier, und Posy wird Lola so lange wie möglich aufhalten, es ist also alles startklar, wenn die Feuerwerkstypen kommen, und das ist ja der letzte Punkt auf deiner Liste, der zu erledigen wäre.«

Ellis hoffte das sehr. Alles andere für diese Hochzeit am Valentinstag hatte er mit militärischer Präzision arrangiert. Posy und Flynn waren die Einzigen, die wussten, was er vorhatte, und selbst sie hatten anfangs schwere Bedenken geäußert. Dennoch, dachte er, waren sie ihm seither eine unschätzbare Hilfe gewesen – und Lola hatte hoffentlich noch immer keine Ahnung, dass sie am vierzehnten Februar nächsten Jahres ins Standesamt von Fritton Magna gelotst wurde, um Mrs Ellis Blissit zu werden – endlich!

Die Blumen und die Limousine und den Fotografen hatte er in Reading gebucht, damit niemand im Dorf Wind davon bekam, was vor sich ging, und Posys Eltern, die eine kleine Pension im Ort betrieben, würden das anschließende Hochzeitsmahl hier im Pub ausrichten, obwohl Posy sie in das Geheimnis bislang noch nicht eingeweiht hatte, während Flynn mit seiner herrlichen Kirmes-Dampfmaschine und der Jahrmarktsorgel vor dem *Crooked Sixpence* für die traditionelle Abendunterhaltung der Dorfbevölkerung sorgen wollte. So weit, so gut.

Selbst der Standesbeamte in dem winzigen Rathaus, das als Allzweckgebäude für Fritton Magna, Steeple Fritton und Lesser Fritton diente, hatte all den erforderlichen Papierkram bestens erledigt. Ellis hatte James Bond gespielt und war mit Lolas Geburtsurkunde abgezischt, unter dem Vorwand, ihrer beider Reisepässe erneuern zu lassen – was er dann auch tun musste, um keinen Verdacht zu erregen – und die Trauung war gebucht.

»Sie wollen also am späten Nachmittag heiraten. Da könnte ich Ihnen siebzehn Uhr anbieten. Okay? Gut. Und Sie waren beide noch nicht verheiratet?«, hatte der Beamte gefragt, als er ihm die Urkunden zurückgab. »Keinerlei Ehehindernisse. Alles also ganz unkompliziert.«

Unkompliziert? Nun ja, sicher, das könnte es sein – wenn Lola ihn nur heiraten wollte.

»Wo zum Teufel sind wir hier?« Clemmie spähte durch die Windschutzscheibe des Geländewagens in das Dickicht aus Bäumen und ausladenden Hecken. »Ist das eine Straße oder ein Feldweg?«

»Das Navi meint, dies sei die Straße nach Lesser Fritton«, überschrie YaYa einen von Dusty Springfields bekanntesten Hits, sie ging heute als Blondine im engen limonengrünen Wollkleid mit flaschengrünen Accessoires. »Das heißt, wir müssten ganz in der Nähe von Steeple Fritton sein, und wenn ich mich recht erinnere, hast du gesagt, den Ort kennst du wie deine Westentasche.«

»Erbarmen!«, kicherte Clemmie. »Ich weiß, wo es liegt, ja. Aber ich habe nie behauptet, ich wüsste, wie man hinkommt, wenn man jegliche Zivilisation hinter sich gelassen hat. Soll ich Ellis Blissit anrufen und nach dem Weg fragen?«

»Lass uns doch lieber erst versuchen selbst hinzufinden, Süße. Es kommt immer so unprofessionell rüber, wenn man zugeben muss, dass man sich verfahren hat.«

»Besser unprofessionell rüberkommen, als einen Auftrag zu vergeigen, weil einem der Durchblick fehlt.«

»Na warte!« YaYa tauchte mit dem Geländewagen in einen engen Tunnel prachtvoll gefärbten Herbstlaubs. »Unsere kleine perfektionistische Sekretärin! Nur weil du die Vorbesprechung mit Jemima Carlisle so gut gemeistert hast, hältst du dich jetzt wohl für unfehlbar oder was?«

»Genau. Und außerdem glaube ich, wir sind hier verkehrt.«

YaYa gluckste. »Ist ja gruselig. Hör mal, Schätzchen, Dusty

singt ›In The Middle of Nowhere‹! Einer meiner Lieblingssongs.«

»Ich finde trotzdem, wir sollten anrufen.« Clemmie nahm YaYas Handy von der Ablage. »Da sind schon mehrere Nachrichten eingegangen … mal sehen – ja, genau, Ellis Blissit fragt sich, wo wir stecken. Und nicht nur er.«

»Mist!«, kreischte YaYa und übertönte Dusty, die nun »Son of a Preacher Man« sang. »Ich hab auf der Mailbox eine spezielle Ansage, falls Freunde von mir wegen der Tour der *Dancing Queens* anrufen. Mit einem Anruf von dem guten Mr Blissit habe ich gar nicht gerechnet. Jetzt denkt er bestimmt, er hätte eine falsche Nummer gewählt.«

»Warum?« Clemmie spähte misstrauisch aus ihrem cremefarbenen Ledersitz zu YaYa hinüber. »Wie lautet die Ansage denn?«

»Ach, darüber brauchst du dir nicht dein hübsches kleines Köpfchen zu zerbrechen, Süße«, antwortete YaYa leichthin. »Ich hoffe, ihm hat wenigstens die Erkennungsmelodie der *Dancing Queens* gefallen. Ach, was ist das?«

Das, vermutete Clemmie, als sie plötzlich aus der feurigen Pracht wieder ans Licht der diesigen Herbstsonne kamen, könnte direkt Steeple Fritton sein.

»Ach, wie schön, jetzt müssen wir nur noch den Pub finden.«

Weiße Cottages und helle Backsteinhäuser umrahmten einen Dorfanger, über dessen kurzen stoppeligen Rasen neben glänzenden Bögen aus Brombeerranken und herabhängenden Haselnusszweigen kreuz und quer schmale Fußpfade verliefen. Es gab eine kleine Ladenzeile mit Bogenfenstern und – ja! –auf einem Platz mit goldfarbenem Kies, von dem weitere winzige Straßen und Pfade sternförmig in alle Richtungen abzweigten, prangte ein winziger mit wildem Wein berankter Pub.

»Das muss es sein.« Clemmie deutete auf den *Crooked Sixpence.* »Ist das nicht schnuckelig? Kommen wir arg zu spät?«

»Nur gut zehn Minuten«, antwortete YaYa unbekümmert, warf ihre Zigarette aus dem Fenster und preschte geräuschvoll mit dem Geländewagen auf den Kies, wobei sie eine Bank voll älterer Herrschaften erschreckte, die aussahen, als hätten sie sich von Kopf bis Fuß bei der letzten Altkleidersammlung eingekleidet. »Schnapp dir das Zeug, meine Gute, und lass uns die Show ins Rollen bringen.«

Ohne auf die bohrenden Blicke der drei Rentner auf der Bank zu achten – Clemmie hatte sich an YaYas exotische Erscheinung schon weitgehend gewöhnt, doch ihr war durchaus klar, dass sie auf Fremde reichlich schockierend wirken musste, von ihrem eigenen aktuellen Business-Outfit aus langem schwarz-rotem Rock und purpurroter Zigeunerbluse mal ganz abgesehen – schnappte sich Clemmie die Unterlagen und sie eilten zur Tür des *Crooked Sixpence.*

Geöffnet wurde diese von einem recht jungen, sehr attraktiven Mann, der sich offenbar freute sie zu sehen und sie in einen wohlig warmen herrlichen Country-Pub mit funkelndem Messing und dunklen Holzbalken winkte.

»Tut uns schrecklich leid, dass wir zu spät kommen«, sagte YaYa mit rauchiger Stimme und bedachte ihn mit ausgiebigem Wimpernklimpern. »Ich hoffe doch, wir haben Ihnen keine Unannehmlichkeiten bereitet.«

»Ich habe gerade angefangen, mir ein bisschen Sorgen zu machen. Ich bin Ellis Blissit.« Er schüttelte beiden die Hand und wirkte ein wenig verwirrt. »Aber da Sie nun hier sind, ist ja alles gut. Verzeihung, wie war gleich Ihr Name?«

»YaYa Bordello«, antwortete YaYa, noch immer Ellis Hand haltend, mit strahlendem Lächeln.

»Ja, richtig.« Ellis sah aus, als würde er gleich losprusten. Er lächelte Clemmie an. »Und Sie sind wohl Honey Bunch? Oder sind Sie Foxy?«

»Clemmie Coddle. Wer zum Teufel sind Honey und Foxy?«

YaYa ließ Ellis Hand los und kicherte. »O tut mir leid! Sie hatten die falsche Ansage auf der Mailbox! Honey und Foxy sind meine Kolleginnen in einem kleinen Nebengewerbe. Nein, dies hier ist Clemmie.«

Ellis wirkte noch immer leicht verwirrt, und durchaus zu Recht, dachte Clemmie.

»Solange Sie von *The Gunpowder Plot* kommen«, sagte er, »bin ich froh, dass Sie hier sind, vor allem, da ich den ersten Termin so kurzfristig absagen musste. Eigentlich hatte ich aber jemand anders erwartet, Guy …?«

»Guy Devlin«, ergänzte Clemmie rasch. »Ja, er ist der Chef von *The Gunpowder Plot* und ursprünglich waren Sie mit ihm verabredet – aber wir sind seine Assistentinnen und über die Rahmenbedingungen Ihres Auftrags bestens informiert.«

YaYa warf ihr einen Blick zu, als wolle sie sagen: »Nun trag mal nicht so dick auf, Süße!«

»Na Gott sei Dank ist jemand im Bilde!«, ließ sich ein weiterer großer dunkelhaariger und gut aussehender Mann hinter dem Tresen vernehmen. »Hallo, die Damen – ich bin Flynn.«

»Hallo!«, antworteten die beiden im Chor.

»Ein Amerikaner …«, hauchte YaYa Clemmie ins Ohr. »Ach, diesen Akzent finde ich ja soo sexy! Gleich zwei von der Sorte und so süße Jungs. Ich frag mich, welcher die Braut ist.«

»Es geht um eine Hochzeit«, zischte Clemmie, »nicht um eine gleichgeschlechtliche Lebensgemeinschaft! Frag sie jetzt bloß nicht nach ihren Fracks.«

»Spaßbremse!«, kicherte YaYa und wandte ihre Aufmerksamkeit wieder Ellis zu. »Also Mr Blissit, was können wir für Sie tun?«

»Ellis, bitte.« Ellis beäugte noch immer leicht verwirrt YaYas extravagante Aufmachung. »Nun, was ich mir vorstelle, ist – Verzeihung, kann ich Ihnen etwas zu trinken anbieten? O verdammt …«

Neddy Pink und seine beiden nicht minder skrupellosen Schwestern hatten die aufgesperrte Tür gestürmt.

»Wir haben noch immer geschlossen!«, blaffte Ellis. »Diese Damen hier sind, äh, Brauereivertreterinnen.«

»Und ich bin Edwina Currie, die heimliche Geliebte des Premierministers«, prustete Neddy. »Gib uns was zu trinken, Flynn, und wir verraten kein Sterbenswörtchen. Ja, ja, wenn die Katze aus dem Haus ist … was, Kleiner?«

»So ist das überhaupt nicht!«, schimpfte Ellis. »Ach, damit die liebe Seele Ruh hat, Flynn, gib ihnen drei Pints Old Duckpond aufs Haus.« Er wandte sich wieder dem Pink-Trio zu. »Aber ihr werdet es draußen trinken müssen. Wir haben was Geschäftliches zu besprechen.«

»Von wegen Geschäftliches!«, näselte Neddy. »Wie du meinst, Ellis … drei Pints bringen uns zum Schweigen. Keine Sorge, wir halten dicht.«

»Zieht Leine!«, schrie Ellis.

Als die Pints und die Pinks außer Sicht waren, wurde die Tür hinter ihnen verriegelt. Clemmie und YaYa lehnten eine Erfrischung dankend ab, und Ellis umriss in wenigen Sätzen, was er sich vorgestellt hatte.

»Ich weiß nicht, ob ich eine ganze Feuerwerksshow buchen muss, denn das will ich eigentlich gar nicht. Ich möchte nur ein Feuerwerk als Torbogen, wenn wir – Lola und ich – aus dem Standesamt kommen. Deshalb habe ich die Trauung am späten Nachmittag angesetzt, damit es möglichst dunkel ist.«

»Eine tolle Idee, die wir wunderbar effektvoll umsetzen können.« YaYa schlug ihre makellosen Beine übereinander und schaltete den Laptop ein. »Gut – also diesen Bogengang hier haben wir letztes Jahr gemacht … vor einer Kirche, aber es geht auch an jedem anderen Veranstaltungsort. Wir stecken zu beiden Seiten des Weges mehrere Reihen Römische Lichter in den Boden, richten den Winkel so aus, dass sie einen Tunnel bilden, zünden sie im passenden Moment per Fernbedienung – sie erreichen eine Höhe von etwa fünfzehn Metern, sodass niemand irgendwelche Verbrennungen zu befürchten hat – und wenn Sie und Ihre Braut aus dem Standesamt kommen, schaffen wir für Sie ein spektakuläres, lang anhaltendes, rieselndes Funkenspalier aus Lichtern und Farben. Atemberaubend, finden Sie nicht? Und weitaus eindrucksvoller als ein paar Hand voll Konfetti.«

Clemmie lehnte sich zurück und betrachtete Ellis, während er auf den Bildschirm schaute. Erst leicht skeptisch, dann fasziniert, erstaunt und begeistert, sein Mienenspiel sprach Bände. Feuerwerk schlägt jeden in seinen Bann, dachte Clemmie. Dagegen ist keiner immun.

»Großartig!«, sagte Ellis und strahlte übers ganze Gesicht. »Wirklich toll. An genau so etwas dachte ich. Lola wird hingerissen sein. Flynn, komm mal rüber und sieh dir das an.«

YaYa klickte sich erneut durch das Display des Laptops und zeigte dann noch einige Variationen zum selben Thema, erklärte mögliche Farbkombinationen, Zeitfenster und Kosten. Dann, ganz Geschäftsfrau, schlug sie vor, dass, selbst wenn Ellis nach der Rückkehr ins Dorf kein Großfeuerwerk veranstalten wollte, ein kleines individuelles Bodenfeuerwerk das, Funkenspalier gut ergänzen würde.

Clemmie hatte sich gemütlich in einen der kissenbestückten Ohrenbackensessel gekuschelt und lauschte aufmerksam. Mit etwas Glück würde sie so etwas eines Tages selbstständig übernehmen: als Repräsentantin von *The Gunpowder Plot*. Dann wäre sie beinahe am Ziel ihrer Wünsche.

Von der Romantik all dieser Hochzeiten angesteckt, erlaubte sie sich, in einen schwärmerischen Tagtraum abzugleiten, wie sie und Guy …

»Clemmie!« YaYa beugte sich über den polierten Holztisch. »Wach auf, Süße. Weiß der Himmel, wo du immer in deinen Gedanken bist. Welcher Glückspilz lässt dich nur so in den Wolken schweben? Erinnere mich daran, dass ich dich irgendwann mal über dein Liebesleben ausfrage – er muss ja wirklich was ganz Besonderes sein.«

O ja, das ist er, dachte Clemmie. Aber absolut unerreichbar.

Während Clemmies kurzer Träumerei hatte Flynn offenbar die Türen des *Crooked Sixpence* geöffnet, und nun marschierten die Pinks, von einer Schar weiterer Dörfler gefolgt, in den Pub ein.

»Verziehen wir uns lieber in die Küche«, sagte Ellis und raffte die Papiere und Unterlagen von *The Gunpowder Plot* zusammen. »Ich will nicht, dass die hiesigen Buschtrommeln von irgendwas Wind bekommen.«

Unter den prüfenden Blicken der Einwohner von Steeple Fritton griff sich Clemmie den Laptop und folgte YaYa mit Ellis hinter den Tresen und in eine kleine, glänzende Küche.

»Flynn wird allen erzählen, ihr wärt Brauereivertreter«, sagte Ellis, als sie um einen weißgescheuerten Tisch versammelt saßen. »Das dürfte sie beruhigen. Also, wo waren wir?«

»Ich glaube, wir hatten uns klar für ein Funkenspalier aus Römischen Lichtern entschieden, oder?« YaYa rief den Computer wieder ins Leben. »In Silber und Blau. Und gleichzeitig zünden wir ein paar Batterien, eher geräuscharm, mit silbernen Herzen und blauen Regentropfen. Wollen Sie sich das mit dem Lichterbild noch überlegen und uns dazu später Bescheid geben?«

»Die Sache mit der Leuchtschrift?« Ellis schüttelte den Kopf. »Nein, das klären wir lieber gleich. Ich muss alles regeln, solange ich freie Bahn habe. Können Sie die Schrift in ein Herz setzen, ebenfalls in Silber und Blau? Diese Farben haben eine ganz besondere Bedeutung für uns – womöglich wären wir gar nicht zusammen, wenn da nicht vor Jahren mal blau-silberne Unterwäsche im Spiel gewesen wäre …«

»Wow«, lachte YaYa heiser. »Möchten Sie das nicht etwas näher erläutern?«

»Sicher nicht«, gluckste Ellis. »Aber Lola wird es verstehen.«

»Spielverderber … aber wir richten uns ganz nach Ihren Wünschen. Kein Problem. Ich hole ein Okay von Guy, ein paar Tage vor dem Termin kommt unser Team zum Veranstaltungsort und peilt die Lage, und dann bauen wir natürlich vor der Hochzeit alles auf – mit größtmöglicher Diskretion, versteht sich – ich denke, wir bleiben beim Thema Silber und Blau, vielleicht ein großes Herz, in dem die Namen Lola und Ellis stehen, und natürlich mit einem Pfeil durch die Mitte.«

»Spitze! Das wird ihr gefallen!« Ellis nickte begeistert. »Und entschuldigen Sie, falls ich zu kleinlich wirke, aber wie funktioniert das genau?«

»Wir zünden das Lichterbild per Fernbedienung, wenn Sie aus dem Standesamt kommen. Wahrscheinlich platzieren wir es am Ende des Weges, sodass Sie und Ihre Lola – hübscher Name übrigens – darauf zugehen, es leuchtet dann gleichzeitig mit dem Funkenspalier auf. Das Lichterbild wird mit einer einzigen Zündung abgefeuert – das Herz und die Worte entflammen innerhalb von etwa vier Sekunden und brennen mindestens eine Minute lang – die Explosion des blauen und silbernen Bodenfeuerwerks in Form eines Springbrunnens, der Torbogen und das Herz bilden ein berauschendes Finale Ihrer Trauung.«

Ellis nickte erneut, und Clemmie seufzte zufrieden. Das klang alles wunderschön. Sie konnte es sich direkt bildlich vorstellen. Wir herrlich wäre es, von einem Mann so geliebt zu werden, dass er etwas so Wundervolles für einen plante.

»Ich bin sicher, Lola wird hingerissen sein«, sagte sie schwärmerisch. »Und eine geheime Hochzeit ist ja sooo romantisch.«

»Aber auch eine ganz schön verzwickte Angelegenheit.« Ellis sah auf einmal müde aus. »Und wenn sie Nein sagt, war alles vergebens.«

»Um Himmels willen!« YaYa machte ein entsetztes Gesicht. »Das wird sie doch wohl nicht tun?«

»Wer weiß?« Ellis zuckte die Achseln. »Sie hat mir bislang jedes Mal einen Korb gegeben, wenn ich das Thema auf konventionelle Weise zur Sprache brachte. Da unsere Beziehung jedoch alles andere als konventionell ist, dachte ich, es könnte so vielleicht klappen.«

Clemmie runzelte die Stirn. »Wie haben Sie denn eigentlich vor, sie zum Standesamt zu bringen, ohne dass sie ahnt, worum es geht?«

Ellis stützte die Ellbogen auf den Tisch. »Ich werde ihr erzählen, dass ein alter Schulfreund von mir im kleinen Kreis eine Valentinstag-Hochzeit feiert. Und dass Posy – das ist Flynns Frau – und Flynn, die unsere Trauzeugen sein werden, aber das weiß Lola natürlich nicht, uns als Partyverstärkung begleiten und wir dafür eine Limousine gemietet haben, weil es so ein romantischer Tag ist. All unsere anderen guten Freunde werden bereits dort sein, die Blumen und Fotografen stehen bereit und sobald wir aufgebrochen sind, werden sich die restlichen Dorfbewohner zur anschließenden Feier hier im Pub versammeln. Der Standesbeamte weiß Bescheid – und nachdem Sie nun auch an Bord sind, wäre alles bis zum i-Tüpfelchen geklärt. Nun kommt es ganz auf Lola an.«

»Aber warum in aller Welt glauben Sie, sie wollte Sie vielleicht nicht heiraten?«, fragte Clemmie nach. »Ich würde einen wie Sie ja vom Fleck weg nehmen – das heißt, ich meine …«

YaYa und Ellis lachten.

»Sie findet, ich sei zu jung, um sie zu heiraten«, antwortete Ellis. »Wir sind seit fünf Jahren zusammen, sie ist die schönste Frau der Welt für mich, ich werde nie im Leben eine andere wollen und liebe sie mehr als mein Leben. Sie liebt mich auch, daran habe ich gar keinen Zweifel. Und wir sind wirklich glücklich miteinander. Aber sie findet nach wie vor, dass ich mich mit neunundzwanzig lieber an jemanden in meinem Alter binden sollte.«

»Aha.« Clemmie nickte. »Sie ist älter als Sie. Aber heutzutage spielen ein paar Jährchen doch sicher kaum noch eine Rolle, oder?«

»Für Lola schon«, sagte Ellis leise. »Und diese ›paar Jährchen‹ findet sie ziemlich ausschlaggebend. Sie glaubt, dass ich mir eines Tages Kinder wünschen und dann bereuen würde, sie geheiratet zu haben. Aber das werde und würde ich nicht, das können Sie mir glauben.«

»Ich glaube es Ihnen«, sagte Clemmie lächelnd. »Aber selbst wenn Sie Ihre Meinung über Kinder ändern sollten, bekommen doch heutzutage viele Frauen über vierzig noch Babys.«

»Das mag schon sein – aber das hilft uns auch nicht weiter.«

»Warum denn nicht?« YaYa zog die Augenbrauen hoch. »Wie alt ist Ihre Lola denn?«

Ellis schmunzelte. »Sie ist fünfundfünfzig.«

10. Kapitel

»Gib mir mal das Bariumchlorat«, murmelte Guy und schüttelte sich die schwarzen Haare aus den Augen. »Bitte. Entschuldige – hier wird es gerade kniffelig, und ich kann jetzt nicht aufhören zu rühren.«

Clemmie reichte ihm das gewünschte Behältnis über die Werkbank, sorgfältig darauf bedacht, dass ihre Finger die seinen nicht berührten. »Ich glaube aber, so wird es zu hell. Wir haben wahrscheinlich schon zu viel Chlorionengeber in der Petrischale.«

»Mag sein …« Guy furchte konzentriert die Stirn. »Wir werden es ja bald erfahren.«

Sie bemühten sich Seite an Seite im Laboratorium um jenes unerreichte Dunkelgrün als abschließende Farbe des »Siebten Himmels«. Draußen neigte sich der späte Oktoberabend mit stürmischen Windböen und heftigem Regen dem Ende zu. In der Ecke spielte leise das Radio und Suggs schlief zusammengerollt auf seinen geliebten Kohlesäcken.

Clemmie konnte sich nicht erinnern, jemals so glücklich gewesen zu sein.

Diese kurzen Momente, wenn Guy und sie im Labor mit Chemikalien herumspielten, waren einfach das Beste bei *The Gunpowder Plot.* Sie liebte alles an ihrem Job, aber diese Augenblicke waren etwas ganz Besonderes; nicht nur, weil sie so selten waren und sie sich dabei mit Feuerwerkskörpern beschäftigten, sondern auch weil Guy und sie dann miteinander allein waren, sodass sie YaYa und Helen-die-Ex komplett vergessen und in gefährlich herzzerreißenden Tagträumen schwelgen konnte.

»So …« Guy hatte das Gemisch fertig. »Gut, das stopfen wir jetzt in ein Abschussrohr, packen Schwarzpulver dazu, suchen eine Zündschnur – und mal sehen, was diesmal dabei herauskommt.«

Clemmie sah ihm zu und bewunderte sein Geschick. Wie beim Kochen war es unerlässlich, die Zutaten genau richtig zu dosieren. Tausend verschiedene Leute könnten das gleiche Rezept verwenden und tausend verschiedene Ergebnisse erzielen. Dank Guys Fachkenntnis wurden die Effekte seiner Feuerwerkskörper aber nie durch zu viel Rauch oder Rückstände von Chemikalien getrübt.

Gemeinsam vollzogen sie das Herstellungsritual. Sowohl bei kleinen Experimenten wie diesem als auch bei der Fertigung großer mehrschüssiger Feuerwerksbatterien war es stets dieselbe Vorgehensweise: Die vermischten Chemikalien wurden in getrennte Kammern innerhalb des Mörsers gepresst, dazwischen kam jeweils eine Lage Schwarzpulver, und man achtete darauf, dass sich die Zündschnur vollständig durchs ganze Abschussrohr zog.

Sobald die Lunte gezündet worden war, von Hand oder per Fernbedienung, explodierte die erste Schicht des Schwarzpulvers, wobei ein Gas entstand, das den ersten explosiven Chemikaliencocktail hoch in die Luft schoss, gefolgt von der nächsten Schicht Schwarzpulver und so weiter, bis alle abgepackten Geschosse himmelwärts gezischt waren.

Sie hatten an diesem Abend bereits eine Mischung aus Kupfercarbonat und Kryolith ausprobiert – Clemmies Zusammenstellung –, die über dem Hof einen prächtigen Schauer neongrüner Sterne erzeugt hatte. Aber, sie seufzte, als sie nun wieder im Freien fröstelten, Neongrün war nicht das, was sie suchten.

Der Wind pfiff durch ihren langen Jeansrock und den weiten schwarzen Pullover und verhedderte die schwarzen Gagat-Ohrringe in ihrem widerspenstigen Haar.

»Himmel!« Guy bibberte in seiner Lederjacke, als er auf dem gepflasterten Hof den Mörser in einen Zündzylinder steckte. »Man erfriert ja fast hier draußen. Was ist denn mit der Erderwärmung los? Okay, das Zündlicht ist an … also, wie es in den schlauen Büchern immer so schön heißt, jetzt das blaue Zündpapier entfachen und schön zurücktreten.«

Der Zünder glomm, funkte, und der winzige Feuerwerkskörper zischte viel versprechend. Clemmie sog den vertrauten Korditgeruch ein und hielt den Atem an. Ganz gleich, wie oft sie das schon erlebt hatte, es überlief sie noch immer ein Schauer der Erregung.

Mit lautem Knall und Wusch erwachte ihre Schöpfung zum Leben. Als das Geschoss wie ein grüner Meteor himmelwärts sauste, strahlten Guy und sie einander an wie Verbündete, die demselben Traum nachjagen. Sie sahen nach oben, beobachteten, wie der Flammenschweif sich in die dunklen Wolken schraubte, einen atemberaubenden Augenblick lang dort verweilte und dann als Kaskade funkelnder grüner Sternchen wieder erdwärts taumelte.

»Schön …«, hauchte Clemmie. »Wirklich wunderschön. Aber nicht das Richtige.«

»Stimmt. Viel zu hell«, pflichtete Guy ihr bei. »Wie du so richtig vorhergesagt hast, Fräulein Clevere-Cambridge-Einserkandidatin. Also schön, zurück an den Skizzentisch, wie man so sagt – wenn auch leider nicht heute Abend. Ich muss zur abschließenden Teambesprechung wegen der Planung des Snepps-Fiaskos.«

Clemmie nickte. Die Party zur Bonfire Night am Guy-Fawkes-Day in Tarnia Snepps neureich-protzigem Herrenhaus am Rand von Hazy Hassocks sollte in weniger als einer Woche stattfinden. Sie konnte es kaum erwarten – natürlich nur, weil sie als Mitarbeiterin von *The Gunpowder Plot* dabei wäre; mit dem Umstand, dass sie in YaYas Abwesenheit Guy als seine vorgebliche Geliebte begleiten sollte, hatte ihre Vorfreude selbstverständlich rein gar nichts zu tun.

»Nächstes Mal«, sagte Clemmie, nachdem sie die Reste rasch weggeräumt hatten und zum Labor zurückgingen, »könnten wir doch wirklich mal anhand von Allbards *Magischer Mittelalterlicher Alchemie* vorgehen. Ich weiß, dass du schon versucht hast, seine mittelalterlichen Stoffe auf moderne Zutaten zu übertragen, aber wie wäre es, wenn wir uns ganz genau an eines seiner Rezepte hielten? Vielleicht stellt sich ja heraus, dass er ein altes Rezept für Dunkelgrün notiert hat, das wir noch nicht ausprobiert haben?«

»Wäre schon möglich«, pflichtete Guy ihr bei, schloss die Tür und nahm Suggs hoch, der freudig zu seinen Beinen geflitzt kam. »Ich habe mich nie wirklich bemüht, seine obskuren Formeln umzusetzen. Ja, gut. Wir werden seine Anweisungen haarklein befolgen, sofern wir diese Ingredienzien heutzutage überhaupt irgendwo auftreiben können – und sofern du bereit bist, die magischen Auswirkungen in Kauf zu nehmen, falls wir Erfolg haben.«

Clemmie rümpfte die Nase. »Was für magische Auswirkungen? Ich hab dir doch erklärt, dass ich nicht an Magie glaube. Es ist unmöglich, dass irgendeine uralte chemische Formel die Probleme der Welt lösen oder füreinander bestimmte Liebende zusammenführen könnte oder ähnlichen Quatsch. Was ich allerdings glaube, ist, dass die Alchemisten alter Zeiten wahrscheinlich Dinge gewusst haben, die wir heute nicht mehr für wesentlich halten. Ich würde gern mit Allbards originalen Substanzen arbeiten und mal sehen, was dabei herauskommt.«

»Ja, sicher, ich bin dabei.« Guy befestigte Suggs' Leine an seinem Geschirr und gemeinsam eilten sie im schneidenden Wind über den Hof. »Wird aber eine Weile warten müssen, denn morgen ist ja die Besprechung in Milton St. John. Übers Wochenende habe ich mehrere Shows und dann kommt die schreckliche Snepps. Liebe Güte, ist das kalt heute Nacht! Komm schon Suggs – lauf!«

»Hallo, ihr Süßen!« Als sie keuchend die herrlich warme Küche betraten, kam YaYa, mit rabenschwarzem Haar, scharlachrotem Plüschpelz und knallroten schenkelhohen Stiefeln auf sie zugetänzelt. »Ich wollte schon einen Suchtrupp losschicken! Ach, seh euch einer an! Alle beide ganz schwarz und zerzaust und mit schelmischem Grinsen wie ein Paar unartige Kinder.« Sie musterte die zwei mit schräg gelegtem Kopf. »Wisst ihr, wenn Guy eine Spur mehr Augen-Make-up trüge und Clemmie sich einen Hauch von Dreitagebart wachsen ließe, dann säht ihr aus wie die Ebenbilder von Russel Brand und Amy Winehouse. Ihr gebt wirklich ein schönes Paar ab.«

Clemmie war froh, das errötende Gesicht hinter ihrem zerzausten Haar verbergen zu können.

»Ach, hör doch auf, YaYa«, meinte Guy gut gelaunt. »Himmel! Was ist das denn alles?«

YaYa lächelte. »Kleine Änderung im Plan, mein Guter. Ich bin ja so froh, dass ihr zurück seid. Ich wär nicht gerne los, ohne mich zu verabschieden.«

Auf dem Küchenfußboden stapelten sich Koffer, Reisetaschen, Beutel, Kleidersäcke und Perückenschachteln.

»Mir war gar nicht klar, dass du heute Abend schon aufbrichst«, sagte Guy, befreite Suggs aus seinem Geschirr und schüttete ihm langweiliges Frettchen-Trockenfutter in seinen Napf. »Ich dachte, erst morgen früh?«

»Stimmt schon. Aber wie gesagt, kleine Änderung im Plan. Wir wollten morgen Abend loslegen, Foxy, Honey Bunch und ich – zu Halloween – mit unserer Wicked-Witch-Revue im Rinky Dink, als Auftakt meiner Woche mit den *Dancing Queens*. Aber Martinique – das ist das große Management-Talent der Truppe, die sich von diesem Typen aus dem Internet diese üble Billig-Geschlechtsumwandlung hat machen lassen, vielleicht erinnerst du dich – hat gerade angerufen, weil die PR-Organisation der *Dancing Queens* für heute Abend in London eine große Pressekonferenz angesetzt hat – es werden Leute von allen großen Fernseh- und Radiosendern und einigen Hochglanzmagazinen und Programmzeitschriften da sein – und das will ich auf keinen Fall verpassen.« Sie holte Luft, spitzte die Lippen und klimperte mit den Wimpern. »Du kommst doch sicher auch eine Nacht länger ohne mich aus, mein Bester, nicht wahr?«

»Die Ruhe wird himmlisch sein und dann stolpere ich endlich mal nicht dauernd über Perücken und Kleider«, antwortete Guy. »Außerdem wird Clemmie mir ja Gesellschaft leisten, nicht wahr?«

Er lächelte ihr zu, und Clemmie spürte, wie ihr die Knie weich wurden. Man sollte ihm verbieten, einen so anzulächeln.

»Ich werde mein Bestes tun und bin allzeit bereit«, murmelte sie.

Doch Guy und YaYa lachten. Suggs, der sein Trockenfutter mümmelte, hielt inne und warf ihr einen verächtlichen Blick zu.

»Was das Geschäft angeht, natürlich«, beeilte sich Clemmie hinzuzufügen. »Ich wollte nicht sagen …«

»Gieß ruhig noch Öl ins Feuer, Süße«, gluckste YaYa. »Auf

jeden Fall weißt du Bescheid, und Guy weiß, dass er nicht zu befürchten hat, aus dir könnte noch so eine irre Stalkerin werden. Ich hab ihm schon erzählt, wie du immer wieder in Tagträumen über irgendeinen süßen Jungen schwelgst.«

Clemmie lachte mit.

»Ich muss jetzt sowieso weg«, sagte Clemmie und zog die Notbremse. »Ich habe um acht Uhr eine Verabredung.«

Es ging nur um Phoebe, Sukie und Chelsea, ohne Ben, Derry und Nicky, und um einen kleinen Weiberumtrunk im *Weasel and Bucket* in Fiddlesticks, aber das würde sie nicht durchblicken lassen. Weder jetzt noch später.

»So ein Glückspilz«, schwärmte YaYa. »Denk an mich, wenn's kuschelig wird, ja? Dann kämpfe ich wahrscheinlich gerade mit Abdeckstift und Wimpernkleber und Miederhöschen und werde versuchen, meinen Hass auf die Magermodels zu bändigen. Wir sehen uns, wenn ich wiederkomme, Süße.«

Clemmie nickte. »Ich hoffe, es wird ein echter Erfolg – ich würde mir deine Show gerne mal ansehen.«

»O Gott, das wirst du bis ans Lebensende bereuen«, murmelte Guy, der gerade klein geschnittenes Hühnchen zu Suggs Futter hinzugab.

»Wir haben schon ausgemacht, dass Clemmie abends mal zu einem Auftritt kommt«, schniefte YaYa. »Im Rinky Dink wäre es eigentlich ideal. Es ist ein feiner kleiner Club und nicht zu weit entfernt. Wir müssen das arrangieren.«

»Das wäre toll«, sagte Clemmie und meinte es auch so. Wäre doch mal eine neue Erfahrung. Genauso, wie einen schwulen, vielleicht auch bisexuellen Pyrotechniker zu lieben und den Arbeitsplatz mit einer Dragqueen und einem Frettchen zu teilen. »Jetzt muss ich aber los.«

»Viel Spaß bei deinem Rendezvous und bis morgen!«, sagte Guy vom anderen Ende der Küche. »Wir brechen dann gegen elf nach Milton St. John auf. Und vielen Dank für deine Hilfe heute Abend.«

»Immer gerne«, gab Clemmie leichthin zurück und bemühte sich, nicht idiotisch zu grinsen, während sie Mantel und Tasche nahm und zu ihrem Peugeot eilte.

Am nächsten Morgen saß Clemmie um neun an ihrem Schreibtisch. Sie war schon seit sechs Uhr früh auf und hatte für diesen ersten Außentermin mit Guy verschiedene Kleidungsstücke anprobiert und wieder verworfen. Mit Mollys Hilfe hatte sie sich schließlich für einen langen schwarzen Samtrock, ein schwarzes T-Shirt und eine mehrfarbige Samtjacke zu glitzernden, regenbogenfarbenen Girandol-Ohrringen entschieden. Ihr widerspenstiges Haar verweigerte sich dem Versuch, es mit einer Haarspange zu bändigen, also ließ sie es offen und trug zum Ausgleich einige zusätzliche Schichten Augen-Make-up auf.

»Bezaubernd siehst du aus«, hatte Molly gesagt, während Bill ein Frühstück machte, das Clemmie ja doch nicht herunterbekäme. »Allerdings funkeln deine Ohrringe bei Weitem nicht so wie deine Augen, Clemmie. Wie schön, dich so glücklich zu sehen.«

Glücklich?, dachte sie nun, als sie die frühmorgendlichen E-Mails durchsah. Natürlich war sie glücklich, aber dieses prickelnde Gefühl in ihrem Inneren war weit mehr als nur Glück. Es fühlte sich an wie Weihnachten und Geburtstag und zum ersten Mal das Meer sehen auf einmal.

Sie stützte die Ellbogen auf den Tisch und sah auf den Fluss hinaus. Der Sturm vom gestrigen Abend hatte sich verzogen und der Halloween-Tag begann sonnig, kalt und wolkenlos. Das lohfarbene Laub wirbelte farbenfroh in den schäumenden Fluten des Flusses, der unter dem Bürofenster vorbeiströmte.

Sie strahlte vor sich hin. Selbst ihre Arbeitsbedingungen waren himmlisch. Und was Guy betraf …

»Hi.« Wie aufs Stichwort erschien er im Türrahmen. Wieder in eng anliegenden schwarzen Sachen, die Haare noch feucht von der Dusche, sah er umwerfend aus. »Du bist früh dran – hast du schon gefrühstückt?«

»Ja – nein – also, nur Kaffee getrunken.«

»Dann leiste uns doch Gesellschaft. Du kommst genau richtig. Suggs und ich gönnen uns ein richtiges englisches Frühstück, solange YaYa weg ist. Sie meint, wenn sie gesund frühstückt, würde das die Unmengen von Junkfood und Nikotin wettmachen, die sie den restlichen Tag über so zu sich nimmt, und daher besteht sie auf Jogurt, Knäckebrot, Saft und Müsli mit Früchten – aber ich stehe eigentlich auf gesättigte Fettsäuren, Zucker und einen Berg Kohlehydrate bei der ersten Mahlzeit, du nicht auch?«

»Ja, also, wenn du so davon sprichst …«

Clemmie folgte ihm aus dem Büro. O Gott, bitte lass mich nicht schlürfen oder etwas verschütten oder maßlos verfressen wirken, dachte sie.

»Hier entlang.« Guy wandte sich von der Küche ab, aus der herrliche Düfte eines warmen Frühstücks wehten. »Noch so ein Luxus. Weil es ins Bild gesunder Ernährung passt, besteht YaYa darauf, am Küchentisch zu frühstücken, und es ist einfacher, dem nachzugeben. Aber jetzt kommen gleich Nachrichten im Fernsehen, und ich dachte, wenn wir auf dem Sofa essen, erwischen wir vielleicht einen Beitrag über die *Dancing Queens.*«

»Hier« war ein großes quadratisches Wohnzimmer, einer der Räume, in die Clemmie bislang nur einen flüchtigen Blick geworfen hatte. Mit weißen Rauputzwänden, schwarzen Balken und einem riesigen Panoramafenster, das den Fluss und das Wehr umrahmte, wirkte der Raum wie aus einem Schöner-Wohnen-Magazin.

Der Eindruck des Designerwohnens endete jedoch abrupt beim Dekor und der Einrichtung. Das, dachte Clemmie erfreut, war typisch Guy. Mehrere große alte Sofas und bunt gemischte üppige Ohrensessel waren um einen massiven Marmorkamin auf den originalen dunklen Holzdielen gruppiert. Ein Sammelsurium von Teppichen und Kissen in allen möglichen Farben und Mustern verlieh dem Raum eine gemütliche und behagliche Atmosphäre. Raumhohe Bücherregale füllten die Kaminecken, an den Wänden bildeten Großaufnahmen von Feuerwerken kraftvolle Farbspritzer, in einer Ecke stand ein breiter Flachbildfernseher mit allem Drum und Dran und in der anderen prangte eine herrliche rote und chromblitzende nostalgische Wurlitzer-Musikbox.

Es war ein Raum, der zum Kuscheln und sorglosen Entspannen geradezu aufforderte.

»Das ist ja herrlich«, sagte Clemmie. »Hast du das so eingerichtet?«

»Jawohl, der Stilbruch und die Entweihung dessen, was laut Designpolizei ein Panoramazimmer in neutralen Farben mit minimalistischer Einrichtung sein sollte, ist ganz und gar mein stolzes Werk. Es war der Gegenimpuls zu einer kurzen und freudlosen Wohnphase in Cremeweiß und Beige mit blöden Magnolien, ohne Farben, ohne Bequemlichkeit, ohne Bücher oder Ornamente oder Bilder und ohne jede verdammte persönliche Note.«

Clemmie sah ihn erstaunt an. Sie kannte ihn bislang nur ausgeglichen und heiter. So bitter hatte er noch nie geklungen.

»Entschuldige.« Er zuckte die Achseln. »So was ist mir ein Gräuel, aber ich sollte es nicht an dir auslassen. Nun mach es dir bitte gemütlich, und ich hole alles aus der Küche. Du bist ja gewarnt, dass meine Kochkünste nicht gerade überragend sind, aber Eier mit Speck krieg ich einigermaßen hin; wenn du also unerschrocken genug bist …«

»Unerschrocken und hungrig«, sagte Clemmie aufrichtig.

»Prima – ach, schieb Suggs einfach ein bisschen zur Seite.«

Suggs hatte es sich auf einem der breiten weichen Sofas bequem gemacht, bei mehreren dicken Teppichkissen und einer großen Schüssel, die scheinbar Eier und Schinken enthielt.

»Setz dich«, Guy deutete auf das Sofa, »und ich bemuttere dich. Was möchtest du?«

»Was es eben gibt«, meinte Clemmie und hoffte, dass ihr Magen nicht knurrte. »Ich bin für alles zu haben. Das heißt …«

Zum Glück war Guy bereits in Richtung Küche verschwunden, sodass nur Suggs ihren Fauxpas bemerkt hatte. Er ließ es sie deutlich spüren, indem er den Kopf hob, wobei ihm ein Stück Schinken aus dem Mundwinkel hing, und bedachte sie mit seinem besten »Blöde-Kuh!«-Blick.

»Er hat das nicht gehört«, sagte sie und machte es sich in einer Sofaecke bequem, »also friss du weiter dein Frettchenfrühstück und lass mich in Ruhe.«

Suggs schnüffelte ein bisschen, spuckte den baumelnden Schinken wieder in den Napf, zwinkerte ihr zu und fraß dann weiter.

Guy kam mit einem großen Tablett zurück, auf dem Teller mit Eiern und Speck, zwei Becher und eine Kaffeekanne standen. »Ich hab dir einfach von allem etwas aufgetan«, sagte er, stellte das Tablett aufs Sofa, reichte ihr einen Teller und schob Suggs beiseite. »Was du nicht magst, kannst du ruhig übrig lassen.«

»Sieht alles toll aus, danke.« Clemmie nahm sich Messer und Gabel. »Ach, und braune Soße – ich liebe braune Soße.«

»Ich auch«, sagte Guy grinsend, setzte sich neben sie, balancierte seinen Teller auf den Knien und schaltete den Fernseher ein. »Eins meiner vielen Laster.«

Sie aßen in kameradschaftlichem Schweigen, und Clemmie gelang es wundersamerweise, kein bisschen zu verschütten, während der Moderator des Frühstücksfernsehens sie eindringlich vor globaler Erwärmung, Terrorismus, randalierenden Kindern in sozialen Brennpunktgebieten und der Vogelgrippe warnte.

Dann schwenkte die Kamera zu der überaus hübschen weiblichen Nachrichtensprecherin, die kichernd ihre Grübchen sehen ließ und erklärte, dass nun »etwas ganz anderes« käme.

Zu den Klängen des Abba-Hits »Dancing Queen« strömte eine Schar glamourös aufgetakelter Frauen in engen Kostümen mit Federn und Pailletten ins Bild und führte eine Tanzdarbietung nach Art der Tiller Girls im Stil der Fünfzigerjahre auf.

Noch immer kauend schauten Guy, Clemmie und Suggs wie gebannt zu.

Auf die Tiller Girls folgten die Spice Girls und dann eine insgesamt reichlich anzügliche Darbietung.

»... und das muss genügen zu so früher Stunde am Morgen«, kicherte die Ansagerin erneut. »Es ist mir ein großes Vergnügen, die heißeste Travestietruppe des Vereinigten Königreichs – die *Dancing Queens* – im Studio zu begrüßen.«

»Da ist sie!« Clemmie verschluckte sich beinahe an einem Stück Toast. »Oh, sieht sie nicht fabelhaft aus?!«

YaYa, mit schwarzer Perücke und in einem kurzem, engen, elektrischblauen Kleid, blickte wimpernklimpernd in die Kamera, umgeben von ebenso schlanken, prächtig herausgeputzten Dragqueens, die alle die Lippen spitzten, sich in Pose warfen und Küsschen in die Luft hauchten.

»Ist das Martinique?«, fragte Clemmie, als eine streng aussehende Frau mit Dolly-Parton-Perücke, schwarzem Minikleid und nuttigen Stiefeln das Wort ergriff. »Die mit der verpatzten Operation?«

»Ja, ich glaube, das muss sie sein. Sie gibt wohl den Ton an. Mann, die sieht ja beängstigend aus.«

Nachdem Martinique Tourneedaten und Veranstaltungsorte aufgesagt und eigens auf den nicht ganz jugendfreien Inhalt der Shows hingewiesen hatte, stellte die Fernsehsprecherin noch einige Fragen über die Truppe und die bevorstehende Tournee und wurde von zahlreichen Antworten kräftiger rauchiger Stimmen fast überflutet. Die *Dancing Queens* zeigten Figur und warfen ihre Haare zurück und ließen keinen Werbetrick aus. Es war sensationell.

Der Beitrag schloss mit einem Videoclip der Eröffnungsnummer der *Dancing Queens* – ein bemerkenswerter Tribut an den Choreografen Busby Berkeley –, und Clemmie merkte, dass sie ihren Teller bis zum letzten Happen leergegessen hatte, ohne zu kleckern.

»Du bist bestimmt ziemlich stolz auf sie«, sagte Clemmie und schob den Teller auf das Tablett zurück. »Und das war das beste Frühstück, das ich je gegessen habe – aber erzähl bloß nicht meinem Onkel Bill, dass ich das gesagt habe.«

»Würd mir im Traum nicht einfallen.« Guy stellte seinen Teller zu ihrem und goss Kaffee ein. »Ja, ich bin stolz auf YaYa. Bin ich immer gewesen. Deshalb würde ich auch nie irgendwas gegen ihre Auftritte sagen. Sie ist für *The Gunpowder Plot* ein außerordentlicher Gewinn – in der Schule war sie – äh, damals hieß er natürlich noch Steve – ein echtes Mathegenie, und, auch wenn sie mich wahrscheinlich dafür hassen wird, wenn ich dir das verrate, sie ist ausgebildete Buchhalterin.«

»Nie im Leben!«, platzte Clemmie mit dem Mund voller Kaffee heraus. Verdammt! Dabei war das Essen so glattgelaufen.

Sie tupfte mit einer Serviette an ihrem Schoß herum. »YaYa ist Buchhalterin? Das kann nicht sein – Buchhalter sind doch alle todlangweilige graue Anzugträger?«

»Eine weit verbreitete Fehleinschätzung«, antwortete Guy, »da hast du bisher wohl nur die falsche Sorte Buchhalter kennen gelernt. Nein, YaYa ist exzellent, und ich würde nie jemand anders an meine Bücher lassen. Was Geschäftliches betrifft, ist sie ein Naturtalent. Und der zuverlässigste Mensch, den ich kenne. Ich würde meine Hand für sie ins Feuer legen. Alles in allem sind wir ein gutes Team.«

»Und ihr wart immer schon befreundet?«

»Vom ersten Tag an. Ach, es war aber nicht etwa so, dass wir uns als Außenseiter zusammengetan hätten – ich als streberhafter Chemiefreak und Steve als halbes Mädchen. Nein, wir waren beide normale Jungs mit vielen Kumpeln, aber wir haben uns eben in vielen Bereichen auf Anhieb verstanden. Glaub mir, niemand hätte es gewagt, sich über Steve lustig zu machen, weil er Make-up mochte und schöne Kleider. Er war so zäh wie Leder, und ist es noch. Allerdings gab es damals auch noch jede Menge Gothic-Typen, zu denen ich gut passte – langhaarig, dunkel und mager – und ein paar übrig gebliebene schwärmerische New Romantics – sodass man sowieso reichlich viel Eyeliner und ausgefallene Kostüme auf dem Schulhof sah.«

»Und wann ging die Sache mit YaYa los?«

»In der Oberstufe.« Guy leerte seinen Kaffee. »Kurz vor der zweiten Matheprüfung wurde aus ihm eine Sie. Nicht etwa eine vollständige Umwandlung, nur die Namensänderung, die Perücken und so. Die Lehrer wussten nicht, wie sie sich dazu stellen sollten, aber da er der Einzige in unserer Klasse war, der garantiert alles mit Eins plus machen würde – und damals musste man sich gute Noten noch hart erarbeiten und bekam sie nicht zur Verschönerung der staatlichen Statistiken hinterhergeworfen – haben sie nicht gewagt, etwas dagegen zu sagen.«

»So lange seid ihr schon zusammen?«

»Ja.« Guy sammelte das Geschirr auf das Tablett. »Und bleiben wir auch. So, bevor wir gehen, könntest du Suggs bitte mal eben zum Pinkeln rausbringen – und nachsehen, ob er genug Futter und Wasser hat? Ich räum inzwischen die Sachen hier schnell in die Spülmaschine. Und dann auf nach Milton St. John.«

11. Kapitel

»Hast du heute Abend etwas vor? Zu Halloween?«, fragte Guy zwanzig Minuten später, als sie Winterbrook hinter sich ließen und in Richtung Newbury fuhren. »Irgendwelche wilden Partys auf dem Programm?«

Wollte er mit ihr ausgehen? Nein, natürlich nicht. Sicher keine Chance. Schade. Clemmie räkelte sich behaglich auf dem Beifahrersitz von Guys großem altem BMW und fragte sich flüchtig, ob sie YaYas eingebildeten »süßen Jungen« zu einer Art Sicherheitsattrappe ausgestalten sollte, falls Guy spitzbekäme, wie sie für ihn empfand, und sie daraufhin als eine der gefürchteten Raubkatzen abzustempeln drohte, die ihm regelmäßig nachstellten.

»Nein, nichts.« Sie schüttelte den Kopf. »Ich bin wahrscheinlich schon viel zu alt, um mir einen schwarzen Müllsack überzustülpen und mich mit weißer Gesichtsfarbe zu beschmieren.«

»Müllbeutel und weiße Farbe wären heutzutage sowieso nicht mehr angesagt.« Guy lachte. »Nach dem, was ich zuletzt so gesehen habe, sind die Halloween-Kostüme von heute so ausgefeilt wie die Ausstattung eines Freddy-Krueger-Films. Selbst Gebasteltes genügt den Kids des einundzwanzigsten Jahrhunderts einfach nicht mehr.«

»Schade, das.« Clemmie nickte. »Aber du hast Recht, es ist schon ein Jammer, dass sogar schon Verkleidung für Kinder zum kommerziellen Wettbewerb wird. Neulich war ich bei Woolworths, da gab es reihenweise kleine Konfektionskostüme für jeden Anlass. Also ich werde heute Abend nicht mit leuchtenden Fangzähnen und spitzem Hexenhut durch Bagley-cum-Russett stolzieren und mit den todschick kostümierten Dorfkindern um Wundertüten wetteifern. Die Kids sind hoffentlich sowieso alle in Hazy Hassocks.«

Guy lachte. »Hazy Hassocks als Brutstätte von Hexerei und Gespensterspuk und Wahlheimat der vorpubertären Lebenden Toten?«

»Nun – es gibt da gewisse Gerüchte – nein, in Wirklichkeit organisiert Mitzi Blessing für die Kinder aus den umliegenden Dörfern im Gemeindesaal einen Kürbiskostümwettbewerb. Sie meint wohl, so könne man die kleinen Stinker davon abhalten, die Einwohner mit der Drohung ›Süßes oder Saures!‹ in Angst und Schrecken zu versetzen.«

»Gute Idee«, meinte Guy, der die einspurigen Straßen mit Leichtigkeit bewältigte. »Ich habe Mitzi schon bei verschiedenen Veranstaltungen hier in der Gegend getroffen. Sie ist eindeutig eine Größe, mit der man rechnen muss. Also, wenn du heute Abend noch nichts anderes vorhast, wie wär's, wenn wir uns noch mal an der Entdeckung des Siebten Himmels versuchen?«

Ach, wenn doch nur …

»Aber gerne«, antwortete Clemmie erfreut. »Wollen wir es mal exakt so probieren, wie Allbard vorgehen würde?«

»Genau. Ich habe gestern Abend, nachdem du gegangen warst, vor der Snepps-Besprechung noch kurz in sein Buch geschaut, aber ich werde noch immer nicht schlau daraus. Übrigens wollte ich nicht neugierig sein, was deine Partypläne betrifft, ich habe nur gefragt, weil ich abgesehen, von dem, was du mir erzählt hast, über dein Privatleben eigentlich kaum etwas weiß.«

»Da gibt es auch nicht viel zu wissen«, entgegnete Clemmie leichthin. »Ich wohne bei meiner Tante und meinem Onkel, habe viele Freundinnen, mit denen ich mich oft treffe, und spiele mit Sprengstoffen herum – von außen gesehen ist das wahrscheinlich für jemanden von knapp dreißig eine reichlich dürftige Liste.«

»Nicht, wenn du glücklich bist.« Guy steuerte den BMW auf die Hauptstraße nach Lambourn. »Glück ist doch das Einzige, was wirklich zählt. Ich finde, man sollte sich auf das Hier und Jetzt konzentrieren, und nicht auf irgendwas in weiter Ferne. Es hat doch keinen Sinn, einem Ziel nachzujagen, das man sowieso nie erreichen kann. Dann ist bei dir also noch kein Mann fürs Leben in Aussicht?«

Hah! Das war eine Frage, die leicht zu beantworten war – schließlich war sie einfach nur aus Neugierde gestellt worden, und nicht, um mögliche Konkurrenten auszuspähen. In mancher Hinsicht, dachte sie und warf Guy heimlich einen begehrlichen Blick zu, war es zwar frustrierend, in einen schönen schwulen Mann verliebt zu sein, aber irgendwie auch sehr entspannt. Zumindest wusste man als Frau genau, wo man stand.

»Kandidaten gäbe es jede Menge«, flunkerte Clemmie vergnügt, nachdem sie beschlossen hatte, sich nicht hinter dem »süßen Jungen« zu verstecken. »Ich hab die Qual der Wahl – aber es gibt niemanden Speziellen. Ehrlich gesagt lief es mit meinen Beziehungen eigentlich ähnlich wie mit meinen Arbeitsstellen: jede Menge tolle Auftakte, massenhaft ernüchternde Mittelstrecken und viele einvernehmliche Abschiede.« Sie lächelte. »Aber nachdem ich beruflich endlich das Richtige gefunden habe, klappt es ja vielleicht als Nächstes auch mit der Liebe. Immerhin bist du ein recht gutes Vorbild.«

»Ich?« Guy musterte mit zusammengekniffenen Augen einen

weiteren schiefen Wegweiser, dessen Ortsangaben nach Jahren in Wind und Regen ganz unleserlich geworden waren. »Stand da Upton Poges? Wo zum Teufel ist Upton Poges? Na gut, versuchen wir's mal. An deiner Stelle würde ich mich für ein gelungenes Liebesleben nicht zum Vorbild nehmen. Glaub mir, ich habe in der Vergangenheit wirklich himmelschreiende Fehler gemacht. Es waren zu viele Beziehungen, und ich war zu jung, Masse statt Klasse. Manchmal staune ich direkt, dass ich aus manchen Affären mit heiler Haut davongekommen bin. Ach, und YaYa hat doch bestimmt nicht versäumt, dir von meinem größten Fehler aller Zeiten zu erzählen: Helen von der dunklen Seite der Macht?«

Clemmie nickte beiläufig. »Sie hat erwähnt, dass du verheiratet warst.«

»Heirat in Las Vegas und schnelle Scheidung«, sagte Guy lachend. »Ein Augenzwinkern, und schon war es wieder aus. Aber da wir unterwegs sind, um ein hübsches Hochzeitsfeuerwerk für ein vermutlich glückliches Paar auszutüfteln, sollte ich mir meine Verbitterung über die Ehe wohl besser nicht raushängen lassen.«

»Lieber nicht.« Clemmie lächelte ihn an. »Immerhin werden diesmal Braut und Bräutigam anwesend sein. Hat YaYa dir von der merkwürdigen Geschichte in Steeple Fritton erzählt?«

Guy nickte. »Dieser Ellis Blissit scheint ein wahrer Romantiker zu sein. Ich hoffe doch, dass seine Lola begreift, was für ein Glück sie mit ihm hat. Auf Altersunterschiede gebe ich sowieso nichts. Wenn die beiden seit fünf Jahren miteinander glücklich sind und sich lieben, was soll der Altersunterschied da für eine Rolle spielen?«

»Weiß ich auch nicht«, antwortete Clemmie aufrichtig. »Der Unterschied ist zwar ziemlich groß, aber wie du sagst, wenn sie nicht gut zueinander passen würden, wären sie bestimmt nicht mehr zusammen. Außerdem liebt er sie so sehr, dass man es direkt spüren kann.«

»Das hat YaYa auch gesagt. Wollen wir hoffen, dass nicht alles den Bach runtergeht, wenn sie merkt, was er vorhat. Nun, in welche Richtung, glaubst du, müssen wir jetzt? Links oder rechts?«

»Rechts. Mein Onkel Bill sagt immer, wenn du dich verlaufen hast, geh im Zweifelsfall rechts, dann landest du schließlich am rechten Ort.«

»Ach ja? Na gut, dann rechts.«

Zehn Minuten später, nachdem sie etwa zwanzigmal rechts abgebogen waren, standen sie wieder am Ausgangspunkt.

Guy grinste sie an. »Noch einen guten Rat?«

»Nein, tut mir leid. Vielleicht hätte ich dazusagen sollen, dass mein Onkel Bill ein unverbesserlicher Schwindler ist.«

»Na toll. Dann lass es uns mal links versuchen, okay?«

Das taten sie und erreichten keine fünf Minuten später Milton St. John.

Ein weiteres wunderhübsches Berkshire-Dorf, dachte Clemmie, als sie durch die Windschutzscheibe die gewundene Hauptstraße und die Mischung pittoresker Cottages und gelber Backsteinhäuser an beiden Ufern eines breiten dunklen Flusses betrachtete, der kristallklar durch sein torfiges Bett strömte. Aus den Obstgärten und Wäldern, die das Dorf umgaben und vor den größten Unbilden der Witterung schützten, zogen sich spätherbstliche Farbtupfer an den Hügeln der Downs empor.

»Ich hätte gedacht, hier wäre alles voller Rennpferde«, sagte Guy und spähte enttäuscht die verlassene Straße entlang. »All diese großen Gebäude sind wahrscheinlich Rennställe. Nach welchem suchen wir?«

»Peapods. In einer Kurve auf der linken Seite – vor den Geschäften und dem Pub – das wäre dann – hier! Ups, entschuldige – das kam wohl ein bisschen spät.«

»Nein, ich gewöhne mich allmählich an deine Navigationsmethoden. Wenigstens müssen wir nicht wieder rechts abbiegen.«

Clemmie streckte ihm die Zunge raus.

Guy fuhr den BMW auf den makellos gekiesten Hof, der an drei Seiten von halbtürigen Boxen umgeben war, aus denen Pferde sie mit feuchten Samtaugen neugierig beobachteten.

»Sind sie nicht wunderschön? Ob ich sie mir später wohl mal näher ansehen kann? Äh, ach so – wir suchen die Stallwohnung.« Clemmie sah auf das Blatt Papier auf ihrem Schoß. »Durch das Uhrtor, am Hauptgebäude vorbei – ach, ist das nicht herrlich? All der schöne wilde Wein! – und dann da drüben rechts.«

»Dein Orientierungssinn wird immer besser«, erklärte Guy, als er den BMW parkte. »Hast du alles, was wir brauchen?«

»Jawohl.« Clemmie schnallte sich ab, raffte die Faltblätter, Broschüren und Preislisten von *The Gunpowder Plot* zusammen und überließ Guy den Laptop. »Jemima erwartet uns offenbar schon.«

Jemima, in einem langen pastellfarben geblümten Laura-Ashley-Kleid, das seidige Haar hinter die Ohren geklemmt, blinzelte kurzsichtig aus dem ebenerdigen Eingang zur Stallwohnung.

»Clemmie!« Sie winkte. »Wie schön, Sie wiederzusehen!«

»Jemima Carlisle?«, fragte Guy und streckte ihr die Hand entgegen. »Ich bin Guy Devlin von *The Gunpowder Plot*. Freut mich, Sie kennen zu lernen.«

»Ebenfalls. Vielen Dank, dass Sie alles so rasch zusammengestellt haben. Clemmie war wirklich effektiv.«

»Das glaube ich gern. Sie ist ein echtes Ass.« Guy und Clemmie folgten Jemima eine polierte Holztreppe hinauf zur Stallwohnung.

»Tut mir leid, dass ich so eulenhaft geblinzelt habe«, sagte sie über die Schulter hinweg. »Ich sollte eigentlich eine Brille tragen, aber ich wollte für die Hochzeit Kontaktlinsen ausprobieren und hab sie verloren … schon wieder. Hier entlang.«

Die Wohnung, die sich offenbar über die ganze Länge des zweiten kleineren Hofes erstreckte und über einem älteren Stallgebäude errichtet worden war, war weiträumig, hell, luftig und ziemlich unordentlich. Clemmie fand es herrlich. Von einem Fenster hatte man eine tolle Aussicht auf die Downs, von einem anderen auf den Hof von Peapods und vom dritten auf die Häuser von Milton St. John.

»Charlie wird sicher gleich kommen«, sagte Jemima, setzte ihre Brille auf und sah gleich zufriedener aus. »Er hat gerade eine Prellung an einem Bein.«

»Oje«, meinte Clemmie und wandte sich vom Fenster ab. »Hoffentlich geht es ihm bis zur Hochzeit wieder gut.«

»Es geht nicht um *sein* Bein«, sagte Jemima rasch. »Sondern um ein Pferdebein. Und ehe Sie fragen, das Schwimmbassin ist leider auch nicht für Menschen: Nur die Pferde bekommen hier den Sieben-Sterne-Service.«

»Ach so.« Clemmie merkte, dass Guy breit grinste, und wich seinem Blick aus, um nicht laut loszukichern. »Tut mir leid, fachlich verstehe ich gar nichts von Pferden.«

»Das ging mir auch so, als ich hierherkam«, sagte Jemima. »Aber man lernt es schnell. Ach, Entschuldigung – ich plaudere, und Sie haben sicher viel zu tun. Was soll ich machen?«

»Gar nichts«, antwortete Guy freundlich. »Zumindest jetzt noch nicht. Lassen Sie mich erst mal den Computer hochfahren, dann kann ich Ihnen zeigen, was ich mir überlegt habe, um die Details, die Sie Clemmie genannt haben, zu einem Feuerwerk zusammenzufügen, und dann können Sie alle noch offenen Fragen stellen.«

»Sehr schön – ich habe meine guten Manieren übrigens noch nicht ganz vergessen. Meine Freundin Suzy ist in der Küche und macht Kaffee«, sagte Jemima. »Clemmie hat sie ja in Newbury schon kennen gelernt. Sie ist eine meiner Brautjungfern und ich dachte, sie könnte uns vielleicht behilflich sein.« Sie lächelte verträumt. »Ich bin wegen dieser Hochzeit schon so aus dem Häuschen, dass ich an manchen Tagen kaum noch weiß, wie ich heiße. Liebe Güte – Verzeihung – setzen Sie sich doch bitte.«

Jemima schuf Platz auf dem breiten niedrigen Sofa und sie setzten sich alle nebeneinander. Guy rief den Laptop ins Leben und begann, Jemima einige frühere Feuerwerke zu zeigen, bei denen geräuscharme Zündkörper erforderlich gewesen waren.

»Wie Sie sehen«, erläuterte er, »können die leisen Effekte und Feuerwerksbatterien genauso beeindruckend sein wie die heftig explodierenden, lauten. Wir knausern nicht am Spektakel, sondern bringen genau das, was Sie wünschen, wie lange das Feuerwerk dauern soll, welche Arten von Feuerwerkskörpern, welche Farben und alles leise genug, um die Pferde nicht scheu zu machen. Dies hier habe ich mal als Beispiel für Sie zusammengestellt: eine abwechslungsreiche luftige Mischung von Verwandlungsfontänen, Römischen Lichtern und Feuerblumen – optisch durchaus eindrucksvoll, aber so gut wie lautlos.«

Jemima besah sich die Bilder und lächelte sehnsüchtig. »Das ist wirklich wunderschön. So raffiniert, und genau, was ich mir vorgestellt hatte. Vielen Dank – Sie sind brillant. Wenn es um Feuerwerk geht, bin ich wie ein Kind, und damit wird die Feier etwas ganz Besonderes. Was die Farben betrifft, bin ich nicht wählerisch – das überlasse ich ganz Ihnen. Ich dachte, wir machen vielleicht ein Feuerwerk von etwa fünfzehn bis zwanzig Minuten. Ach, und können Sie auch Musik dazu spielen?«

Guy erklärte ihr, dass *The Gunpowder Plot* sicher jede Art gewünschter Musikuntermalung bieten konnte. Jemima seufzte glücklich, meinte, Charlie sei für alles andere als Heavy Metal stocktaub und gäbe keinen Pfifferling darauf, aber sie hätte am liebsten etwas von Prokofjew, und vielleicht auch von Rossini. Guy antwortete, beides ginge sehr gut und sie fände entsprechende Stücke auf der musikalisch-pyrotechnischen Vorführ-DVD, die er ihr daließe.

Jemima strahlte noch mehr und erklärte dann, dass die Feier auf einem Feld außerhalb des Dorfes stattfinden sollte.

»Es gehört Diana und Gareth James-Jordan und liegt so weit wie möglich von allen Pferden entfernt«, fügte sie hinzu. »Und da es früher schon für Musikfestivals und andere Veranstaltungen genutzt wurde, gibt es eine gut passierbare Zufahrt. Sie werden es sich vorher wahrscheinlich ansehen wollen, oder?«

»Sobald wir den Ablauf des Feuerwerks festgelegt haben, fahre ich mit meinem Team hin, um eine Lageskizze zu erstellen. Ich nehme an, Sie haben einen Pavillon?«

»Zwei. In einem kann man essen und trinken und sich hinsetzen, um sich zu unterhalten. Im anderen gibt es Getränke und man kann tanzen. Beide sind natürlich geheizt, denn es wird ja eine Dezemberhochzeit. Dezember ist für die Pferderennen-Gemeinschaft die beste Zeit, denn da wirft man nicht zu viele Trainingspläne über den Haufen.«

»Jemima!«, rief Suzy aus der Küche. »Wo sind die Kekse?«

»Im oberen Regal, auf dem obersten Brett in der blauen Dose!«

»Okay – ach, zum Teufel! Ich komm nicht ran! Nur weil du eine Riesin bist, gilt das noch längst nicht für alle anderen Leute!«

Jemima zog eine Grimasse. »Suzy – nicht hochklettern! Ich meine, mit deinem Bein …« Sie wandte sich an Guy und Clemmie und erklärte vertraulich: »Sie ist vor einigen Jahren wirklich schlimm vom Pferd gestürzt, und ihr Bein hat schweren Schaden erlitten.«

Clemmie stand auf. »Soll ich ihr helfen, während Guy und Sie inzwischen die Einzelheiten des Feuerwerks besprechen?«

»Das wäre nett.« Jemima lächelte. »Vielen Dank auch. Die Küche ist gleich hinter dem Durchgang dort.«

Clemmie durchquerte eilig den Raum und den Türbogen.

»Hallo, schön, dass wir uns hier wiedersehen«, sagte sie zu Suzy, die in Jeans und einem blauen Rugby-T-Shirt gerade schwer hinkend einen Stuhl durch die Küche zerrte. »Ich mach das schon, ich werde drinnen nicht gebraucht, die kommen auch ohne mich klar. Die blaue Dose war es doch, oder? Hier!«

»Danke. Jemima macht zu viel Theater wegen meinem Bein.«

»Sie hat nur gesagt, dass Sie einen Unfall hatten«, erwiderte Clemmie und gab sich Mühe, Suzys Bein nicht anzustarren. »Tut mir wirklich leid, das ist mir in Newbury gar nicht aufgefallen.«

»Wahrscheinlich, weil diese Verkäuferin mich fast in die Kabine getragen hat!«, erinnerte sich Suzy. »Und weil ich versuche, in der Öffentlichkeit nicht so auffällig herumzuhumpeln wie Long John Silver.«

Sie lächelten einander an.

»Und, hat das Hochzeitsfieber Sie erfasst? Haben Sie ein Kleid ausgesucht? Ist es genauso traumhaft schön wie das von Jemima?«

Suzy öffnete die Dose und kippte einen Stapel Kekse auf einen Teller. »Beinahe. Glänzend und pfirsichfarben. Unbeschreiblich weiblich. Meine Schwester Maddy und meine beiden Nichten haben ähnliche Kleider, wir werden alle todschick aussehen. Zum Glück konnten sie heute nicht kommen. Sie sind alle ein bisschen durchgedreht und hätten nur Chaos verursacht.«

»Dann sind Sie also hier, um Jemima den Rücken zu stärken?«

Suzy lächelte. »Ja, und weil Jemima sagte, dass Sie heute auch kommen. Ach, wollen wir nicht du sagen? Mir war so, als hätte ich zwischen uns eine gewisse Seelenverwandtschaft gespürt. Auch wenn wir uns in dem Geschäft nicht gerade ausführlich unterhalten konnten.«

Clemmie schüttelte den Kopf. »War vielleicht besser so – wenn wir noch mehr über die Kunden gelacht hätten, hätte man uns womöglich hinausgeworfen.«

»Stimmt.« Suzy kicherte und nahm das Tablett. »Und dann hätte Jemima sich verzweifelt die Haare gerauft. Die Gute ist dermaßen in Charlie vernarrt und als Kontrollfreak so wild entschlossen, alles perfekt und reibungslos ablaufen zu lassen, dass sie dringend jemanden mit festem Bezug zur Wirklichkeit braucht, und da komme ich ins Spiel. Ich schätze, gerade weil sie normalerweise so eine kompetente, ruhige, organisierte und beherrschte Person ist, wirft diese Hochzeit sie jetzt völlig aus der Bahn. Dabei kann ich sie durchaus verstehen – Charlie Somerset ist absolut …«

Suzy blieb im Türbogen stehen, drehte sich um und sah Clemmie mit offenem Mund an.

»Was ist?«, fragte Clemmie erstaunt.

»Heilige Hölle! Du Glückskind! Der ist ja hinreißend!«

»Ach so, Guy. Ja, ist er – aber wir sind kein Paar. Er ist nur mein Chef.«

»Du meinst – er und du, ihr seid nicht …«

»Nö. Werden wir auch nie sein. Er ist – äh – anderweitig fest gebunden.«

»So was Dummes!« Suzy ging leicht schwankend zum Sofa. »Bitte sehr, nun gibt es Kaffee und Kekse.«

»Tausend Dank, Suzy.« Jemima sah auf. »Das ist Guy Devlin. Suzy Beckett.«

Sie gaben einander förmlich die Hand. Dann nahm Suzy zwei Becher Kaffee mit zu einer der breiten Fensterbänke. »Komm doch mit mir hier herüber, Clemmie. Dann unterhalten wir uns ein bisschen, während die Erwachsenen übers Geschäftliche reden.«

Sie machten es sich mit dem Kaffee auf der Fensterbank bequem, einen Keks lehnte Clemmie ab, da Guys englisches Frühstück selbst ihren unmäßigen Appetit vollkommen gestillt hatte. Schmunzelnd sagte sie zu Suzy: »Hör doch auf, ihn so anzustarren.«

»Dürfte ganz schön schwerfallen«, kicherte Suzy und riss die Blicke von Guy los. »Er ist dermaßen umwerfend. Ich wette, jede Frau, der er begegnet, flirtet mit ihm, selbst wenn sie für immer glücklich gebunden ist. Er ist einer dieser Männer – wie Jemimas Charlie –, die mehr erotische Ausstrahlung haben, als gut für sie ist. Ach, wenn man vom Teufel spricht …«

»O Mann!« Clemmie kaute am Rand ihrer Kaffeetasse. »Ich verstehe, was du meinst.«

Charlie Somerset, atemberaubend attraktiv, mit zerzaustem dunkelrotem Haar, in ausgewaschenen Jeans und Graffiti-T-Shirt, kam breit grinsend in die Wohnung gestürmt. Nachdem er Jemima innig geküsst hatte, schüttelte er Guy die Hand, zwinkerte Suzy und Clemmie zu und quetschte sich aufs Sofa, wo er Jemimas Schenkel streichelte, während Guy ihnen auf dem Laptop das ausgewählte Feuerwerk vorführte.

»O ja«, hauchte Clemmie. »Der ist ja wirklich toll. So was von sexy! Aber wie man sieht, ist er wahnsinnig verliebt in Jemima. Die Glückliche!«

Suzy schnaubte. »Ja, aber er hat genauso viel Glück. Jemima ist ein echter Schatz. Und Charlie hat die meisten Frauen hier im Dorf und im Umkreis vieler Meilen durchprobiert, bevor er sich festgelegt hat, von daher kann sie sicher sein, dass er wirklich nur sie will und keine andere.«

»Die *meisten* Frauen?«, fragte Clemmie. »Dich inbegriffen?«

»Mich, meine Schwester, alle meine Freundinnen, Maddys sämtliche Freundinnen, die Pfarrersfrau, die komplette Oberschule, mehrere völlig unpassende sehr *alte* Frauen, Unzählige im ganzen Land, die wir nie kennen gelernt haben, wenn er bei Pferderennen unterwegs war, Geschiedene, Witwen, unglücklich Verheiratete und sogar ein paar glücklich Verheiratete – Charlie hat sie alle ausgetestet. Und dann hat er sich schließlich bis über beide Ohren in Jemima verliebt und ist ihr seitdem nicht mal für den Bruchteil einer Sekunde untreu gewesen.«

»Oooh«, flüsterte Clemmie. »Das finde ich ja soo süß. Ich steh total auf Happyends. Die beiden sind ein wunderbares Paar. Berkshire scheint ein guter Boden für tolle Kerle zu sein, was?«

Suzy lächelte wissend und warf einen weiteren begehrlichen Blick auf Guy und Charlie. »Wohl wahr, den beiden auf dem Sofa nach zu urteilen. Und meine Schwester Maddy ist mit diesem fantastisch aussehenden Typ namens Drew verheiratet, bei dem ebenfalls alle weiche Knie bekommen. Aber findest du nicht auch, ein Mann kann noch so gut aussehen, aber wenn er nicht alle Knöpfe bei einem drückt, dann fehlt einfach doch was?«

Clemmie nickte. »O ja.« Aus irgendeinem Grund fiel es ihr leicht, sich Suzy mit ihren traurigen Augen anzuvertrauen. »So geht es mir eigentlich mit Guy – ich kann nichts dagegen tun. Und was ist mit dir? Ist dein Liebster auch so hinreißend?«

»O ja«, seufzte Suzy wehmütig. »Überirdisch. Aber er lebt in Amerika und ist verheiratet. Er hat mich wahrhaft geliebt und ich war so grenzenlos blöd, ihn gehen zu lassen. Nein, schlimmer noch. Ich habe ihn weggejagt, weil ich dachte, meine Karriere sei wichtiger als er. Und als das dann passierte«, sie deutete auf ihr Bein, »hatte ich keins von beiden. Meine eigene Schuld, damit werde ich wohl leben müssen.«

Einen Moment lang saßen sie gemeinsam schweigend da, jede voller Verständnis für das Dilemma der anderen.

»Weißt du«, sagte Suzy dann wieder munterer, »ich bin aber trotzdem keine egozentrische Ziege. Ich freu mich wie ein Schneekönig für Jemima und Charlie und hab mich damit abgefunden, als einsame Jungfer alt zu werden, umgeben von anderer Leute Kinder und jeder Menge Tiere.«

Clemmie nickte mitfühlend. Bei mir allerdings, dachte sie, käme Feuerwerk anstelle von Kindern.

»Aber«, sagte Suzy mit flammendem Blick zu Clemmie, »wenn ich irgendetwas tun könnte – egal was –, um ihn zurückzubekommen, dann würde ich es tun. Es wird nie einen anderen für mich geben. Ich würde meine Seele verkaufen, wenn ich die Zeit zurückdrehen und mein restliches Leben mit Luke Delaney verbringen könnte.«

12. Kapitel

Es wurde rasch dunkel und war eine richtig kalte Halloween-Nacht, in der heulender Wind am düster dräuenden Himmel schwarze Wolken an einem trüben Mond vorüberjagte.

In dem abgelegenen Laboratorium beim Bootshaus, einzig von einsamen Feldern und schwankenden Baumskeletten umgeben, konnte Clemmie sich nur zu gut vorstellen, wie die verlorenen Seelen des altertümlichen Winterbrook auf der Suche nach Erlösung am Ufer des dunklen ruhelosen Flusses herumschlichen, wie Geister und Dämonen in der feindseligen Finsternis ächzten, wie durch die Nacht schleichende Hexen böse kicherten bei der Jagd nach ahnungslosen Opfern, die sie mit tückischen Zaubersprüchen belegen könnten.

»Reiß dich zusammen«, sagte Clemmie murmelnd zu sich selbst. »Du glaubst nicht an solchen Quatsch. Zügle deine Fantasie und konzentrier dich auf das, was du tust. Konzentrier dich, verdammt noch mal!«

Nach ihrer Rückkehr aus Milton St. John hatten Clemmie und Guy telefonische Nachrichten und E-Mails abgerufen, einige weitere Feuerwerke gebucht, einschließlich einer großen dreitägigen Veranstaltung in Kenilworth in vierzehn Tagen und eines Open-Air-Rockkonzerts im Januar in Hampshire, hatten gemeinsam mit Suggs in der Küche einen improvisierten *Ploughmans Lunch* mit Käse, Zwiebeln und Pickles als Mittagessen zu sich genommen – und die restliche Zeit im Labor verbracht.

Aufgrund des kurzfristig übernommenen Feuerwerks in Kenilworth, bei dem *The Gunpowder Plot* für eine andere Firma einsprang, die in letzter Minute abgesagt hatte, hatte Guy ein spontanes Treffen mit Syd und verschiedenen anderen Mitarbeitern der Pyro-Crew anberaumt.

»Tut mir leid, Clemmie, aber ich muss mal eben nach Winterbrook«, hatte er gesagt und seine Lederjacke angezogen. »Wir treffen uns in der Bar bei der Freimaurerhalle und überlegen, wie wir in der verfügbaren Zeit auf die Beine stellen können, was in Kenilworth gewünscht wird. Ich habe bereits zugesagt – also werden wir irgendwas zusammenstöpseln müssen. Entschuldige den überstürzten Aufbruch – ich komme in ein paar Stunden wieder. Willst du nach Hause fahren und mit dem Allbard bis heute Abend warten?«

Da Clemmie wusste, dass Onkel Bill und Tante Molly zum *Witches Whist Drive*, einem Kartenspieler-Turnier bei den Berkeley-Boys im *Barmy Cow* gehen würden, Phoebe sich mit Ben in Hazy Hassocks ein potenzielles Liebesnest ansah und alle anderen wahrscheinlich bei Mitzi Blessings Kürbisparty wären, fand sie die Vorstellung, allein zu Hause zu sitzen, nicht sehr verlockend.

»Nein«, hatte Clemmie gesagt. »Wenn du mir zutraust, mit dem Labor und Suggs allein klarzukommen, würde ich gerne weitermachen.«

»Bestens – und viel Glück. Ich habe schon ewig versucht herauszufinden, wo die Alchemie endet und die Magie beginnt, oder andersrum. Ich glaube, Allbard war mehr im Märchenland zu Hause als auf Erden – oder er hat das verflixte Buch verkehrt herum von hinten nach vorne geschrieben.«

Clemmie hatte gelacht. »Dann wird mir ja sicher nicht langweilig.«

»Verlier nicht den Verstand darüber«, hatte Guy gesagt und

die Autoschlüssel genommen. »Ach, und du weißt ja, wo im Labor alles ist, oder? Wasserkocher, Kaffee, Minikühlschrank? Ich habe für dich und Suggs auch ein paar Häppchen da, falls einer von euch Hunger bekommen sollte. So um acht, spätestens um neun werde ich wohl zurück sein. Notfalls hast du ja meine Handynummer.« Er machte eine Pause. »Und bei meiner Rückkehr erwarte ich das magische Grün in schönster Vollendung!«

Beide hatten sie gelacht, er hatte Suggs einen Kuss gegeben, ihr allerdings nicht, und war im BMW davongebraust.

Ganz allein und bemüht, ihre Fantasie im Zaum zu halten, hatte Clemmie versucht, einen Zugang zu Allbards Magischer Mittelalterlicher Alchemie zu finden. Irgendwie jedoch schweiften ihre Gedanken immer wieder zurück nach Milton St. John.

Sie hatte sich gefreut, Jemima und Charlie zu sehen und an der Planung ihres Hochzeitsfeuerwerks mitzuwirken – auch konnte sie es kaum erwarten, Onkel Bill zu erzählen, dass sie tatsächlich mit dem Mann gesprochen hatte, aufgrund dessen halsbrecherischer Zieleinläufe er beim Grand National Pferderennen mit gewagten Einsätzen ein kleines Vermögen gewonnen hatte – doch hauptsächlich kreisten ihre Gedanken um Suzy Beckett.

Armes Mädchen, dachte Clemmie. Hoffnungslos verliebt in den fernen Luke Delaney. An keinem anderen Mann interessiert, weil niemand an den herankäme, den sie verloren hatte. Und wie bitter musste das erst sein, da sie wusste, dass sie an alledem ganz alleine schuld war.

Was auch immer Clemmie sich von der Arbeit bei *The Gunpowder Plot* erwartet hatte, mit solchen emotionalen Untiefen hatte sie nicht gerechnet. Da gab es ja nicht nur ihr eigenes romantisches Problem mit Guy und YaYa sowie der unbekannten Raubkatze Helen, hinzu kamen nun auch noch ihre Sorge um die traurige Suzy sowie das Hoffen und Bangen mit dem unerschütterlich optimistischen Ellis Blissit.

»O nein«, murmelte sie, »in dieser Richtung lauert der Wahnsinn. Hör auf, an Gespenster und unglücklich Liebende zu denken und mach weiter!«

Mit Suggs auf dem Schoß und bei laut gegen den verfluchten heulenden Wind anspielender Radiomusik saß Clemmie an Guys Werkbank, fuhr mit dem Zeigefinger Allbards Index entlang und versuchte, sich auf schön logische wissenschaftliche Probleme zu konzentrieren.

Abgesehen davon, dass sie herausgefunden hatte, dass all diese *fff*s in Wirklichkeit den Buchstaben s darstellen sollten, und dass man das weitschweifige blumige Geschreibsel straffen und übersetzen musste, war sie noch kein Stück weitergekommen. Kein Wunder, dass Guy daraus nicht schlau geworden war. Das war ja alles Kraut und Rüben, es gab keinerlei sinnvolle Ordnung der Rezepte, Zutaten oder Zaubersprüche. Für jemanden, der an die spektakulären technischen und verlegerischen Fortschritte der vergangenen fünfzig Jahre gewöhnt war, wirkte das Buch frustrierend verworren.

»Grün«, murmelte Clemmie. »Dann versuchen wir es eben mal auf diesem Weg. Jetzt suche ich mal nicht nach den Chemikalien, sondern nach der Farbe.«

Suggs setzte sich auf und sah sie an. Dann leckte er sie zärtlich am Kinn und kuschelte sich wieder auf ihren Schoß.

»Wie bitte?«, sagte sie zu ihm hinunter. »Du glaubst auch, das ist der richtige Weg? Gut, dann probieren wir es aus. Also, sehen wir uns noch mal das Inhaltsverzeichnis an – ach, Mist!«

Grün kam nicht vor. Zumindest nicht in dem dürftigen Index. Gott, es war so frustrierend, von einer Sackgasse in die nächste zu geraten. Und ganz sicher hatte Guy all diese Vorgehensweisen schon unzählige Male durchprobiert.

Während der Wind Äste gegen die Mauern des Laboratoriums peitschte, blätterte Clemmie durch die vergilbten Seiten Allbards. Was war das? Irgendwo auf der eng bedruckten Seite hatte sie das Wort »Grün« erspäht. O ja, hier … ach, verdammt.

Der Grüne Mann?

Sie seufzte. Hieß so nicht ein Pub? Hatte Allbard nichts Besseres zu tun gehabt, als die Namen seiner Lieblingskneipen ins Buch aufzunehmen? Immerhin ging es um etwas Grünes.

Der Grüne Mann, las sie, die Wörter mühsam entziffernd langsam weiter, war unter anderem ein Feuerträger. Ein magischer Fackelträger. Der mächtigste magische Fackelträger in der Geschichte des Feuers.

Clemmies Kopfhaut begann zu kribbeln. Mit zusammengekniffenen Augen besah sie sich die Seite noch einmal.

Im Mittelalter pflegte offenbar der Grüne Mann – der für neue Hoffnung und neuen Anfang stand – Umzüge und festliche Zeremonien anzuführen, wobei er eine lodernde Fackel trug, feurige Funken in die Menge sprühen ließ und magische Verse sang. Diese Verse sollten in Verbindung mit den Funken seines grünen Feuers offenbar neues Leben ermöglichen und Wünsche erfüllen.

Ein Schauer der Erregung lief über ihren Rücken, und sie zog die Magische Mittelalterliche Alchemie näher zu sich heran.

Grob übersetzt schrieb Allbard, dass der Grüne Mann die Magie des Feuerwerks symbolisierte: ein bisschen geheimnisvoll, nicht ganz ungefährlich, stets aufregend und immer wieder neu.

Wow! Genau wie Guy. Clemmie wandte den Blick von der schwer lesbaren Schrift und sah Suggs triumphierend an. Damit war sie schon einen riesigen Schritt weitergekommen.

Sie nahm das Buch wieder auf und ihre Hände bebten ungeduldig.

Unter Verweis auf Gawain und den Grünen Ritter behauptete Allbard, dass fester Glaube an die Kräfte des Grünen Mannes und die magische Zusammensetzung des grünen Feuers *den Ungläubigen in einen Gläubigen verwandle, den unglücklichen Ritter in ein freudevollef Löwenherz, die einfame traurige Feele in einen Fpafvogel.*

Daf grüne Feuer war – so fuhr Allbard fort – *nur wirkfam bei kleinen Wünfchen def Herzenf.*

Clemmie runzelte die Stirn. Wenn man also die *fffs* aussortierte und das alles ungefähr in die Sprache des einundzwanzigsten Jahrhunderts übersetzte, sollte es wohl heißen, dass diese magische Grüner-Mann-Mischung Gutes bewirkte und Wünsche wahr werden ließ? Wohl kaum!, dachte sie. Und offenbar galt das auch nur für eng gefasste Wünsche – ganz persönliche Belange also –, man brauchte sich nicht einzubilden, man könne damit den Weltfrieden oder ein Ende der Armut oder ähnlich Großartiges bewirken.

Worin bestand denn nun überhaupt die Zauberformel?

Eine Hand voll reinften fonnengefegneten Chlorophyllf, dazu zwei Hand voll pulverifierten Kupferfalzef und eine Taffe mit Faft der gelben Wichel …

Clemmie hielt inne und zog die Augenbrauen hoch. Chlorophyll und Kupfersalze kannte sie ja, aber was zum Teufel war denn mit Wichel gemeint? Sie blinzelte mehrmals, dann las sie weiter.

Dem schwer zu entziffernden Text zufolge sollte man mit diesem Rezept, in Verbindung mit Salpeter, das vollendete grüne Feuer herstellen können – und wenn man gleichzeitig den magischen Vers des Grünen Mannes aufsagte, konnten alle scheinbar unmöglichen kleinen persönlichen Wünsche in Erfüllung gehen.

Clemmie schnaubte verächtlich. Auch wenn sie die Zutaten

für das grüne Feuer herausgefunden und den Spruch übersetzt hatte, hieß das noch lange nicht, dass sie an diesen Wunscherfüllungsquatsch glaubte. Schließlich war sie durch und durch Wissenschaftlerin; solange es keine kontrollierbare Methode mit konkretem Ergebnis gab, war das in ihren Augen alles nur Mumpitz.

Die Herstellung des grünen Feuers jedoch war etwas anderes. Das war ja reine Chemie. Mittelalterliche Alchemie ... etwas, das sie nachvollziehen, ausprobieren und überprüfen konnte.

»Himmel!«, rief Clemmie und richtete sich auf. »Das heißt wohl, wenn ich richtig gelesen habe, dies wäre wirklich Allbards ›magischer‹ Beitrag für Sprengstoff in der Farbe Grün! Juhu!«

Suggs öffnete die Augen und erwiderte ihren begeisterten Blick. Sie hob ihn hoch, küsste und umarmte ihn und tanzte mit ihm durchs Labor. Er gab vergnügte Schnüffellaute von sich und lächelte zurück.

Dann wurde ihr klar, dass mit einem Frettchen zu tanzen wahrscheinlich mit das Albernste war, was sie je getan hatte, und sie setzte sich wieder hin. Und zwar schnell.

»Schön.« Sie holte tief Luft. »Dann muss dieser Hokuspokus am Fuß der Seite wohl der Unfug mit dem ›Zauberspruch‹ sein – interessiert uns das denn? Oder wollen wir nur das Rezept für grünes Feuer?«

Suggs schnüffelte noch mehr und nickte.

»Beides? Blödmann. Magie gibt es nicht. Nie im Leben ist das ein echter Zauberspruch – aber gut, vielleicht braucht man ja beides, damit es klappt.« Sie zog sich einen Notizblock und einen Stift über den Tisch herbei und begann, die jahrhundertealten Worte abzuschreiben.

Tanzt mit dem Feuer der Grüne Mann,
der Flammen Glut all Zorn bezähmen kann.
Entzünde der Wichel und Falze Gemifch!
Um Wünfche zu walten, die Worte hier fprich:
»Grünfpan und Fmaragdgrün pur
fprüht Funken grün wie Wiefenflur,
macht Wünsche wahr für immerdar.«
Und waf ein weinend Herz begehrt,
def Grünen Mannef Feuer ihm gewährt.

Rasch ersetzte Clemmie alle f durch s und sagte den dreizeiligen Spruch laut auf.

»Grünspan und Smaragdgrün pur, sprüht Funken grün wie Wiesenflur, macht Wünsche wahr für immerdar.« Sie sah Suggs an. »Klingt nicht gerade wie Lyrik von Lennon und McCartney, was? Immerhin ist es leicht zu merken – nicht etwa, dass ich an solchen Humbug glauben würde –, aber man kann's ja mal versuchen, wenn und falls wir herausfinden, wie man die grünen Funken erzeugt. Oh«, sie sah auf die Uhr, »ich wünschte, Guy würde sich beeilen. Ich kann es kaum erwarten, ihm das zu erzählen. So, wenn ich jetzt aufschreibe, was wir für die ersten sechs Stufen des Feuerwerks zum Siebten Himmels bereits ausgearbeitet haben, bildet Allbards kleines Juwel den krönenden Abschluss.«

Erneut begann sie zu schreiben.

Eins – silberne Sterne an goldenen Ketten, das ist einfach: eine Dosis Antimon, dann Aluminium und ein Schlag Lampenruß. Zwei – reines Gold, zu- und abnehmend: Lampenruß gemischt mit Natriumverbindungen und einer Prise Kalzium. Drei – wie Opal schimmerndes Rosa, kein Problem: Strontiumkarbonat, Magnesium und ein Schuss Kupferkarbonat. Vier – weißes Gold und silberne Tränen, geht leicht: Aluminium,

Titan und Magnesiumflocken. Fünf – Eis und Feuer: weißes, heißes Bariumoxid und Strontiumkarbonat. Sechs – die roten Juwelen, Rubine und Granate: ja, wieder Strontium und dieselbe Menge Lithium. Und nun geht es an die Zusammenstellung für Stufe sieben.

Wenn Allbard richtig lag, müssten sie lediglich sein Chemikaliengemisch zusammenbrauen und hätten damit womöglich eine Entdeckung gemacht, um die Pyrotechniker sich schon lange vergeblich bemühten.

»Oh!« Sie zuckte zusammen. »Was war das denn?«

Suggs war in die Höhe geschossen, seine Augen funkelten, seine Schnurrhaare bebten.

Clemmie wurde plötzlich eiskalt. War jemand da draußen? Hatte sie eine Stimme gehört? Waren das Schritte?

Sie drehte das Radio leiser und lauschte erneut. Nun hörte sie aber nur noch das Heulen des Windes, das Rauschen des angeschwollenen Flusses und das Klopfen kahler Äste gegen das Fenster.

»Reiß dich zusammen«, murmelte sie und ihre Stimme hallte unnatürlich laut durch das stille Labor. »Du glaubst nicht an Magie und schon gar nicht an Dämonen oder Gespenster oder nächtliche Poltergeister. Mist!«

Suggs sprang zu Boden und sauste zur Tür. Clemmie hielt die Luft an und hätte schwören können, dass draußen Schritte auf den Pflastersteinen erklangen.

Was, wenn das gar keine Geisterschritte waren? Wenn es sich um einen Eindringling aus Fleisch und Blut handelte? In dem Bewusstsein, wie allein sie hier in dem Nebengebäude war, nicht nur abgeschnitten von aller Zivilisation, sondern auch außerhalb des vergleichsweise sicheren Bootshauses, überfiel sie Panik. Angenommen, jemand schlich da draußen herum? Die Türen waren abgesperrt, aber das würde wohl kaum jemanden aufhalten, der entschlossen war, sich Zutritt zu verschaffen.

Sollte sie die Polizei rufen? Dort würde man ihr wahrscheinlich nur eine Bearbeitungsnummer zuteilen und ihr sagen, sie solle wieder anrufen, wenn sie ermordet würde. Und Guy? Nein – keine gute Idee. Er hatte viel zu tun und durfte nicht gestört werden, er dächte sonst nur, sie würde Gespenster sehen. Außerdem wollte er von der Planung des womöglich lukrativsten Auftrags des Jahres für *The Gunpowder Plot* sicher nicht nach Hause zurückgepfiffen werden.

Als sie nun erneut lauschte, konnte sie nichts Ungewöhnliches hören. Suggs hatte sich von der Tür entfernt und sich auf einem der Kohlesäcke zu einer Kugel zusammengerollt.

»Guter Junge. Keine Sorge, das war wahrscheinlich nur der Wind«, sagte sie aufmunternd zu Suggs und versuchte, sich auch selbst damit zu beruhigen. »Also, dann wollen wir uns mal eine Tasse Kaffee gönnen und nachsehen, was im Kühlschrank für Leckerbissen auf uns warten. Ich bin ganz schön hungrig, und ich wette, du hättest auch nichts gegen ein Häppchen.«

Clemmie drehte das Radio lauter und wünschte, der DJ würde nicht ausgerechnet jetzt Michael Jacksons »Thriller« spielen. Sie schaltete den Wasserkocher an, löffelte Kaffee und Zucker in einen Becher und öffnete auf der Suche nach Milch den Kühlschrank.

»O Guy Devlin, du bist ein Engel!«, sie klatschte freudig in die Hände. »Cremeschnitten! Ich liebe Cremeschnitten!«

Alle nächtlichen Schrecken waren vergessen, als sie den Kaffee und die köstlichen Berge aus Sahne, Marmelade, Brandteig und Zuckerguss zur Werkbank trug. Es waren fünf Stück und nicht einmal Clemmie konnte alle fünf aufessen. Allerdings, dachte sie, als sie einen brühendheißen Schluck Kaffee probierte, müssten sich zwei schon bewältigen lassen. Dann wären für Guy noch zwei übrig, wenn er zurückkam – und eine für Suggs, der, sobald er die Sahne gewittert hatte, von seinem Sack geglitten war und nun auf den Hinterbeinen um sie herumtanzte.

»Hier, bitte.« Sie brach ein Stückchen ab und gab es ihm vorsichtig in die Vorderpfoten. »Ach, jetzt hast du dir schon die ganze Schnauze vollgeschmiert«, sie gluckste, als sie einen großen klebrigen Bissen nahm, »was jetzt wahrscheinlich für uns beide gilt.«

Ach, herrlich, dachte sie und leckte sich Sahne von den Fingern. Cremeschnitten, heißer Kaffee und das Rätsel des Siebten Himmels war auch gelöst.

»O Gott!«

Draußen übertönte ein Schrei den Wind und das Rauschen des Flusses. Er durchdrang sogar Michael Jacksons gespenstischen Gesang.

Der Schrei wurde immer schriller und nun donnerte jemand an die Tür des Labors.

Suggs, noch immer cremeverschmiert, schoss hinter die Kohlesäcke.

Clemmies Herz pochte, als wolle es gleich zerspringen, ihre klebrigen Hände wurden klamm.

Himmel – was sollte sie jetzt tun? Sich ruhig verhalten und hoffen, der Irre da draußen würde wieder abschieben und jemand anders heimsuchen? Die Tür aufmachen, auf die Gefahr hin, massakriert zu werden?

»Hilf mir!«, ertönte ein dünnes zitterndes Stimmchen. »Hilf mir! Mach die Tür auf!«

O Gott. Clemmie glitt zögerlich vom Stuhl. War das eine verwundete Seele auf der Suche nach Trost? Oder ein wahnsinniger Axtmörder? Wenn Guy doch nur da wäre! Wenn YaYa doch nicht fort wäre! Wenn sie doch nur nicht so schreckliche Angst hätte!

»Lass mich rein!«, kreischte die Stimme erneut. »Bitte!«

Clemmie schnappte sich ihr Handy, mit trockenem Mund und von Kopf bis Fuß zitternd ging sie langsam zur Tür, schob den Riegel zurück und drehte den Schlüssel herum.

Dann öffnete sie die Tür einen Spalt breit und schrie auf.

»Was hast *du* denn zu schreien?« Ein kleines leuchtfarbenes Skelett funkelte sie wütend an. »*Ich* hab hier zu schreien! Ich bin hingefallen. Schau – ich blute! Wo ist Guy? Und was ist das für eine Sauerei an deinen Händen? Ist das Blut? Hast du einen umgebracht?«

Mächtig erleichtert, dass das kleine Skelett zumindest menschlicher Art war, und verwundert, warum in aller Welt verantwortungsbewusste Eltern einem Kind an Halloween erlaubten, für »Süßes oder Saures!« so weit außerhalb jeder Ortschaft herumzugeistern, merkte Clemmie, dass sie noch immer ihre Cremeschnitte umklammert hielt, die nun zermatscht zwischen ihren Fingern hervorquoll.

»Ach nein, bei mir ist es nur ein Stück Kuchen.« Ihre Stimme bebte noch immer. »Ist es bei dir echtes Blut?«

»An meinem Knie. Das muss man sauber machen. Jetzt gleich.«

»Ja, also, meinst du nicht, das sollten deine Eltern machen? Wo wohnst du denn – he!«

Das kleine Gerippe hatte sich an ihr vorbeigedrängt, das aufgeschlagene Knie völlig vergessen, und sah sich im Labor um. »Oh, Kuchen! Geil! Ich will auch was trinken!«

»Wie bitte?« Mit zusammengezogenen Brauen sah Clemmie den kleinen Eindringling an, der gerade eine Cremeschnitte durch seine Totenkopfmaske stopfte. »Tut mir leid, du kannst hier nicht bleiben. Ich weiß nicht, wie du hierhergekommen bist …«

»Im Jaguar«, murmelte das Kind herablassend. »Ist aber das Modell vom letzten Jahr.«

Au Backe, dachte Clemmie. Offenbar hatte eine Nobelmami aus einem der exklusiveren Anwesen Winterbrooks beschlossen, an diesem Halloween mal ganz edel um die Häuser zu ziehen. »Jetzt aber im Ernst, ich bring dich nach Hause und – guter Gott!«

Zwei kleine Hexen und ein Dracula stürmten ins Labor und begannen unversehens auf den Knochenmann einzuschlagen, bis er den Kuchen fallen ließ.

»Aufhören!«, überbrüllte Clemmie das Geschrei. »Sofort aufhören! Was soll denn das, zum Teufel noch mal?«

Die vier Kinder ließen jedoch nicht locker in ihrem Faustkampf und rauften gefährlich nahe an der Werkbank.

Clemmie packte Draculas Umhang und zerrte das beißende, boxende kleine Bündel Menschen in Richtung Tür. »Raus jetzt! Was denkt sich eure Mutter eigentlich …«

»Ihre Mutter«, erklang eine affektierte Stimme aus der Dunkelheit, »denkt sich, dass dieser Ort wirklich das Letzte ist, und fragt sich, warum im Haus alles dunkel ist und wir halbe Ewigkeiten auf dieser gottverlassenen Müllhalde hier herumwandern müssen, um jemand aufzutreiben, der uns einlässt. Wo ist Guy?«

»Außer Haus«, antwortete Clemmie scharf und war sich schmerzhaft bewusst, dass die affektierte Stimme zu dem Gesicht auf dem Foto an der Küchenwand gehörte.

Helen von der dunklen Seite der Macht. Mit Kacki, Kotzi, Rotz und Ratte.

Lieber Gott im Himmel.

»Und wer sind Sie?«, Helen betrat das Labor und musterte Clemmie. »Sind Sie wieder einer von Guys Sozialfällen? Nachbarschaftshilfe für die Gemeinde oder so was?«

Die Kinder widmeten sich auf dem Boden wieder ihrem Blutbad. Helen beachtete sie nicht.

Helen war in Wirklichkeit noch weitaus edler und schöner als auf dem Foto, dachte Clemmie elend. Und was auch immer YaYa an Andeutungen über Schönheitsoperationen gemacht hatte, zu erkennen war davon nichts. Helen sah aus wie ein Fotomodell mit makellos frisiertem, glänzendem blondem Haar, makellos geschminktem Engelsgesicht, makelloser Figur, in lässige Landhaus-Designermode makellos gekleidet.

Helen hingegen, wurde Clemmie bewusst, sah sie vor sich als zerzauste, verlotterte Zigeunerschlampe mit großen Ohrringen und mehr Cremetorte im Gesicht und an den Fingern, als je ihren Mund erreicht hatte.

»Ich bin Guys Mitarbeiterin«, sagte sie und versuchte, sich getrocknete Sahnecreme von den Lippen zu lecken. »Er ist bei einer geschäftlichen Besprechung. Danke, Sie brauchen sich nicht vorzustellen. Ich weiß, wer Sie sind. Ich habe Ihr Foto gesehen – erwartet er Sie denn heute Abend?«

»Nein, natürlich nicht«, sagte Helen kopfschüttelnd. »Gott bewahre, dass wir extra von London herführen und uns hier freiwillig länger aufhielten, als unbedingt nötig. Aber was sein muss, muss sein, und ich muss mit ihm sprechen. Dringend. Jetzt sofort.«

»Er kommt sicher bald zurück. Warum warten Sie nicht im Bootshaus? Haben sie einen Schlüssel?«

»Wenn ich einen Schlüssel hätte, Sie dummes Mädchen, dann wäre ich bei diesem eiskalten Wetter doch wohl kaum mit meinen armen Kindern im Schlepptau hier herumgewandert, um hineinzukommen!«

»Nein, wahrscheinlich nicht. Haben Sie versucht, ihn übers Handy anzurufen?«

»Ja.« Helens Stimme bebte vor Zorn. »Es ist abgeschaltet. Im

Haus habe ich ebenfalls angerufen, da hat mich aber nur die Stimme von diesem – diesem *Ding* – aufgefordert, eine Nachricht zu hinterlassen. Sicher ist *es* auch mit Guy unterwegs?«

»YaYa ist nicht da«, antwortete Clemmie knapp, und es juckte sie regelrecht in den Fingern, Helen ins Gesicht zu springen und es ihr zu Brei zu schlagen. »Wenn Guy Sie nicht erwartet und Sie keinen Schlüssel haben, dann sollte ich Sie wohl auch nicht ins Haus lassen. Warum setzen Sie und die – die – Kinder sich nicht wieder ins Auto und warten dort, bis er zurückkommt?«

»Für wen halten Sie sich eigentlich?«, fauchte Helen. »Sie geben mir jetzt den Schlüssel, und ich lasse mich selbst ein.«

»Nein.«

»Was ist denn hier los, verdammt noch mal?« Plötzlich erschien Guy auf dem Hof. »Helen – ich habe den Wagen gesehen. Bist du heute Abend aus London hergekommen? Was willst du denn? Und hol die Kinder von den Chemikalien weg!« Er fuhr herum und brüllte die Kinder an: »Ihr vier! Aufhören! Sofort!«

Kacki, Kotzi, Rotz und Ratte hörten auf sich zu prügeln und funkelten Guy aufsässig an.

Er war wütender, als Clemmie es sich jemals hätte vorstellen können. Sein Blick blitzte in ihre Richtung. »Alles in Ordnung mit dir? Und mit Suggs?«

Bevor Clemmie antworten konnte, kam Suggs aus seinem Versteck gezischt und stürzte sich in Guys Arme.

Die Kinder kreischten einstimmig auf.

»Mein Gott!«, lästerte Helen. »Ich hatte gehofft, die grässliche Kreatur wäre inzwischen verendet.«

»Mir geht es gut«, sagte Clemmie leise. »Und Suggs auch. Danke für den Kuchen übrigens, er war wundervoll. Ich fürchte, ich habe ein bisschen Sauerei gemacht – sowohl mit dem Kuchen als auch mit den Chemikalien. Weißt du, am besten nehme ich eben meine Sachen und …«

»Wir ziehen hier ein, zu Guy«, fiel ihr die größere Hexe ins Wort. »Wir haben kein Haus mehr.«

»Scheißelektriker«, zischte die kleinere Hexe. »Mami sagt, alle Elektriker sind Wichser.«

»Das Haus hat heute Nachmittag Feuer gefangen«, jaulte Dracula. »Gerade als wir zur Gruselparty bei Jeremy Pointing-Meyers gehen wollten. Dabei hatte der echte Leichen und jetzt haben wir die verpasst.«

»Gib mir einen Moment Zeit, um ein scharfes Messer zu holen«, murmelte Guy, »dann kann ich leicht Abhilfe schaffen.«

»Können wir jetzt unsere Zimmer sehen?« Das Skelett ließ ein paar lockere Knochen klappern. »Ich bin echt fix und alle.«

Guy sah Helen verständnislos an. »Wovon zur Hölle sprechen die eigentlich?«

»Vom Ausbau des neuen Wintergartens«, sagte Helen abfällig. »Und von unfähigen Elektrikern. Ein kleiner Fehler in der Verkabelung, haben sie gesagt, hat jedoch ziemlich großen Schaden angerichtet und wir haben keinen Strom, bis sie das Problem lösen können. Es ist nur eine kurzfristige Einquartierung. Aber wir brauchen für ein oder zwei Wochen ein Dach überm Kopf. Sag jetzt nur nicht, ich solle Freunde fragen – aus irgendwelchen Gründen haben alle erklärt, sie könnten uns nicht aufnehmen, und meine Eltern sind schon in Winterurlaub gefahren und haben das Haus natürlich verschlossen und verriegelt.«

»Ja, natürlich«, sagte Guy eisig. »Kann denn nicht einer deiner anderen Exmänner aushelfen? Die sind immerhin die Väter der Kinder.«

Helen wich seinem Blick aus. »Leider nein. Bedauerlicherweise sind beide anderweitig belegt.«

Guy seufzte. »Wie wär's dann mit einem Hotel, wenn es nur für kurze Zeit ist?«

»Liebe Güte, nein! Doch nicht mit den Kindern. Und nicht, wenn bei dir mindestens vier Zimmer leer stehen. Außerdem liegt Winterbrook so nah am Autobahnnetz, dass man die Kleinen von hier aus bequem zur Schule und zu ihren Förderkursen fahren kann.« Helen formte die makellosen Lippen zu einem Schmollmund. »Sei nicht so herzlos, Guy, Liebling. Du wirst kaum merken, dass wir hier sind. Und in einer Woche sind wir wieder weg.«

»Das wird eine verflucht lange Woche«, stöhnte Guy. »Aber wenn ihr wirklich nirgendwo anders hinkönnt …«

Clemmie bewegte sich auf die Tür zu. »Ich zieh mich zurück«, sagte sie leise zu Guy. »Bis morgen.«

»Wie? Ach ja – wie du willst«, sagte Guy und streichelte geistesabwesend den zitternden Suggs. »Gute Nacht, Clemmie.«

Clemmie fühlte sich elender als je zuvor in ihrem Leben, sie eilte fröstelnd durch den schneidenden Wind, umrundete einen schnittigen mintgrünen Jaguar, der bis unters Dach mit Designertaschen vollgepackt war, und schloss den Peugeot auf.

»So ein verdammter Mist!«, schimpfte sie, als sie vom Bootshaus wegfuhr. »Jetzt bin ich nicht mal dazu gekommen, ihm zu erzählen, dass ich den Siebten Himmel entdeckt habe!«

13. Kapitel

Der fünfte November versprach ein idealer *Guy-Fawkes-Day* für Tarnia Snepps' Feuerwerksparty zu werden. Wenn, wie vorhergesagt, auf den schönen, klaren, kalten Tag ein ebenso klarer, kalter Abend folgte, wolkenlos und mit sichelförmigem Mond am Himmel, würde es in dieser Nacht ein sensationelles Höhenfeuerwerk geben.

Dann ginge wenigstens eine Sache gut, dachte Clemmie verdrießlich, als sie sich an ihrem Schreibtisch durch die E-Mails und Briefe arbeitete. Das Leben im Bootshaus war einfach scheußlich, seit Helen und die Kinder angekommen waren. Die Frau war ein Albtraum, und ihr ungeheuerliches Verhalten wurde nur noch von dem abstoßenden Benehmen ihrer Sprösslinge überboten. Außerdem vermisste Clemmie YaYas überkandidelte liebenswerte Art und ihr unermüdliches Geplapper. Selbst Suggs hatte im Büro Zuflucht gesucht und verbrachte seine Tage bei Clemmie auf dem kleinen Sofa.

Guy war mehr außer Haus als daheim, und wenn er da war, war er reizbar und fahrig.

»Entschuldige, Clemmie«, hatte er jeden Morgen gesagt, wenn er kurz ins Büro geschaut hatte, um die Post durchzusehen und ihr seinen Tagesplan dazulassen. »Nimm es nicht persönlich – aber es ist einfacher für mich, wenn ich bei Außenterminen und Besprechungen unterwegs bin. Gott sei Dank wird diese Invasion ja bald vorüber sein.«

Nachdem sich seit Halloween keine Gelegenheit ergeben hatte, ihm von ihrer Entdeckung mit dem Grünen Mann zu erzählen, hatte Clemmie ihre handschriftlichen Notizen mit nach Hause genommen und die Abende damit verbracht, im Schuppen hinterm Postladen ihre eigene Version von Allbards Rezept zu mischen.

Chlorophyll war leicht zu bekommen gewesen – nach den jüngsten schweren Herbstregenfällen gab es noch immer reichlich saftig grünes Gras in Bagley-cum-Russett – und Clemmie war erfahren und geübt darin, mit ihrem kleinen Ofen, Reagenzgläsern und einem Bunsenbrenner aus getrockneten Rohstoffen Präparate zu extrahieren. Die pulverisierten Kupfersalze waren ebenfalls leicht aufzutreiben gewesen – auch wenn die Dorfbewohner ihr sehr verwundert und kopfschüttelnd dabei zugesehen hatten, wie sie vom Geländer um das örtliche Keltenkreuz und von mehreren altertümlichen Urnen auf dem Kirchhof den Grünspan abgekratzt hatte.

Über Wichel jedoch hatte sie sich lange den Kopf zerbrochen, bis sie das Problem am vergangenen Freitag beim Abendessen mit Onkel und Tante angesprochen hatte.

»Ach ja! Das erinnert mich an alte Zeiten, Clemmie! Wichel nannten wir damals, als wir noch Kinder waren, die Weidenbäume. Ich glaube, Wichel ist ein alter Name, der heute in der Botanik wohl kaum noch verwendet wird«, hatte Onkel Bill erklärt und seine Chips großzügig mit Essig beträufelt. »Ich nehme an, mit dem Saft ist die Flüssigkeit gemeint, die hervorquillt, wenn man die Rinde abschabt.«

Tante Molly hatte genickt. »Für Weidenbäume gab es viele Namen und viele Verwendungszwecke. Meine Großmutter ließ uns Weidenstückchen kauen, wenn wir Kopfschmerzen hatten. Wichel hat wirklich gut geholfen. Ja, die Weide ist ein richtiger Zauberbaum.«

Da hatte Clemmie die beiden geküsst, ganz untypisch ihren Teller mit *Fish and Chips* halb gegessen stehen lassen, war in die stürmische Finsternis hinaus zu den jämmerlich vernachlässigten Weiden hinter dem Barmy Cow gerannt und hatte aus mehreren Stämmen unauffällig einige Stücke herausgeschnitten.

Wieder im Schuppen, nachdem alle Zutaten getrocknet, zermahlen und vermischt worden waren, hatte Clemmie die pulversierte Mischung aufgeregt in einige aus dem Laden stibitzte Einmachgläser abgefüllt. Als sie triumphierend ihr Werk betrachtete, glaubte sie genau zu verstehen, wie Louis Pasteur sich einst gefühlt haben musste.

Aber wie es so schön heißt, ging Probieren natürlich über Studieren. Sobald Helen mit Kacki, Kotzi, Rotz und Ratte abgereist wäre, würde sie Guy alles erklären, sie könnten gemeinsam eine kontrollierte Explosion durchführen – und er würde wer weiß was geschehen.

Zu diesem Zweck hatte sie ein einzelnes Glas mit hausgemachtem Zaubergrün-Pulver mit ins Büro genommen und wartete auf eine Gelegenheit, es mit Guy zusammen auszuprobieren. Derzeit brannte es bildlich gesprochen schon fast ein Loch in ihre Schreibtischschublade.

Der fünfte November zog sich schleppend dahin. Zum Glück war es der Tag, an dem, laut Terminplaner, den Helen nervtötenderweise im Büro an die Wand gehängt hatte, die Kinder nach der Schule ihren Skikurs hatten und anschließend irgendwo weit weg zu einer eigenen Feuerwerksparty gingen, sodass sie mit etwas Glück für den Rest des Tages aus dem Weg wären. Und dann, heute Abend … Clemmie seufzte in freudiger Erwartung. Heute würde sie den ganzen Abend mit Guy verbringen und ihm als Ersatzgeliebte in YaYas Vertretung nicht von der Seite weichen, um die lüsternen Avancen von Tarnia Snepps abzublocken.

Sie konnte es kaum erwarten.

Suggs kletterte auf ihren Schoß und stupste sie sanft von unten mit dem Kopf ans Kinn.

»Ich weiß.« Sie gab ihm einen Kuss. »War alles ganz schön scheußlich, nicht wahr? Mach dir nichts draus, bald sind sie wieder weg.«

»Sie müssen übergeschnappt sein«, spottete Helen, die unangekündigt ins Büro gerauscht kam, »mit diesem Vieh zu reden – und mit ihm zu schmusen! Ich würde es ertränken, wenn ich es in die Finger bekäme!«

Suggs wimmerte und schmiegte sich enger an Clemmie.

»Wollten Sie was?«, fragte Clemmie eisig und barg Suggs fest unter ihrem Arm. »Guy ist nicht da.«

Helen warf ihr elegant geschnittenes blondes Haar zurück und schnippte einen unsichtbaren Fussel von ihrem makellosen Kaschmirpullover. »Ich weiß. Ich sah ihn bei Tagesanbruch wegfahren – schon wieder. Aber ich muss mit ihm sprechen. Warum ist sein Handy nie eingeschaltet?«

»Weil er mit dem Pyroteam unterwegs ist, um die Mörser und Zünddrähte für ein wirklich wichtiges Feuerwerk heute Abend aufzubauen, und dabei nicht gestört werden darf«, antwortete Clemmie und behielt für sich, dass er ihr gesagt hatte, sie könne ihn notfalls übers Syds Handy erreichen, weil er seines abschaltete »für den Fall, dass *sie* versucht, mich anzurufen«.

Helen seufzte. »Immer spielt er mit diesen albernen Feuerwerkskörpern. Wie ein Kind. Auf jeden Fall herrscht bei mir Katastrophenalarm.«

Ach du liebe Güte, dachte Clemmie, sagte aber nichts.

»Falls er anrufen sollte«, fuhr Helen fort, »richten Sie ihm bitte aus, dass ich ihn heute Abend brauche.«

»Er veranstaltet heute Abend ein Feuerwerk«, wiederholte

Clemmie und funkelte sie an. »Wie Ihnen sehr wohl bekannt ist.«

»Das kann ja sein, aber wir – die Kinder und ich – besuchen Serena Kauffmans Kinder-*Bonfire-Night*-Party, und das bedeutet – wie Sie scheinbar nicht wissen –, dass die Kinder in die Junior-Highsociety aufgenommen werden.«

»Schön für Sie«, nuschelte Clemmie, »wenn es Ihnen Spaß macht. Und was hat Guy damit zu tun?«

»Ich brauche ihn, damit er die Kinder von der Schule abholt, sie erst zum Skikurs bringt und dann bei Serena absetzt.«

»Kommt nicht in Frage. Er wird den ganzen Tag unabkömmlich sein. Warum in aller Welt können Sie Ka – äh – die Kinder nicht wie geplant selbst zum Snow-Dome und dann zu der Party bringen?«

»Weil«, erwiderte Helen und rümpfte die hochnäsige Nase, »als ob Sie das irgendwas anginge, sie zu unserem gewohnten Skipalast in South Kensington gebracht werden müssen. Ich wurde eben informiert, dass die hiesige Kunstschneehalle ganz in der Nähe einer Siedlung mit Sozialwohnungen liegt. Ich bedaure, aber ich kann wirklich nicht zulassen, dass die Kinder mit gewöhnlichen Gören in Berührung kommen. Wer weiß, was sie sich da einfangen könnten.«

»Da würde ich mir nicht so große Sorgen machen. Ich bin sicher, gewöhnliche Gören sind ziemlich abgehärtet.« Clemmie lächelte süßlich. »Es dürfte wohl kaum etwas geben, womit sie sich bei Ihren Kindern anstecken könnten.«

»Sind Sie mit Absicht so unverschämt?«

»Ich? Ach, das herauszufinden, überlasse ich Ihnen. Außerdem verstehe ich immer noch nicht, warum Guy sie fahren soll?«

»Weil ich während des Skikurses in Reading einen Termin zur Gesichtsbehandlung und Maniküre gebucht habe, und das ist ein absolutes Muss. In meinem jetzigen Zustand kann ich mich unmöglich heute Abend bei den Kauffmans blicken lassen. Es werden Fotografen von Illustrierten da sein! Und die Kinder dürfen auf gar keinen Fall ihren Skikurs verpassen. Das würde sie schwer traumatisieren. Während ich schön gemacht werde, muss also jemand die Kinder nach London bringen und sie anschließend zu Serena nach Surrey fahren.«

»Tja, aber nicht Guy«, sagte Clemmie gelassen mit unter dem Tisch geballten Fäusten. »Selbst wenn er wollte, hätte er schlichtweg keine Zeit. Sie werden es also entweder mit den gewöhnlichen Gören aufnehmen oder ihren Kosmetiktermin absagen müssen oder Sie fragen vielleicht einen Ihrer anderen Exmänner.«

Helen schnaubte. Es war ein herbes, unweibliches Geräusch, das ganz und gar nicht zu ihrer äußeren Erscheinung passte. Clemmie erwartete fast, dass sie gleich Feuer aus ihren klassischen Nasenflügeln speien würde.

»Ach Clemmie, Sie Gute – wie edelmütig Sie für Guy in die Bresche springen. Und wie peinlich durchschaubar Sie doch sind. So verknallt. So bemitleidenswert. Sie sind doch sicher schon lange genug hier und kennen ihn gut genug um zu wissen, dass er eine wie Sie nicht mit der Beißzange anfassen würde, oder etwa nicht?«

Das hatte gesessen. Clemmie hoffte inständig, dass sie nicht rot wurde. Sie spielte an ihren Ohrringen und fand, Schweigen sei besser als jede Antwort.

Helen seufzte schwer. »Sie sind ja wirklich ein ganz besonders einfältiges Mädchen.«

»Ich bin weder ein Mädchen noch einfältig.« Clemmie wähnte sich mit dieser Antwort auf der sicheren Seite. Sie dehnte die Lippen zu einem Lächeln. »Und – nur so als Vorschlag – wenn Sie die, äh, Kinder nach London zum Skifahren bringen, könnten Sie ja den Termin in Reading absagen und, während die Kleinen auf der Kunstschneepiste sind, sich in einem Londoner Schönheitssalon eine Gesichtsbehandlung machen lassen.«

»Ach du liebe Güte, wie provinziell sind Sie denn? Man kann in der Stadt nicht einfach so von der Straße in einen Salon von Rang und Namen hereinplatzen. Die guten Kosmetikerinnen sind Monate im Voraus ausgebucht.«

»Ach ja? Tatsächlich? In unseren Salon hier in Hazy Hassocks kann man jederzeit reinschneien. Jennifer Blessing wird sich um jedermanns Falten kümmern. Sie ist nicht zimperlich – unserer Jennifer ist keine Aufgabe zu schwer. Ich kann mir kaum vorstellen, warum ein Salon in London so lange im Voraus ausgebucht sein sollte, selbst wenn das Stadtleben einem Gesicht natürlich seinen Tribut abfordert.«

»Soll das eine Beleidigung sein?«

»Nur eine Beobachtung.«

Helen, unsicher, ob sie ausgebootet worden war oder nicht, stockte ein wenig. »Diskutieren Sie nicht mit mir. Versuchen Sie nicht, sich mit mir anzulegen oder gar schlauer zu sein. Richten Sie einfach nur Guy diese Botschaft aus.«

»Nein«, sagte Clemmie. »Erstens lasse ich mir von Ihnen keine Anweisungen erteilen. Zweitens kann Guy es nicht machen. Drittens kommt Guy heute nicht mehr hierher. Viertens …«

Sie war nicht sicher, ob ihr ein Viertens noch einfiel. Vielleicht wäre es besser, aufzuhören, bevor sie den Effekt ruinierte.

»Ach, du liebe Güte!« Helen wandte sich um und ging zur Tür. »Sie sind ja wirklich erbärmlich! Also schön, dann werde ich den Kindern eben sagen müssen, dass sie heute nicht zum Skikurs können – und ich hoffe, Ihnen ist klar, dass diese Enttäuschung lebenslängliche seelische Spuren hinterlassen wird.«

»Sie könnten ja immer noch ihr Verwöhnprogramm absagen.« Clemmie war so richtig in Fahrt und fest entschlossen, das letzte Wort zu haben. »Dann sieht man nur Ihnen an, was das Leben für Spuren hinterlassen hat.«

Mit dem Aufschrei einer Raubkatze schoss Helen aus dem Büro. Suggs ließ ein leises freudiges Glucksen vernehmen und trommelte mit den winzigen Pfoten auf Clemmies Schoß.

»Ich glaube fast, da könnte ich mir jemanden zum Feind gemacht haben«, sagte Clemmie und sah grinsend zu ihm hinab. »Das wäre aber schade.«

Als Clemmie sehr viel später am Abend Guy auf der Fahrt nach Hazy Hassocks von dieser Episode berichtete, verlor diese in der Nacherzählung nicht an Würze. Es war eine ungewöhnlich aufregende Fahrt, nicht nur, weil sie allein mit ihm als seine vorgebliche Geliebte zu Tarnia Snepps' Party unterwegs war oder weil er noch geheimnisvoller und anziehender aussah als je zuvor, sondern auch weil das ganze Land an diesem Abend die Vereitelung der Pulververschwörung von 1605 feierte und Feuerwerke entzündete, sodass am Himmel immer wieder laute und farbenfrohe Explosionen zu sehen waren.

»… also«, schloss Clemmie ihre Erzählung und drehte sich auf dem Autositz um, um einen besonders raffinierten blaurosa Chrysanthemeneffekt mit Heulern und Böllern zu bewundern, »bitte entschuldige, wenn ich patzig zu ihr war. Ich bin sonst nicht so aggressiv zu anderen Leuten, aber ehrlich gesagt, sie hatte es verdient.«

»Ganz bestimmt. Dafür brauchst du dich bei mir nicht zu entschuldigen.« Guy, der den BMW nach Hazy Hassocks nun über enge Landstraßen zu dem protzigen Anwesen der Snepps steuerte, lachte leise im Dunkeln. »Helen würde es schaffen, sich selbst einen Heiligen zum Feind zu machen. Ich wünschte nur, ich hätte dabei sein und zuhören können. YaYa wäre noch sehr viel brutaler mit ihr umgesprungen, das kannst du mir glauben. Es war tapfer von dir, es mit Helen aufzunehmen – sie ist eine echte Zimtzicke –, und diese Kinder sind, seit wir damals zusammenlebten, noch unerträglicher geworden. Auf jeden Fall scheint deine unnachgiebige Haltung gewirkt zu haben. Als ich nach Hause kam, war nichts von ihnen zu sehen.«

»Sie war gezwungen, das Skifahren abzusagen, und musste den Gören – äh – den Kindern stattdessen Junior-Gourmet-Kochkurse oder so was Ähnliches versprechen. Gegen drei ist sie mit Sack und Pack aufgebrochen, um sie von der Schule abzuholen und ihnen die schlechte Nachricht auf dem Weg zu dieser Nobelparty beizubringen. Wenn dann alle ihren posttraumatischen Stress therapiert haben, wird sie das mit dieser Junior-Highsociety ja vielleicht noch mal überdenken.«

»Ich glaube nicht, dass Helen irgendetwas noch mal überdenkt«, sagte Guy. »Das fände sie viel zu kleinbürgerlich. Aber sie hat eine Notiz auf dem blöden Wandkalender hinterlassen, dass sie morgen Abend wieder da ist – als ob mich das interessieren würde –, von daher nehme ich an, dass sie sich für heute Nacht irgendeinem anderen armen Trottel aufgedrängt hat. Der Highsociety-Dame Serena Kauffman jedoch wohl kaum. Nicht mit den Kindern im Schlepptau.«

»Und dann kehren sie doch sicher bald nach London zurück. Es war doch nur ein ganz kleiner Brandschaden, oder?«

»So sagte sie.« Guy seufzte. »Lieber Gott, ich hoffe, sie sind weg, bevor YaYa zurückkommt. Sonst wird es zugehen wie beim Kampf der Titanen.«

»YaYa fehlt mir wirklich«, sagte Clemmie und glättete den Saum ihres allerbesten langen scharlachroten Mantels, den sie extra für diesen Abend zu ihren besten hohen schwarzen Stiefeln und dem langen roten Wollkleid angezogen hatte. Dazu trug sie die Gagat- und Rubinohrringe von Butler and Wilson und hatte Ewigkeiten auf ihre Haare und ihr Make-up verwendet. Guy hatte ihr gesagt, sie sähe wundervoll aus. Sie hatte das mehr als modisches Kompliment aufgefasst – schwule Männer hatten ja immer so ein Händchen für Kleider und Design – und nicht als eine auch nur im Entferntesten persönlich gemeinte Bemerkung. »Sie hat mir ein paar SMS geschickt. Klingt so, als würde sie sich blendend amüsieren. Bestimmt vermisst du sie sehr.«

»Hm.« Guy nickte. »Wir leben schon so lange zusammen, dass es immer ein komisches Gefühl ist, wenn sie verreist. An den meisten Abenden ruft sie an, bevor die Show beginnt. Nach dieser Tour wird sie ewig lange brauchen, um wieder auf den Teppich zu kommen – manchmal denke ich, sie würde das gerne hauptberuflich machen. Ich wollte ihr dabei natürlich nicht im Weg stehen, aber …«

»Sie würde dir fehlen?«

»Wenn man über zwanzig Jahre lang so eng zusammen war wie YaYa und ich, kommt es einem vor, als fehle ein Teil von einem selbst, wenn man getrennt ist. Liebe Güte, wie sich das anhört! Nein, im Ernst, ich bin froh, wenn alles wieder seinen normalen Gang geht.«

Clemmie nickte zustimmend in die Dunkelheit und fand es nicht mal im Geringsten merkwürdig, dass »normal« für sie nun Guy, YaYa und Suggs beinhaltete – ein Trio, das die meisten Leute ganz und gar nicht normal finden würden. »Und wenn Helen erst weg ist und YaYa wieder da und du ein bisschen freie Zeit hast und etwas – äh – entspannter bist, können wir ja vielleicht mit der Ausarbeitung des Siebten Himmels weitermachen.«

»Ja – ich kann es kaum erwarten. An Halloween hatte ich mich so darauf gefreut – dann ist Helen hereingeplatzt und es ging nicht mehr. Herrgott, diese Frau versaut einem aber auch alles. Ich wünschte, ich wäre ihr nie begegnet. YaYa hatte mich ja gewarnt, dass sie nichts als Ärger bringen würde, aber ich habe nicht auf sie gehört, weil … Na ja – das ist jetzt ja alles Schnee von gestern. Allein bist du mit dem Allbard wohl auch noch nicht weitergekommen, oder?«

»Nun, eigentlich, da du es gerade ansprichst …«

Clemmie schilderte Guy in Kurzfassung, was sie an Halloween entdeckt und wie sie anschließend versucht hatte, das magische Grün in ihrem Schuppen nachzubilden.

Sie hatten inzwischen das Anwesen der Snepps erreicht und Guy trat so fest auf die Bremse, dass der BMW fast gegen die hohe Böschung schleuderte. »Was? Und das hast du mir gar nicht erzählt?!«

»Es gab ja keine Gelegenheit dazu«, sagte Clemmie mit gefurchter Stirn, als der Wagen zum Stehen kam. »Wann hätte ich denn mit dir darüber sprechen können? Es tut mir leid, wenn ich deiner Meinung nach nicht ohne dich hätte herumexperimentieren sollen, aber du hattest so viel zu tun und warst mit den Gedanken ganz woanders und …«

»Erzähl mir noch mal, was du herausgefunden hast«, sagte er und sah sie im Dunkel des Wagens an. »Von Anfang an.«

Das tat sie. Sie berichtete ihm alle Einzelheiten, einschließlich der Tatsache, dass das grüne Feuer mit dem mittelalterlichen Aberglauben um den Grünen Mann verknüpft war und der Zauberspruch untrennbar zu dem Rezept gehörte, fügte hinzu, dass sie zwar noch immer nicht an Magie glaube, aber auch kein Scheitern des ganzen Experiments riskieren wolle, weil sie manche Teile davon ausließe.

Das Gespräch wurde nur davon unterbrochen, dass sie ab und zu von einem atemberaubenden farbigen Sternenschauer oder ohrenbetäubend laut anschwellendem Krach auf dem

Dorfanger von Hazy Hassocks abgelenkt wurden, wo sich die Dorfbewohner offenbar bei ihrer eigenen *Bonfire Night* vergnügten.

»Und du hast wirklich ein Glas mit dieser grünen Chemikalienmischung im Bootshaus stehen?«, fragte Guy, als sie ihren Bericht beendet hatte.

»Nein, nicht ganz.«

»Wie bitte? Du hast doch gesagt, du hättest das Gemisch abgefüllt und alle Behälter bis auf einen in deinem Schuppen verwahrt?«

»O ja. Das stimmt. Und einen habe ich mit zur Arbeit gebracht. Aber ich habe ihn nicht im Bootshaus gelassen – er könnte sonst ja womöglich in falsche Hände kommen. Vielleicht bin ich in diesen Dingen ja übervorsichtig, aber ich habe das Glas dabei. Es ist in der Tragetasche auf dem Rücksitz. Nur für alle Fälle.«

»Clemmie Coddle!« Guy beugte sich zu ihr hinüber und nahm ihr Gesicht zwischen seine Hände. »Ich glaube, ich liebe dich!«

14. Kapitel

Einen Moment lang sah Clemmie Guy in die Augen und erlaubte sich selbst die kurze und selige Vorstellung, dass er das wörtlich meinte. Er war ihr so nahe in diesem vertraulichen Zwielicht: so nahe, dass sie die dunkelblauen Flecken in seinen himmelblauen Augen erkennen konnte, die Sommersprossen, die auf der gebräunten Haut seines Gesichts durchschimmerten und die Wärme seines Atems auf ihrer Haut spürte. Wie wunderbar leicht wäre es, diese vollen sinnlichen Lippen zu küssen. Wie wunderbar leicht – und wie hoffnungslos dumm.

Vorsichtig und zögernd entzog sie sich ihm. »Wenn es im Verlauf des heutigen Abends einen Freiraum gibt, könnten wir ja einen Probelauf mit dem magischen Grün versuchen. Tarnia Snepps' Grundstück ist riesig, da finden wir doch sicher ein ruhiges Plätzchen, sodass niemand was merkt. Du hast ja bestimmt noch jede Menge Hülsen und Zündschnüre und Schwarzpulver dabei, oder?«

»Aber klar.« Guys Augen leuchteten. »Das wird für mich der Höhepunkt des Abends.«

»Freu dich nicht zu früh«, antwortete Clemmie und verzog das Gesicht. »Vielleicht klappt es ja gar nicht – es müssen im Lauf der Jahre doch schon viele Pyrotechniker den Allbard gelesen haben, und einige haben ihn sicher auch so wie ich übersetzt. Man hat es wahrscheinlich schon hunderte Male versucht – und ist gescheitert.«

»Vielleicht aber auch nicht.« Guy ließ den Wagen wieder an und steuerte auf das schmiedeeiserne Tor am Fuß der kilometerlangen Auffahrt zu. »Bald werden wir es ja wissen. Ich bin sicher, wir finden die Zeit für ein kleines privates Experiment. O Gott, wie ich dieses Anwesen hier verabscheue! Bist du bereit?«

In banger Erwartung sah Clemmie nach vorn, erst durch das scheußlich verzierte Eisengitter auf den bunten Kies der Auffahrt, dann auf die in der Ferne leuchtende, von Tarnia selbst entworfene Villa im Stil der South-Fork-Ranch aus der Fernsehserie »Dallas«. Wuchtige Flutlichter, die zur Landebahn eines internationalen Flughafens gepasst hätten, beleuchteten pinkfarbene Stuckfiguren, vergoldete aufgerichtete Löwen, märchenhafte Burgzinnen, allerhand Stuckschnörkel und Kranzgesimse sowie blaues Wasser speiende Engel.

»Allzeit bereit.«

Eine baumlange Gestalt mit geblümtem Kopftuch und in einem knöchellangen Tweedmantel tauchte plötzlich mit eingezogenem Kopf aus der Dunkelheit auf, als vom Dorf her ein vom Kurs abgekommener, tieffliegender Luftpfeifer heulend vorbeischoss, pflanzte sich breitbeinig vor dem Wagen auf und bedeutete mit weit ausholenden Armbewegungen, Guy solle das Fenster herablassen.

Er gehorchte und ein Schwall kalter Novembernachtluft wehte ins Innere des BMW.

»Einladung?«, fragte Big Ida Tomms aus Fiddlesticks, eins achtzig groß, breitschultrig, irgendwo jenseits der achtzig in erschreckend scharfem Ton und steckte ihren Kopf in den Wagen. »Hier steigt heute Nacht ’ne Party. Mit Feuerwerk auf der großen Wiese. Kommt keiner rein ohne Einladung.«

»Ich bin Guy Devlin«, sagte Guy höflich. »Von *The Gunpowder Plot*.«

»Und wennse der verdammte Kaiser von China wären«, schniefte Big Ida, »wennse keine Einladung haben, kommense nicht rein.«

»Hallo Ida.« Clemmie beugte sich zu ihr herüber. »Ich bin's – Clemmie Coddle, eine Freundin von Amber. Amber wohnt doch im Haus neben Ihnen und Gwyneth. Ist Gwyneth heute auch hier als Sicherheitsposten?«

Big Ida beäugte Clemmie. »Ach, hallo Schätzchen. Du bist die junge Nichte von Molly und Bill, stimmt's? Die Lotterlotte, die es bei keinem Mann und keinem Job lange aushält. Ja, Gwyneth ist hier auch irgendwo. Aber ihr braucht trotzdem eine Einladung für die Bonfire-Night. Mr und Mrs Snepps haben eine handverlesene Gästeliste. Ist nicht fürs gemeine Volk. Das gemeine Volk ist am Dorfanger. Wir können nicht Hinz und Kunz reinlassen, weißte.«

»Ich arbeite für Guy – bei *The Gunpowder Plot*. Wir sind die Feuerwerkscrew, Ida. Wenn du Guy nicht reinlässt, gibt es keine Party.«

Zum Glück kam in diesem Moment Gwyneth Wilkins herbeigewatschelt, ebenfalls in den Achtzigern, etwa eins zwanzig groß und ebenso breit, die vor Kälte heftig gegen ihre Handschuhe blies.

»Hallo, ihr Süßen.« Sie strahlte Guy und Clemmie unter der Krempe eines reichlich kessen Filzhutes hervor an. »Macht ihr uns heute Abend ein paar hübsche Funkelsternchen, ja?«

»Äh, ja«, sagte Guy, eindeutig erleichtert, dass jemand ihn erkannte, »wenn Sie nur erst mal Ihre Freundin dazu bewegen könnten, uns reinzulassen.«

»Ach, sie hat wohl mal wieder auf Diktator gemacht, was Schätzchen?« Gwyneth schüttelte bekümmert den Kopf und sah Big Ida streng an, die nun wie ein begossener Pudel dastand. »Entschuldigt bitte. Big Ida ist bei solchen Feten normalerweise die Parkplatzaufsicht. Als Sicherheitsposten neigt sie zu Gestapomethoden. Jetzt drücken wir bei dem Tor hier mal eben auf die richtigen Knöpfe – und rein mit euch!«

Ruckartig schwangen die Tore auf, wobei eine irritierend verzerrte Version von »Big Spender« erklang, Gwyneth trat mit Big Ida beiseite und beide winkten fröhlich, als sie den BMW endlich vorbeiließen.

»Völlig durchgeknallt«, war Guys Kommentar, als sie die endlose Auffahrt hinter sich gebracht hatten und an hohen weißen Zuckerguss-Säulen vor einer pink- und goldfarbenen Prachttreppe zum Stehen kamen. »Aber echt niedlich. Also, die Pyrocrew ist auf der großen Wiese versammelt. Soll ich dich dort absetzen, oder möchtest du es erst hinter dich bringen, der grauenhaften Tarnia Snepps vorgestellt zu werden?«

Clemmie zuckte die Achseln. »Mich zu Syd und den anderen zu verdrücken, wäre sehr verlockend, aber schließlich habe ich YaYa versprochen, dir nicht von der Seite zu weichen und dich vor den räuberischen Krallen der Mrs Snepps zu beschützen.«

»Hast du das?«, gluckste Guy. »Na, dann werden wir Händchen halten, recht oft lachend die Köpfe zusammenstecken und uns süße Nichtigkeiten ins Ohr flüstern, okay?«

»O Mann – keine leichte Aufgabe.«

»Ich weiß, aber jemand muss sich dazu hergeben.«

Die Eingangstür war leicht angelehnt. Clemmie hielt Guys Hand und genoss die intime Berührung in vollen Zügen, sodass sie sich selbst ermahnen musste, seine Hand nicht irgendwie zärtlich zu streicheln oder zu drücken oder zu massieren. Stattdessen betrachtete sie die überbordende Fülle schlechten Geschmacks in der Eingangshalle.

In wildem Wirbel von Pink, Gold und Weiß sah man Statuen am Treppenabsatz, darüber bonbonrosa Bilderrahmen, mit Marabufedern umrandete raumhohe Spiegel und oben ein das Treppenhaus beherrschendes Buntglasfenster.

»Ach du lieber Himmel!«, murmelte Clemmie, als sie nach den Minustemperaturen im Freien in die herrlich tropische Wärme der Halle traten. »Ich habe von diesem Haus ja schon gehört, aber trotzdem …«

»Ich weiß«, flüsterte Guy zurück. »Nichts, aber auch gar nichts, kann einen darauf angemessen vorbereiten. Und frag bloß nicht nach dem Buntglasfenster.«

»Warum nicht?« Clemmie spähte hinauf. »Wer soll das denn sein? Stevie Wonder?«

»Ursprünglich waren es die Beckhams, aber bei dem Versuch, die kleine Cruz zu Brooklyn und Romeo hinzuzufügen, wurde das Bild beschädigt, und die Designer haben dies hier daraus gemacht. Lange Zeit hat Tarnia darauf bestanden, es wäre Martin Luther King, aber neuerdings behauptet sie, sie sei der Zeit eben weit voraus, und es solle Barack Obama darstellen. Wie gesagt ist es am besten, das Bild gar nicht anzusprechen.«

»Okay. Wird mir allerdings ganz schön schwerfallen. Ach – sieh dir das an! Einen Zimmerbrunnen habe ich bislang noch nie gesehen! Au weia. Soll das wirklich ein kleiner Junge sein, der auf einem *Delfin* steht? Und *pinkelt*?«

Guy lachte. »Mmm, wahrscheinlich wäre es besser, auch darüber nicht zu sprechen.«

»Guy! Du Engel!« Tarnia Snepps, eine Erscheinung in einem sehr kurzen blassrosa Lederkleid in Größe vierunddreißig, goldfarbenen Stöckelschuhen, mit kurz geschorenen kohlrabenschwarzen Haaren, die Spitzen in Pink und Gold gefrostet, kam plötzlich in die Halle gerauscht und auf sie zu gestakst. »Wie wunderbar, dich zu sehen! Und – ach …«

»Freut mich ebenfalls, Tarnia«, sagte Guy mannhaft. »Und

darf ich dir meine geliebte Clemmie vorstellen? Clemmie, das ist Tarnia Snepps.«

Tarnia sah Clemmie missbilligend an. »Hallo.«

»Hallo, Mrs Snepps.« Clemmie erwiderte den Blick. Wenn Tarnia vorhatte, in diesem Aufzug zum Feuerwerk zu gehen, wäre all ihr Kapital eingefroren, noch ehe der erste farbige Sternenschauer über Hazy Hassocks verblasste. Clemmie hatte Tarnia Snepps schon viele Male bei verschiedenen Dorfveranstaltungen gesehen, bei denen sie ihre Nummer als »große Gutsherrin« abgezogen hatte, aber noch nie von so Nahem. Tarnia hatte sicher noch mehr Liftings und Botoxbehandlungen hinter sich als Helen. Sie musste in den Fünfzigern sein; dennoch war auf dem hochgradig orangefarbenen Gesicht keine einzige Falte zu sehen. Wirklich beeindruckend. »Wie schön, Sie kennen zu lernen.«

»Beruht ganz auf Gegenseitigkeit.« Tarnia lächelte Guy verkniffen an. »Was ist aus der attraktiven Frau geworden, die du letztes Mal dabeihattest? Yvonne?«

»YaYa«, korrigierte Guy, wobei seine Mundwinkel zuckten. »Ach, YaYa und ich nehmen gerade eine kleine Auszeit.«

»Böser Junge!« Tarnias Gesicht zeigte keinerlei Regung, obgleich es so aussah, als bemühe es sich darum mit aller Kraft. »Nun, ich muss sagen, die kleine Clemmie ist mal ganz was anderes.«

»Na, du kennst sicher das Sprichwort: Abwechslung macht das Leben süß.«

»Du wärst mir der Richtige für Dolce Vita!«, kiekste Tarnia kokett. »Guy, du bist aber auch ein Schlimmer! Ach, komm her.«

Tarnia riss ihn von Clemmie los, umarmte ihn heftig und schmatzte ihm Mwah! Mwah! Luftküsse auf beide Wangen.

Guy befreite sich rasch und setzte sein professionelles Lächeln auf. »Ja – schön – äh, leider müssen wir es kurz machen, ich dachte nur, wir schauen eben herein, um dir zu sagen, dass wir angekommen sind. Jetzt düsen wir ab zur großen Wiese und organisieren alles Notwendige. Bleibt es beim Startschuss um elf Uhr?«

»Wunderbar«, sagte Tarnia kokett lächelnd. »Du bist der Boss. Meine Gäste sind gerade bei einer kleinen Soiree in den Stallungen. Es gibt ein paar Leckerchen: Foie gras, Pak-Choi-Fondue, Kaviar aus dem hintersten Winkel Usbekistans, und dazu natürlich einige Schlückchen Cristal-Champagner zum Herunterspülen.«

»Ja, natürlich«, meinte Guy nickend. »Ich hoffe doch, du hebst die Reste für die arbeitende Bevölkerung auf.«

Clemmie schauderte es. Das hoffte sie aber nicht. Mit einer Ofenkartoffel und einem Hotdog wäre sie vollauf zufrieden.

Tarnia kicherte mädchenhaft. »Du, mein Engel, kannst von mir alles haben, was du willst, das weißt du doch. Nun – worüber sprachen wir gerade? Ach ja. Die Gäste. Marquis und ich werden sie Schlag elf auf die große Wiese bringen. Und ich hoffe doch, du und ich finden später noch ein ungestörtes Momentchen zu zweit.«

»Aber sicher doch«, murmelte Guy und ergriff Clemmies Hand. »Sofern Clemmie mich aus den Augen lässt.«

»Keine Chance«, sagte Clemmie nicht ganz unaufrichtig und schmiegte sich noch enger an Guys schwarze Lederjacke. »Ich bin sehr besitzergreifend.«

Tarnia versuchte, die Stirn zu furchen. »Gegenüber einem Mann wie Guy ist das eine reichlich kindische Attitüde, Clemmie, wenn ich das mal so sagen darf. Ein Mann wie Guy braucht eine sehr, sehr lange Leine.«

Guy lachte tapfer. Clemmie stimmte ein und rückte noch näher. Liebe Güte, dachte sie, wenn ich mich noch enger ankuschele, krieche ich ihm bald unters Hemd.

»So gern ich noch verweilen würde«, Guy klang, als meine er es wirklich so, »die Pflicht ruft, Tarnia, wir sehen uns dann um elf.« Er sah auf die Uhr. »Es ist ja nicht mehr lange hin. Ich muss los und prüfen, ob für das Feuerwerk alles richtig aufgebaut ist. Bis dann.«

Irgendwie schaffte es Tarnia, sich zwischen sie zu quetschen, Clemmie mit dem Ellbogen scharf beiseitezustoßen und Guy erneut zu küssen. Guy, das musste man ihm lassen, zuckte nicht mit der Wimper.

»Ach, liebe Tarnia«, sagte er und lächelte sie wehmütig an. »Du machst es den Männern nicht leicht. Aber ich muss nun wirklich an die Arbeit gehen. Dafür bezahlst du mich schließlich.«

»Ich würde dich noch für ganz andere Dinge bezahlen«, flötete Tarnia anzüglich und grub ihre pink mattierten Krallen in seinen Ärmel. »Wenn du mich nur ließest.«

Clemmie, die sich erinnerte, welche Rolle ihr in dieser Scharade zufiel, und Tarnia am liebsten fest auf die Zehen getreten hätte, begann Guy zur Tür zu ziehen. »Komm jetzt, Liebling, wir müssen wirklich gehen.«

Widerstrebend ließ Tarnia ihn los und Guy taumelte rückwärts wie ein aus der Flasche schnellender Korken.

»Himmel!«, meinte er lachend, als sie aus der Halle auf den glitzernden Treppenabsatz stolperten, »ich dachte schon, sie verschlingt mich mit Haut und Haar.«

»Daran bist du selbst schuld«, antwortete Clemmie, als sie über den vielfarbigen Kies zum BMW eilten. »Du hast sie eindeutig ermutigt.«

»Sie ist eine meiner besten Kundinnen«, sagte Guy schaudernd, als er den Wagen vom Haus auf die abgelegene große Wiese steuerte. »Sie bezahlt Tausende für diese Show heute Abend. Ich kann es mir einfach nicht leisten, sie zu verärgern.

Aber«, er sah Clemmie an, »lass mich bloß nicht mit ihr allein!«

»Ich werde mir Mühe geben«, erwiderte sie. »Aber es wird bestimmt nicht leicht werden. Natürlich könntest du dem auch selbst ein Ende setzen.«

»Wie denn? Ich hab dir doch erklärt, dass ich es mir mit ihr nicht verscherzen kann.«

»Indem du ihr sagst, dass du schwul bist.«

»Was?« Guy lachte. »Das geht doch nicht! Warum in aller Welt sollte ich das tun? Dann bekäme ich hier nie wieder einen Auftrag. Ein Großteil meiner Anziehungskraft besteht für Tarnia doch darin, dass ich vielleicht eines Tages eine Kerbe in ihrem vergoldeten Bettpfosten ergeben könnte. Leider brauchen Frauen wie Tarnia das Gefühl, sie hätten durchaus eine Chance. Und du hast deine Sache da drin wirklich gut gemacht – YaYa wäre von deinem Auftritt begeistert gewesen. Selbst mir kam es so vor, als wärst du die typische besitzergreifende Geliebte.«

»Tja, man hat da so seine Erfahrungen«, erwiderte Clemmie verschmitzt und sah geradeaus, während der Wagen über ein Stoppelfeld holperte. »Ich hab die Strategie noch so ungefähr im Kopf.«

Die Feuerwerker von *The Gunpowder Plot* wieselten im Licht mehrerer Scheinwerfer auf der großen Wiese umher. Es war faszinierend, dachte Clemmie, ein Feuerwerk zum ersten Mal von der anderen Seite aus zu erleben. Auf einmal erwachte die Wissenschaftlerin in ihr, und sie spürte ein Prickeln auf der Haut und diesen Schauder der Vorfreude, wie jedes Mal, wenn sie in die Nähe explosiver Chemikalien kam.

Sie wusste, dass die Abschussrohre bereits tief in die Erde eingegraben waren; dass die Feuerwerkskörper, in mehreren soliden, gesicherten Lieferwagen von *The Gunpowder Plot* wohl verwahrt zum Feld der Snepps transportiert, von Syd und den übrigen gemäß Guys Abbrennplan darin verladen worden waren; dass man die Lunten und Zünder befestigt hatte, deren Drähte sich unsichtbar übers Feld schlängelten; und dass die Zündfolge – abgestimmt auf Tarnias Musikauswahl – fernsteuerbar auf dem Computer wartete, der ebenfalls in einem der Lieferwagen stand.

Die Mitglieder der Crew, alle in Schwarz, huschten wie lebende Schatten umher und begrüßten Guy bei seinem Eintreffen auf ihre übliche raue Art. Die nächste halbe Stunde verging wie im Flug mit eiligen abschließenden Kontrollen und Sicherheitsüberprüfungen und nochmaligen Kontrollen.

»Sie hat ein dreißigminütiges Feuerwerk gebucht«, sagte Syd zu Clemmie, »das ist mega-riesig aus pyrotechnischer Sicht – von den Kosten ganz zu schweigen. Das Silvesterfeuerwerk in London dauert nur zehn Minuten, aber Mrs Snepps wollte es deutlich übertrumpfen. Einige Musikstücke, die sie ausgesucht hat, waren allerdings verteufelt schwer in die Choreografie einzuarbeiten.«

»Wirklich? Wie schlimm ist es denn?«

»Chris de Burgh. Celine Dion. Muss ich noch mehr Namen nennen?«

Clemmie grinste. »Ich kann es mir schon vorstellen. Aber das Feuerwerk wird trotzdem sensationell werden, selbst wenn die Musik nicht jedermanns Geschmack sein mag. Ich bin sicher, ihre Gäste werden begeistert sein.«

»Das bezweifle ich«, meinte Guy, der unvermittelt aus der Dunkelheit auftauchte. »Das sind bloß Leute, bei denen Tarnia und ihr Marquis Eindruck schinden wollen. Geschäftskollegen, Millionärs-Groupies, Möchtegernstars und so weiter. Die haben sich bei Feuerwerken zu allen möglichen geschäftlichen Anlässen wahrscheinlich schon zum Gähnen gelangweilt. Es kotzt mich immer total an, wenn ich meine Kunst an Leute verschwende, die am Zauber der Pyrotechnik nicht das geringste Interesse haben.«

»Dann denk ans Geld«, empfahl Clemmie bibbernd. »Und ich werde das Feuerwerk auf jeden Fall zu schätzen wissen.«

»Ja«, antwortete Guy grinsend. »Ich weiß. Ach, Mist. Sieht aus, als wären die Reichen und Schönen schon im Anmarsch.«

Tarnia und ihr Mann Marquis – Clemmie wusste, dass Tarnia schon seit Jahren dieses Pseudonym für ihn benutzte, er in der Gegend aber allgemein Schnösel-Mark genannt wurde – kamen auf den Zuschauerbereich zumarschiert.

Tarnia schien in einen großen pinkfarbenen Teddybär geschlüpft zu sein und hatte die hochhackigen Pumps gegen der kalten Witterung weitaus angemessenere goldfarbene Gummistiefel getauscht. Marquis sah in einem übergroßen dunklen Crombie-Mantel wie ein Auftragskiller aus und die Gäste waren in eine Mischung aus Pelzen, Jaeger-Wolle und alten Schul-Schals gekleidet.

»Zum Glück müssen sie alle auf der Zuschauertribüne bleiben«, zischte Guy, »so gehen wir dummen Fragen hoffentlich aus dem Weg.«

Clemmie beobachtete, wie Tarnia und ihre Gäste sich mit viel Getue auf von *The Gunpowder Plot* in Reihen aufgestellten Bänken niederließen, ihre Handschuhe fester über die klammen Finger zogen, sich die bereitliegenden Wolldecken um die Beine wickelten und angesichts der kleinen Flachmänner vor ihren Plätzen Ooh! und Aah! machten. Sie fand es seltsam, dass Leute sich während eines Feuerwerks hinsetzen konnten. Sie selbst trat dabei immer die ganze Zeit von einem Fuß auf den anderen, wandte sich hierhin und dorthin, schaute nach oben und hüpfte aufgeregt herum.

»In den Flaschen ist hausgemachter heißer Cidre-Punsch

von meiner Frau«, erklärte Syd. »Und der hat's ganz schön in sich. So kriegen sie wenigstens keine Frostbeulen, sondern nur einen Schwips. Okay, Guy – alles bereit?«

Guy nickte, mit nun angespanntem, ernstem und unbeweglichem Gesicht. Clemmie verspürte schmerzhaft den Wunsch, ihn zu küssen, ihm zu sagen, wie wunderbar er sei, und ihm zu versichern, dass alles wie am Schnürchen laufen würde, weil er der beste Pyrotechniker der Welt war. Stattdessen, weil all das ihm allzu deutlich verraten hätte, wie sie für ihn empfand, zwinkerte sie ihm einfach nur zu.

»Drück mir die Daumen, Süße«, sagte er und zwinkerte zurück. »Jetzt wollen wir die Show mal ins Rollen bringen.«

15. Kapitel

Wie von Zauberhand, ihrem gut eingespielten Arbeitsablauf folgend, ging die gesamte Crew für das Feuerwerk in Position. Clemmie folgte Guy zum größten Lieferwagen, in dem die Mischpulte, Computer und Fernzünder wie Raumfahrtzubehör aufgebaut waren, und hielt den Atem an.

Die Feuerwerke in der Umgebung waren sämtlich abgeebbt, die frostige Nacht war klar, dunkel und still. Tarnia hatte den Zeitpunkt gut gewählt. Es würde keine Konkurrenz in der Luft geben.

Als die ersten Klänge von Mariah Carey über das Feld hallten, entlud sich eine von Pfeifen und Heulen begleitete, nicht enden wollende Farbfeuerfontäne in den Himmel.

»Oh«, hauchte Clemmie. »Gebündelte Römische Lichter … Ah! Das ist raffiniert – alles in Pink und Weiß und Gold – eigens für Tarnia. Eine nette Geste.«

Ohne Atempause wurde ein Feuerwerkskörper nach dem anderen gezündet, und die Show lief perfekt, jede farbenprächtige Batterie währte länger, war leuchtender, lauter, spektakulärer als die vorige, bis die ganze Welt nur noch aus Funkeln und Glitzern zu bestehen schien.

Zu den Klängen von »Lady in Red« entlud sich ein Prachtbukett scharlachroter und rubinfarbener Chrysanthemen in einer über das ganze Feld verteilten Reihe weiter Palmwedel und verweilte anmutig am Himmel, während weitere Farbwolken aufheulend erblühten, explodierten und als Sternenkaskaden wieder herabregneten.

Dann sauste kreischend eine Raketensalve himmelwärts, dutzende und aberdutzende Farbsterne zündeten gleichzeitig und schossen im Scheibenwischer-Zickzack über den Himmel, während in ihrem Windschatten regenbogenfarbene Zauberblütenkometen niedersanken.

Es war, als wäre das Firmament geborsten, die Planeten zersplittert und die Galaxien sausten auf die Erde zu.

Guy war ein Meister seines Fachs, dachte Clemmie bebend vor Begeisterung. Das war zweifellos das extravaganteste und professionellste Feuerwerk, das sie je gesehen hatte.

»Als Nächstes kommen Fächerbuketts und Verwandlungsvulkane«, sagte er mit heiserer Stimme, die Lippen dicht an ihrem Ohr.

Syd, dessen Finger auf der Computertastatur wahre Wunder vollbrachten, meinte grinsend: »Was ein Jammer, dass sie Sir Elton John übertönen werden.«

Die folgenden Batterien waren sogar noch spektakulärer – zeitverzögert rasten tausende von Kometen himmelwärts, änderten alle von einem Augenblick zum anderen ihre Farbe, bis sie als schwindelerregender Effekt einen ganzen Sternenhimmel nachbildeten.

Clemmie hatte auf Tarnias Auswahl belangloser Supermarktmusik schon längst nicht mehr geachtet. Sie warf einen raschen Blick zur Zuschauertribüne und lächelte. Entgegen Guys düsterer Vorhersage starrte die versammelte Gesellschaft wie gebannt mit offenem Mund nach oben.

Die Zeit verging wie im Flug. Clemmie hätte mit Freuden bis ans Ende ihrer Tage so nahe bei Guy verweilen und beobachten können, wie sein großartiges Talent für jedermann sichtbar wurde.

»Finale«, sagte Guy und nickte der Crew zu. »So weit, so gut.«

Das Finale, exakt auf Tarnias George-Michael-Mix abgestimmt, währte fünf Minuten lang, ein durchgehendes ohrenbetäubendes Bombengewitter sich auf die Mondsichel zuschraubender weiß glühender Schlangen, die in den Äther schossen, dann auseinanderstrebten, elegant langsam zu enormen farbenprächtigen Pfingstrosenbuketts barsten, ewig lange am Himmel hingen und schließlich in einem erdwärts rauschenden Feuersturm glitzernder Pailletten verschmolzen.

Und dann, so plötzlich wie es begonnen hatte, war das Feuerwerk zu Ende. Alles, was blieb, war eine wirbelnde Rauchwolke und der Geruch von Schießpulver.

Die Stille war ehrfurchtgebietend.

Clemmie zitterte. Ihre Ohren hallten von dem Lärm, ihre Augen waren erfüllt vom Funkeln und Leuchten, ihr ganzer Körper gesättigt mit dem prickelnden Geruch von Kordit.

»Ja Wahnsinn.«

Benommen standen alle Zuschauer auf der Tribüne vereint auf und brachten juchzend, johlend und Beifall klatschend ihre Begeisterung zum Ausdruck. Die Mitarbeiter von *The Gunpowder Plot* lachten und machten Freudensprünge und klatschten sich gegenseitig auf die erhobenen Hände.

Guy, bemerkte Clemmie, sah erlöst aus, völlig erschöpft und überschäumend glücklich.

Sie holte tief Luft. »Das war einfach wundervoll.«

Er schenkte ihr ein müdes, triumphierendes Lächeln. »Ist gut gelaufen, nicht wahr?«

»Weit untertrieben.« Clemmie sah ihm in die Augen, sie fand, hier war die Wahrheit angebracht, wie auch immer er ihre Worte auffassen würde. »Und das weißt du. Das war wirklich großartig. Erstklassig. Du bist sehr, sehr talentiert.«

Er grinste. »Danke. Aus dem Mund von jemandem mit besserer Abschlussnote als ich und derjenigen, die wahrscheinlich gerade das größte Pyro-Rätsel der Welt gelöst hat, ist das ein echtes Kompliment. Die Sache mit dem magischen Grün habe ich übrigens keineswegs vergessen. Wir probieren es aus, sobald wir hier aufgeräumt haben.«

»Prima, dann hole ich es aus dem Kofferraum. Soll ich beim Aufräumen helfen?«

»Nein danke, wir sind gut eingespielt. Bleib einfach hier und halt dich warm. Dauert nicht lange.«

Dann verschwand Guy mit den anderen Pyrotechnikern leise und zielstrebig in der Dunkelheit, um sich an die letzten Sicherheitskontrollen, ans Aufräumen und Einpacken zu machen.

Clemmie, noch immer wie benommen, kuschelte sich auf die Rückbank des Lieferwagens und lächelte verträumt.

Tarnia und Schnösel-Mark samt ihrer Gäste kamen übers Feld getrampelt und gratulierten begeistert allen Crewmitgliedern, die sie finden konnten.

»In den Stallungen gibt's freie Getränke für euch Burschen und Burschinnen!«, grölte Schnösel-Mark und schlug verschiedenen Pyrotechnikern auf den Rücken. »Wundervolle Show! Exzellent! Wohl getan!«

Clemmie fand, für jemanden, der dem Vernehmen nach in der Sozialsiedlung von Hazy Hassocks an der Bath Road aufgewachsen war, hatte Schnösel-Mark in der Kunst des Imagewandels völlig neue Maßstäbe gesetzt. Ob er wohl er als Nächstes »Erste Sahne!« rufen würde?

Als die Gäste, vom sichtlich hocherfreuten Schnösel-Mark angeführt, beduselt in Richtung der Stallungen zu noch mehr Gänslein auf Toast, oder was auch immer an neuestem kulinarischem Muss die Snepps sich hatten aufschwatzen lassen, davonstolperten, war Tarnia plötzlich verschwunden. Wahrscheinlich war sie vorausgegangen, um den After-Show-Schampus auszuschenken, dachte Clemmie. Aber selbst wenn sie auf der Pirsch durch die Dunkelheit schlich, müsste Guy, umgeben von der restlichen Crew, eigentlich in Sicherheit sein.

Nach bemerkenswert kurzer Zeit kam er wieder. Die Rauchrückstände hingen noch als feiner Schleier über der großen Wiese, doch alle anderen Spuren des Feuerwerks waren nun vollständig beseitigt.

»Syd und die anderen sausen rüber zu den Stallungen, um noch was von den Nobelhäppchen abzukriegen«, sagte Guy. »Das verschafft uns die ideale Gelegenheit, unser Allbard-Projekt zu testen. Ich nehme eine Hülse und Lunte und etwas Pulver mit, du holst deine Mischung und dann sehen wir mal, was dabei rauskommt.«

Als sie die Bestandteile des Zaubergrüns beisammenhatten, strahlten sie einander an wie Verbündete bei einer Pulververschwörung des einundzwanzigsten Jahrhunderts.

Wie immer, wenn sie ein neues Chemikaliengemisch ausprobierte, fühlte Clemmie es im Inneren erwartungsvoll brodeln. Sie lief schlitternd über das gefrorene Gras und ihr Atem bildete Dampfwölkchen in der eisigen Luft.

Im Schein einer Taschenlampe arbeitend hatte Guy im Laderaum des größten Wagens eine Hülse aufgestellt. »Ich habe die Zündschnur innen befestigt und die erste Lage Schwarzpulver hineingestopft.« Er sah auf, als Clemmie neben ihm hereinkletterte und ihren langen roten Mantel um die Knie raffte. »Wir werden für das Präparat kein Bindemittel verwenden können – aber das macht nichts, es ist ja nur ein Versuchsballon – und einen Regulator oder sonst was Kniffliges brauchen wir nicht.«

»Genau.« Clemmie schraubte ihr Einmachglas auf und füllte mit zitternden Händen ihre Chlorophyll-Grünspan-Wichel-

Mischung behutsam in die Hülse. »So – das müsste für einen ersten Eindruck von dem Farbton genügen. Wenn wir es jetzt noch ein bisschen zusammenpressen …«

»Ich mache noch eine, nur für den Fall, dass die Zündschnur versagt, außerdem sollten wir ohnehin eine Kontrollprobe haben. Ein Einzelstück kann man ja wohl kaum als Erfolg verbuchen.«

»Auf gar keinen Fall«, bestätigte Clemmie leise lachend, »das wäre ja völlig unwissenschaftlich. Also … Du nimmst die Taschenlampe und die Spaten für die Löcher, und ich nehme die beiden Feuerwerkskörper. Wenn wir sie dort drüben aufstellen, müsste der Sicherheitsabstand groß genug sein.«

Ganz vertieft in ihr gemeinsames Projekt lächelten sie einander noch einmal zu, kletterten aus dem Wagen, hackten, ohne auf die Minustemperaturen zu achten, tief ins Gras und schafften es schließlich, die erste Hülse sicher in den harten Boden einzugraben.

Clemmie richtete sich auf. »Puh! Das war mein Fitnesstraining für die nächsten zehn Jahre. Gut – hast du Feuer?«

»Ja, aber dir gebührt die Ehre«, sagte Guy, ebenso außer Atem, und reichte ihr das glimmende Zündlicht. »Es ist ja dein Werk.«

»Okay … Eins, zwei, drei – los!«

Bebend entfachte Clemmie die Zündschnur, dann gingen beide rasch im Wagen in Deckung.

Die Zündschnur war gerade noch sichtbar und glühte schwach in der pechschwarzen Finsternis. Clemmie hielt den Atem an. O Gott, o Gott, o Gott … lass sie nicht ausgehen. Lass sie nicht flackern und erlöschen. Lass sie …«

»Es klappt«, flüsterte Guy. »Schön – jetzt werden wir ja sehen – o mein Gott!«

Mit einem Zischen und Krachen, bei dem sie beide zusammenzuckten, explodierte ihr selbst gemachter Feuerwerkskörper und erhellte die große Wiese mit einer kurz schimmernden durchsichtigen grünen Wolke.

Es war ein tiefes dunkles Grün; ein wahres Waldgrün mit unergründlichen blaugrünen Untertönen; das angeblich unerreichbare Ozeangrün. Es sah unbeschreiblich schön aus, so ätherisch, dass selbst Clemmie das Gefühl hatte, sie könnte – ein ganz klein bisschen – an die Magie des Siebten Himmels glauben.

»Mein lieber Schwan!« Clemmie schluckte hörbar, als sich der grüne Farbton allmählich verflüchtigte. »O mein Gott!«

»Du bist ein Ass! Ein Genie!«, rief Guy und umarmte sie. »Herr im Himmel, Clemmie – was hast du gemacht?«

»Wir«, sagte sie, glücklich, so fest in seinen Armen gehalten zu werden, »es ist durch und durch ein Gemeinschaftsprojekt. Oh, mir wird schwindlig.«

Guy ließ sie los. »Tja, diese Wirkung habe ich auf manche Leute.«

Sie knuffte ihn. »Du weißt, was ich meine – aber, ja Wahnsinn!«

»Ja, Wahnsinn! trifft es ziemlich genau. Ich glaube, du – na gut, wir – wir könnten da auf etwas ziemlich Bemerkenswertes gestoßen sein.« Guy versagte fast die Stimme. »Aber lass uns auch den Zweiten ausprobieren, um ganz sicherzugehen.«

Wie verschwörerische Kinder eilten sie wieder schlitternd über das starre, glitzernde Gras.

»Diesen zündest du an.« Clemmie reichte ihm das Zündlicht. »Das ist nur fair.«

»Gut – also – jetzt – tritt einen Schritt zurück.«

»Guy! Du schlimmer, schlimmer Junge!« Als die Zündschnur zu glimmen begann, tauchte plötzlich Tarnia aus der Dunkelheit auf. »Was in aller Welt machst du denn hier, spielst du immer noch mit deinen Feuerwerkskörpern? Ich habe im Haus auf dich gewartet. Ich kenne da ein noch viel aufregenderes Spiel.«

Ach du Schande!

Entsetzt sah Clemmie Tarnia an, die sich umgezogen hatte, nun einen den fallenden Temperaturen vollkommen unangemessenen verführerischen Aufzug aus knappem pinkfarbenem Minirock und golden funkelndem Trägertop trug und vor lüsterner Begierde geradezu bebte.

»Guy …«, hauchte Tarnia mit gespitzten Lippen und drängte Clemmie mit dem Ellbogen aus dem Weg. »Komm mit, du hinreißend herrlicher Mann, du. Ich habe eine kleine Extraprämie für dich, solange Marquis anderweitig zu tun hat.«

Der zweite magisch-grüne Feuerwerkskörper zündete ganz genauso wie der erste.

Guy blickte fassungslos zu Tarnia, dann flehentlich zu Clemmie und flüsterte: »Ach verdammt – ich wünschte, sie wäre nur scharf darauf, ihrem Mann an die Wäsche zu gehen, und hielte mich für den grässlichsten Freak, der ihr je unter die Augen kam – würde mich aber natürlich weiter mit all ihren Feuerwerken beauftragen.«

Clemmie kramte die Worte, die sie seit Halloween schon unzählige Male wiederholt hatte, aus ihrem Gedächtnis hervor, denn sie wusste, jetzt oder nie würde sich der wahre Wert von Allbards Zaubergrün erweisen.

Sie sah Guy in die Augen. »Vielleicht gibt es eine Möglichkeit. Einen Versuch ist es wert. Erinnerst du dich, was im Buch über die Erfüllung von Wünschen stand? Das könnten wir jetzt doch ausprobieren. Zu verlieren haben wir nichts.« Die große Wiese wurde ein zweites Mal von dem prächtigen tiefgrünen Schein überzogen, und Clemmie sah Tarnia herausfordernd an. Sie räusperte sich.

»Grünspan und Smaragdgrün pur,
sprüht Funken grün wie Wiesenflur,
macht Wünsche wahr für immerdar.«

»Was?« Mit den langen Wimpern klimpernd sah Tarnia sie überrascht an. »Sagten Sie etwas, Clemmie? Liebe Güte – es ist ja eiskalt hier draußen – was mache ich hier eigentlich? Wo ist mein Marquis? Ich will zu meinem Marquis.«

Und ohne Guy eines weiteren Blickes zu würdigen, stakste sie verwirrt in Richtung der Stallungen davon.

Fassungslos vor Freude schlug Clemmie die Hände vor den Mund. Die Wissenschaftlerin in ihr wollte zwar sagen, es sei reiner Zufall, doch Tarnias Sinneswandel in Bezug auf das Objekt ihrer Begierde war so unvermittelt gekommen, dass es nur eine triftige Erklärung dafür gab. Guy und sie hatten das bewirkt; er hatte den Wunsch getan und sie hatte den Spruch aufgesagt, der ihn hatte wahr werden lassen.

Guy schaltete schneller, als sie erwartet hätte. »Absolut verdammt fantastisch!« Er hob Clemmie hoch und schwang sie herum. »Wir haben all das Gerede über Magie für Quatsch gehalten, aber es klappt, Clemmie! Es wirkt wirklich! Wir haben nicht nur den heiligen Gral des Feuerwerks entdeckt – eine Farbe hergestellt, die sonst keiner hinkriegt –, sondern wir haben gerade einen Wunsch wahr werden lassen, oder nicht? Ich sag dir, wir haben den heiligen Gral gefunden!«

16. Kapitel

»Also.« Im eichengetäfelten Büro von Motions Bestattungsunternehmen in einer Seitenstraße von Hazy Hassocks sah Constance Motion mit unter den überkandidelten starren Löckchen ärgerlich gefurchter Stirn ihren Cousin und ihre Cousine an. »Das ist ja wohl eine bodenlose Unverschämtheit. Hier ist alles festgelegt – wir haben überhaupt keine Möglichkeit, dem Ganzen in irgendeiner Weise unsere persönliche Note zu verleihen. Wir müssen uns strikt an die Vorschriften halten.«

Es war drei Tage nach der Bonfire-Night vom fünften November. Draußen herrschte nach wie vor bitterkaltes und frostiges Wetter, und der *Daily Express* kündigte bereits den ersten Schnee an.

Die Motions, Constance, Perpetua und Slo, zwei unverheiratete ältere Cousinen und ihr Cousin, die im Bestattungsunternehmen zusammengewürfelt worden waren, nachdem sie von ihren verbrüderten Vätern jeweils einen Drittel-Anteil geerbt hatten, hofften sehr, dass der *Daily Express* recht behielt. Ein früher Wintereinbruch war immer gut fürs Geschäft.

Das Wetter jedoch war nicht das zentrale Thema ihres Gespräches am heutigen Morgen.

Sie hatten einen Brief bekommen. Aus Amerika.

»Von dem habe ich noch nie gehört«, schniefte Perpetua und faltete die schmalen grauen Hände in ihren schmalen grauen Schoß. »Du etwa, Slo?«

Slo – getauft war er Sidney Lawrence Oliver, ob zufällig oder absichtlich wusste niemand genau – schüttelte den Kopf. »Nö. Der Name Max Angel sagt mir gar nichts.«

»Das war sein Künstlername«, blaffte Constance und kniff die boshaften rot geschminkten Lippen zusammen, »das steht in dem Brief. Er war in den Sechzigern so ein Popsänger und dann Gitarrist bei den *Burning Banshees*. Wahrscheinlich ist er an Sex and Drugs and Rock 'n' Roll gestorben.«

»Glückspilz«, murmelte Slo.

Constance funkelte ihn an. »Er ist hier in Hassocks geboren und aufgewachsen und hieß …«, ihr reich beringter Wurstfinger fuhr die Zeilen entlang, »James Lesney.«

»Lesney … Lesney …« Slo furchte konzentriert die vom Alter gezeichnete Stirn. »Da gab's diese Lesneys draußen in der Bath Road. Weißt du noch, Connie? War eine große Familie. Etwa zehn Kinder. Einer von denen könnte James geheißen haben.«

»Little Jimmy Lesney!«, meldete sich Perpetua zu Wort. »Ja, an den erinnere ich mich. Süßer Junge. Hab all seine Platten gekauft.«

»Das war Little Jimmy Osmond«, korrigierte Constance kühl.

Alle starrten auf den Brief. Er hatte als Luftpostsendung mit zahlreichen fremdländischen Briefmarken für reichlich Aufsehen gesorgt. Und wenn schon das Äußere des Briefes die Motions aufgewühlt hatte, so war sein Inhalt noch weitaus ergreifender.

Der Künstler Max Angel, früher bekannt als James Lesney, war bei der schwungvollen Wiedergabe eines seiner größten Hits auf der Bühne einer Kleinstadt im mittleren Westen Amerikas in seinem sechzigsten Lebensjahr leider aus dem Leben geschieden.

Diese Art abzutreten, erklärte Max' amerikanischer Agent in dem Brief, entsprach dem, was er sich gewünscht hätte, und sein letzter Wunsch war es, in seinem Heimatort Hazy Hassocks bestattet zu werden. Recherche im Internet hatte ergeben, dass die Motions das einzige Bestattungsunternehmen in besagtem Dorf betrieben und demzufolge würden Max' sterbliche Überreste ihnen übergeben werden, damit sie die Beerdigung in allen Punkten genau seinen letzten Wünschen entsprechend arrangierten.

»Der Agent schreibt, Max hat nie geheiratet und hat in Amerika keine Verwandten, es wird dort später aber noch eine Gedenkfeier für seine vielen Freunde und Fans arrangiert. Oh, und von Max' Angehörigen lebt keiner mehr hier in Hazy Hassocks, auch hatte er seit Jahren keinen Kontakt mehr zu seiner Familie – sie wurden alle von seinem betrüblichen Dahinscheiden in Kenntnis gesetzt.« Constance verfiel in den Tonfall, der normalerweise dafür vorbehalten war, den liebenden Hinterbliebenen schonend beizubringen, wie hoch die Bestattungskosten waren. »Aber keiner von ihnen will mit der Beerdigung was zu tun haben. Er war wohl ein schwarzes Schaf.«

»Wahrscheinlich hat er all sein Geld für sich behalten«, meinte Slo und fummelte an seiner Strickweste herum. »Und seinen Leuten zu Hause nie was geschickt. Die Lesneys waren alle alte Geizkrägen. Ich glaub ja nicht, dass er denen in seinem Testament was vermacht hat. Und das wird ihnen gar nicht gefallen haben.«

Perpetua nickte weise. »Sicher nicht. Die Verwandtschaft will sich immer so viel wie möglich unter den Nagel reißen. Also, mach weiter, du, Connie, was für eine Beerdigung will unser Popstar denn? Glitzerglanz, Gitarren und Gogo-Girls? Könnte schön aufregend werden.«

»Um Himmels willen!« Constance drückte an ihrer Drahtfrisur herum. »Dazu komme ich schon noch. Slo! Wo gehst du hin?«

»Aufs Klo.« Slo war aufgestanden und trat von einem Fuß auf den anderen. »Der Kräutertee, den du immer zum Frühstück machst, läuft bei mir geradewegs durch.«

Constance kniff die Luchsaugen zusammen. »Dass mir das aber auch wirklich alles ist und du dich nicht etwa für eine heimliche Kippe davonschleichst! Diese scheußliche Angewohnheit hättest du schon vor Jahren aufgeben sollen. Du weißt, was der Doktor wegen deiner Lunge gesagt hat.«

»Doktor Avebury hat gesagt, mit meiner Lunge ist alles bestens.« Slo zwängte sich keuchend durch die Tür. »Er hat gesagt, ich hab Lungen wie einer, der halb so alt ist wie ich. Er hat gesagt, ich wär ein Wunder der Medizin, wenn man bedenkt, wie viel Formaldehyd ich im Lauf der Jahre verdauen musste. Sag du nichts gegen meine Lunge, du, Connie.«

»Ich wünschte, du würdest nicht immer *Pimp my Ride* im Fernsehen anschauen und so reden wie Tim Westwood«, seufzte Constance, als Slo verschwand. »Also, Perpetua – wollen wir mal sehen, was Max Angel für uns sonst noch auf Lager hat?«

»Ja bitte!«, sagte Perpetua eifrig. »Du weißt ja, dass ich sonst nicht viel erlebe. Das hier ist noch besser als die Fernsehshow von Phil und Fern.«

Constance raschelte mit den Seiten. »Ja, also dieser Teil hier stammt von der amerikanischen Anwaltskanzlei, die sich um Mr Angels Testament kümmert. Nun, die Wirklichkeit könnte von deinem erhofften Rock 'n' Roll-Begräbnis nicht weiter entfernt sein. Ach du liebe Güte, nein. Wenn seine sterblichen Überreste auf dem Luftweg hier eingetroffen sind, und zwar … mal sehen, ach ja, Ende November, soll er in aller Stille in Newbury eingeäschert werden. Keine große Sache. Zwei Choräle, ein paar

Stellen aus dem Neuen Testament, das Vaterunser. Keine Blumen. Keine Trauergäste. Nur wir und der Pfarrer. Also wirklich! Das ist ja wohl sterbenslangweilig!«

»Enttäuschend.« Perpetua glättete wehmütig ihre graue Strickjacke. »Und dafür wird die Leiche extra den ganzen Weg von Amerika hierhergeflogen? So eine Geldverschwendung.«

»Keineswegs.« Constance machte ein erfreutes Gesicht. »Der springende Punkt ist, was er sich zum Abschluss gewünscht hat. Und wir werden sehr gut dafür bezahlt, ihm diesen Wunsch zu erfüllen.«

Perpetua verfiel wieder in graues Schweigen. Slo schlängelte sich, nach Tabak riechend und gewollt beiläufig mit den Händen wedelnd, ins Büro zurück.

»Du hast geraucht!«, bellte Constance. »Gib's zu!«

»Nein.« Mit einer Miene gekränkter Unschuld setzte Slo sich hin. »Ist nur wegen dem unteren Klo. Du weißt doch, die Spülung geht nicht richtig.«

Constance schnaubte und überflog noch einmal die dicht beschriebenen Seiten. »Richtig, ach ja – jetzt kommt die Stelle, wo es interessant wird. Die anderen Bandmitglieder der *Burning Banshees* leben ebenfalls in Amerika und haben schon Abschied genommen, sie werden also zur Beerdigung nicht herüberfliegen, aber Mr Angel hat eine Liste mit Leuten aufgestellt, deren Anwesenheit er beim Verstreuen seiner Asche wünscht. Mal sehen … liebe Güte, das sind alles Frauen. Frauen aus der Gegend. Frauen, die wir alle kennen. Frauen einer gewissen Altersgruppe.«

»Steh ich auch drauf?«, fragte Perpetua und beugte sich gespannt vor.

»Nein«, schnappte Constance, »aber du wirst sowieso dabei sein, oder nicht, du, Perpetua? Schließlich gehörst du ja zu dem blöden Bestattungsunternehmen!«

Perpetua lächelte glücklich. »Ach ja – ich Dummchen. Wie nett; ich wär nicht gern außen vor.«

»Hmmmm.« Constance las sich die Liste durch. »Interessant. Sehr interessant. Diese Damen haben Max Angel damals neunzehnhundertneunundsechzig offenbar sehr glücklich gemacht. Er erinnert sich an alle über die Maßen liebevoll. Es scheint, als hätte Max Angel im Sommer neunundsechzig in Hazy Hassocks in jugendlichem Leichtsinn so einige wilde Sprösslinge ausgesät.«

»Wir könnten sie erpressen«, sagte Slo eifrig. »Du meinst doch immer, wir sollten das Geschäft erweitern, du, Connie.«

»Ja, indem wir die Limousinen auch bei Hochzeiten und Taufen und Polterabenden einsetzen und den Leichenwagen bei Entrümpelungen.« Constances Knopfaugen funkelten. »Aber nicht, indem wir die verdammten Hinterbliebenen erpressen.«

»Wer steht denn auf der Liste?« Slo zog fragend die Augenbrauen hoch. »Und wo wird die Asche denn verstreut?«

»Ich finde, die ganze Liste sollte vorerst vertraulich bleiben, damit wir in Ruhe die Briefe rausschicken können – in freundliche Worte gefasst, mit Beileidsbekundungen und vielleicht ohne auszuführen, warum gerade diese speziellen Damen eingeladen sind – wir möchten ja schließlich in diesem oder jenem Haushalt keinen Ehekrach heraufbeschwören, nicht wahr?«

»Warum nicht?«, meinte Slo und gluckste kurzatmig. »Nein, lies nur weiter. Was machen wir mit der Urne, wenn sie vom Krematorium kommt?«

»Na, jedenfalls nicht in der Aufbahrungshalle als Aschenbecher verwenden, wie du es bei Gertie Bickersdyke gemacht hast, so viel steht fest. Ach – du lieber Himmel!«

»Was denn, Constance?« Perpetua sah besorgt aus. »Was ist denn los?«

»Max Angel«, sprach Constance in gravitätischem Ton, »wünscht sich einen Abgang mit Knalleffekt. Er möchte eine Feuerwerksbestattung. Er will doch tatsächlich seine Asche in einer Rakete in die Ewigkeit schießen lassen.«

»*The Gunpowder Plot*, guten Morgen. Was kann ich für Sie tun?« Clemmie lächelte ins Telefon. Seit der Snepps-Party lächelte sie in einem fort. »Nein, bedaure, Mr Devlin ist heute nicht da, aber ich kann Ihnen sicher auch weiterhelfen – wie? Tatsächlich? Lieber Himmel. Okay, aber da muss ich erst meine Kollegin fragen. Einen Moment, bitte.«

Clemmie hielt die Sprechmuschel zu, biss sich auf die Lippen und winkte durchs Büro zu YaYa hinüber.

»Ach, lass mich bloß in Ruhe.« YaYa, nun entsprechend ihrer heutigen Rolle als Büromieze statt Showgirl wieder blond und ganz lässig mit einem lila Wollkleid und schwarzen Stiefeln bekleidet, gähnte faul. »Ich bin den ersten Tag wieder da. Ich habe Entzugserscheinungen. Ich sollte noch im Bett liegen – und das täte ich auch, wenn diese Scheißgören Kacki, Kotzi, Rotz und Ratte nicht im verdammten Morgengrauen mehr Krach gemacht hätten als ein ganzes Stadion beim Pokalendspiel. Ich könnte diese Zicke Helen umbringen! Sie hängt sonst nie hier rum, wenn ich da bin. Ich glaub einfach nicht, dass ihre blöde Elektrik immer noch spinnt. Ich glaube, ihr macht es einfach nur Spaß, bei Guy zu schmarotzen – die Devlin-Bank besitzt offenbar noch immer magnetische Anziehungskraft.«

»Ich weiß«, pflichtete Clemmie ihr bei, »und das ist bestimmt scheußlich für dich, aber bei diesem Anruf brauche ich deine Hilfe. Bitte.«

»Meine Gedanken kreisen nur noch um Fummel und Rampenlicht.« YaYa blinzelte und wackelte mit dem Kopf. »Ich kann mich jetzt nicht mit so profanen Dingen befassen, Liebling – ich bin ein Showstar. Ach, weißt du, wenn es um etwas Kniffliges geht, nimm einfach die Details auf und sag, wir melden uns in ein paar Tagen, wenn Guy mit der Crew aus Kenilworth zurück ist.«

»Geht nicht«, zischte Clemmie. »Sie brauchen noch heute eine Antwort. Sie wollen einen Termin mit uns. Es sind die Motions.«

YaYa runzelte die Stirn. »Die Motions? Wer zum Teufel sind – ach, meinst du etwa diese verrückten alten Käuze von dem Bestattungsunternehmen in Hazy Hassocks? Was in aller Welt wollen die denn?«

»Sie wollen, dass wir eine Feuerwerksbestattung ausrichten.«

Eine halbe Stunde später, nach Rufumleitung der Büroanschlüsse auf YaYas Handy, kletterten Clemmie und YaYa samt Suggs in Geschirr mit Leine in den Geländewagen. Clemmie hatte erwartet, YaYa würde diesen Termin allein wahrnehmen, und freute sich dabei zu sein. Solange Guy in Kenilworth war, wollte sie wirklich keine Minute länger als nötig mit Helen allein im Bootshaus bleiben.

Als sie sich gerade anschnallten, glitt Helen, die eben von der langwierigen Schulwegsfahrt zurückkam, aus ihrem Jaguar, zog den Kamelhaarmantel enger um sich und fragte: »Ihr beide lasst doch wohl nicht etwa das Büro unbeaufsichtigt?«

»Das geht dich gar nichts an, Holde«, trällerte YaYa durchs Fenster des Geländewagens. »Ebenso wenig wie *The Gunpowder Plot* und wir und Guy und dieses Haus. Nimm doch deine quengelnden Gören und verpiss dich! Bye-bye!«

Und mit unter den Reifen hervorspritzendem Kies jaulte der Geländewagen auf und ließ das Bootshaus hinter sich.

»Herrgott noch mal!«, platzte YaYa mit einer ihrer langen Zigaretten im Mund heraus. »Ich hasse diese Kuh. Warum zum Teufel hat Guy sie aufgenommen? Wenn ich da gewesen wäre, wäre es dazu nicht gekommen. Ich weiß ja, dass er ein feiner Kerl ist, der keinen im Regen stehen lässt – aber in dem Fall war er entschieden zu gutmütig.«

»Ehrlich gesagt, glaube ich, sie hat ihm gar keine andere Wahl gelassen.« Clemmie setzte Suggs auf ihrem Schoß zurecht, sodass er die Vorderpfoten aufs Armaturenbrett stützen und sich die Winterlandschaft besehen konnte.

YaYa hatte vor Wut gekocht, als sie am Tag zuvor von den *Dancing Queens* nach Hause gekommen war und Helen dort vorgefunden hatte. Clemmie war ausnahmsweise richtig froh gewesen, als sie heim nach Bagley-cum-Russett fahren konnte.

»Ehrlich, sie hat ihn wie eine Dampfwalze überrollt, ich war ja dabei. An dem Abend ging es zu wie im Irrenhaus.« Sie sah zu YaYa hinüber. »Aber die Situation muss ganz schön heikel für dich sein.«

Clemmie hatte eigentlich noch nicht darüber nachzudenken gewagt, was die Anwesenheit von Helen und den Kindern im Bootshaus an intimeren Problemen so mit sich bringen könnte, nachdem YaYa nun im Hause war.

»Heikel ist noch weit untertrieben.« Mit quietschenden Bremsen brachte YaYa den Wagen bei der Straßenbaustelle vor Winterbrook zum Stehen.

»Wenn sie bis zum Wochenende nicht weg ist, muss ich sie ermorden.«

»Dann helfe ich dir dabei.«

»Braves Mädchen.« YaYa schnippte Asche aus dem Fenster. »Himmel, ist das kalt heute. Du siehst hübsch und knuddelig aus in diesen schwarzen Sachen.« Sie gluckste. »Schwarz und

Lila – farblich sind wir ja genau richtig für einen Besuch in der Leichenhalle, findest du nicht?«

Erleichtert, dass das Gespräch sich nicht länger um Helen drehte, nickte Clemmie, lehnte sich im Sitz zurück und lächelte verträumt in die langsam vorbeiziehende Landschaft hinaus. Es war wirklich schade, dass die dreitägige Veranstaltung in Kenilworth so kurz nach der Entdeckung des magischen Grüns stattfand. Guy und sie brannten beide darauf, einen richtigen mehrstufigen Prototyp des Siebten Himmels zu bauen und zünden zu sehen.

Sie waren übereingekommen, dass Tarnias Reaktion auf den Zauberspruch des grünen Feuers auch einfach nur Zufall gewesen sein könnte. Sie mussten mehrere kontrollierte Experimente durchführen, um wissenschaftlich belegen zu können, dass die Magie wirkte – ein erstklassiger Widerspruch in sich, was aber trotzdem die Euphorie, das sagenumwobene Grün entdeckt und womöglich eines der größten pyrotechnischen Rätsel der Welt gelöst zu haben, nicht im geringsten trübte.

Sie hatten beschlossen, die ganze Sache mit dem magischen Grün geheim zu halten, selbst vor YaYa, die bei aller Liebenswürdigkeit nun wirklich nicht gerade verschwiegen war – es könnte ja sein, dass das Experiment gar nicht noch einmal gelang. Aber in ihrem momentanen Höhenrausch hätte YaYa wahrscheinlich sowieso gar nicht richtig zugehört. Zwischen ihren Schimpfkanonaden über Helens Hausbesetzung hatte sie unablässig von ihrem Erfolg mit den *Dancing Queens* erzählt, ihnen Hunderte digitaler Fotos von der Tour gezeigt und sie immer wieder mit Geschichten darüber ergötzt, was sich in den Fernsehstudios wirklich abgespielt hatte.

»Habt ihr schon mal eine Feuerwerksbestattung gemacht?«, fragte Clemmie, als sie Winterbrook hinter sich ließen und auf die Straße nach Hazy Hassocks zusteuerten. »Klingt faszinierend – wenn auch ein wenig unorthodox.«

»Nein, mit so etwas hatte ich noch nie zu tun.« YaYa drehte Dusty Springfield leiser, die gerade in voller Lautstärke beklagt hatte, dass sie einfach nichts mit sich anzufangen wisse. »Ich kann mich auch nicht erinnern, dass Guy derlei schon mal erwähnt hätte. Also werden wir diesmal einen Blindflug improvisieren müssen, liebe Clemmie. Geht es jetzt geradeaus auf der Hauptstraße weiter oder was?«

»Hier abbiegen«, antwortete Clemmie. »Das Bestattungsunternehmen ist in der Winchester Road hinter dem Supermarkt *Big Sava*. Lieber Gott – ich hoffe, es gibt da keine, na ja, Leichen.«

»Das hoffe ich auch.« YaYa schauderte. »Schaurige Vorstellung. Hör mal, ich glaube, wir versuchen am besten, so viele Informationen einzuholen wie möglich, vergleichen das, was sie wollen, mit dem, was wir anbieten können, geben ihnen eine ungefähre Kostenschätzung und überlassen Guy dann die ganze Feinabstimmung. Ach, hier muss es sein.«

Clemmie und YaYa ließen Suggs mit einem Leckerli auf dem Beifahrersitz des Geländewagens, eilten um tiefe, gleichmäßige Atemzüge bemüht durch den eisigen Nordostwind und betätigten die Türklingel der Motions.

Constance öffnete die Tür, angesichts der Aufmachung der beiden musste sie erst zweimal hinschauen, dann aber winkte sie Clemmie und YaYa ins Büro, in dem es glücklicherweise aussah wie in jedem anderen kleinen Büro und das nicht, wie Clemmie sich vorgestellt hatte, voller Särge, Blumengebinde, Kerzen und weinender trauernder Hinterbliebener war.

»Mein Cousin und meine Cousine wurden zu einer Noteinbalsamierung abberufen«, sagte Constance und bedeutete ihnen, auf zwei unbequem aussehenden Stühlen Platz zu nehmen. »Doch als Seniorpartnerin werde ich dies auch allein regeln können. Also, folgende Informationen liegen mir vor …«

Als sie die Geschichte von Max Angel und seinen letzten Wünschen hörte, wurde Clemmie auf einmal sehr traurig. Neunzehnhundertneunundsechzig lag noch gar nicht so lange zurück. Max Angel war wohl damals, so wie Clemmie heute, davon ausgegangen, er würde ewig leben. Und dass er sich wünschte, alle seine alten Flammen sollten kommen und seinen endgültigen Abflug gen Himmel sehen, fand sie sehr berührend. Das würde schrecklich viele Tränen geben, dachte Clemmie. Vielleicht war auch manch vor langer Zeit gebrochenes Herz unter all den älteren Damen, die damals als junge hübsche Mädchen in den Jüngling Max Angel verliebt gewesen waren und noch lange nicht an ihre eigene endliche Sterblichkeit gedacht, sondern in jenem langen heißen Sommer nichts anderes im Sinn gehabt hatten, als ihn zu küssen, mit ihm zu lachen und ihn zu lieben.

Sie schauderte. Liebe Güte, sie könnte nicht als Bestatterin arbeiten. Wie in aller Welt hielten die das aus?

»… und«, schloss Constance, »soweit ich das überschaue, holen wir am Tag nach der Trauerfeier seine Asche vom Krematorium, Sie übernehmen die Urne hier bei uns und packen die Asche in eine nach den Vorgaben in diesem Anwaltsbrief gebaute Rakete, bringen diese wieder zu uns … und dann soll sein sozusagen finaler Countdown um Mitternacht am Gipfel des Hassocks Hill stattfinden.«

YaYa hatte sich Notizen gemacht. »Das klingt alles ganz klar und eindeutig, Ms Motion. Was die Terminplanung betrifft, so könnten wir die Asche am neunundzwanzigsten November morgens abholen, seine Rakete vorschriftsgemäß anfertigen und dann den seligen Max am Abend des dreißigsten ins Weltall schicken.«

»Ich muss schon bitten! Sie spotten doch nicht etwa über die Bestattungswünsche des Verstorbenen?« Constance strafte solche Leichtfertigkeit mit strengem Blick. »In dem Fall muss ich Sie doch darauf hinweisen, dass der Tod kein Thema für frivole Scherze ist!«

»Tut mir leid – das war weder frivol noch pietätlos gemeint.« YaYa schaute angemessen zerknirscht. »Nur ein Anflug von Galgenhumor, um die Begräbnisstimmung etwas aufzulockern. Immerhin ist es ja nicht gerade üblich, seine Asche gen Himmel schießen zu lassen, oder?«

»Eher nicht«, räumte Constance ein und drückte an ihren steifen Drahtlocken herum. »Ach, und wir, die Begräbnisorganisatoren, müssen bei der, äh, Verabschiedung natürlich zugegen sein. Der Anwalt hat uns genaue Anweisungen gegeben, was die juristischen Aspekte des Ganzen betrifft. Hier ist noch ein separates Schreiben von ihm, wie der Abend des Raketenabschusses zu gestalten ist. Nehmen Sie es besser mit.«

Constance und YaYa sprachen noch eine Weile über Kosten, Logistik und Zeitplanung, während Clemmie in einen angenehmen, wenngleich zwecklosen Tagtraum abdriftete, der von ihr und Guy auf einem Bärenfell vor einem lodernden Kaminfeuer handelte.

»Vielen Dank, Ms Motion.« YaYa stand auf, räkelte sich kurz schlangengleich in ihrem engen lila Wollkleid und schüttelte der leicht schockiert aussehenden Constance die Hand. »Wir werden die Einzelheiten im Büro notieren, besprechen alles mit Mr Devlin und melden uns wieder bei Ihnen, sobald alles organisiert ist. Komm jetzt, Clemmie, Zeit zu gehen.«

Clemmies Fantasie verblasste. Sie lächelte verträumt und stand auf.

»Ooh!« YaYa schauderte, als sich die Tür des Bestattungsunternehmens hinter ihnen schloss und sie durch die Kälte eilten, um im Geländewagen von Suggs begeistert begrüßt zu werden. »Mir war, als würde ich am Rand meines eigenen Grabes stehen. Das war ja obergruselig. Und so traurig.«

»Fand ich auch«, stimmte Clemmie zu und knuddelte Suggs ganz fest. »Mir wären da drin fast die Tränen gekommen. Gott sei Dank arbeiten wir in einer Branche, in der wir die Leute glücklich machen und mit Leben und Frohsinn und Partys und Festen und Hochzeiten zu tun haben.«

»Und jetzt auch mit Beerdigungen«, erinnerte YaYa und steuerte ins Zentrum von Hazy Hassocks. »Ich finde, wir haben uns eine kleine Belohnung verdient, meinst du nicht?«

»Absolut«, antwortete Clemmie und sah augenblicklich die Tabletts mit cremigen Sahnetorten in der Konditorei *Patsys Pantry* vor sich, die gleich um die Ecke an der Hauptstraße lag. »Woran dachtest du?«

»Solange Guy weg ist, aber Helen von der dunklen Seite der Macht mit Kacki, Kotzi, Rotz und Ratte noch nicht, sollten wir uns eine kleine Aufheiterung gönnen. Hast du morgen Abend Zeit?«

»Ja, ich glaube schon.« Die Cremetorten rückten in weite Ferne. »Warum?«

»Weil«, YaYa zündete sich eine Zigarette an, »ein paar meiner Freundinnen im *Rinky Dink* eine Sohle aufs Parkett legen. Du hast doch gesagt, du hättest noch nie eine richtige Travestieshow gesehen. Wie wär's? Nur du und ich?«

Ach du liebes Lottchen …

Suggs musterte sie ernsthaft, dann nickte er mit dem Kopf und knabberte an ihrem Kinn.

»Okay«, stimmte Clemmie zu. »Abgemacht. Gerne. Ich freu mich schon drauf.«

17. Kapitel

»Wo bitte gehst du hin?«, fragte Phoebe, die in der Wohnung über dem Postladen auf Clemmies Bett hockte. »Wo in aller Welt ist das Rinky-Dink?«

»Irgendwo in der Wildnis zwischen Reading und Newbury, glaube ich.« Clemmie zog sorgfältig eine weitere schwarze Linie um ihre Augen. »So! Wie sieht das aus?«

»Ganz zauberhaft, wenn auch vielleicht ein bisschen aufreizend.«

»Prima – genau der Effekt, der mir vorschwebte.« Clemmie wirbelte in dem winzigen Zimmer herum und bewunderte im Spiegel vergnügt ihr erst kürzlich über eBay erworbenes nostalgisches Paillettenkleid. »Und wie schön, dass ich nun Gelegenheit habe, dieses Kleid zu tragen. Ich bin schon so lange abends nicht mehr ausgegangen, dass ich erst fast dachte, ich müsste ein bauchfreies Top und einen Minirock anziehen.«

Phoebe lachte. »Nur als Vierzehnjährige oder wenn du stark übergewichtig bist, einen eingeschränkten Wortschatz und ein Faible für geschmacklose Tätowierungen hast.«

Clemmie zog eine Grimasse. »Du klingst wie die *Daily Mail* – soo vernünftig und erwachsen.«

»Bin ich ja auch. Aber ehrlich, du siehst süß aus. Pfauenblau steht dir wirklich gut und die Ohrringe passen wunderbar dazu. Also, wer ist er?«

»Steve?« Clemmie kicherte. »Ach, so ein Typ von der Arbeit.«

»Aha …« Phoebe dehnte das Wort so lang, als hätte es neunzehn Buchstaben. »Und was ist mit deinem Schwur, bis ans Ende deiner Tage keinen anderen als Guy Devlin zu lieben?«

»Oh, daran hat sich nichts geändert«, antwortete Clemmie wahrheitsgemäß, »aber wie ich dir ja erzählt habe, ist er in festen Händen und absolut tabu, also werde ich mich damit abfinden müssen, dass wir nur gute Freunde und Arbeitskollegen sind – leider, leider. Und so habe ich Ja gesagt, als Steve mich gefragt hat, ob ich mit ihm ausgehe. Wir sind aber auch nur Freunde.«

»Aha! Wittere ich da eine aufkeimende Arbeitsplatzromanze?«

»Nein, sicher nicht. Keine Chance. Sag mal, ich freue mich zwar, dich zu sehen, aber warum bist du eigentlich heute Abend nicht mit Ben zusammen?«

»Werde ich bald sein. Wenn ich von hier weggehe. Er holt die Schlüssel.«

»Zu was?«

Phoebe strahlte übers ganze Gesicht. »Um dir das zu erzählen, bin ich ja extra gekommen. Wir haben eine Wohnung gefunden! Wir ziehen zusammen! Endlich!«

»Toll! Das ist ja großartig!« Clemmie umarmte sie. »Wo denn?«

»In Hazy Hassocks. In der Winchester Road.«

»Tatsächlich? Na so ein Zufall. Dort war ich gestern erst – beruflich.« Sie beschloss, die Motions lieber nicht zu erwähnen, nur für den Fall, dass Phoebe noch nicht klar war, dass es in der direkten Nachbarschaft ein Bestattungsunternehmen gab. »Dort gibt es süße alte Häuser – ich habe allerdings gar kein Verkauft!-Schild gesehen.«

»Wir mieten.« Phoebe zuckte die Achseln. »Es ist eine Erdgeschosswohnung. Recht geräumig mit zwei Schlafzimmern und einem hübschen kleinen Garten. Wir wollten nicht länger warten, um etwas zu kaufen. Die Preise steigen immer mehr und unsere Ersparnisse reichen nicht mal für die Anzahlung einer Schuhschachtel. Erzähl mir nicht, dass Miete rausgeschmissenes Geld ist, das wissen wir selbst – aber wir wollten unbedingt zusammenleben.«

»Ich bin sicher die Letzte, die andere kritisiert. Sieh mich doch an: Ich habe mein Lebtag lang nicht viel besessen. Bin nach der Uni wieder hier hängen geblieben. Ich wäre wohl kaum eine wagemutige Immobilieninvestorin.« Clemmie hielt inne und grinste. »Aber ich wette, es haben nicht wirklich die beiden Schlafzimmer und der hübsche kleine Garten den Ausschlag gegeben, oder? Du hast doch bestimmt deine Madame-Suleika-Nummer abgezogen und die Tarotkarten und die Teeblätter und deine Kristallkugel befragt, oder?«

»Laut der Tarotkarten hat die Wohnung wirklich gute Schwingungen, in der Tat.«

»Ach komm, sei nicht gleich eingeschnappt – war doch nur Spaß. Ich freu mich so für dich. Also, wann steigt die Einweihungsparty?«

»Sobald wir umgezogen sind und uns eingerichtet haben. Wahrscheinlich aber erst nach Weihnachten.« Phoebe zog fragend die formvollendet gezupften Augenbrauen hoch. »Soll ich Steve mit auf deine Einladung setzen?«

»Auf keinen Fall! Ich komme allein, vielen Dank.«

»Clemmie!« Molly Coddle rief die Treppe hinauf. »Dein junger Mann ist draußen! Bist du fertig, oder soll ich ihn hereinbitten?«

»Neeiin!« Clemmie schnappte sich ihre Tasche. »Komme schon!«

Und mit Phoebe dicht auf den Fersen polterte Clemmie die Treppe hinab.

»Danke!« Sie küsste ihre Tante und ihren Onkel. »Ich hab meinen Schlüssel. Bis bald, Phoebe!«

»Äh – bye-bye.« Phoebe stand mit Bill und Molly im Eingang und machte ein verdutztes Gesicht. »Aber warum die Eile – willst du uns nicht mit ihm bekannt machen?«

Clemmie sauste aus dem Postladen und warf sich in den Geländewagen. »Fahr los!«, zischte sie YaYa zu, die ein knapp sitzendes Goldkleid trug. »Nein – nicht winken! Ich hab denen gerade erzählt, du wärst ein Typ namens Steve. Nichts wie weg hier!«

Das Rinky-Dink lag, wie Clemmie vermutet hatte, selbst für die Verhältnisse in Berkshire recht abseits.

»Das macht es noch exklusiver«, sagte YaYa, als sie den Geländewagen parkte. »Gibt dem Ganzen den Touch eines Country-Clubs, verstehst du? Nostalgisch, aber sehr elegant. Denk dir eine Mischung aus Revue-Bar und ländlich angehauchtem Skindles.«

»Was für Sachen?« Clemmie beäugte das lange niedrige Gebäude mit Holztreppe, Veranda und zahlreichen Lichterketten. »Da komm ich nicht mit. Das sieht doch eher aus wie ein großes Farmhaus aus einem alten Westernfilm. Und was ist Skindles?«

»War auch vor meiner Zeit, Süße, aber in den Sechzigern war Skindles offenbar der angesagteste Nightclub in Berkshire – wahnsinnig edel und der Treffpunkt für Rang und Namen aus allen Gesellschaftsschichten. Dort gab es einen Innen-Swimmingpool, als das noch eine ganz außergewöhnliche Seltenheit war. Und man gehörte erst dann wirklich dazu, nachdem man voll bekleidet hineingeschubst worden war. Alles, was auf sich hielt, strömte damals aus London herbei, nur um sich dort sehen zu lassen. Natürlich waren das Prominente, als dieser Begriff noch wirklich etwas bedeutete.«

»Klingt wunderbar«, meinte Clemmie und betrachtete die teuren Autos, die mit dem Geländewagen in einer Reihe parkten. »Dann bekomme ich also heute Abend echte Promis zu sehen? Als du mir das erste Mal von diesem Lokal erzählt hast, dachte ich ja eigentlich, es wäre ein Schwulenclub.«

»Lass mich eben noch schnell eine rauchen, bevor wir reingehen – in einer Nacht wie dieser ist es mir zu kalt, um draußen herumzustehen.« YaYa zündete sich eine ihrer langen Zigaretten an. »Dieses verdammte Rauchverbot wird mich noch ins Grab bringen: Lungenentzündung statt Lungenemphysem. Was hast du gesagt? Ach ja, ob es ein Schwulenclub ist? Nicht nur, nein eigentlich gar nicht. Das Rinky-Dink ist bei Schwulen und Heteros beliebt, bei Möchtegern-Promis, Einheimischen, bei allen, die in sind – und jedermann, der sich einen schönen Abend machen möchte, ohne von einem kahl geschorenen Rüpel im tiffigen Hemd vermöbelt oder vollgekotzt zu werden.«

»Klingt ja ganz nach meinem Geschmack.«

»Ich bin sicher, es wird dir gefallen. Halt mal kurz meine Kippe.« Nachdem YaYa mit Blick in den Rückspiegel ihr aschblond gesträhntes Haar zurechtgezupft und eine weitere Schicht Lipgloss aufgetragen hatte, forderte sie die Zigarette zurück. »Okay, so kann ich mich blicken lassen, und du auch, Süße. Du siehst toll aus heute Abend. Jetzt schauen wir nur noch eben, ob es Suggs da hinten auch gut geht.«

»Suggs? Du hast Suggs mitgenommen?«

»Nicht für den Tanzabend, Schätzchen. Aber ja, ich hab sein kleines Sofa auf den Rücksitz geklemmt – ihm was zu fressen und zu trinken und seine Kiste mit Streu eingepackt. Du glaubst doch wohl nicht, ich würde ihn mit der höllischen Helen und ihrer Brut allein lassen?«

»Liebe Güte, nein.« Clemmie schüttelte den Kopf, während YaYa sich um den verschlafenen Suggs kümmerte. »Sie hasst ihn – ach, ich wünschte, sie ginge endlich nach Hause.«

»Da haben wir was gemeinsam.« YaYa zog eine Grimasse. »Schön, aber jetzt wollen wir nicht mehr an die schreckliche Zimtzicke denken – komm, jetzt gesellen wir uns zu den Mädels.«

Und mit untergehakten Armen eilten sie durch die beißende Novemberkälte.

Drinnen begrüßte YaYa herzlich alle möglichen Gäste und stellte Clemmie vor, die Hallo sagte und lächelte, bis ihr der Mund wehtat, und vor Staunen die Augen weit aufriss.

Das Rinky-Dink entsprach Clemmies wildesten Träumen.

An der einen Wand befand sich eine breite Bühne, an der gegenüberliegenden Seite als Gegenstück dazu eine Bar mit breitem Tresen. Ein Discjockey hockte diskret in einer Ecke der Bühne und spielte rauchigen Jazz. Kleine Tische und Stühle standen auf einer erhöhten Plattform rings um die Tanzfläche und der Raum war reichhaltig, aber gedämpft ausgeleuchtet: In die niedrige holzvertäfelte Decke und alle anderen Oberflächen einschließlich des Fußbodens waren zahllose winzige Leuchtsterne eingelassen und vermittelten den Eindruck, man befände sich mitten in einem riesigen juwelenbesetzten Fabergé-Ei.

Und das Publikum! Begeistert blickte Clemmie sich um. Alle waren prächtig herausgeputzt. Nicht ein Skinhead in Sicht!

»Ich hol uns was zu trinken«, sagte YaYa und löste sich aus einer Runde ähnlich gekleideter Freunde, »und du schnappst dir einen Tisch mit gutem Blick auf die Bühne, dann mach ich dich später noch mit ein paar anderen Leuten bekannt. Was hättest du gern?«

»Weißwein wär nett, danke.« Clemmie bahnte sich einen

Weg durch die eng umschlungenen Paare auf der Tanzfläche und ging die Stufen zum Sitzbereich hinauf. Nachdem sie einen freien Tisch mit Sicht zur Bühne gefunden hatte, lehnte sie sich entspannt zurück.

Wie herrlich wäre es, wenn Guy und sie zusammen so ein Lokal besuchen und gemeinsam einen Abend an einem so unverschämt schicken Ort verbringen würden. Sie schmunzelte. Nein, ob schick oder nicht – wie wunderbar wäre es, wenn Guy und sie zusammen ausgehen würden, Punkt. Egal wohin. Wenn er nur nicht schwul und mit YaYa zusammen wäre. Ach ja, man konnte eben nicht alles haben. Immerhin waren Guy und sie – und YaYa – nun Freunde.

Der Club war von einer überwältigenden Farbenpracht: Die Frauen trugen elegante glänzende Kleider und funkelnden Schmuck, sodass die Lichtstrahlen tanzten und an all den schönen Körpern reflektierten. Die Männer waren leider nicht ganz so farbenfroh, aber ebenfalls recht ansehnlich. Auch wenn keiner von ihnen Guy das Wasser reichen konnte. Wie toll er hier aussehen würde: in seinen eng anliegenden schwarzen Kleidern, mit seinem langen Haar und den dunkel umrandeten Augen, eine große, schlanke, dunkle und gefährliche Erscheinung, auf androgyne Weise sexy. Er würde sie auf der winzigen Tanzfläche in seinen Armen halten, ihre Körper dicht aneinandergepresst …

»Hier bitte, Schätzchen«, sagte YaYa und unterbrach diesen wildesten aller Tagträume. »Weiße Hausmarke.«

»Das ist ja Champagner!«, rief Clemmie. »Ich liebe Champagner! Aber …«

»Hier gilt das als Weißwein des Hauses.« YaYa machte es sich auf ihrem Stuhl bequem und nippte an etwas Blauem mit vielen Kirschen in einem Cocktailglas. »Mein Drink ist alkoholfrei – ich trinke nie, wenn ich fahre, keine Bange. Hier gibt es eine herrliche Auswahl an Fruchtcocktails, die genauso gut schmecken wie echte. Also, Herzchen, wie findest du dieses Lokal?«

»Fantastisch. Umwerfend. Vielen Dank, dass du mich mitgenommen hast. Ich kann kaum glauben, dass ich noch nie davon gehört hatte.«

»Wie ich schon sagte, es ist recht exklusiv. Aber ein toller Ort für die Travestieszene. Ganz gleich ob schwul oder hetero, das Publikum hier liebt eine tolle Show.«

Clemmie besah sich die Menschenmenge im Raum. Sie hätte unmöglich sagen können, wer schwul war und wer nicht. Nicht dass das eine Rolle gespielt hätte. Die Atmosphäre war herrlich, ganz anders als in den Clubs, in denen sie sonst so gewesen war.

YaYa lächelte glücklich. »Das ist eine meiner liebsten Bühnen. Honey Bunch und Foxy und ich hatten hier vor einigen Wochen einen Riesenerfolg – und heute Abend – na, du wirst ja sehen.«

»Trittst du etwa heute Abend hier auf?«

»Nein, Süße, ich nicht. Ich weiß, ich hab dir versprochen, dass du meine Nummer mal zu sehen bekommst – ein andermal. Aber Freunde von mir treten heute Abend auf. Ach, wenn man den Teufel nennt …« YaYa stand auf und winkte. »Honey, Foxy! Huhu! Hierher!«

Clemmie blieb der Mund offen stehen. Zwei der verführerischsten Frauen, die sie auf der Tanzfläche beobachtet hatte, eine in Limonengrün, die andere in Zitronengelb, beide gertenschlank mit vollendet gestylter Frisur und Make-up, sahen auf, gaben leise Begeisterungsjuchzer von sich und kamen auf sie zugetänzelt.

»Das sollen *Kerle* sein?« Clemmie schüttelte den Kopf. »Nie im Leben!«

»Hast du es wirklich nicht erkannt?« YaYa sah sie überrascht an. »Ist ja merkwürdig – ich sehe es immer. Und Guy ebenfalls. Muss einem wohl im Blut liegen.«

Das nahm Clemmie auch an. Ebenso wie einem wohl die Qualifikation für noble Clubs im Blut liegen musste, in denen sie selbst sicher nie als Mitglied aufgenommen würde.

»Bei dir habe ich es ja auch nicht gemerkt.«

»Nein, hast du nicht – aber ich verspreche dir hoch und heilig, wenn die Mädels zu uns kommen, werden wir dich nicht ausschließen und Polari sprechen.«

»Polari?«

»Das ist eine alte Form von Schwulenslang, die gerade wieder in Mode kommt. Die Sprache der Travestieszene – ach, hallo ihr Lieben! Das ist Clemmie, das süße neue Mädchen bei Guy, von dem ich euch erzählt habe. Clemmie, diese Blondine ist Honey Bunch, und Foxy ist der Rotschopf.«

»Hallo – oh!« Clemmie hatte den beiden die Hand geben wollen, doch stattdessen wurde sie unversehens zweimal innig umarmt und in eine doppelte Lage feinster exotischer Parfümwolken gehüllt.

Dem folgten jede Menge begeisterter Ausrufe über ihr nostalgisches Kleid und ihre Ohrringe, und es wurde beschlossen, weitere Getränke zu besorgen: »Hol gleich mehrere Flaschen, Süße – das ist bequemer, als jedes Mal hin und her zu laufen.« Und Foxy wurde dazu ausgesandt.

Nachdem alle zusammengelegt hatten und die Getränke auf dem Tisch standen, ergötzten sich YaYa, Foxy und Honey Bunch an einem Schwall von Klatsch und Skandalgeschichten. Clemmie nippte an ihrem Champagner, genoss das Perlen der Bläschen auf ihrer Zunge und fand dieses horizonterweiternde Erlebnis in allen Aspekten einfach herrlich.

YaYa beugte sich vor. »Ich hab Honey gerade erzählt, dass du die Drags nicht von den Weibern unterscheiden kannst. Sie meint, das liegt daran, dass wir alle hier erstklassige Transvestiten sind. Du solltest dich mal in den etwas billigeren Clubs umsehen. Schon traurige Gestalten – so nuttenhaft, mehr Clowns als Queens.«

»Das ist eine ganz neue Welt für mich«, räumte Clemmie ein. »Und ich habe wohl immer angenommen, dass Dragqueens sich nur, na ja, verkleiden, wenn sie auf einer Bühne auftreten.«

»Verkleiden?«, erwiderte YaYa mit gespieltem Tadel. »Sag niemals ›verkleiden‹. Wir enthüllen unsere innere Herrlichkeit. Ich genieße es einfach, eine Frau zu sein. Für andere ist es Showbusiness.«

Gerade als Clemmies drittes Glas Champagner Wirkung zeigte, unterbrach der DJ Ella Fitzgerald, um zu verkünden, er mache in einer halben Stunde weiter, und nun begänne die Show, sodass YaYa sich weitere Enthüllungen für später aufheben musste.

Honey, Foxy und YaYa zogen erwartungsvoll die hauchfeinen Augenbrauen hoch.

»Das wird richtig gut«, zischte YaYa. »Diese Mädels sind Partner und große Klasse. Die beiden haben keine schlechte Gloria-Gaynor-Imitation oder miese anzügliche Witze nötig. Du wirst hingerissen sein, Clemmie!«

Clemmie, leicht beschwipst und in freudiger Hochstimmung, war überzeugt davon.

Die erste Travestienummer, die himmlischen Zwillinge Halo und Aura – mit bleichen Gesichtern, riesigen dunklen Augen und hüftlangem weißblondem Haar – schlängelten sich auf die Bühne in silbernen Stöckelschuhen und prächtigen rüschenverzierten Engelskostümen, die sie zu einer sehr sinnlichen Interpretation von Robbie Williams' »Angels« mit anmutigen aufreizenden Bewegungen nach und nach ablegten.

Nach ohrenbetäubendem Applaus und einem blitzschnellen Kostümwechsel kamen sie nur in durchsichtigen Büstenhaltern und Tutus zu beinlangen silbernen Stiefeln wieder und brachten das Rinky-Dink mit einer anzüglichen Parodie auf Wizzards »Angel Fingers« zum Rocken.

Clemmie stand auf, schwenkte die Arme und klatschte in die Hände wie alle anderen auch, und als Halo und Aura ihre eigene Fassung von »Heaven Must Be Missing an Angel« zum Besten gaben, war die Tanzfläche rappelvoll. Schließlich beendeten die himmlischen Zwillinge, nachdem sie in Lichtgeschwindigkeit in ein drittes Kostüm gewechselt hatten, ihren Auftritt mit einer wehmütigen Soulfassung von Louis Armstrongs »Heavenly Music«, und als sie die Bühne verließen, tobte der ganze Club.

Mannomann, dachte Clemmie leicht benommen, ich wusste ja gar nicht, was mir entgeht.

Der DJ kehrte zurück, diesmal mit einer etwas flotteren Auswahl an Discomusik, und die Tanzfläche füllte sich im Nu wieder. Entgegen ihrer vorherigen Beteuerungen hatte sich YaYa nach draußen geschlichen, um eine Zigarette zu rauchen und »nach Suggs zu sehen«.

»Komm mit.« Honey Bunch nahm Clemmies Hand. »Lass uns tanzen.«

Das glaubt mir Phoebe nie im Leben!, dachte Clemmie, als sie kurz darauf zwischen Honey und Foxy zu einem laut dröhnenden Kylie-Song wild herumwirbelte.

Dann schlossen sich ihnen plötzlich zwei noch extravaganter gekleidete Dragqueens an. Zumindest hielt Clemmie die beiden für Dragqueens, so aufgetakelt wie sie waren. Clemmie lächelte ihnen zu und dachte, dass die zwei in ihren identischen rosa und lila Spitzenkleidern hinreißend aussahen. Die Kleiderwahl wies hoffentlich auf ihre Zusammengehörigkeit als Paar hin und hatte nichts mit so einem furchtbaren »Wir-tragen-die-gleichen-Kleider-Trip« zu tun, auf dem sie und Phoebe früher mal gewesen waren.

»Das sind Campari und Cinnamon«, stellte Honey die beiden Clemmie ins Ohr schreiend vor, während sie alle wild und ausgelassen zu »Uptown Girl« herumhüpften, die Röcke hochschwangen, mitsangen, sich in Pose warfen und mit den Armen wedelten. »Von den Dancing Queens.«

Clemmie lächelte noch mehr. Jede Unterhaltung war unmöglich. Dann kam YaYa zurück, küsste Campari und Cinnamon und sie formten alle zusammen einen Kreis und tanzten gemeinsam mit hohen Beinwürfen zu »I Should Be So Lucky«.

Gerade als Clemmie glaubte, nun würden ihr bestimmt gleich die Knie einknicken, kündigte der DJ Midnight an – das war die nächste Bühnennummer, begriff Clemmie, und keine Zeitansage – und in einer Flutwelle von Elasthan und Pailletten leerte sich die Tanzfläche.

»Kommt mit zu uns«, schrie YaYa Campari und Cinnamon zu. »An unserem Tisch können wir noch zwei reinquetschen.«

Noch mehr Getränke kamen, als sich die Mädels laut, lachend und übermütig um den Tisch versammelten.

»Der nächste Auftritt wird dich umhauen«, rief YaYa Clemmie ins Ohr. »Midnight ist ein echter Star. Wir können uns glücklich schätzen, dass sie heute Abend hier ist.«

Das Rinky-Dink tobte, als Midnight, eins achtzig groß, schwarz, wunderschön, mit einem Wasserfall ebenholzfarbener Locken, auf die Bühne stolzierte und aus voller Kehle singend einen fast einstündigen, absolut sensationellen Diana-Ross-Tribut hinlegte.

Clemmie war hingerissen.

»Ich kann kaum glauben, dass das keine Frau ist«, flüsterte

sie YaYa zu, als Midnight schließlich nach drei Vorhängen und fünfminütigen Standing Ovations in ihren Stöckelschuhen von der Bühne tänzelte. »Das gibt's doch gar nicht!«

YaYa, die einzig Nüchterne der Tischrunde, kicherte. »Clemmie, Süße – du musst noch viel lernen. Pass auf, Midnight heißt eigentlich George, und im Alltag arbeitet sie – er – als Busfahrer. Er ist außerdem ein durch und durch heterosexueller Mann und glücklich verheiratet – mit einer Frau – und hat drei Kinder.«

»Unmöglich!« Clemmies Lippen prickelten inzwischen vom Champagner und sie merkte, dass ihre Aussprache etwas undeutlich wurde. »Du machst Witze, oder?«

»Ganz und gar nicht«, versicherte YaYa. »Bevor wir uns wieder auf die Tanzfläche stürzen, Liebes, lass mich dir noch eine kleine Nachhilfelektion geben. Erstens sind die meisten Transvestiten heterosexuell; normale Männer, die es ab und zu genießen, sich zu ihrem eigenen Vergnügen wie Frauen zu kleiden: Denk an Eddie Izzard. Das Wort Transvestit kommt von Travestie, also Zerrbild, Parodie, und der Zusammenhang ist offensichtlich, wenn man sich manche arme Kerle so ansieht, die weder Pailletten noch perlenbesetzte Fransen am Leib tragen. Zweitens, Transvestiten sind nicht dasselbe wie Dragqueens, ein Kleid und hohe Schuhe anziehen, kann jeder, aber um eine Queen zu werden, braucht man ein besonderes Funkeln, das gewisse Etwas. Drittens sind nicht alle Dragqueens schwul, einige sind nicht einmal männlichen Geschlechts, aber das würde jetzt zu weit führen. Viertens sind manche Leute einfach im falschen Körper zur Welt gekommen und streben daher eine transsexuelle Neuorientierung an – denk an Dana International. So weit alles klar?«

Clemmie nickte selig beduselt.

»Gut, also an diesem Tisch hier sind Campari und Cinnamon ein Paar. Campari wusste schon immer, dass sie Männer bevorzugte – sie hielt sich für schwul, merkte dann aber, dass sie ein Transgender war. Inzwischen hatte sie eine vollständige Geschlechtsumwandlung und ist mit Cinnamon zusammen, die ganz und gar hetero ist, sich aber gern hübsch anzieht. Du weißt, was vollständige Geschlechtsumwandlung bedeutet, oder?«

Clemmie nickte wieder und wünschte, das Rinky-Dink würde nicht gar so stark hin und her schwanken.

»Ein paar Schnitte und Nähte, und aus einer Raupe wird ein Schmetterling. Okay, weiter. Foxy und Honey sind schwul und unter ihren Kleidern nach wie vor Jungs. Sie sind außerdem Freunde, die aber nicht aufeinander stehen, sodass sie immer gemeinsam auf die Piste ziehen und sich beim Flirten gegenseitig heftig Konkurrenz machen. Verstanden?«

Clemmie lächelte nur. Das Nicken ließ sie wohl lieber bleiben. »Ja. So weit alles klar. Und du bist schwul und mit Guy zusammen – wobei du als Transvestit und Dragqueen die weibliche Rolle hast und er den männlichen Part. Bist du auch transsexuell?«

»Ja.« YaYa nickte, hielt dann aber inne. »Was? Nein – falsch. Ganz falsch. Total falsch. Ja, ich hatte ein paar Schönheitsoperationen, ein Facelifting und hier und da ein paar kleine Nähte, aber bei Weitem nicht so viele wie die höllische Helen, und natürlich Hormonbehandlungen und Elektrolyse. Ich habe mir sogar Brustimplantate machen lassen, aber nicht das ganze Drum und Dran. Nein, ich habe mich mit meiner weiblichen Seite nur früher als die meisten anderen ins Einvernehmen gesetzt und bin mehr als zufrieden mit dem, was ich bin.«

Clemmie starrte sie an. »Aber du und Guy? Ihr seid doch ein Paar, und Guy ist schwul.«

»Guy? Schwul? Lieber Himmel! Weiter daneben könntest du

gar nicht liegen! Guy ist so heißblütig hetero, so ein Alphamann – wie auch immer du es nennen willst, wie es nur geht. Er hatte mehr Frauen als Cliff Richards Weihnachtshits, und das sind sicher bald an die zweihundert.«

Clemmie versuchte im Champagnerdunst einen klaren Gedanken zu fassen. »Aber du und Guy, ihr lebt doch zusammen.«

»Als Freunde, Herzchen. Weil wir seit der Schulzeit immer die besten Kumpel waren. Wir verstehen uns gut, arbeiten hervorragend zusammen, kümmern uns umeinander, lieben uns, wie beste Freunde es tun – aber wir sind kein Liebespaar. Ganz und gar nicht! Ich hab's nicht so mit dem Austausch von Körpersäften. Aber selbst wenn, könnte ich ebenso gut mit dir ins Bett wollen wie mit Guy. Und das wird in diesem Leben wohl beides kaum je der Fall sein. Ehrlich gesagt hab ich mehr Freude an einem Schwätzchen bei Schampus als an Schwitzen bei Schmuddelkram. He – was machst du da mit meiner Handtasche, und wo willst du hin?«

»Raus.« Clemmie lächelte verzückt und fragte sich benebelt, ob ein betrunkener Handstand als Ausdruck des Jubels wohl zu übermütig wäre. »Ich brauch eine Zigarette.«

18. Kapitel

An den folgenden Tagen, während der November sich rasch einem frostigen Ende zuneigte, sang Clemmie in einem fort »I Should Be So Lucky« und hüpfte übers ganze Gesicht strahlend fröhlich umher.

Guy war auch bester Stimmung, wenngleich aus völlig anderen Gründen.

Kenilworth, so hatte er erzählt, war ein umwerfender Erfolg gewesen, und da die veranstaltende Firma von ihren früheren Pyrotechnikern so übel im Stich gelassen worden war, hatte man *The Gunpowder Plot* für regelmäßige künftige Aufträge unter Vertrag genommen.

Clemmie, die in Gedanken immer wieder durchging, was YaYa ihr alles erzählt hatte, hatte ihm von einem Ohr bis zum anderen lächelnd gesagt, wie sehr sie das freue.

Noch viel mehr freute sie sich aber natürlich darüber, dass er nicht schwul war.

»Kaum zu glauben, dass du gedacht hast, YaYa und ich wären ein Paar«, hatte Guy am Tag seiner Rückkehr von der dreitägigen Betriebsfeier lachend gesagt. »Lieber Himmel!«

»Das hätte sie dir nicht erzählen sollen!« Clemmie war aus Verlegenheit knallrot geworden. »Ich hatte viel zu viel getrunken und …«

»Wie ich schon sagte, ist YaYa schrecklich indiskret. Sie erzählt mir alles. Sie fand es sehr lustig. Und ich auch. Ich dachte immer, dir wäre klar, was für eine Art von Beziehung wir haben. Und da du ja wusstest, dass ich verheiratet war, wäre ich nie auf die Idee gekommen, du könntest annehmen … vielleicht hätte ich es erklären sollen.«

»Aber nein.« Clemmie errötete noch mehr. »Es ging mich ja auch gar nichts an.«

»Also, wenn ich schwul wäre, würde ich mir sicher nicht YaYa als Lebensgefährten aussuchen«, hatte Guy gesagt und sich aufreizend gegen die Werkbank gelehnt. »Da würde ich eher mit einem Grufti wie Graf Dracula zusammenziehen. Nein«, er unterbrach sich und grinste, »wenn ich es mir recht überlege, habe ich das ja schon hinter mir. Helen könnte sogar dem König der Blutsauger noch ein paar Tricks beibringen.«

Dann hatten sie das Thema gewechselt und stattdessen über die Arbeit gesprochen, und Clemmie hatte gehofft, damit sei der Fall erledigt.

Allerdings war ihr die Erinnerung immer noch todpeinlich, wie sie in den frühen Morgenstunden nach der Rückkehr aus dem Rinky-Dink sich aus ihrem nostalgischen Kleid pellend in ihrem Zimmer herumgetanzt war und geträllert hatte »Guy ist nicht schwul, Guy ist nicht schwul!«, bis sie kichernd auf ihr Bett geplumpst war.

Und dann hatten sich Molly und Bill am nächsten Tag auch noch freundlich erkundigt, ob es denn ein netter Abend gewesen sei und ob sie ihren jungen Mann wiedersehen würde und ob er vielleicht zu diesen Hippietypen gehöre, da er ja recht lange Haare zu haben schien …

An die Heimfahrt vom Rinky-Dink konnte sich Clemmie nicht mehr so genau erinnern, aber sie würde nie vergessen, wie YaYa ihr vergnügt die Verhältnisse im Bootshaus erklärte, und dass ihre wahre Rolle in Guys Leben als »regelmäßige Begleiterin« nur dazu diente, ihm Raubkatzen wie Tarnia Snepps vom Leib zu halten, und sie natürlich völlig getrennte Schlafzimmer hatten.

»Als er Helen kennen lernte«, hatte YaYa erzählt, während Suggs auf dem Vordersitz des Geländewagens aufgeregt zwischen ihnen beiden herumhopste, »war gerade eine Beziehung mit einer Frau auseinandergegangen, die er sehr geliebt hatte. Sie hatte ihn übel hintergangen und ihm das Herz gebrochen. Mit Helen wollte er sich über diese Enttäuschung hinwegtrösten – und obwohl ich ihn gewarnt habe, dass das ein großer Fehler sei, wollte er nicht auf mich hören. Sein Ego war schwer angekratzt. Zum ersten Mal war er der Verlassene. Es ging ihm wirklich schlecht, und er hatte so reumütige Anwandlungen von wegen: Ach, wie schlecht hab ich die Frauen behandelt. Auf einmal wollte er beweisen, wie liebevoll und liebenswert er sein konnte, und Helen, die Zicke, war eine sehr schöne Frau und wirkte so zart, dass er dachte, sie bräuchte ihn wirklich – da konnte ich sagen, was ich wollte, er war so tief in der Krise, wie man nur sein kann.«

»Dann hat er Helen geheiratet und es war eine Katastrophe – und daraufhin hat er die Frauen aufgegeben?« Clemmie hatte nicht länger versucht, ihren Blick scharf zu stellen, sondern einfach nur noch geradeaus in die glitzernde frostige Nacht geschaut. »Ich erinnere mich, dass du gesagt hast, er hätte den Damen abgeschworen.«

»Genau«, hatte YaYa nickend bestätigt, wobei die Asche ihrer soundsovielten Zigarette auf das goldene Kleid fiel. »Ein schlimmer Liebeskummer und eine beschissene Ehe so kurz nacheinander – wer kann es ihm da verübeln, dass er nun mich als seine bessere Hälfte vorstellt, damit ihn andere Frauen in Ruhe lassen? Er hat sich sehr verändert und ist überhaupt nicht mehr der leichtfertige Herzensbrecher, der er früher einmal war. Ehrlich gesagt, kann ich mir nicht vorstellen, dass er sich je wieder ernsthaft auf eine Frau einlässt. Zumindest nicht so bald.«

Ha!, hatte Clemmie in ihrer euphorischen Champagnerlaune gedacht, das werden wir ja sehen.

Später natürlich, nüchtern und bei Tageslicht betrachtet, war ihr die Idee, dass Guy sich auch nur im entferntesten für sie interessieren könnte, so lächerlich vorgekommen wie sonst auch, doch zum gegebenen Zeitpunkt hatte sie bei dieser Vorstellung vor Freude laut gelacht.

Selbst jetzt war sie immer noch glücklich bei dem Gedanken, dass Guy für sie nun doch nicht ganz so unerreichbar war, wie sie angenommen hatte.

Sie würde die Sache eben ganz, ganz vorsichtig angehen müssen.

»So«, sagte Guy drei Tage nach Kenilworth und dem Rinky-Dink im Labor zu Clemmie. »Bist du bereit?«

»Was? Ja, klar – äh, wozu genau?«

Guy lachte. »Du scheinst dieser Tage genauso in Gedanken versunken zu sein wie ich. Ich hatte dich ja davor gewarnt, mit YaYa auszugehen, danach würde jedem der Kopf schwirren. Obwohl du dich ja, ihren Schilderungen zufolge, prächtig amüsiert und ganz unbefangen in die Drag-Szene hineingefunden hast.«

»Ich möchte nie wieder über diesen Abend sprechen«, hatte Clemmie im Abzählen der Pipetten innehaltend geantwortet. »Können wir bitte, bitte das Thema wechseln?«

»Immer noch peinlich berührt?«, hatte Guy lachend gefragt. »Dazu gibt's keinen Grund, aber okay, ganz wie du willst. Also, auch wenn jede Menge los ist – im Büro, Helen, die baldige Hochzeit in Milton St. John und diese Feuerwerksbestattung in ein paar Tagen, über die ich noch mit dir reden muss –, du hast doch bestimmt nicht vergessen, dass wir noch den Prototyp für den Siebten Himmel bauen wollten? Es sei denn«, er strich sich die Haare aus den Augen, »du hättest auch damit schon ohne mich weitergemacht – wie bei dem magischen Grün?«

»Nein, natürlich nicht. Hast du denn überhaupt Zeit dafür?«

»Den ganzen Rest des Tages«, sagte Guy vergnügt. »YaYa macht das Büro, Syd und die Crew haben heute frei. Und – das Allerbeste – Helen packt ihre Koffer.«

»Toll! Äh, entschuldige … ich meine, tatsächlich?«

»Ja, tatsächlich. Der Brandschaden ist behoben, die elektrischen Leitungen wurden geprüft, und das Haus ist wieder bewohnbar, was bedeutet, dass wir Helen und die Gören heute Abend vom Hals haben.«

»Das wäre doch vielleicht ein guter Grund zu feiern«, meinte Clemmie vorsichtig. »Könnte ich mir vorstellen …«

»Und ob!« Guy holte einen der größten Mörser vom Regal. »Also füllen wir eine Hülse mit deinen außerordentlich raffinierten sieben Schichten und machen einen Probelauf. Einen Wunsch müssen wir uns noch ausdenken. Du hast doch die anderen Gläser mit Allbards Zaubergrün aus Bagley mitgebracht, oder?«

Clemmie nickte zu dem mit einem Vorhängeschloss gesicherten Chemikalienschrank hinüber. »Und ich habe noch mehr davon hergestellt. Ist alles da drin.«

»Hervorragend! Wenn das wirklich funktioniert, werden wir – oder vielmehr du – es wohl zum Patent anmelden müssen.« Er lachte. »Was dich wahrscheinlich unheimlich reich und berühmt machen wird, wer weiß, ob du dann überhaupt noch mit mir redest.«

»Mir wäre es lieber«, sagte Clemmie, auf die richtige Länge der Zündschnur konzentriert, anstatt ihn anzusehen, damit er nicht in ihrem Blick lesen konnte, »es bliebe unser Geheimnis. Ich war noch nie auf materiellen Besitz oder einen sogenannten gehobenen Lebensstil aus. Ich finde, wir sollten den Siebten Himmel als Erfindung von *The Gunpowder Plot* eintragen lassen, nur für den Fall, dass jemand anders das Rätsel auf dieselbe Weise löst wie wir – aber davon abgesehen machen wir lieber erst mal kein großes Aufheben davon. Es kann ja auch sein, dass es gar kein zweites Mal klappt.«

»Lass es uns herausfinden! Okay, der erste Himmel – silberne Sterne an goldenen Ketten … gut, hier kommt eine Dosis Antimon, dann das Aluminium und ein Schlag Lampenruß …«

Wie üblich von leise spielender Radiomusik begleitet und während Suggs zwischen den Holzkohlesäcken herumschnüffelte, arbeiteten sie Seite an Seite, passten die Zündschnur ein, luden die sieben separaten Kammern mit den sieben Chemikalienmischungen und fügten zwischen alle Lagen das Auftrieb erzeugende Schwarzpulver.

Sie arbeiteten hervorragend als Team. Als Wissenschaftler harmonierten sie wunderbar. Als Mann und Frau, nun ja … Clemmie seufzte. Der momentane Zustand war wahrscheinlich das Beste, was sie erreichen konnte.

»Weißt du«, sagte sie, als sie schließlich den vollständig beladenen Feuerwerkskörper verschlossen, »ich habe über die Sache mit dem Zauberspruch noch mal nachgedacht … wenn er bei Tarnia wirklich funktioniert hat, könnten wir es doch noch einmal versuchen.«

Guy sah sie neugierig an. »Und, hast du schon ein spezielles Opfer im Sinn?«

»Ach nein, nicht wirklich ein Opfer – ich dachte, wir sollten den Zauber für gute Zwecke anwenden. Zum Beispiel bei dem Hochzeitsfeuerwerk für Charlie und Jemima nächste Woche, du weißt schon, für die traurige kleine Suzy Beckett. Sie wünscht sich so sehr, wieder mit ihrem Luke vereint zu sein – und das erscheint völlig aussichtslos. Wir könnten doch eine geräuscharme Version des Siebten Himmels herstellen und mitnehmen und, na ja, mal sehen, was passiert?«

»Kann sicher nicht schaden«, meinte Guy. »Aber ich kann mir nicht vorstellen, wie selbst Allbard in der Lage sein sollte, diesen Luke als geschiedenen Mann in Lichtgeschwindigkeit quer über den Atlantik zu holen. Du vielleicht?«

»Nein, eigentlich nicht«, räumte Clemmie ein. »Und wenn wir fragen, ob er auf der Gästeliste steht, würde das nur verdächtig wirken. Es gibt schließlich keinen Grund, warum er da sein sollte. Ich meine, selbst wenn die ganze Welt des Pferderennens kommt, ist es doch unwahrscheinlich, dass er eingeladen wurde, nachdem Suzy und er sich getrennt haben.« Sie seufzte erneut. »Okay, war wohl keine so gute Idee. Vergiss es.«

»Ich finde nicht, dass wir es völlig von der Hand weisen sollten. Lass uns den Gedanken im Hinterkopf behalten. Wenn schon nicht für die Wiedervereinigung von Suzy und Luke, was eine vage Möglichkeit wäre, dann zumindest für Ellis Blissit und seine Will-sie-oder-will-sie-nicht-Hochzeit Anfang nächsten Jahres. Da wäre der Zauber vielleicht genau richtig.« Guy lachte. »Wenn man mich so reden hört, könnte man meinen, ich würde wirklich an diesen Hokuspokus glauben.«

»Na, so ist oder war es doch auch, zumindest mehr als ich«, antwortete Clemmie glucksend. »Und ich bin mir da auch gar nicht so sicher. Wir sind wohl doch keine waschechten Naturwissenschaftler, was meinst du?«

Guy zog seine Lederjacke an und legte sich einen langen schwarzen Schal um den Hals. »Ach, ich weiß nicht. Damals, zu Allbards Zeiten, muss alle Wissenschaft wie schwarze Magie ausgesehen haben. Außerdem fand ich schon immer, dass jede wissenschaftliche Entdeckung irgendwie etwas Magisches hat.

So weit daneben liegen wir also gar nicht. Außerdem sollten doch alle Wissenschaftler unvoreingenommen und aufgeschlossen sein, sonst gäbe es weder Experimente noch Entdeckungen. Genügt dir das als moralische Rechtfertigung?«

»Vollkommen«, antwortete sie lächelnd. »Vielen Dank.«

»Dann wollen wir mal sehen, ob diese spezielle Mischung magisch-wissenschaftlicher Erfindung so funktioniert, wie wir uns das denken.«

Sie ließen Suggs auf den Säcken dösen, eilten nach draußen und gingen zum Flussufer. Es war ein besonders abgelegener Platz, der vom Haus durch die kahlen Weiden abgeschirmt und nicht einsehbar war, zudem von jeglichen Viehweiden oder Behausungen weit genug entfernt, um kein Aufsehen zu verursachen, falls etwas schiefging.

»Bei Nacht hätten wir natürlich einen besseren Gesamteindruck«, sagte Guy, als sie trotz ihrer warmen Mäntel bibbernd einen sicheren Platz von den Massen durchweichten Herbstlaubs freiräumten und ein Loch gruben, das tief genug war, um zwei Drittel des Feuerwerkskörpers aufzunehmen. »Aber da wir vorerst nur überprüfen wollen, ob alle sieben Lagen wie geplant arbeiten, und noch wichtiger, ob sie in der richtigen Reihenfolge zünden, werden wir den optischen Eindruck diesmal hintanstellen. Okay – hast du das Zündlicht?«

Clemmie nickte zähneklappernd, während der vorbeitosende Fluss als schmutzig schaumiger Strom grau und gnadenlos über das ferne Wehr rauschte.

»Ja. Eins, zwei, drei … Feuer!«

Sie gingen in Deckung, wobei sie sich fast, aber nicht ganz berührten, als das erste britzelnde Zischen einsetzte.

Mit vor Kälte hochgezogenen Schultern hielt Clemmie den Atem an.

Eine nach der anderen zündete jede Stufe des Siebten Himmels und schleuderte gigantische Sternenschauer in den bleigrauen Himmel. Schön der Reihe nach schossen in vollendeter Harmonie Gold und Silber, reines Gold, opalisierendes Pink, Weißgold, feuriges Orange und eisiges Silber und die leuchtenden Farben roter Granate und Rubine eindrucksvoll in die Höhe.

»O mein Gott.« Clemmie wandte sich zu Guy. »Es ist wunderschön – und es funktioniert!«

Er zog sie an sich. »Clemmie, das ist einfach sensationell. So was Tolles habe ich noch nie gesehen. Ich weiß nicht, wie du das gemacht hast – aber ich bin unheimlich froh, dass du es gemacht hast!«

Clemmie genoss es, in seinen Armen gehalten zu werden – obgleich die Schichten aus Mänteln und Schals und Handschuhen jedes erotische Erleben verhinderten –, und sah zum ersten Mal ihr Werk Wirklichkeit werden.

Wie wahnsinnig eindrucksvoll, dachte Clemmie von Schwindel erfasst, würde das erst vor einem nachtdunklen Hintergrund aussehen!

Sechs Himmelsstufen hatten gezündet und nun …

»Was macht ihr da?« Eins der Kinder – war es Ratte? – tauchte plötzlich mit Schmollgesicht zwischen den Weiden auf. »Bin wegen Bauchweh heute nicht in der Schule. Mir ist langweilig. Was ist das für ein Krach? Ach, Feuerwerk – so ein Scheiß. Altmodischer Kram. Ich hasse verfickte Feuerwerke. Ihr seid doof. Hier ist es dermaßen scheißöde. Ihr habt ja nicht mal WLAN oder HDD-Glotze. Wie im Mittelalter ist es in diesem Loch. Mami sagt …«

»Herrgott noch mal!«, blaffte Guy. »Ich wünschte, du würdest endlich Manieren lernen!«

Da explodierte die letzte Lage von Allbards magischem Grün, ebenso atemberaubend klar und makellos wie zuvor.

Als sich die tief dunkelgrünen Funken in einem feurigen Smaragdschauer um sie herum ergossen, schluckte Clemmie und flüsterte Allbards magische Worte:

»Grünspan und Smaragdgrün pur,
sprüht Funken grün wie Wiesenflur,
macht Wünsche wahr für immerdar.«

Einen Augenblick lang herrschte Schweigen, dann sah das Kind sie zerknirscht an.

»Entschuldige, Guy.« Der Junge scharrte verlegen mit den Füßen. »Entschuldige, Clemmie. Ich war sehr unhöflich zu euch. Das war ein wirklich schönes Feuerwerk. Es hat mir gut gefallen. Vielen Dank.«

Und dann machte er auf den Hacken seiner Designer-Turnschuhe kehrt und entschwand mit gesenktem Kopf zwischen den Weiden.

Clemmie und Guy starrten einander an.

»Das war kein Zauber«, sagte Guy leise. »Das war ein verdammtes Wunder.«

»Es klappt wirklich!« Clemmies Mund war trocken. »Nicht nur das Feuerwerk – das ist noch fantastischer, als ich mir hätte träumen lassen –, sondern auch Allbards Zauberspruch! Eigentlich kann das ja gar nicht sein, aber, lieber Himmel! Stell dir doch nur mal vor, das wäre wirklich Magie!«

»Wir haben keine Zeit zu verschwenden«, drängte Guy. »Lauf schnell und hol die anderen drei Gören und die verfluchte Helen, dann verzaubern wir sie alle auf einmal. Ach – was für ein Glück! Was für eine Macht!«

Clemmie war noch immer wie vom Donner gerührt, sodass sie den über die Felder pfeifenden Wind, der die Fluten des Flusses zu kleinen schlammbraunen Wellenkämmen aufpeitschte, kaum noch wahrnahm und die eiskalte Luft ihr mild und lau vorkam.

Sie sah Guy an. »Mal im Ernst, haben wir da den heiligen Gral gefunden oder die Büchse der Pandora geöffnet?«

Guy biss sich auf die Lippen. »Da bin ich mir ehrlich gesagt nicht ganz sicher – aber es handelt sich offenbar um beängstigend machtvolles Zeug. Die Devise ›Mit Vorsicht zu handhaben!‹ ist hier wohl noch stark untertrieben. Willst du wirklich keinen zweiten Kontrollversuch an den anderen drei Blagen und meiner ungeliebten Exfrau unternehmen?«

»Führ mich nicht in Versuchung«, antwortete Clemmie kichernd und eilte auf dem verkohlten Abbrennplatz zu Guy und den Sandeimern und schwarzen Müllsäcken hinüber. »Aber wenn wir sie hierherschleppen und mit grünen Funken besprühen, würde man uns dafür höchstwahrscheinlich verhaften.«

»Clemmie Coddle, du bist eine Spielverderberin, weißt du denn gar nicht, was wirklich Spaß macht?«

Sie streckte ihm die Zunge raus. »Ich hab dir ja gesagt, ich will den Zauber nur anwenden, um Gutes zu tun.«

»Die Gören zu Menschen zu machen und Helen zu einem weniger versnobten, anmaßenden, eingebildeten, habgierigen Biest, wäre ja was Gutes«, brummelte Guy, während er die Rückstände des Siebten Himmels wegräumte. »Dafür bekämen wir wahrscheinlich sogar einen Orden von der *Royal Humanitarian Society*. Himmel, ist das kalt! Komm, wir machen ein Wettrennen zum Labor – wer verliert, bekommt keine Cremeschnitte!«

Clemmie gewann um Haaresbreite.

Während des darauffolgenden Zwischenspiels mit Cremeschnitten und heißer Schokolade, an dem sich Suggs begeistert beteiligte, erörterten sie Aspekte des Für und Wider des Siebten

Himmels, und da sie einen freien Tag hatten, um im Labor zu spielen, beschlossen sie, für alle Fälle mehrere Versionen davon auf Vorrat herzustellen.

»Wenn wir die Prototypen mehr oder weniger heimlich bei verschiedenen *Gunpowder-Plot*-Shows ausprobieren«, sagte Guy und leckte sich auf eine Art die Creme von den Fingern, dass es Clemmie vor Lust nur so kribbelte, »werden wir ja herausfinden, wie viel der Zauber tatsächlich bewirkt.«

»Okay«, antwortete Clemmie strahlend. Mit einem nichtschwulen Guy zusammen ihr eigenes Siebter-Himmel-Feuerwerk zu bauen und Cremeschnitten zu essen, war dem Paradies schon ziemlich nahe. »Wollen wir gleich loslegen?«

»Ja, aber erst teilen wir uns noch das letzte Stück Kuchen. Ach, und ich habe mir überlegt, ob wir nicht auch zwei Exemplare von der Begräbnisrakete anfertigen sollten, was meinst du? Ich habe noch keine Feuerwerksbestattung gemacht, aber ich habe mich erkundigt und weiß, wie die Konstruktion aussieht. Da es wirklich drauf ankommt, wäre es wohl besser, wenn wir eine Reserve hätten, falls etwas schiefgeht.«

»Stimmt, das macht Sinn. Ach, ich wünschte, du wärst im Beerdigungsunternehmen dabei gewesen. Die ganze Geschichte und Max Angels letzter Wunsch waren so ergreifend.«

Guy nickte. »YaYa war auch sehr bewegt. Und der Brief seines Anwalts klang wirklich anrührend. Max hat alle Einzelheiten zu seinem Abschied genau beschrieben: die Farben des Feuerwerks, die Begleitmusik, und natürlich gibt es eine Liste persönlich einzuladender Trauergäste, um die sich die Motions kümmern. Jeder seiner Wünsche hat eine besondere Bedeutung. Er hat seinem Anwalt erzählt, dass der hiesige Sommer im Jahr neunundsechzig für ihn der schönste seines ganzen Lebens war. Und er wünscht sich, dass diejenigen, die diesen Sommer mit ihm erlebt haben, ihm im Gedenken daran – und im Gedenken an ihn – Lebewohl sagen. Wir müssen das einfach richtig gut hinkriegen.«

Schweigend sahen sie einander an.

Clemmie schluckte mit einem Kloß im Hals. »Ich möchte auch dabei sein, nicht nur weil es zum Job gehört und ich noch nie gesehen habe, wie jemandes Asche in einer Rakete gen Himmel geschossen wird, sondern weil – na ja – weil auch ich mich von ihm verabschieden möchte. Allerdings werde ich mir dabei wahrscheinlich die Augen ausweinen.«

»Das wird mir nicht viel anders gehen. Und YaYa braucht wahrscheinlich eine ganze Schachtel Kleenex für sich allein. Aber wir werden unser Bestes für ihn tun, damit es etwas ganz Besonderes wird, und – ach, Mist – was will die denn jetzt?«

Helen, die es schaffte, mit vor Kälte geröteter Nase immer noch erstklassig schön auszusehen, hämmerte tief in den Kamelhaarmantel gehüllt an die Labortür.

»Ja?« Guy machte auf und trat zurück, als sie hereinrauschte. »Ach, tritt ruhig ein. Bist du gekommen, um dich zu verabschieden und dich für alles zu bedanken?«

»Wohl kaum!« Helen warf das makellose blonde Haar zurück, ließ ihre große, weiche, wahnsinnig teure Chloé-Handtasche auf die Holzkohlensäcke fallen und stemmte kämpferisch die Hände in die Hüften. »Ich bin gekommen, um dich zu fragen, was zum Teufel du mit Ivo gemacht hast?«

Ha, dachte Clemmie, ich hab mich getäuscht. Das verzauberte Kind war wohl doch nicht Ratte. Aber da die Gören für sie alle ziemlich gleich aussahen: übellaunig, verschlampt und leicht bedrohlich, waren sie ja auch schwer auseinanderzuhalten.

»Nichts, warum?«, fragte Guy mit engelhaft unschuldigem Blick. »Was hat er denn gesagt?«

»Gar nichts, das ist ja das Problem. Ich glaube, er hat irgendein Trauma erlitten – und ich glaube, dass du daran schuld bist.«

»Wie in aller Welt kommst du denn auf diese Idee? Helen, ich weiß, dass du mir gern alle Sünden der Menschheit zur Last legen würdest, aber ich schwöre …«

»Nun, irgendetwas ist ihm aber zugestoßen«, sagte Helen und funkelte Guy zornig an. »Der arme Kleine war heute Morgen krank und hatte Bauchweh, und nachdem ich die anderen zur Schule gebracht hatte und zurückkam, um fertig zu packen – wobei«, aus ihrem Blick sprühten Funken, »mir ja wirklich jemand hätte helfen können – habe ich ihm vorgeschlagen, einen kleinen Spaziergang zu machen, um frische Luft zu schnappen. Ich dachte, das würde vielleicht ein wenig gegen seine Übelkeit helfen.«

Clemmie war in intensive Betrachtung des Fußbodens versunken.

»Und das hat es nicht?«, fragte Guy fürsorglich. »Schade.«

»Nein, es hat nicht geholfen!«, erwiderte Helen aufbrausend. »Er ist als normales lebhaftes Kind mit ein bisschen Bauchgrimmen hinausgegangen und sagte, er wolle zu dir ins Labor, denn sich bei dir zu langweilen, sei immer noch besser, als sich im Haus zu langweilen – und zurück kam er als verschrecktes Mäuschen, still, kleinlaut, zerknirscht und verschüchtert. Ganz und gar nicht mehr wie mein kleiner Ivo und kaum wiederzuerkennen. Was hast du mit ihm gemacht?«

»Überhaupt nichts. Nicht wahr, Clemmie?«

»Nein, gar nichts. Guy hat nichts gesagt oder getan. Keiner von uns hat ihn angefasst. Er war nur kurz hier, keine fünf Minuten. Vielleicht fühlt er sich schlapp wegen seiner Magenverstimmung? Vielleicht braucht er einfach nur Ruhe?«

»Wenn ich medizinische Ratschläge wollte«, fauchte Helen, »würde ich mich direkt an den *National Health Service* wenden.

Ich bin durchaus in der Lage, den Gesundheitszustand meiner Kinder korrekt einzuschätzen, vielen Dank auch.«

»Tja«, sagte Guy achselzuckend, »wenn er mir nicht vorwirft, ihm etwas getan zu haben, dann verstehe ich nicht, warum du es tust. Ich bin überzeugt, dass es nur an seinem Bauchweh liegt, wie Clemmie sagt, und er im Handumdrehen wieder in Ordnung kommt.«

»Als ich ihn gefragt habe, ob er dich gesehen hätte, hat er sich auf die Jukebox übergeben.«

»Um Himmels willen. Doch wohl hoffentlich nicht auf YaYas Dusty-Springfield-Platten?«

»Woher zum Teufel soll ich das wissen?«, kreischte Helen. »Herrgott noch mal, Guy, du kannst einen wirklich zur Weißglut bringen! Ich verstehe nicht, warum ich mich überhaupt jemals auf dich eingelassen habe! Warum zum Teufel habe ich dich nur geheiratet! Warum …«

»Sex«, erinnerte Guy sie vergnügt. »Es ging um Lust und Sex. Und noch mehr Lust. Und jede Menge Sex. Das wirst du doch sicher nicht vergessen haben?«

Helen stampfte mit dem teuer beschuhten Fuß auf. »Ich hasse dich, verdammt noch mal! Du arroganter Mistkerl! Was für ein Glück, dass wir endlich nach Hause fahren. Ich kann deine Gegenwart nicht eine Minute länger ertragen! Lass mich hier raus, bevor ich – o nein! Das ist ja wohl nicht zu fassen! Jetzt hat das verfluchte Frettchen doch tatsächlich auf meine Handtasche gepinkelt!«

19. Kapitel

Es war bitterkalt auf dem Gipfel des Hassocks Hill. Außerdem düster und bedrohlich. Hassocks Hill war bei Spaziergängern mit Hunden, Wanderern, Picknickfreunden und Liebespaaren gleichermaßen beliebt, weil er als höchster Punkt im Umkreis von Meilen mit einem Wäldchen jahrhundertealter Eichen einen Panoramablick bot, der an schönen Tagen ganz Berkshire umfasste.

Heute Abend, da der Mond immer wieder hinter schmutzig-violetten Wolken verschwand und der Wind in den entlaubten Bäumen klagend wisperte, wirkte der Ort öde und trostlos.

Clemmie, einschließlich Handschuhen und Schal ganz in Schwarz gekleidet und mit einer unvorteilhaften Lage Thermounterwäsche unter ihren besten Zigeunerklamotten, bibberte unter den schwankenden Ästen der Eichen.

»Gruselig, findest du nicht?«, murmelte YaYa, dem Anlass entsprechend schwarzhaarig, aus den kuscheligen Tiefen ihres knöchellangen pflaumenfarbenen Plüschpelzmantels. »Das Wetter gefällt mir gar nicht. Und ich fand es gestern schon scheußlich.«

Am Vortag dabei zu sein, als die Bestattungsrakete gebaut wurde, war ein bewegendes Erlebnis gewesen. Guy hatte die Urne bei den Motions abgeholt, und Clemmie hatte gestaunt, wie groß sie war.

»Wie gut, dass ich bei den anderen Feuerwerksfirmen herumgefragt und die Kammer groß genug gemacht habe, um alles aufzunehmen«, hatte Guy ungewöhnlich gedämpft im Labor gesagt. »Er hat sich lila und gelbe Sterne gewünscht, das war ja nicht schwer – ich habe zwei getrennte Kammern gebaut, auf jeder Seite der Asche eine. Die erste mit Kryolith für das Gelb und die zweite mit einer Mischung aus Kupfer und Strontiumcarbonat, um Lila zu erzeugen.«

Clemmie und YaYa hatten zugesehen, wie Guy Max Angels sterbliche Überreste behutsam und ehrfürchtig zwischen diese Schichten gestreut und die Rakete fertig gestellt hatte.

Wahrhaft Asche zu Asche, hatte Clemmie melancholisch gedacht. Hatte es mit dem Leben wirklich nicht mehr auf sich? Sollte das alles gewesen sein?

»Nun geht die Asche zurück in die Aufbahrungshalle und wird dann vom Bestattungsunternehmen zum Hassocks Hill gebracht«, hatte Guy schwer seufzend erklärt. »So weit, so gut – aber ich werde diesen verrückten alten Motions einschärfen müssen, dass sie vorsichtig sein müssen, weil sie über Nacht ein hochexplosives Teil im Haus haben.«

Nicht einmal, dass Suggs für sein Pinkel-Fehlverhalten mit einer ganzen Hühnchenbrust reich belohnt worden war, und dass Helen in Begleitung von Ivo, Kotzi, Rotz und Ratte – drei von ihnen so unausstehlich wie immer und einer nach wie vor zahm und nett – das Bootshaus endlich verlassen hatte, um nach Hause zurückzukehren, konnte die Stimmung heben und Clemmie war ausnahmsweise froh gewesen, als sie mit der Arbeit fertig war.

Langsam war sie durch Winterbrooks belebte Einkaufsstraßen nach Bagley-cum-Russett zurückgefahren, und selbst die quer über den Straßen aufgehängten Weihnachtsdekorationen, der große funkelnde Christbaum vor der Freimaurerhalle, die farbenfrohen Schaufenster und das geschäftige vorweihnachtliche Treiben hatten sie nicht aufheitern können.

Heute waren sie alle wegen der bevorstehenden Beerdigung noch bedrückter gewesen und hatten die Arbeit zeitig beendet. Clemmie hatte Bill und Molly erklärt, dass sie um neun Uhr wegen einer Abendveranstaltung noch mal zu *The Gunpowder Plot* fahren würde. Es widerstrebte ihr zwar, die beiden anzuschwindeln, aber wie alle anderen im Bootshaus hatte sie versprochen, über Max Angels Pläne Stillschweigen zu wahren, bis die Zeremonie vorüber war.

»Wie schön, dass dir deine Arbeit so viel Freude macht«, hatte Onkel Bill gesagt, als Clemmie bei einem stärkenden Abendessen aus Käseomelette mit Pommes kräftig zulangte. »Bei dieser *Gunpowder-Plot*-Firma bist du richtig aufgeblüht.«

»Es kommt mir nicht einmal wie Arbeit vor«, hatte Clemmie nach dem Ketchup greifend genuschelt. »Ich habe richtig Spaß daran. Ein Glück, dass sich diese Gelegenheit genau zum richtigen Zeitpunkt ergeben hat und ich keine Schullaufbahn eingeschlagen habe.«

»Ach, das wäre bestimmt nicht das Richtige für dich gewesen«, hatte Bill gemeint und seinen Teller sauber gewischt. »Ich sag ja immer, das Schicksal bringt alles ins Lot. Jetzt hast du deine Nische im Leben gefunden, Clemmie. Du bist ein Glückskind, Mädchen.«

Hmmm, hatte Clemmie gedacht, das stimmt. Und wenn Guy mehr in mir sehen könnte, als nur eine Kollegin oder Wissenschaftlerin und Feuerwerksfanatikerin, dann wäre ich das glücklichste Mädchen auf der ganzen Welt.

Ha, genau wie in dem Lied: *I Should Be So Lucky!*

»Ich freu mich schon auf einen gemütlichen Fernsehabend«, fuhr Bill fort, »da ihr beide heute Abend nicht hier seid, schau ich mir lauter Sachen an, die Molly sonst immer unmöglich findet.«

»Ach du armer Kerl«, hatte ihn Clemmie lächelnd bemitleidet. »Ganz allein zu Haus. Ich hatte vergessen, dass heute ja auch Tante Mollys Abend im Frauenverein ist.«

»Heute halten sie einen Wettbewerb ab für den schönsten Minigarten im Marmeladenglasdeckel«, erklärte Bill mitleidig. »Du weißt ja, dass unsere Molly nicht allzu geschickt mit den Fingern ist. Ihr Werk sieht aus wie ein toter Frosch, der auf einem Ast gekreuzigt wurde.«

»Das hast du ihr doch hoffentlich nicht gesagt?«

»Liebe Güte, nein! Ich hab ihr erzählt, es wär genau wie der Garten von Sissinghurst im Kleinformat.«

»Gut. Wenn ich den Kram hier in die Spülmaschine geräumt habe, werd ich ein Bad nehmen und mich fertig machen. Hab du viel Spaß beim Fernsehen. Ich werd versuchen dich nicht zu stören, wenn ich heimkomme.«

Als sie sich die Klinke der Badezimmertür in die Hand gaben, hatte Clemmie in etwa das Gleiche zu Molly gesagt und ihr viel Glück beim Wettbewerb gewünscht.

Molly war stehen geblieben und hatte gefragt: »Ist dieser nette junge Mann – Steve? – heute Abend auch dabei?«

Lachend hatte Clemmie erwidert: »O ja, er wird da sein«, und sich ein frisches Handtuch genommen. »Aber das hat nichts zu bedeuten, Tante Molly. Wir sind nur gute Freunde. Außerdem geht es heute Abend um Arbeit, nicht ums Vergnügen. Jetzt muss ich aber schnell machen – ich will nicht zu spät kommen.«

Um elf Uhr abends hatten sich Clemmie, YaYa, Guy und Syd, die diesmal das kleine Mitarbeiterteam von *The Gunpowder Plot* bildeten, für Max Angels Feuerwerksbestattung versammelt.

Im Vorfeld hatte Guy die Ersatzrakete aufgebaut – das Reservestück ohne die Asche und auch einen weiteren Prototyp des magischen Grüns, falls es gebraucht würde, um die Trauergäste aufzuheitern – und den Abbrennplatz für die Rakete mit Max Angels Asche vorbereitet, dann war er zu den Motions gefahren, um sicherzugehen, dass auch von deren Seite aus alles glattlief.

Syd, unterstützt von Clemmie und YaYa, hatte den firmeneigenen Gettoblaster, einen kleinen Generator und anderes elektrisches Zubehör diskret außer Sichtweite aufgebaut. Da die Rakete manuell abgefeuert wurde, hatten sie den Wagen mit der Ausrüstung und dem Computer unterhalb des Hügels an der Straße stehen lassen und waren mehrmals zu Fuß hinaufgeklettert. Nach dem letzten dieser Gänge war YaYa so außer Puste, dass sie sich wieder einmal vornahm, das Rauchen aufzugeben.

Für die Abschiedsansprache war ein Mikrofon mit der Stereoanlage verbunden worden und gemäß Max Angels letzten Wünschen würde passend zur Verstreuung seiner Asche eine vorbereitete CD abgespielt werden.

»Keine Ahnung, wie das vom Timing her hinhaut«, hatte Syd gesagt, »da die ganze Sache ja so verdeckt abläuft. Die Bestatter bringen die Musik mit, zusammen mit der Rakete, der Grabrede und vermutlich auch den Trauergästen. Wenn es ein längeres Stück ist, kann ich nur hoffen, dass ich die Spieldauer kurzfristig noch auf das Feuerwerk abstimmen kann.«

»Im Brief seines Anwalts hieß es, er wolle das Ganze als heimliche Nacht- und Nebelaktion«, meinte YaYa und zündete sich, vorsichtshalber weitab von den Feuerwerkskörpern, eine Zigarette an, deren Spitze unheimlich in der Dunkelheit glühte, »damit kein großer Medienrummel daraus wird. Er wollte nicht, dass irgendwer aus seinem letzten ganz persönlichen Moment Kapital schlägt. Offenbar hat Max Angels Agent über alles, was mit seinem Tod zu tun hat, ein Presseembargo verhängt, bis das hier vorüber ist, erst danach soll eine Erklärung dazu abgegeben werden.«

Clemmie bibberte erneut. »Vielleicht will er zu einem Medley seiner größten Hits entschwinden?«

»Guter Gott – das will ich nicht hoffen!«, sagte Syd entsetzt. »Habt ihr schon mal irgendwas von den Burning Banshees gehört?«

Clemmie und YaYa schüttelten die Köpfe.

»Vielleicht könnt ihr euch ja unter Titeln wie ›You Oughta Slaughta Your Daughta's Daughta‹ oder ›Visceral Love Of The Throat Slasher‹ und ›Ripping, Dripping, Living Heart Bleed‹ ungefähr was vorstellen?«

Clemmie zuckte zusammen.

»Au weia«, sagte YaYa schaudernd. »Da würd ich mich ja lieber täglich von Dolly Parton berieseln lassen.«

»Max Angel zu Ehren sei erwähnt«, ergänzte Syd, »dass er offenbar erst spät zu diesem blutrünstigen Heavy Metal kam und sich den Burning Banshees anschloss, als er schon eine Weile in den Staaten lebte. Damals in Hazy Hassocks spielte er noch in einer netten friedlichen Hippie-Band namens Love Child.«

»Kinder der Liebe hat er wahrscheinlich auch jede Menge in die Welt gesetzt«, kicherte YaYa, »nach allem, was ich über Rockmusiker so gehört habe.«

Auf dem Gipfel von Hassocks Hill vor Kälte zitternd war Clemmie an diesem Abend froh, dass YaYa ihr freundschaftliche Gesellschaft leistete. Sie staunte selbst darüber, wie sehr ihr diese Beerdigung aufs Gemüt schlug. YaYas Anwesenheit trug dazu bei, dass ihre Stimmung doch nicht ganz ins Bodenlose sank.

»Halb elf«, sagte YaYa mit Blick auf die Uhr. »Jetzt sollten alle unterwegs sein. Ich habe zwar nicht vor, in diesem Leben jemals zu sterben, aber wenn das Undenkbare trotzdem eintreten sollte, weckt das hier in mir eindeutig den Wunsch nach einer Beerdigung im Hochsommer mit Blumen und Sonnenschein und fröhlicher Musik und keinem einzigen verdammten Fetzen Schwarz in Sicht.«

»Sollen dann Honey Bunch und Foxy bei der Grabrede deine schrecklich schockierende Lebensgeschichte verlesen und Campari und Cinnamon eine Auswahl deiner liebsten Dusty-Springfield-Titel singen?«

»Himmel, nein! Ich bin fest entschlossen, alle von dieser Bande zu überleben! Ach, sieht aus, als rührt sich was da unten. Da kommen jede Menge Autos die Straße entlang. Lass uns mal besser die Laternen anzünden.«

Ganz wie Max es sich gewünscht hatte, säumte ein Kreis von an Stäben aufgehängten Kerzenlaternen den Abbrennplatz, zahlreiche kleinere Laternen standen auf dem Boden verstreut. Wenn sie angezündet waren, dachte Clemmie, sah Hassocks Hill vielleicht nicht mehr gar so deprimierend aus.

Obgleich die Menge flackernder Kerzen die Düsternis etwas erhellte, lag Clemmie die Beklemmung wie ein Stein im Magen, als die von Fackeln beleuchtete Trauerprozession sich den Hügel hinauf auf sie zubewegte.

»Halt mir die Hand, Süße«, flüsterte YaYa. »Ich glaube, ich muss gleich weinen.«

»Ich auch«, flüsterte Clemmie zurück und ließ ihren schwarzen Wollfäustling in YaYas pflaumenblauen Samthandschuh gleiten. »Ach, das ist einfach schrecklich.«

Die ältlichen Motions, einschließlich der verschleierten Hüte allesamt ganz in Schwarz gekleidet, keuchten langsam an der Spitze des Trauerzugs heran und schleppten jeweils eine Kiste

Champagner, nach ihnen kam Guy, der die Rakete trug und sie ehrfürchtig am vorgesehenen Platz absetzte, dann schließlich erschienen die handverlesenen Trauergäste.

Clemmie beäugte sie, wie sie über der Hügelkuppe auftauchten, und stellte einigermaßen schockiert fest, dass es sich keineswegs um lauter alte Frauen handelte, wie sie erwartet hatte. Natürlich, 1969, das Jahr, das Max Angel mit seinem Abflug feiern wollte, lag weniger als vierzig Jahre zurück und die meisten seiner Freundinnen dürften damals wohl blutjunge Teenager gewesen sein. Also waren sie jetzt erst irgendwo in den Fünfzigern.

Ach, die armen Dinger. Clemmie betrachtete traurig die Prozession – und so viele! Max hatte offenbar ganz schön viele Liebschaften gehabt. Sie fragte sich, ob die Mädchen wohl voneinander gewusst hatten.

Tja, nun wissen sie Bescheid, dachte sie beim Anblick der Reihe lila gekleideter Frauen, die sich alle mit einer einzelnen gelben Blume in einer Hand und einem zerknüllten Taschentuch in der anderen leicht außer Atem und mit feuchten Augen zum Gipfel des Hassocks Hill schleppten.

»Ja so was!« Sie drückte YaYas Hand. »Die kenn ich! Und die auch! Und – ach herrje!«

Kaum zu glauben! Da waren Valerie Pridmore aus Bagley und Roo aus Topsy Turveys Cancan-Truppe und Mrs Hopkins, die Mutter ihrer Freundin Chelsea, und Patsy aus der Konditorei und Flo Spraggs, die Nachbarin von Mitzi Blessing, und Pauline, Phoebes Chefin von Cut 'n' Curl, und Pam Peacock, die unscheinbare Leiterin der Dovecote Surgery, und – das konnte doch nicht wahr sein! – sogar Clemmies Nemesis, die stämmige, wichtigtuerische, hassenswerte Bunty Darrington, und …

»Ach du Scheiße!«

»Was denn, Süße?« YaYa hatte schweigend zugesehen, wie alle Trauernden einen lockeren Kreis um die schwankenden Laternen bildeten. »Wen hast du gesehen?«

»Viel zu viele Leute, die ich kenne«, antwortete Clemmie und schluckte. »Aber vor allem meine Tante Molly! Sie hat gesagt, sie ginge heute Abend zum Frauenverein. Wahrscheinlich haben alle diese Ausrede gebraucht – allerdings ist mir schleierhaft, wie sie erklären wollen, wenn sie erst nach Mitternacht heimkommen. Aber jetzt verstehe ich immerhin den Frosch auf dem Zweig.«

»Entschuldige, Süße«, fragte YaYa. »Da komm ich nicht ganz mit. Welcher Frosch?«

»Ist nicht so wichtig«, antwortete Clemmie schniefend. »Arme Molly. Für mich war sie immer nur vertraut und gemütlich und – na ja – alt. Ich kann mir kaum vorstellen, dass sie, bevor sie Onkel Bill geheiratet hat, einmal jung und sexy und ein Max-Angel-Groupie gewesen ist.« Sie kauerte sich hinter YaYa. »Sie darf mich nicht sehen – es wäre ganz scheußlich für sie, wenn sie wüsste, dass ich weiß, was ich nicht wissen sollte. Wenn sie gewollt hätte, dass jemand davon weiß, hätte sie es mir ja erzählt und Onkel Bill nichts von dem Mini-Garten vorgeschwindelt, oder?«

»Ganz wie du meinst, Süße. Ich glaube, ich versteh schon so ungefähr«, sagte YaYa langsam. »Mach dir keine Sorgen, ich versteck dich. Außerdem bezweifle ich, dass sie dich überhaupt bemerkt; bei der Beleuchtung kann man kaum etwas sehen. Obwohl, hast du ihr nicht erzählt, dass du heute Abend ein Feuerwerk machst?«

Clemmie nickte. »Schon, aber nicht wo oder für wen. Sie nimmt sicher an, es ginge um eine Geburtstagsparty oder so. Außerdem weiß sie gar nicht, dass *The Gunpowder Plot* hier heute Abend am Werk ist. Bei all der Geheimniskrämerei kennt wahrscheinlich keine den geplanten Ablauf der Bestattung und wird sicher auch jetzt nicht ahnen, dass eine professionelle Feuerwerksfirma daran beteiligt ist. Wahrscheinlich hat man ihnen nur gesagt, wann sie hierherkommen und dass sie Lila tragen sollen. Ich vermute, sie glauben alle, was auch immer heute Abend passiert, gehört einfach zu dem umfassenden Beerdigungsservice der Motions.«

»Das wollen wir hoffen. Verlass dich auf mich, ich biete dir Deckung.«

Guy, feierlich ernst in einem langen schwarzen Mantel, den schmalen schwarzen Schal mehrfach um den Hals gewunden, die Haare vom Wind zerzaust, sah mit seinen schönen, im Kerzenlicht dunklen Gesichtszügen zu ihnen hinüber und bedachte sie zur Aufmunterung mit einem freundlichen schiefen Grinsen.

O Gott, ging es Clemmie plötzlich auf, ich liebe ihn. Wahrhaft und wirklich liebe ich ihn. Es ist nicht so, dass ich einfach nur scharf auf ihn wäre, wie am letzten Maifeiertag, oder dass ich ihn mag, weil ich ihn kenne und mit ihm zusammenarbeite, sondern was ich empfinde, ist tatsächlich diese sensationelle biochemische Mischung von Lust und Begehren und Verlangen und Kennen und Bewundern und Fürsorge und Verständnis und …

Ach, verdammt noch mal.

»Das geht Guy echt an die Nieren«, flüsterte YaYa und schirmte Clemmie ihrem Versprechen gemäß wie ein pflaumenfarbener Paravent mit dramatischer Geste von den fröstelnden Trauergästen ab. »Er kann es gar nicht ertragen, andere weinen zu sehen. Lieber Gott, lass uns nicht länger hier herumhängen, als unbedingt notwendig – ach nein – sieht aus, als ginge es gleich los. Reich mir das Kleenex, Süße.«

Perpetua hatte mit zittrigen Händen sämtlichen Trauergästen ein Glas Champagner gereicht; Syd hatte die mobile Elektrik in Gang gebracht und mit leisem Knacksen nahm Guy das Mikrofon und begann im Licht einer Taschenlampe ein Blatt Papier vorzulesen, das Constance ihm in die Hand gedrückt hatte.

»Äh – meine Damen … dies ist ein kurzer Nachruf auf Max Angel oder James Lesney, unter welchem Namen manche von Ihnen ihn früher wohl kannten. Er hat seinen Abschiedsgruß an Sie selbst geschrieben, die folgenden Worte stammen also von ihm, nicht von mir.«

Guy machte eine Pause, seine Stimme klang leicht belegt, tönte aber immer noch angenehm tief und beruhigend durch die schwarze kalte Nacht. Mehrere Frauen weinten bereits hörbar. Clemmie wagte nicht nachzusehen, ob Tante Molly auch dazugehörte.

Guy räusperte sich. »Dies ist ein sehr trauriger Anlass, aber ebenso ein Grund zum Feiern. Traurig, weil ich ein letztes Mal heimgekommen bin nach Hazy Hassocks, um Lebewohl zu sagen. Ich hatte immer vorgehabt, lebendig, wohlauf und gesund zurückzukommen, um die Lieblingsplätze meiner Jugend noch einmal aufzusuchen und meine Freunde wiederzusehen, aber die Zeit verging viel zu schnell und leider hat es nicht sein sollen. Doch dies soll auch eine Feier sein, denn das ist mein letzter Wunsch. Im Tod erfülle ich den Traum, den ich im Leben nicht mehr wahrmachen konnte. Ich bin nach Hause gekommen, um euch ein letztes Lebewohl zu sagen, euch Mädchen, die ich geliebt habe.«

Das Weinen wurde lauter.

»Euch Mädchen, die mich so glücklich gemacht haben und durch die mein letzter Sommer in England wirklich zum besten meines ganzen Lebens wurde. Ich hoffe, ihr denkt voller Zuneigung an mich zurück. Ich erinnere mich an euch alle mit weitaus stärkeren Gefühlen. Außerdem weiß ich noch gut, wie viel Spaß wir hier auf dem Hassocks Hill hatten, in warmen Sommernächten und an heißen Sommertagen. Für mich war es ein Sommer der Liebe. Der beste Sommer aller Zeiten. Also lebt wohl …«

Nun las Guy eine unglaublich lange Liste von Frauennamen vor. Mit jedem Namen wurde das Schluchzen lauter. Clemmie, die mit wachsendem Erstaunen merkte, wie viele dieser Namen sie kannte, hatte ganz vergessen gehabt, dass Mollys Mädchenname ursprünglich Millichip gelautet hatte, bevor sie zu einer Mrs Coddle geworden war. War aber im Grunde auch nicht viel besser, dachte sie.

Guy fuhr fort. »Ich habe euch niemals vergessen. Nun schicke ich euch meinen innigsten liebevollen Dank und hoffe, dass ihr mich stets in zärtlicher Erinnerung behaltet. Ich hoffe auch, ihr wisst noch, welche Bedeutung Lila als meine Lieblingsfarbe hatte. Ich trug ja immer etwas Lilafarbenes. Und die gelben Blumen – Gelb ist die Farbe der Sonne und des Sommers, und ich habe immer aufmerksam daran gedacht, euch Blumen zu schenken, nicht wahr?«

Unter den Baumkronen der Eichen ertönte klagendes Aufstöhnen. Manch eine schnäuzte sich heftig die Nase.

»Auch wird der Umstand, dass ich Mitternacht für meinen letzten Countdown gewählt habe, hoffentlich so manche Erinnerung wachrufen, denn das war doch immer die schönste Zeit hier oben, wenn man jung und verliebt und sonst niemand in der Nähe war.«

Vereinzelt erklangen kummervolle Aufschreie und klagende Schluchzer.

»Jedoch, da ich möglicherweise so rücksichtslos war, im Winter zu sterben, und wir alle nun hoffentlich so um die hundert Jahre alt sind, will ich die Sache nicht unnötig in die

Länge ziehen. Ich hatte mir nur gewünscht, dass ihr hier seid, bei mir, ein letztes Mal, bevor meine Asche gen Himmel gesandt wird. Ich liebe euch alle. Noch immer. Und ich hoffe, ihr werdet immer voller Liebe an mich denken. Also erhebt eure Gläser und trinkt noch einmal auf unzählige glückliche Erinnerungen. Lebt wohl.«

»Da bleibt kein Auge trocken«, schluchzte YaYa geräuschvoll. »Ach, Mensch, Süße – so was macht mich völlig fertig. Herzzerreißend, aber würdevoll.«

»Als Begräbnis eines Gigolos«, sagte Clemmie und wischte sich mit den Fäustlingen die Tränen fort, »ist es einfach nicht zu überbieten.«

Das unkontrollierte Weinen der Trauernden im Kerzenschein ebbte wie ein mitternächtliches Meer auf und ab. Trotz des fröhlich perlenden Champagners war der Kummer fast mit Händen zu greifen.

Die Motions, würdevoll und durchgefroren bis aufs Mark, bewegten sich mit Guy langsam auf den Abbrennplatz zu. Syd kreuzte als dunkler Schatten in Richtung Gettoblaster ihren Weg.

»Jetzt geht's los«, murmelte YaYa. »Lichter, Musik, Action …«

»Mist!«, rief Clemmie und packte YaYa am Arm. »YaYa! Schau! Der *raucht*! Dieser alte Kerl vom Beerdigungsunternehmen, Slo, hat sich eine Zigarette angezündet! Blöder Idiot! Schnell, sag Guy, dass …«

Mit einem Wusch zündete zischend die Rakete und sauste kreischend durch die Eichen davon.

Als Irrläufer mäanderte sie aufwärts, immer höher in den mitternächtlichen Himmel, und schoss dann ziellos in die Dunkelheit des ländlichen Berkshire hinaus.

Darauf nicht vorbereitet, kreischten die Trauergäste auf,

klammerten sich erschrocken aneinander fest, sahen sich gegenseitig verwirrt an und schauten dann perplex gen Himmel.

Jemand schrie. Alles weinte laut. Eine oder zwei waren umgekippt.

»Slo!«, bellte die Stimme von Constance Motion durch den Tumult. »Ich bring dich um, verdammt noch mal!«

»Was zum Teufel soll das?«, fragte Guy außer sich vor Wut und funkelte Slo zornig an, dessen ältliches Gesicht von der Explosion angesengt worden war und in dessen Frackmantel die verstreuten Überreste seiner Zigarette und der Raketenzündschnur kreisrunde Löcher brannten. »Warum haben Sie das gemacht, verdammt noch mal?«

In der Hoffnung, dass Tante Molly viel zu sehr von Trauer überwältigt war, um Notiz von ihr zu nehmen, sauste Clemmie hinter YaYas Rücken hervor und stolperte über die gefrorenen Grasbüschel.

»Guy! Das war die falsche! Alles okay … na ja, so ziemlich …«

»Was?« Ärgerlich strich sich Guy die Haare aus den Augen. »Lieber Himmel – alles verpfuscht! Nachdem wir das Ganze so sorgfältig geplant hatten, wurde der arme Kerl ohne all die Pracht und Herrlichkeit in den Himmel geschickt, die er sich ausgemalt hatte. Verfluchter Mist! Entschuldige Clemmie, ich hab dich nicht ganz verstanden.«

»Slo Motion hat seine Zigarette auf die *Ersatz*rakete fallen lassen. Er war doch noch gar nicht beim Abbrennplatz angekommen! Wahrscheinlich ist er im Dunkeln über das Zaubergrün gestolpert und hat dabei die zweite Rakete gezündet, die wir als Reserve zusätzlich bereitgestellt hatten.«

»Bist du sicher?« Guy sah sie durch die kalte Düsternis prüfend an. »Ganz sicher?«

»Absolut. Schau, die Rakete mit der Asche ist noch da – so weit war Slo ja gar nicht gekommen. Rasch, bevor hier noch eine Massenhysterie ausbricht!« Entsetzt sah Clemmie zu der Menge hilflos schluchzender Frauen. »Geh zum Mikrofon zurück und sag was zu ihnen, egal was – aber gönn dem armen alten Max Angel seinen rühmlichen Abgang.«

»Okay.« Guy umfasste ihr Gesicht mit den Händen. »Wenn das hier nicht so schrecklich wäre, wäre es eigentlich lustig, und ich könnte dich direkt küssen.«

Da Clemmie wusste, dass er scherzte, entzog sie sich ihm, bevor er das Verlangen in ihrem Blick bemerkte. »Ach, dafür haben wir später noch Zeit. Lass uns das jetzt über die Bühne bringen.«

Guy griff sich das Mikrofon und rief laut über den Hassocks Hill: »Meine Damen! Meine Damen! MEINE DAMEN! Es tut mir schrecklich leid – dieser kleine – äh – Zwischenfall gehörte eigentlich nicht zu Max Angels Plänen, obwohl Sie, die Sie ihn am besten kannten, sicher zustimmen, dass er das wahrscheinlich außerordentlich lustig gefunden hätte.«

Das Schluchzen verebbte ein wenig. Mehrere Frauen nickten.

Guy, der über Max Angels Sinn für Humor nicht das Geringste wusste, hoffte einfach, den richtigen Ton anzuschlagen. »Also, lasst uns ohne weiteren Aufschub gemeinsam Abschied nehmen von dem Mann, den ihr alle geliebt habt, und der euch liebte. Erhebt eure Gläser und sagt Max Angel Lebewohl.«

Brüchig und tränenreich ertönte ein »Leb wohl, Max« im Chor.

Guy ging kein Risiko mehr ein und stellte sicher, dass Slo festgehalten wurde, auf der einen Seite von der vor Wut kochenden Constance und auf der anderen von Perpetua, die vom übrig gebliebenen Champagner genascht hatte und nun hemmungslos eine nasale Version von »Long Haired Lover From Liverpool« schmetterte.

Als Guy die Zündschnur der Rakete entfachte, drückte Syd die Abspieltaste des Gettoblasters.

Es folgte eine ohrenbetäubende Explosion donnernder Trommel- und Gitarrenklänge.

»Ach, super!«, rief YaYa Clemmie zu. »Das ist ›Summer Of Sixty-nine‹! Spitze! Einer meiner Lieblingssongs! Zu diesem Anlass hier eine geniale Musikauswahl! Da krieg ich immer Lust zu tanzen.«

Clemmie merkte, dass sie leider bereits pietätlos mitklatschte, mit den Füßen wippte und hin und her schunkelte.

Hassocks Hill vibrierte unter den dröhnenden heiseren Rock'n'Roll-Akkorden von Bryan Adams fantastisch mitreißender Hymne und die sterblichen Überreste des Max Angel sausten in einer prachtvollen Fülle lila und gelber Sterne himmelwärts, die höher und höher schossen, dann langsamer wurden, auseinanderstoben, kreiselten und in rasanter Schussfolge immer wieder aufs Neue in riesigen Buketts wechselfarbiger Blinksternfeuer explodierten.

Dreieinhalb Minuten atemberaubender Musik harmonierten vollkommen mit dreieinhalb Minuten beeindruckender Pyrotechnik.

»Was für ein Abgang …«, hauchte Clemmie tränenreich schniefend und konnte nicht stillstehen, während der großartige rockige Soundtrack durch die mitternächtliche Luft dröhnte.

Die Trauergäste lächelten nun alle trotz ihrer Tränen, schwelgten in ihren persönlichen Erinnerungen an den Sommer neunundsechzig und klatschten mit über den Kopf erhobenen Händen im Takt. Mehrere tanzten, auch Bunty Darrington und Pam Peacock; Valerie Pridmore spielte ausgeflippt Luftgitarre und Perpetua Motion ließ headbangend Kopf und Haare durch die Luft wirbeln.

Als Schattenseite des Ganzen war durch den Überschwang der Gefühle bei allen das Make-up völlig zerlaufen und die Trauergäste sahen eher aus wie Fans bei der letzten Nacht eines ganz besonders ausgeuferten Alice-Cooper-Festivals.

Als Bryan mit seinem wunderbar passenden Abgesang zum Ende kam, die Schlussakkorde durch die eisige Luft hallten und die letzten lilafarbenen und gelben Sterne des Feuerwerks mit Max Angels Asche vermischt sanft zu Boden sanken, kam Guy zu Clemmie und YaYa herüber.

»Das war ja wirklich ganz schön aufregend.« Er legte die Arme um die beiden und zog sie fest an sich. »Und damit meine ich nicht nur das erste kleine Leuchtfeuer. Liebe Güte – ich fühl mich völlig ausgelaugt. Ich weiß nicht, ob ich so was öfters vertragen könnte, ohne anschließend zum Therapeuten zu gehen. Ach, wer ist denn die Dame, die uns da so durchdringend anstarrt?«

»Mist«, murmelte Clemmie erschrocken, »das ist meine Tante Molly. Sie darf mich nicht sehen. Bestimmt wollte sie diesen Abend geheim halten. Ich möchte auf gar keinen Fall, dass sie wegen ihrer Vergangenheit ein schlechtes Gewissen bekommt. Mir wäre es lieber, wir müssten nicht darüber sprechen, dass wir beide heute Abend hier waren – oh, nein!«

Molly löste sich zusehends aus dem Meer faltiger Gesichter mit verschmiertem Make-up und spähte weiter zu ihnen herüber.

»Clemmie?« Ihre Stimme klang rau vom Weinen. »Clemmie? Bist du das?«

Tante Molly war kurz vor dem Abbrennplatz stehen geblieben und blinzelte wie ein verwundertes Schaf in die kerzenbeleuchtete Dunkelheit.

Clemmie suchte in ihren Taschen hektisch nach einem brauchbaren Zündlicht und als sie keines fand, packte sie YaYa am plüschigen pflaumenblauen Ärmel. »Gib mir mal dein Feuerzeug – schnell! Nein, keine Zigarette, nur das Feuerzeug – danke!«

Geduckt lief Clemmie zwischen den Eichen über das knirschende Gras, schön außerhalb von Mollys Blickfeld, und hielt die Flamme des Feuerzeugs nach mehreren vergeblichen Versuchen an das Zündband des Zaubergrüns.

»Ich wünsche«, flüsterte sie in Richtung ihrer Tante, als das magische Grün zu knistern begann, »dass du vergisst, mich hier gesehen zu haben. Ich wünsche, dass du in Bezug auf heute Nacht alles vergisst, was mit mir zu tun haben könnte. Und ich wünsche, dass du zu Onkel Bill nach Hause gehst und ihm erzählst, du hättest einen wunderschönen Abend verbracht, das ist alles.«

Zu viele Wünsche? Nun ließ es sich nicht mehr ändern.

Als alle sich nach dieser unerwarteten farbenprächtigen Explosion umwandten, schoss das magische Grün seine Fontäne smaragdgrüner Flammen mit nur leise flüsterndem Auftrieb empor und ließ einen Schauer grüner Funken auf den Hassocks Hill herabregnen.

Als diese rund um Molly schwebten und glühten, atmete Clemmie tief ein.

»Grünspan und Smaragdgrün pur,
sprüht Funken grün wie Wiesenflur,
macht Wünsche wahr für immerdar.«

Da schüttelte Molly auf einmal den Kopf, zuckte die Achseln, wandte sich mit verwirrtem Lächeln um und ging zurück. Kurz darauf war sie in der Menge der Trauergäste untergetaucht.

YaYas fragendem Blick ausweichend atmete Clemmie aus und sagte dem altehrwürdigen Allbard tief empfundenen, doch schweigenden Dank.

»Oooh, das war aber hübsch!«, rief Perpetua Motion und klatschte in die Hände. »Entzückende Farbe! Gibt es noch mehr Feuerwerk, Mr Devlin?«

»Nein«, antwortete Guy und grinste Clemmie breit an. »Das war noch ein glücklicher Zufall. Ich denke, für heute Nacht hatten wir genug Feuerwerk und auch sonst genug. Es ist sehr kalt und es war ein recht bewegender Abend. Lasst uns für heute Schluss machen und nach Hause gehen.«

Es herrschte offenbar allgemeine Zustimmung, dass dies ein überaus vernünftiger und wünschenswerter Plan sei, und die Feuerwerkstrauergesellschaft begann allmählich, sich aufzulösen.

»Geh nach Hause, Clemmie«, sagte Guy leise. »Bleib nicht mehr zum Aufräumen. Verschwinde da drüben hinter den Bäumen. Wenn du jetzt gehst, bist du zu Hause und im Bett, bevor deine Tante Molly heimkommt. Wenn Allbard unsere Erwartungen erfüllt, wird sie sich morgen früh an nichts mehr erinnern. Fahr vorsichtig, wir sehen uns morgen.«

Clemmie nickte dankbar, winkte YaYa und Syd zum Abschied und schlitterte den Hassocks Hill hinab, bevor die Schar der Trauernden in Massen aufbrach.

»Ach, und Clemmie …«, rief Guy ihr leise hinterher. »Ich hab's nicht vergessen, ich schulde dir noch einen Kuss.«

Clemmie drehte sich um und strahlte ihn an, dann schwebte sie schwärmerisch vor sich hin lächelnd den restlichen Weg hügelabwärts und summte dabei die Melodie von »Summer of Sixty-nine«.

20. Kapitel

Die Zeitspanne zwischen der Trauer bei Max Angels Bestattung und der Freude über die Hochzeit von Jemima und Charlie war beinahe unanständig kurz. An die letzten frostig klaren Novembertage hatte sich ein trüber Dezember angeschlossen und draußen war es grau, öde und neblig.

»Immerhin regnet es nicht«, sagte YaYa zum soundsovielten Mal, als sie mit Clemmie und Suggs im Geländewagen von Winterbrook durch das diesige Berkshire in Richtung Milton St. John fuhr. »Ich glaube, wenn es an meinem Hochzeitstag regnen würde, müsste ich sterben.«

Clemmie lachte. »Du hast doch gesagt, du wirst niemals sterben, und da du wahrscheinlich auch niemals heiraten wirst, würde ich mir da an deiner Stelle mal nicht allzu viele Gedanken machen.«

»Nein, aber du weißt, was ich meine, Schatz.« YaYa schnippte ihre Zigarettenasche aus dem Fenster. Ihr Vorsatz vom Hassocks Hill, das Rauchen aufzugeben, war schnell wieder in Vergessenheit geraten. »Ich meine, wie scheußlich für die Braut, wenn sie alles dafür getan hat, um so toll wie möglich auszusehen, und all ihre Mühen dann durch einen Regenschauer ruiniert werden.«

»Hier in England haben sicher schon unzählige Bräute einen verregneten Hochzeitstag überlebt. Außerdem sind Jemima und Charlie jetzt bestimmt schon ein paar Stunden verheiratet.

Wir machen doch nur die Feier am Abend. Es hat ja gar nicht den ganzen Tag geregnet, und nach dem, was ich gesehen habe, sind die beiden so vernarrt ineinander, dass sie wahrscheinlich kaum aufs Wetter achten.«

»Sind sie ein hübsches Paar?«

»O ja.« Clemmie rückte Suggs etwas bequemer auf ihrem Schoß zurecht. »Und bitte, lieber Gott, lass bei diesem Auftrag alles glattgehen.«

Wie Guy vorhergesagt hatte, hatten sie über das Durcheinander bei der Feuerwerksbestattung letztendlich gelacht. Weder Clemmie noch Guy waren jedoch auf den Scherz mit dem Kuss zurückgekommen. Auch hatte Tante Molly mit keinem Wort Clemmie oder sonst jemanden auf dem Hassock Hill erwähnt.

Onkel Bill hatte freundliches Mitgefühl gezeigt, dass Molly mit ihrem Minigarten beim Frauenverein keinen Preis gewonnen hatte, und Clemmie erzählt, ihre Tante sei »... wirklich spät heimgekommen. Erst nach dir – und du warst schon reichlich lange fort. Offenbar hat sie ein paar alte Freundinnen getroffen, die sie schon ewig lang nicht mehr gesehen hatte. Ist ins Plaudern gekommen. Hat geschwatzt, bis der Hahn krähte, und sich prächtig amüsiert, die Gute.«

Und obwohl Molly in den letzten paar Tagen ruhiger war als sonst und ein wenig wehmütig wirkte, verlor niemand ein Wort darüber. Auch sagte Clemmie nichts zu der gelben Blume in einer Stielvase auf dem Küchenfensterbrett oder der Tatsache, dass sich auf einmal eine Bryan-Adams-CD in der Musiksammlung der Coddles befand.

Allbards magisches Grün, folgerte Clemmie, hatte tatsächlich wieder gewirkt.

Und dadurch war sie auf eine Idee gekommen. Eine Idee, die ihr eigentlich schon eine Weile lang durch den Kopf geisterte, eine Idee, von der sie wusste, sie sollte so was wirklich nicht einmal in Erwägung ziehen. Dennoch hatte sie seit Max Angels Abgang Tage damit verbracht, Pläne zu schmieden und – weil sie ja Naturwissenschaftlerin war – sicherzugehen, dass es einen Plan B gäbe, falls alles schrecklich schiefginge.

Die Idee bestand natürlich darin, das magische Grün zu verwenden, damit Guy sich in sie verliebte.

Das war leicht umzusetzen, vor allem bei einem Feuerwerk, wenn sie und Guy inmitten vielfacher Explosionen einander nahe waren, aber, und an dem Punkt hatte Clemmie mehrere schlaflose Nächte lang mit sich gerungen, es wäre irgendwie nicht wirklich echt. Wahrscheinlich, so glaubte sie nun, würde es funktionieren, aber hieße das nicht, dem Schicksal ins Handwerk zu pfuschen? Damit würde sie wahrscheinlich nicht gut leben können. Aber würde sie damit leben können, es nicht versucht zu haben?

Also stand sie vor der Frage, ob sie List und Tücke anwenden sollte, um ihr Ziel zu erreichen. Ihr Herz sagte Ja, aber ihr Kopf schrie nein, nein, NEIN! Dann gab es noch Plan B: das magische Grün bei sich selbst anzuwenden, um alle dummen romantischen Flausen in Bezug auf Guy Devlin aus ihrem Kopf und ihrem Herzen zu vertreiben.

Momentan lag Plan B meilenweit vorn.

»Wie bitte?« Sie sah zu YaYa am Steuer des Geländewagens hinüber. »Das hab ich eben nicht mitbekommen.«

»Du warst mal wieder in Gedanken weit fort im Reich der Träume, Süße.« YaYa gluckste heiser. »Deinen Liebsten muss ich unbedingt mal kennen lernen. Du bist ja wie verzaubert von ihm. Aber egal, ich habe nur so dahingeplappert – war nichts Wichtiges – und eigentlich glaube ich, wir sind da, oder?«

Clemmie nickte. Obwohl es stockdunkel war, war das Feld, auf dem die Hochzeitsfeier stattfand, nicht schwer zu finden, denn der Himmel erstrahlte hell beim Wettstreit zwischen rasch hin und her wandernden Lasern und fröhlicher Jahrmarktsbeleuchtung.

»Hübsches Dorf«, sagte YaYa, als sie langsam auf Milton St. Johns gewundener Hauptstraße am *Cat and Fiddle* und Maureens *Munchy Bar* sowie der kleinen Arkade mit Geschäften vorbeikamen und den Lichtern entgegenfuhren. »Mit Pferderennen ist wohl eine Menge Geld zu machen.«

»Wie in allen anderen Geschäftszweigen wahrscheinlich ganz oben sehr viel mehr als weiter unten«, bemerkte Clemmie kritisch. »Ich möchte kein Stallbursche sein. Da muss man vor Morgengrauen aufstehen, sieben Tage die Woche für einen Hungerlohn die Drecksarbeit machen und mit mindestens dreißig anderen zusammen in einer Herberge schlafen.«

»Klingt höllisch«, meinte YaYa schaudernd, als sie das Dorf verließen und sich wieder in freier Landschaft befanden. »Ich glaube, ich bleibe bei Feuerwerk und Travestieshows. Hier ist das Feld, und ich sehe die *Gunpowder-Plot*-Lieferwagen dort drüben, da werden wir uns dazwischenquetschen. Mannomann! Schau dir all die Limousinen an! Bentleys und Rolls Royce! Dutzendweise! Und ich dachte, heute Abend ging es um irgendeine kleine Dorffete.«

»Ich glaube, die Trauung war eher im kleinen Kreis«, sagte Clemmie gedämpft, da sie sich gerade hinabbeugte, um Suggs in seinem kleinen Sofabett im Fußraum unterzubringen. »Nur gute Freunde und Familienangehörige. Der Rest der Welt wurde zu dem Empfang mit allen Schikanen eingeladen – und es sieht aus, als wären alle gekommen.«

Seltsamerweise, obwohl sie Guy erst morgens im Bootshaus gesehen hatte, wo sie die Digitalfassung des Feuerwerks mit ihm durchgegangen war, an seiner Seite noch einmal die Choreographie am Computer geprobt und geholfen hatte, alles doppelt zu überprüfen und schließlich die Lieferwagen mit dem für die Feier gewünschten wunderschönen friedvollen Feuerwerk zu beladen, spürte Clemmie, wie ihr Herz beim Gedanken daran, ihn wiederzusehen, einen seltsamen kleinen Hüpfer tat.

Total bescheuert, sagte sie sich streng. Ja, du weißt, dass er dich mag, wahrscheinlich deine pyrotechnischen Fähigkeiten bewundert und gerne mit dir flirtet – aber wenn er spitzkriegt, wie du wirklich für ihn empfindest, fliegst du aus *The Gunpowder Plot* schneller raus als ein Whoopee-Doo-Heuler. Das Letzte, was er jetzt brauchen kann, ist noch so ein blödes Weib, das ihn anschmachtet.

An welchem Punkt natürlich das magische Grün so praktisch zum Einsatz kommen könnte.

»Oh, schau mal, Clemmie! Der Jahrmarkt!«, kreischte YaYa, als sie über das Feld rumpelten. »Ich dachte, es gäbe nur so was wie Dosenwerfen und Schiffschaukel, aber das ist ja eine richtige altmodische Kirmes mit allem Drum und Dran! Ich liebe Jahrmärkte! Himmel, die müssen für all diese Attraktionen ja ein Vermögen ausgegeben haben.«

Der Geländewagen fuhr in eine Nische zwischen zwei Kleinbussen, und nachdem sie sich vergewissert hatte, dass Suggs es gemütlich hatte, öffnete Clemmie die Tür und wurde von Discosound und dem Lied »Oops Upside Your Head« begrüßt, das aus dem nächststehenden riesigen Pavillon herüberschallte.

Festlich gekleidete Menschen huschten zwischen den beiden Zelten hin und her, die jedes einen ganzen Zirkus hätten beherbergen können, und die nasskalte Dezembernacht war erfüllt von Lachen und unzähligen Gesprächsfetzen, den verlockenden Düften köstlicher Speisen und dem Klirren von Flaschen und Gläsern.

»Sollen wir erst Guy und die Crew suchen oder erst etwas zu essen abstauben?« YaYa zögerte und sog gierig die Luft ein. »Riech mal! Fantastisch! Wetten, hier gibt's keine schlaffen Würstchen und welligen Sandwiches? Ich bin verdammt hungrig.«

»Ich auch.« Clemmie schnupperte mit knurrendem Magen. »Aber das ist ja nichts Neues. Ehrlich gesagt, finde ich, wir sollten erst Guy und die anderen suchen. Wir sind ja eigentlich keine Gäste. Nach dem Feuerwerk wird man uns sicher etwas zu essen anbieten, aber es würde doch ganz schön schmarotzerisch aussehen, schnurstracks hereinzuplatzen und sich in der Essensschlange anzustellen.«

Obwohl, dachte sie, das eine gute Gelegenheit wäre, nach Suzy Beckett Ausschau zu halten, um zu sehen, wie sie den Hochzeitstag überstanden hatte.

Guy und sie waren übereingekommen, ihre eigens angefertigte geräuscharme Version des Siebten Himmels mitzubringen – nur für alle Fälle. Beide nahmen jedoch eigentlich nicht an, dass sie heute Abend zum Einsatz käme. Arme Suzy …

Widerstrebend vertagte YaYa das Essen noch eine Weile, und so drängten sie sich durch die Menge schöner Menschen, umrundeten den Bradley-Morland-Nostalgiejahrmarkt, dessen Lichter und Musik in die Nacht hinauspulsierten und der mit voll besetzten Fahrbetrieben ein bombiges Geschäft machte, um sich einen Weg zum Abbrennplatz von *The Gunpowder Plot* zu bahnen.

Guy, der mit einigen Mitgliedern der Feuerwerkscrew unter einem Scheinwerfer mit Schritten die Abstände ausmaß, blieb stehen und blickte ihnen lächelnd entgegen. Clemmie bekam weiche Knie. Mutig lächelte sie zurück.

»Hübsch seht ihr beide aus«, sagte Guy. »Habt ihr eure Kleider aufeinander abgestimmt?«

»Nein, mein Guter«, antwortete YaYa, rückte ihr in bunte Strähnchen gefärbtes Haar zurecht und stöckelte in hochhackigen kastanienbraunen Stiefeln auf ihn zu. »Wir haben nicht besprochen, was wir anziehen, haben aber offenbar beide für heute Abend aus der herbstlichen Farbpalette gewählt. Kurz gesagt: Ich im Mini und Clemmie knöchellang. Sind wir nicht ein hübsches Paar? Wir harmonieren und ergänzen uns bestens. Allerdings sind Clemmies Ohrringe tausendmal besser als meine, verflixt aber auch! Wie läuft's – können wir helfen?«

»Fast fertig«, sagte Guy, stand auf, strich sich die Haare aus den Augen und rollte in seiner Lederjacke die Schultern.

Clemmie vibrierte beinahe vor Verlangen.

»Ach, prima. Eigentlich sind Clemmie und ich am Verhungern. Wir hatten gehofft, wir könnten rübergehen und uns was zu essen schnappen.«

»Uns steht alles zur freien Verfügung«, versicherte Guy. »Geht ruhig und bedient euch. Esst lieber jetzt, bevor wir anfangen.«

»Was ist mit dir und der Crew?«, fragte Clemmie. »Sollen wir euch was mitbringen?«

»Wir haben schon gegessen, danke. Kaum dass wir angekommen waren, haben uns Jemima und Charlie bergeweise mit allem versorgt, was zu haben ist. Aber Suggs wüsste ein Takeaway-Menü für die Heimfahrt sicher zu schätzen.«

»Gut – wie viel Zeit haben wir?«

»Wir fangen in einer Stunde an. Die JB Roadshow legt gleich mit ihrem ersten Set los, anschließend übernehmen wir das Unterhaltungsprogramm – danach kommt wieder die Band und schmeißt für noch mal ungefähr eine Stunde den restlichen Abend. Ihr braucht euch also nicht zu beeilen.«

Clemmie lächelte ihn an und fragte: »Hast du Suzy gesehen?«

Er nickte. »Sie ist wunderhübsch heute. Aber ich hatte nicht den Eindruck, als wäre sie mit jemandem zusammen. Ich habe zwar keine Ahnung, wie dieser Luke aussieht – aber ich glaube nicht, dass wir heute Abend zum Zug kommen.«

»Schade.«

»Worum geht es?«, wollte YaYa wissen. »Habt ihr zwei ein Geheimnis?«

Keine Ahnung, wie es bei Guy aussieht, dachte Clemmie, aber ich habe mehr als eines. Sie zuckte die Achseln. »Nicht wirklich, war nur so eine Idee von Guy und mir, jemanden, den wir kennen gelernt haben, zu verkuppeln – aber es wird wohl nichts draus. Vergiss es also. Komm, lass uns was essen gehen.«

Die Fest-Pavillons waren geschickt aufgeteilt in einen zum Essen und Trinken und einen zum Tanzen und Trinken. Beide platzten aus allen Nähten.

»Oooh! Wunderbar!«, rief YaYa aus, als sie ihre Mäntel am Eingang des Gastronomiezeltes in einem richtigen kleinen Garderobenbereich abgelegt hatten. »Sieh dir diese Blumenpracht überall an! Alles in Pfirsich und Creme – wie raffiniert! Es duftet ja wie bei der *Chelsea Flower Show.* Und so gemütlich warm ist es hier! Schau mal – da ist eine ganze Reihe von Köchen! Die kochen hier richtiges Essen! Und zwar jede Menge! Wenn du uns was holst, besorg ich die Sitzplätze, Süße!«

Nachdem sie sich in einer langen Schlange von Gästen in Designerkleidern angestellt, YaYas Fragen zum Thema Verkuppeln hoffentlich erfolgreich abgewehrt und in der Menge erfolglos nach Suzy Ausschau gehalten hatte, belud Clemmie zwei Teller mit Gourmetleckereien.

Als sie dann saßen, meinte YaYa an glänzenden Spareribs knabbernd: »Leute zu beobachten, ist ein toller Zeitvertreib, finde ich. Oooh – dazu würde ich aber kein Pink tragen, was meinst du? Himmel, dieses Essen ist ja göttlich. Und der Kerl dort ist doch viel zu alt für sie! Vaterkomplex oder was? Die

Schuhe da sind aber toll – glaubst du die sind von Jimmy Choo? Und sieh dir die mal an …«

Clemmie, die sich munter durch einen Berg heißer Quiches und Frühkartoffeln und verschiedener Salate mampfte, hörte nur mit halbem Ohr zu. YaYas unablässige Kommentare gesellschaftlicher Beobachtungen umhüllten sie wie eine heimelige Decke.

Da ist Suzys Schwester, dachte sie, die sie im Brautmodengeschäft kurz im Festkleid gesehen hatte, und beobachtete, wie die sehr hübsche mollige Frau mit üppigen rotbraunen Locken und einem wirklich hinreißenden glänzenden, pfirsichfarbenen Brautjungfernkleid drei Kindern die Teller füllte. Die Kinder – zwei Mädchen und ein Junge – alle mit dunklen Locken und breitem Lächeln, waren ebenfalls als Brautbegleiter gekleidet. Im Gegensatz zu Helens Brut wirkten diese Kinder jedoch fröhlich und wohlerzogen und vollkommen normal.

Vielleicht würde sie ja doch einmal Kinder haben, überlegte Clemmie verträumt. Und wenn sie dann Enkelkinder hätte, könnte sie ihnen alles über die Liebe ihres Lebens erzählen, einen gefährlich begehrenswerten Pyrotechniker, der … Sie seufzte. Es würde ja gar keine Kinder geben. Und auch keine Enkelkinder, um sie mit Oma-Geschichten zu langweilen – sofern nicht der gefährlich begehrenswerte Pyrotechniker deren Vater beziehungsweise Großvater würde. Denn, musste Clemmie sich eingestehen, sie würde sich nie wieder in ihrem Leben in einen anderen verlieben.

Sie wollte Guy oder keinen. Sie spießte eine Kirschtomate auf. Und da sie wusste, dass ihre schlaflosen Nächten entsprungenen magischen Pläne nichts als alberne Träume waren und sie niemals wirklich mit Allbards Zaubergrün herumpfuschen würde, weder bei Guy noch bei sich selbst, sah es so aus, als würde es wohl auf »keinen« hinauslaufen.

»… und der ist doch echt scharf, findest du nicht?« YaYa plapperte immer noch. »Fit und durchtrainiert. Sieht aus wie Mel Gibson zu Zeiten von *Lethal Weapon*.«

Clemmie nickte und sah, wie der sehr große, dunkle und gut aussehende Mann sich zu Suzys Schwester – hieß sie nicht Maddy? – und den Kindern gesellte. Er strich zart mit dem Zeigefinger über Maddys Wange, küsste sie und sah ihr tief in die Augen.

Teufel auch, dachte Clemmie, das musste ja wirklich die große Liebe sein.

Natürlich, das war sicher Maddys Mann, über den Suzy gesagt hatte, bei ihm bekämen alle Frauen weiche Knie. Nun verstand sie, warum. Er und Maddy mussten schon ewig lange verheiratet sein; aber offenbar waren sie noch immer leidenschaftlich und bis über beide Ohren verliebt.

Clemmie sah, wie er widerstrebend die Hand von Maddys Wange nahm, dann den Kindern zugrinste, alle zusammen lachten und vergnügt mit ihrem Essen in der Menge verschwanden.

Kein Wunder, dass Suzy ihren Luke so sehr vermisste, wenn sie tagtäglich solches Liebesglück vor Augen hatte.

»… o nein!«, platzte YaYa zwischen den letzten Häppchen einer köstlichen Roulade heraus. »Zu diesem Teint passt doch kein Weiß! Und an ihrem Dialekt sollte sie auch mal arbeiten. Außerdem – oh, Süße, hörst du das?«

»Das hört man sicher noch auf fernen Planeten«, bestätigte Clemmie, als die JB Roadshow im benachbarten Pavillon ihr Erkennungslied »Sock it to 'em JB« anstimmte. »Ich steh auf Soul.«

»Ich auch«, antwortete YaYa und leckte sich die Finger. »Komm, lass uns tanzen. Ich will sowieso einen Blick auf die Braut und den Bräutigam werfen – und da sie nicht hier sind, müssen sie wohl im Tanzzelt sein.«

»Außer, sie sind im Bett.«

»Ha, erwischt! Du hast also immer nur Sex im Kopf! Dein junger Mann muss da sicher hohen Ansprüchen genügen. Ach, jetzt spielen sie ›Harlem Shuffle‹ – ich singe eine ziemlich anzügliche Version davon bei meinen Auftritten. Aber heute Abend zieh ich wohl besser nicht das volle Showgirl-Programm ab.«

»Besser nicht«, bestätigte Clemmie. »Ich glaube Milton St. John ist noch nicht ganz bereit dafür.«

»Gut möglich«, seufzte YaYa. »Also, wie ist es, Süße? Wollen wir uns aufplustern und unsere Schwanzfedern schütteln?«

»Kleinen Moment noch.« Clemmie sah auf das köstliche Essen, das noch immer ansprechend auf ihrem Teller lockte. »Wenn ich damit fertig bin.«

YaYa seufzte theatralisch. »Ich weiß wirklich nicht, warum du nicht den Umfang eines Elefanten hast. Also ich geh jetzt mal eine kesse Sohle aufs Parkett legen, Süße. Sehn wir uns gleich drüben?«

»Ja, sicher. Ich komme bald nach.«

YaYa stolzierte mit Hüftschwung davon. Beim Anblick ihrer Erscheinung im hautengen, sehr kurzen Kleid in Orange, Gold und Rot starrten ihr alle, an denen sie vorbeikam, mit offenem Mund hinterher.

Clemmie nahm einen weiteren Happen Quiche auf die Gabel. Nebenan spielte die JB Roadshow nun »Knock On Wood« und sie wippte dazu unter dem Tisch leicht mit den Füßen. Sie hoffte nur, dass YaYas Tanzdarbietung nicht das gesamte Publikum im Pavillon vor Staunen erstarren ließ.

»Hi! Ich hab schon nach dir gesucht.«

Beim Klang dieser Stimme zuckte Clemmie zusammen. Sie wandte den Kopf und strahlte vor Freude.

21. Kapitel

»Hallo – wow, du siehst ja fantastisch aus!«, sagte Clemmie zu Suzy. »Was für ein herrliches Kleid. Pfirsichfarben steht dir gut, und all die Perlen sind wunderschön. Ach, da bin ich direkt neidisch – ich wollte schon immer mal ein Diadem tragen. Nein, im Ernst, du bist wunderschön.«

»Danke.« Suzy stellte ihren Teller mit Hühnchensalat auf den Tisch und ließ sich auf den eben von YaYa freigemachten Stuhl plumpsen. »Ich dachte ja, ich würde mir im langen Kleid mit all dem Schnickschnack total bescheuert vorkommen, aber es hat mir gut gefallen. So habe ich mich den ganzen Tag über wie ein richtiges Mädchen gefühlt. Ach, es ist doch in Ordnung, wenn ich mich zu dir setze, oder? Ich störe doch nicht?«

»Ja, natürlich, und nein, tust du nicht. Wie ging es denn so? Die Hochzeit, meine ich.«

»Bestens. Und ich war nur ein ganz klein bisschen eifersüchtig. Es lief alles wie am Schnürchen. Jemima sah hinreißend aus, war sehr aufgeregt, hat aber einfach nur gestrahlt. Und Charlie – also, das war erstaunlich. Er hat in einem fort gegrinst wie ein Honigkuchenpferd.« Suzy naschte ein Stück Hühnchen. »Und konnte gar nicht die Finger von ihr lassen. Die beiden sind überglücklich. Natürlich mussten wir alle weinen, als sie sich das Ja-Wort gegeben haben. Charlie noch mehr als die Zuschauer. Und alle, die sie für heute Abend eingeladen haben, sind gekommen, wie du siehst. Es ist der schönste Tag, den Jemima sich hätte wünschen können.«

»Das freut mich aber. Diese Feier mit dem Jahrmarkt und der Band und dem Feuerwerk ist echt großartig. Wirklich ein Tag und eine Nacht, die man nicht vergisst. Genau wie eine Hochzeit sein sollte.«

»Tja, das ist wohl etwas, was wir nie erleben werden, sofern wir nicht beschließen, uns mit dem Zweitbesten zufriedenzugeben.« Suzy zog die Augenbrauen hoch. »Und das kann ich nicht.«

»Ich auch nicht.«

Suzy lächelte. »Ich hab deinen wirklich hinreißenden Guy vorhin gesehen, und er war nicht in Begleitung. Ich meine, er war mit einer Reihe von schwarz gekleideten Typen zusammen, die aussahen, als könnten sie für Unruhe sorgen, wenn sie gemeinsam eine Bank beträten, aber es war niemand dabei, der dir Konkurrenz machen könnte.«

»Danke. Nun, die Lage hat sich ein bisschen verändert, seit wir das letzte Mal hier waren – aber nicht zu meinen Gunsten. Ganz und gar nicht zu meinen Gunsten. Ich habe beschlossen mich damit abzufinden, dass wir einfach nur gute Freunde sind.«

»Wie schade … Allerdings ist mir mit Luke nicht einmal das möglich. Man kann ja schlecht mit jemandem gut Freund sein, wenn man jahrelang nicht miteinander gesprochen hat, im Bösen auseinanderging und Tausende von Meilen dazwischenliegen.«

Clemmie schob den Rest ihres Essens an den Tellerrand. So war es nun mal. Luke war nicht hier und wie zauberkräftig die letzte Stufe des Siebten Himmels auch sein mochte, Wunder würde sie gewiss nicht bewirken können.

Die JB Roadshow stimmte nebenan eine mitreißende Interpretation von »Soul Finger« an.

»Die sind richtig gut, findest du nicht?«, fragte Suzy. »Ich habe mit den Stallburschen vorhin zur Disco getanzt, aber Livemusik von einer Band ist doch unübertroffen. Ach ja, bevor du fragst, mit meinem Bein ist Tanzen durchaus noch möglich. Vielleicht nicht mehr ganz so wild wie früher, aber ich kann immer noch herumhüpfen bis zum Umfallen.«

»Eigentlich habe ich mich gerade gefragt, warum Jemima und Charlie, wenn sie einen Jahrmarkt und eine Soulband engagiert haben, was beides ja ziemlich ohrenbetäubend ist, dann aber um ein geräuscharmes Feuerwerk gebeten haben?«

»Wegen der Pferde drüben im Dorf.« Suzy schob ihren Teller zurück. »Pferde vertragen durchaus massiven, gleichförmigen, anhaltenden Lärm wie von Musikverstärkern, aber selbst auf diese Entfernung scheuen sie bei schrillem Kreischen und Pfeifen und plötzlichen scharfen Knallgeräuschen. Bei Feuerwerk drehen die meisten Pferde fast durch vor Angst.«

»Gut – damit wäre das ja erklärt«, sagte Clemmie lachend. »Und nun, gehst du wieder ins Tanzzelt oder was hast du vor?«

»Definitiv Tanzen. Dann natürlich euer Feuerwerk ansehen, und dann noch mehr tanzen, gefolgt von zügellosem Trinken. Es ist wirklich zu dumm – ich schütte schon den ganzen Tag Champagner in mich hinein und bin immer noch stocknüchtern. Wie ist es mit dir?«

»Ich bin nüchtern und muss es auch bleiben«, antwortete Clemmie, als sie aufstanden. »Betrunken kann man nicht mit Feuerwerkskörpern hantieren. Aber was das Tanzen betrifft: Geh du voraus, ich folge dir.«

Der Schwall lauter Musik im Tanzpavillon warf Clemmie beinahe um.

Die JB Roadshow, herrlich nostalgisch in engen schwarzen

Samthosen und Satinhemden mit Rüschen, tobten ein Otis-Redding-Medley schmetternd über die Bühne.

»Clemmie!« YaYa, hüpfend und umherwirbelnd von einer Schar tanzender Bewunderer umringt, winkte heftig. »Hierher!«

»Liebe Güte!« Suzy blinzelte.

»Meine Freundin YaYa Bordello, wir arbeiten zusammen«, schrie Clemmie, als sie sich, bereits mittanzend, den Weg durch die wogende Menge bahnten. »YaYa, das ist Suzy.«

Sie lächelten einander vergnügt an und tanzten.

Nach Otis Redding kam ein Song von Wilson Pickett und dann von Eddie Floyd. Suzy, Clemmie und YaYa tanzten, was das Zeug hielt.

»Da sind die Braut und der Bräutigam! Drüben bei der Bühne!«, rief YaYa Clemmie mit vorgehaltener Hand ins Ohr. »Sie haben zu jedem Song geschwoft. Sind sie nicht süß?«

Clemmie nickte. Sie waren wirklich ein wunderbares Paar. Jemima sah ganz verwandelt aus, glühend vor Liebe bewegte sie sich langsam in Charlies Armen zur Musik, wobei er ihr tief in die Augen sah. In ihrem klassischen Hochzeitskleid war sie traumhaft schön und alles an ihr strahlte vor Glück.

Bei ihrem Anblick bekam Clemmie einen Kloß im Hals.

Sie tippte YaYa an den Arm. »Ich spring mal eben zu den anderen und schau, wie es so läuft. Es sind nur noch etwa zehn Minuten, bis das Feuerwerk losgeht. Okay?«

YaYa nickte. »Suzy und ich tanzen noch ein oder zwei Nummern, dann komm ich nach.«

»Ich auch!«, rief Suzy, den Refrain von »Hold On, I'm Coming« übertönend. »Ich will keine Minute vom Feuerwerk verpassen!«

Wieder im Freien fühlte sich der Temperatursturz an, als trete man unter eine eiskalte Dusche. Clemmie eilte durch die lachende, lärmende Menge, schlang ihre dunkelbraune Mohairjacke um sich und wünschte, sie hätte ihren Mantel von der Garderobe geholt.

»Ich dachte schon, du hättest mich ganz vergessen«, sagte Guy, als sie am Abbrennplatz ankam. »War das Essen gut?«

Zitternd erzählte ihm Clemmie vom Essen, der Musik und ihrer Begegnung mit Suzy, einschließlich ihres anschließenden Gesprächs.

»Dann haben wir keine Chance, unseren Zaubertrick an ihr und Luke anzuwenden. Na ja – war ein netter Gedanke von dir. Dann werden wir eben sehen, ob wir den Siebten Himmel in Steeple Fritton zum Einsatz bringen. Obwohl ich ihn heute Abend eigentlich trotzdem gerne abfeuern würde, nur um Syd und den Jungs eine Freude zu machen. Ist dir das recht?«

»Ja, klar. Aber was erzählst du ihnen?«

»Ach, nichts über das magische Grün – nur dass es sich um eine eigene mehrstufige Feuerwerksbatterie handelt, die du entwickelt hast, allerdings nicht zur Massenproduktion, und dass du wissen willst, was sie davon halten. Wir machen kein großes Aufheben darum – aber es wird sie bestimmt umhauen.«

»Hoffentlich nicht im wahrsten Sinne des Wortes, sondern nur wegen der Farbe der letzten Stufe.«

Guy lachte mit ihr. »Nein, noch so einen Feuerunfall wie Slo Motions kleine Eskapade vertrage ich nicht. Clemmie – hier – du zitterst ja. Du frierst bestimmt schrecklich.«

Er legte ihr seine Lederjacke um die Schultern.

»Danke.« Clemmie kuschelte sich glücklich in das vom Tragen weich gewordene Leder, das betörend nach Guy roch. »Das ist sehr nett. Ich hätte meinen Mantel aus dem Pavillon holen sollen. Aber was ist mit dir?«

»Kein Problem. Ich habe ein T-Shirt und noch ein Sweatshirt unter dem hier an.« Guy zupfte an seinem weiten schwarzen Wollpullover. »Und außerdem bin ich ziemlich heißblütig.«

Sie sah ihn an. Hielt die Luft an. Errötete bei ihren Gedanken.

»Guy!« Von zwei weiteren Mitgliedern der Crew begleitet kam Syd übers Feld. »Ich habe den Countdown gerade gestartet, und es sieht so aus, als hätte die Band unserer Bitte entsprechend zum Abschluss ihres Sets dem Publikum gesagt, dass das Feuerwerk gleich anfängt. Jetzt strömen Unmengen von Leuten aus den Pavillons und auf uns zu. Bist du bereit?«

»Bereit.« Guy nickte. »Clemmie, bleibst du da und schaust zu?«

Sie nickte und atmete das Aroma seiner Jacke ein, ihre Finger schlossen sich um das Leder und streichelten es im Dunkeln. »YaYa und Suzy werden mich hier schon finden. Viel Glück.«

»Und dir viel Vergnügen. Wir sehen uns dann in gut einer halben Stunde.« Als die ersten Hochzeitsgäste lachend und schwatzend von den Festzelten her eintrafen, stellte sich Clemmie an die Barriere und schaute Guy hinterher. Am liebsten wäre sie ihm nachgelaufen und hätte sich in seine Arme geworfen.

Mehr und mehr Menschen erschienen, ihr Atem bildete Wölkchen in der kalten Nachtluft, ihre auf und ab wogenden Stimmen überlagerten den Lärm des Rummelplatzes und Clemmie stand bald zwischen einer großen Dame im geblümten Kostüm mit Straußenfederhut und einem mageren jungen Mann in Jeans und Daunenjacke eingequetscht.

Sie lächelte ob dieser Mischung: reiche, adelige Pferdebesitzerin auf der einen Seite und armer Stallbursche auf der anderen. Überaus demokratisch. Und so viele Leute! Ob YaYa und Suzy in diesem Gewühl wohl zu ihr finden würden?

Wie immer hatte *The Gunpowder Plot* alles bestens organisiert.

Guy führte Charlie und Jemima, beide in Mänteln über ihrem Hochzeitsstaat, zu zwei goldenen Stühlen auf einem kleinen Podium in der Mitte. Sie sahen aus wie König und Königin. Alles klatschte und jubelte.

»Meine Damen und Herren«, sprach Guy ins Mikrofon. »Dieses Feuerwerk wurde eigens von Braut und Bräutigam ausgewählt –«, noch mehr Jubel – »um Sie zu erfreuen und zu unterhalten und diesen besonderen Tag zu feiern.« Lautes Freudengeschrei und Pfiffe. »Aber ohne die Pferde scheu zu machen.« Noch mehr Jubel und großes Gelächter. »Also hoffe ich, Sie genießen das Spektakel, das *The Gunpowder Plot* für Sie vorbereitet hat.« Lauter Beifall.

Den jungen Mann neben Clemmie überlief ein Schauer. Sie sah ihn besorgt an. Er war doch älter, als sie zuerst angenommen hatte. Armer Kerl, halb verhungert sah er aus. So klein und dünn. Das bewies nur zu gut, was sie YaYa vorhin gesagt hatte: Die Stallburschen hatten ein wirklich hartes Leben.

»Geht's Ihnen gut?«

Er nickte. »Ja, bestens. Danke. Tut mir leid, ich begegne hier heute Abend einfach nur zu vielen Gespenstern.«

Ach du meine Güte, dachte Clemmie. War er auf Drogen?

Sie bedachte ihn mit einem hoffentlich ermutigenden Lächeln. »Gespenster?«

»Ich habe hier früher mal gewohnt, in Milton St. John. Es hat sich überhaupt nicht verändert – ach, das ist ja raffiniert.«

Als Prokofjews »Winter-Lagerfeuer« über das Feld flutete, zündete die Crew das erste leise Paradestück des Höhenfeuerwerks und alles starrte nach oben, als »Silent Night« still gen Himmel sauste, glitzernde Fische herabsinken ließ, dann rote und weiße Blätter, gefolgt von silbernen Palmwedeln und farbenfrohen größer und kleiner werdenden Diamanten.

Clemmie war glühend stolz auf Guy. Es war eine wirklich wunderschöne Kombination.

»Sie haben hier gewohnt?«, fragte sie den jungen Mann, der, wie sie jetzt sehen konnte, so ausgemergelt war, dass sich die Haut über seinen Wangenknochen spannte. »Sind Sie ein Gast der Braut oder des Bräutigams?«

»Weder noch«, erklärte er grinsend. »Ich bin einfach so hereingeplatzt.«

»Ach so …«

Das Feuerwerk zeigte nun eine Auswahl riesiger Verwandlungskometen, die geräuschlos am Himmel hingen und glitzernd und funkelnd die Farben änderten. Die Menge war begeistert.

»Ich kenne Charlie und Jemima. Vor Jahren waren wir mal gut befreundet, aber ich habe erst vor zwei Tagen von der Hochzeit erfahren und da dachte ich mir, jetzt oder nie. Wissen Sie, dadurch hatte ich einen wirklich guten Grund zurückzukommen. Und so bin ich heute Nachmittag in England gelandet, hier im Ort erst vor etwa zehn Minuten. Sie wissen noch gar nicht, dass ich da bin.«

»Sie werden sich bestimmt freuen, Sie zu sehen«, sagte Clemmie hoffnungsvoll.

»Ja – ich – oh, toll – das ist cool.«

Anstelle der Kometen erblühten hoch über ihnen nun Silbervulkane, aus denen farbenprächtige Feuergarben sprühten.

Alles klatschte und pfiff.

»Ich bin Clemmie«, sagte Clemmie, denn sie fand, dass dieser arme dürre Junge mit dem schönen Gesicht eine freundschaftliche Geste verdiente. »Ich gehöre zum Feuerwerksteam.«

»Tatsächlich? Wow, das ist ja ein toller Job. Freut mich, dich kennen zu lernen – ich bin Luke Delaney.«

Clemmie hätte vor Freude beinahe aufgeschrien. Fast hätte sie den sensationellen ersten Teil von Rossinis »Tarantella« und Guys zauberhafte geräuscharme Feuerblüten-Effekte verpasst.

»Luke Delaney?« Sie starrte ihn an. »Wirklich? Der Luke Delaney, der mit Suzy Beckett befreundet war?«

Er wurde noch blasser, sofern das überhaupt möglich war, und nickte. »Ist sie hier? Kennst du sie? Ich habe überall geschaut, aber es sind so viele Leute da, und ich hätte mich eigentlich schon längst bei ihr melden wollen, aber ich hatte immer Angst, dass sie – ach – sie ist doch nicht etwa verheiratet? Oder hat sie eine feste Beziehung? Ach, bestimmt ist sie inzwischen mit jemand zusammen.«

Clemmie schüttelte den Kopf, während alle anderen nach Luft schnappten, als die Blinksternfeuer von »Silence is Golden« am Himmel über Berkshire zerbarsten.

»Nein, sie ist nicht verheiratet und hat auch keine feste Beziehung. Ja, sie ist hier.« Sie atmete tief ein. »Bist du mit deiner Frau gekommen?«

»Seit fast zwei Jahren bin ich wieder Junggeselle«, antwortete Luke achselzuckend. »Sie ist mit einem Typ davongelaufen, der älter und reicher war als ich. Zum Glück hatten wir keine Kinder. Und außerdem …«

»Außerdem?« Clemmie bekam gerade noch mit, wie sich am Ende der Batterie namens »Twinkle, Twinkle, Little Star« eine Leuchtsternkaskade über das Meer von Köpfen ergoss.

»Ich habe nie aufgehört, Suzy zu lieben. Meine Frau wusste das, obwohl ich mir wirklich alle Mühe gegeben habe, es nicht zu zeigen oder darüber zu sprechen. Ich habe wirklich versucht, ihr der Mann zu sein, den sie sich wünschte – aber ich kann ihr nicht verübeln, dass sie mich verlassen hat.«

»Ich auch nicht. Keine Frau will nur zweite Wahl sein.«

»Ach Mist, ich sollte dir das alles eigentlich gar nicht erzählen – oh, das ist aber schön!«

Rossinis »Diebische Elster« untermalte den letzten Teil des Feuerwerks: drei riesige Leuchtkaskaden zu drei Seiten des Platzes, alles glitzerte in Pfirsich und Creme gehaltenen changierenden Farbfeuerwänden. Darüber entzündete sich dann das Lichterbild – ein riesiges Herz mit dem Schriftzug »Jemima und Charlie«, von züngelnden Flammen umgeben.

Die Menge brach in Begeisterungsstürme aus.

»Clemmie!« YaYa drängte sich durchs Gewühl und hätte beinahe die große geblümte Dame umgestoßen. »Mensch, Süße, was für ein Gedränge! Warum hast du Guys Jacke an?«

»Wo ist Suzy?«, fragte Clemmie eindringlich. »Du hast sie doch hoffentlich nicht verloren?«

»Nein, sie ist irgendwo dicht hinter mir. Wieso?«

»Spielt keine Rolle – hol sie einfach.« Clemmie wandte sich zu Luke um. »Und du bleibst hier – oh!«

Suzy hatte sich von der anderen Seite einen Weg um die geblümte Dame herum gebahnt und starrte Luke wortlos an.

Er starrte wortlos zurück.

Beide waren kreidebleich, rissen die Augen weit auf und sahen aus, als würden sie gleich in Ohnmacht fallen.

»Du warst nicht eingeladen.« Suzy schüttelte den Kopf. »Du hättest mir ruhig sagen können, dass du kommst.«

»Wozu?« Lukes Stimme klang kalt. »Damit du mich wieder ignorieren kannst?«

»Na, wenn man bedenkt, dass du dieses Dorf vor Jahren verlassen hast und in den Staaten lebst und verheiratet bist und …«

»Herrgott noch mal«, seufzte Luke. »Es hat sich wohl gar nichts geändert, wie?«

»In meinem Leben nicht, nein. Aber in deinem ja jede Menge.«

»Suzy …«

»Vergiss es, Luke. Es ist viel zu viel Wasser unter viel zu vielen Brücken durchgeflossen.«

»Und wessen Schuld ist das?«

Auf dem Feld gab Guy Clemmie das Zeichen, dass er nun den Siebten Himmel zünden wollte.

»Kommt mit!«, sagte Clemmie, packte die verblüffte Suzy an der einen und den protestierenden Luke an der anderen Hand und zerrte sie praktisch unter der Barriere hindurch zur Mitte des Abbrennplatzes. »Schnell!«

»Hör auf!« Suzy versuchte, Clemmie ihren Arm zu entwinden. »Clemmie!«

»Widersprich nicht, komm einfach mit. Vertrau mir. Bitte!«

»Clemmie!«, rief YaYa ihnen hinterher. »Bist du jetzt völlig übergeschnappt?«

»Was zum Teufel machst du denn?«, fragte Guy, als sie bei ihm ankam. »Du darfst niemanden aus dem Publikum hierherbringen, Clemmie, das weißt du doch.«

»Das ist niemand aus dem Publikum. Das sind Luke und Suzy. Und sie fallen einander nicht gerade voller Wiedersehensfreude in die Arme. Ich glaube, wir brauchen …«

Guy verstand sofort. »Okay – wird gemacht.«

Oben auf dem Podium stießen Jemima und Charlie einander an und starrten ungläubig staunend herunter.

Mit einem Wusch explodierte der Siebte Himmel nur wenige Meter von ihnen entfernt.

Die märchenhaften Effekte schossen einer nach dem anderen in den Himmel empor, man hörte überraschte Aufschreie aus dem Publikum und sah verblüffte Gesichter bei Syd und der Crew.

Suzy und Luke waren offenbar noch immer reichlich verdattert, aber, bemerkte Clemmie mit einem wohligen Schauer der Befriedigung, bei all dem Gerangel hatte er ihre Hand genommen, und sie hatte ihn weder geohrfeigt, noch gebissen, noch sich losgemacht.

Sechster Himmel – jetzt …

Sie schob die beiden behutsam in Richtung der herabfallenden Funken.

»Ich wünsche, dass ihr, Suzy Beckett und Luke Delaney, euch wieder bis über beide Ohren ineinander verliebt und für immer und ewig zusammenbleibt«, murmelte Clemmie. Sie hatte keine Zeit, sich Worte von hohem literarischen Wert auszudenken. Es musste schnell gehen. Das magische Grün sprühte bereits smaragdenes Feuer in die Stratosphäre. »Ach, und ich wünsche, dass ihr heiratet und miteinander glücklich seid bis ans Ende eurer Tage. Da!«

Als die ersten dunkelgrünen Funken um sie herniedersanken, sah Clemmie zu Guy.

Er zwinkerte ihr zu. »Leg los.«

Und sie legte los.

»*Grünspan und Smaragdgrün pur,*
sprüht Funken grün wie Wiesenflur,
macht Wünsche wahr für immerdar.«

»Luke …«, Suzy wischte sich die Tränen fort. »Es tut mir so leid. Kannst du mir jemals verzeihen?«

»Da gibt es doch gar nichts zu verzeihen.« Luke zog sie in seine Arme. »Ach Gott – wie hab ich dich vermisst.«

22. Kapitel

»Suzy und Luke werden heiraten!«, sang Clemmie, als sie an dem kalten, nassen und windigen Montagmorgen nach Charlies und Jemimas Hochzeit ins Büro gestürmt kam. »Ich kann es kaum erwarten, Guy davon zu erzählen! Suzy hat mir gerade eine SMS geschickt!«

»Oh, toll! Das ging aber schnell! Wie der Wirbelwind! Die beiden müssen sich ja brennend nacheinander verzehrt haben. Ach, werden wir dann Brautjungfern?« YaYa, nun wieder als Blondine, sah vom Computer auf. »Ich wär so schrecklich gerne mal Brautjungfer. Dann würde ich mich in schwarze Spitze kleiden, einen Zylinderhut aufsetzen und weiße Lilien tragen. Ach, aber wann ist denn der Termin? Hoffentlich nicht allzu bald? Während der Feiertage habe ich ziemlich viele Travestie-Auftritte mit den Mädels.«

»Nein, wir werden keine Brautjungfern«, antwortete Clemmie und ließ sich vergnügt in ihren Stuhl plumpsen. »Wir sind nicht einmal eingeladen, daher werden dir deine Shows auch nicht in die Quere kommen. Sie feiern nur mit ihren Eltern, Maddy und Drew als Trauzeugen und deren Kindern als Begleitern, sonst niemand. Kein großes Tamtam. Anschließend gibt es einen Umtrunk fürs ganze Dorf im *Cat and Fiddle*, und das war's auch schon. Der Termin ist am kommenden Wochenende, mit Sondergenehmigung beim Standesamt von Reading.« Sie seufzte schwärmerisch. »Ist das nicht romantisch?«

»Herzchen-und-Blümchen-Romantik mit fünf Sternen.« YaYa lehnte sich im Stuhl zurück. »Aber ich habe immer noch nicht ganz verstanden, was da eigentlich vor sich gegangen ist.«

Um Zeit zu gewinnen, schaltete Clemmie ihren Computer ein. Weder Guy noch sie hatten ihre Rolle bei der Wiedervereinigung von Suzy und Luke näher erläutert, geschweige denn das ganz wesentliche Zutun von Allbards magischem Grün.

»Aber sicher doch. Ich hab's dir ja erzählt. Es war quasi eine Sandkastenliebe zwischen den beiden, sie haben zusammengewohnt, sich vor Jahren getrennt, alles Mögliche erlebt, aber nie aufgehört einander zu lieben und dann …«

»Das weiß ich doch alles«, unterbrach YaYa. »Aber was ich nicht verstanden habe, war, wie du sie in die Sperrzone gezerrt und diese sagenhafte Feuerwerksbatterie gezündet hast. Ich hätte gedacht, Guy würde dich auf der Stelle erschlagen. Das war total verrückt.«

»Hm, kann sein …« Clemmie studierte ihre E-Mails. »Ich habe mich wohl zu sehr hinreißen lassen. Aber es ist ja niemand zu Schaden gekommen. Ganz im Gegenteil.«

»Tja, stimmt schon. Ich fand Suzy wirklich nett – tolle Tänzerin übrigens –, sie hat gleich gemerkt, dass ich ein Kerl bin, hat aber keine dummen Fragen gestellt. Nur vernünftige. Sie war noch nie zuvor einer Dragqueen begegnet.«

»Ich frage mich, woran sie erkannt hat, dass du ein Mann bist. Ich hab's ja nicht geblickt.«

YaYa schüttelte den Kopf. »Sie sagte, es lag an meinen Händen. Sie sagte, sie seien zu groß.«

»Hat dich das nicht geärgert?«

»Nein, Süße. Es ist immer gut, Feedback zu bekommen. Solange sie es nicht an meinem Gesicht oder meinem Körper erkannt hat, stört mich das nicht. Aber vielleicht sollte ich mir angewöhnen, in der Öffentlichkeit Spitzenhandschuhe zu tragen.« YaYa wirbelte auf dem Drehstuhl herum. »Und weißt du, was mich auf Jemimas und Charlies Hochzeitsfete noch umgeworfen hat?«

»Was denn?«

»Dass Guy gesagt hat, eigentlich hättest du diesen Siebten Himmel erfunden. Ganz alleine. Das war phänomenal. Syd ist immer noch ganz aus dem Häuschen deswegen.«

Clemmie lachte. »Ich weiß. Ja, ich hatte mich schon lange damit beschäftigt. Allerdings hätte ich das alles nicht fertigbekommen, wenn Guy mir nicht im Labor freie Hand gelassen hätte, insofern gebührt die Hälfte der Ehre ihm. Wir wollen den Siebten Himmel auch gar nicht kommerziell vermarkten. Wahrscheinlich setzen wir ihn bei passenden Feuerwerken ein, aber sonst ist er nur zum Privatvergnügen von *The Gunpowder Plot*.«

»Aha.« YaYas Augenbrauen schossen in die Höhe. »Ihr könntet ein Vermögen damit machen, du und Guy, wenn ihr diesen Effekt groß rausbringt.«

»Das wollen wir aber gar nicht. Ehrlich. Mir genügt es zu wissen, dass ich es hingekriegt habe, und Guy richtet sich in Sachen weitere Verwendung ganz nach meinen Wünschen. Wir haben den ›Siebten Himmel‹ als unsere Erfindung eintragen lassen und zum Patent angemeldet – nur für den Fall, dass ihn jemand kopieren sollte –, aber das ist auch schon das Ende der Fahnenstange.«

»Dumme Nuss«, sagte YaYa freundlich. »Wenn du diese Idee den Chinesen verkaufst, könntest du den Rest deines Lebens in Saus und Braus leben.«

»Da wird nichts draus«, versicherte Clemmie vergnügt. »Also – was steht heute an?«

»Weihnachtsdekoration, Schätzchen. Es ist schon Dezember, und diese Räume müssen unbedingt adventsmäßig aufgemotzt werden. Da Guy und die Crew heute nicht da sind, ist der Zeitpunkt ideal.«

»Wunderbar«, freute sich Clemmie. »Mir wird plötzlich schon ganz weihnachtlich zumute, und ich bin voller Vorfreude. Ich wette, das Bootshaus sieht mit Weihnachtsdekoration ganz fantastisch aus. Ich seh es schon vor mir, mit dem ganzen traditionellen Schmuck im Wohnzimmer und einem riesigen Weihnachtsbaum vor dem Kaminfeuer, welch ein Jubel, welch ein Leben wird in diesem Hause sein!«

»Süße, wir haben auch nur dieselben billigen Christbaumkugeln und denselben alten Ramsch wie alle anderen. Liebe Güte, jetzt krieg dich mal wieder ein! Ich weiß ja, dass du ganz aus dem Häuschen bist, weil Suzy und Luke sich das Jawort geben, aber trotzdem …«

Clemmie rümpfte die Nase. »Ich freu mich eben so sehr für die beiden. Wir müssen ihnen eine Glückwunschkarte schicken – ach, und apropos Weihnachten, macht unsere Firma denn eine Weihnachtsfeier?«

YaYa schüttelte den Kopf. »Das haben wir noch nie für nötig gehalten, vor allem weil wir bei dem Job sowieso mehr oder weniger die ganze Zeit feiern. Wir hängen ja das ganze Jahr über bei anderer Leute Partys herum – und werden dafür auch noch bezahlt.«

»Hm, ja, so hatte ich das noch gar nicht gesehen. Und wie haltet ihr es mit Geschenken? Kommt hier das Christkind?«

YaYa sah sie mitleidig an. »Das macht nicht viel Sinn, Süße, da Guy und ich meistens nur zu zweit sind. Das Christkind-Konzept wäre in der Situation doch etwas zu dick aufgetragen, wenn du verstehst, was ich meine.«

»Schenken wir uns denn etwas? Es ist immer ganz schön

knifflig in einem neuen Job, bis man weiß, wie die Dinge gehandhabt werden.«

»Guy wird einen dicken Bonus auf deinen Lohn draufpacken, Schätzchen, das ist seine Art, dir frohe Weihnachten zu wünschen, und er erwartet ganz sicher kein Gegengeschenk. Aber wenn du mir ein kleines Kinkerlitzchen schenken möchtest, würde ich zu einem Paar Ohrringe von Butler and Wilson sicher nicht Nein sagen ...«

»Nur wenn du ein sehr, sehr braves Mädchen bist«, erklärte Clemmie. »Also, wo bewahrt Guy denn die Deko auf?«

Nachdem Clemmie Guy am Telefon die Nachricht von Suzys und Lukes Hochzeit übermittelt hatte, verbrachten YaYa und sie die nächsten paar Stunden damit, mit Suggs Hilfe alle Ecken und Winkel des Bootshauses in Büro- und Privaträumen zu schmücken, und zwischendurch ein paar Anrufe entgegenzunehmen.

»Wir haben jede Menge Termine vor und nach Weihnachten.« Clemmie besah sich den Kalender. »Macht ihr denn nie Urlaub?«

»O doch, Süße. Guy und ich schaffen es beide, uns einige Tage loszueisen. Dieses Jahr habe ich mit Honey und Foxy eine Reihe von einzelnen lokalen Auftritten bis kurz vor Heiligabend, und dann fahre ich heim nach Brighton und verbringe ein paar Tage bei meiner Mum und meinem Dad – was? Was ist denn daran so lustig?«

»Gar nichts.« Clemmie biss sich auf die Lippen, während sie versuchte, den übereifrigen Suggs aus einem Streifen Lametta zu entheddern. »Wahrscheinlich hab ich einfach nicht daran gedacht, dass du auch Eltern hast.«

»Lieber Gott, Schätzchen, was dachtest du denn?«

»Keine Ahnung ... entschuldige ...«

»Mein Vater ist Schweißer und meine Mutter arbeitet im

Asda-Supermarkt«, sagte YaYa. »Ich habe vier Schwestern und einen Bruder, alle sind hetero und wohnen noch immer zu Hause. Wir feiern Weihnachten immer ein tolles Familienfest, danke der Nachfrage.«

»Klingt wunderbar. Bleibt Guy denn dann alleine hier?«

»Nö – normalerweise schafft er es auch, ein paar Tage zu seinen Leuten zu fahren. Die wohnen von uns aus ein Stück weiter die Küste hoch, mehr so in Richtung Hove. In der etwas nobleren Ecke, Süße.«

Clemmie schüttelte den Kopf. »Ich habe eigentlich auch nicht darüber nachgedacht, was er für Eltern hat. Ich verschwende nie viele Gedanken an die Eltern anderer Leute. Wahrscheinlich liegt das daran, dass meine so weit weg wohnen und in den letzten fünfzehn Jahren in meinem Leben keine große Rolle gespielt haben.«

»Guys Eltern sind ganz schön schräg.« YaYa entfernte sanft einen Strohstern aus Suggs forschenden Pfoten. »Stinkvornehm. Gar nicht wie er. Haben einen richtigen Anfall bekommen, als er in die Gothic-Szene ging, das kann ich dir sagen. Machte keinen guten Eindruck in den spießigen Tory-Kreisen. Sein Vater arbeitet bei einer Bank, Investment, nicht am Schalter. Seine Mutter ist Lehrerin.«

»Für Chemie?«

»Nein, für Kinder.«

»Ha-ha-ha.«

»Sie unterrichtet Kinder aus besseren Kreisen in Hauswirtschaft, wie das zu meiner Zeit hieß – weiß Gott, was für eine Hightech-Abkürzung heutzutage dafür üblich ist. Ich weiß nur, dass Guy darin den Grund dafür sieht, dass er immer, wenn er in eine Küche kommt, das Verlangen spürt, zu schreien und Amok zu laufen und alles schmutzig zu machen, um anschließend irgendwen mit einem ganzen Set Sabatier-Messer zu erstechen.«

Clemmie lachte. »Er hat gesagt, er verstünde nicht das Geringste von Hausarbeit, aber nicht, warum. Ich schätze, das erklärt alles. Hat er auch Brüder und Schwestern?«

»Er ist ein Einzelkind. Total verzogen. Ich glaube, sie wollten eigentlich, dass er ein großes Tier in der City wird. Du musst zugeben, dass eine köstliche Ironie darin liegt, wenn man seinen einzigen Sohn Guy tauft, wie den Attentäter der Pulververschwörung Guy Fawkes – und der dann einen Laden aufmacht, der sich *The Gunpowder Plot* nennt. Ma und Pa Devlin konnten das leider gar nicht komisch finden.«

»Haben sie ihn denn daran zu hindern versucht, Pyrotechniker zu werden?«

»Nicht wirklich. Es lief genauso wie mit seiner Art sich anzuziehen und sich zu schminken, als er ein Jugendlicher war. Sie fanden dieses Gothic-Zeug zwar absolut scheußlich, haben sich aber lieber damit abgefunden, als zu riskieren, dass er von zu Hause fortgeht. Verwöhnt bis zum Gehtnichtmehr, der Knabe. Deshalb haben wir uns in der Schule auch so gut verstanden: genügend Unterschiede, um einander interessant zu finden, aber auch genügend Gemeinsamkeiten, um Freunde zu werden. Die beste Grundlage für eine Beziehung, glaub mir.«

»Siehst du Guys Eltern denn oft?«

»Alle Jubeljahre mal. Sie mochten mich nie so sonderlich. Keine Ahnung, woran das liegen könnte.«

Clemmie kicherte.

»Allerdings«, YaYa posierte mit einem Lametta-Diadem und zwei funkelnden Engeln als Ohrringen vor dem Spiegel, »verabscheuen sie Suggs noch mehr als mich. Trotzdem müssen sie ihn über die Feiertage beherbergen – kein Suggs, kein Guy. Und wie ist es mit dir, Süße? Fährst du denn deine Eltern an Weihnachten besuchen?«

»Meistens nicht. Ich war vor vier Jahren zum letzten Mal dort, und es war sehr nett. Sie haben gefragt, ob ich dieses Jahr komme – sie fragen immer –, aber sie wohnen so weit weg, und der Flug ist jedes mal ein Albtraum. Außerdem fühl ich mich mies, wenn ich Tante Molly und Onkel Bill allein lasse. Nicht dass sie ganz allein wären, denn sie haben über Weihnachten ein immer offenes Haus für alle verlorenen und einsamen Seelen von Bagley. Meistens geht es etwa so zu, wie ein Hollywoodregisseur sich die Zustände in einer Suppenküche à la Charles Dickens vorstellen würde.«

Clemmie begann die restlichen Dekorationen wegzuräumen. Irgendwie hatte sie gehofft, dass Guy über Weihnachten zu Hause in Winterbrook sei, sodass sie mit einem passenden kleinen Geschenk und einer humorvollen Karte hereinschneien könnte und sie vielleicht zusammen am Feuer Glühwein tränken und Lebkuchen äßen …

Sie sollte ihre Fantasien wirklich besser in Zaum halten.

»Guy macht das Büro über Weihnachten zu, denn alle potenziellen Aufträge sind bis dahin schon eingegangen«, fuhr YaYa fort. »*The Gunpowder Plot* macht diese kleine private Party in Newbury heute Abend und da das bis zum Silvesterabend der letzte Termin ist, wird Guy morgen für die Feiertage in die peinlich saubere, minimalistische Hölle namens Devlin Towers reisen. Dann haben wir am einunddreißigsten den Rotary Club in Winterbrook, dazu werden wir beide wieder zurück sein, und dann kommt direkt anschließend das Rockkonzert in Hampshire, das er mit Syd und der gesamten Crew durchzieht, sodass er uns beide nicht unbedingt braucht. Gott weiß, wer im Januar auf ein Rockkonzert will, aber offenbar glauben die, es gäbe einen Markt dafür. Wenn du dir also frei nehmen willst, dürfte das kein Problem sein.«

»Ja, vielleicht.« Clemmie hatte die letzten Reste des Weihnachtsschmucks verstaut. »Es wäre nett, ein wenig Zeit mit Molly und Bill zu verbringen und ein paar wilde Nächte mit meinen Freunden – außerdem gibt meine beste Freundin Phoebe Anfang nächsten Jahres eine Housewarmingparty, dabei könnte ich ihr dann ein bisschen zur Hand gehen. Soll ich Guy fragen, ob es okay ist, wenn ich, sagen wir mal, von kurz vor Heiligabend an zwei Wochen frei nehme?«

»Schreib es einfach in den Terminkalender, Süße. Er hat sicher nichts dagegen. Du hast in den letzten Monaten mächtig geschuftet und abends oder an Wochenenden mehr unbezahlte Überstunden gemacht, als vernünftig gewesen wäre. Und da Heiligabend ein Montag ist, werden wir am Freitag davor schon Schluss machen, sodass du auch ruhig von da an frei nehmen kannst. Du hast dir eine ordentliche Erholungspause verdient.«

Clemmie kritzelte eine Notiz in den Kalender, dass sie vom 21. Dezember bis zum 7. Januar Urlaub machen wolle, aber falls sie gebraucht würde, gern auch ins Büro käme.

Sie sah auf die Daten. Mehr als zwei Wochen. Mehr als zwei Wochen, ohne Guy zu sehen. Das war eine viel zu lange Zeit.

Die folgenden knappen drei Wochen verflogen mit Weihnachtsvorbereitungen, dazu gehörten auch Einkäufe, alleine und mit YaYa, die eine richtiggehende Kunstform daraus machte; außerdem Weihnachtsbäckerei mit Tante Molly und harte Arbeit sowie »intensives Spielen« zu gleichen Teilen.

Clemmie verbrachte einen Abend mit Phoebe und Ben in deren neuer Wohnung und ging an einigen vorweihnachtlichen Abenden mit ihren Freundinnen in Reading aus, wobei sie zu viel Tequila trank, was sie am nächsten Tag bereute.

Die Geschenke für ihre Eltern waren zur Post gebracht; all die persönlich zu überreichenden Gaben waren gekauft und eingepackt, darunter auch YaYas gewünschte Ohrringe, ein Weihnachtsstrumpf mit Frettchen-Leckereien für Suggs und ein Geschenk für Guy, von dem sie wusste, dass sie es ihm eigentlich lieber nicht geben sollte, dem sie aber einfach nicht hatte widerstehen können.

Ohnehin, beruhigte sie sich, war es nur ein Scherzartikel – nichts Persönliches – selbst der zynischste Mann könnte da nichts hineindeuten. Es war einfach nur ein Geschenk unter begeisterten Naturwissenschaftlern.

Der winzige solarbetriebene »Rainbow Maker«, glaubte sie, würde sowohl Guys Liebe zu Farben als auch seine wissenschaftliche Ader ansprechen. Das im Schaufenster eines Geschäfts in Winterbrook aufgebaute Modell hatte sie fasziniert und sie hatte Ewigkeiten zugesehen, wie die schwache Wintersonne den winzigen Solarmotor des Regenbogenmachers angetrieben hatte, der seinerseits die daran befestigten Swarovski-Kristalle zum Kreisen brachte, sodass der ganze Ladenraum von den leuchtenden Farben bewegter, tanzender Regenbogenprismen durchflutet wurde.

Guy, da war sie überzeugt, wäre davon bestimmt ebenso hingerissen wie sie.

»Wie schade«, sagte Guy am Freitag vor Weihnachten, als YaYa zu ihrer letzten Show mit Foxy und Honey aufgebrochen und er mit Clemmie allein im Büro war, »dass sich die Einweihungsparty deiner Freundin mit dem Rockkonzert überschneidet. Ich wäre gerne mitgekommen – und YaYa auch.«

»Hmmm.« Clemmie räumte langsam ihren Schreibtisch auf. »Sie hätten dich auch gerne kennen gelernt.« Eine dicke Untertreibung, vor allem im Hinblick auf Phoebe. Doch auf diese Weise kam sie glimpflich davon, was die Sache YaYa/Steve anging. »Aber es ergeben sich bestimmt noch andere Gelegenheiten. So, hier wäre ich fertig. Wie sieht's mit den Lagerschuppen und dem Labor aus? Möchtest du vor Neujahr noch eine letzte Inventur gemacht haben?«

»Nein, du hast bei uns ohnehin schon wahre Wunder vollbracht. Selbst ich finde Dinge, von deren Existenz ich nicht einmal wusste, und die Katalogisierung der Chemikalien im Computer ist eine Riesenverbesserung. Syd und die Crew sagen, sie wissen gar nicht, wie wir jemals ohne dich zurechtgekommen sind – und ich kann es mir auch kaum noch vorstellen.« Guy lehnte sich in YaYas Stuhl zurück, kraulte Suggs und blickte durchs Fenster in den strömenden Regen und auf den Hochwasser führenden, reißenden Fluss hinaus. »Sieht nicht nach weißen Weihnachten aus – eher nach dunklen, kalten und grauen Festtagen.«

»Vermutlich schneit es dann im März, wie üblich.« Clemmie packte ihre geräumige Zigeunerhandtasche und vergaß auch nicht das grellbunt eingewickelte Geschenk, das YaYa für sie dagelassen hatte. Wahrscheinlich wäre es klüger, es allein für sich aufzumachen, und nicht am Weihnachtsmorgen beim allgemeinen familiären Geschenke-Auspacken im Postladen. Nur für alle Fälle. »Wahrscheinlich gibt es stattdessen weiße Ostern. Also, wir sehen uns dann im neuen Jahr. Ich habe für YaYa und Suggs Geschenke unter den Weihnachtsbaum gelegt.« Den Rainbow Maker hatte sie noch immer in ihrer Tasche. Sie wollte ihn Guy beim Abschied überreichen, damit keine peinliche Situation entstünde. »Ich wünsch dir wunderschöne Weihnachten – und danke – für alles.«

Guy schüttelte den Kopf. »Ich habe dir zu danken. Es war toll, dich bei uns zu haben. Nein, mehr als das. Durch dich hat sich hier alles und für jeden verändert und es …«

Das Klingeln des Telefons unterbrach, was er hatte sagen wollen.

»The Gunpowder Plot. Guy Devlin am Apparat. Was kann ich für Sie tun?«

Clemmie stand auf, streichelte Suggs und sagte Guy mit lautlosen Lippenbewegungen auf Wiedersehen.

»Hallo – was? Ach, Mist!« Er furchte die Stirn und fuhr sich mit den Fingern durchs Haar. »Hättet ihr mir das nicht ein bisschen früher sagen können? Ach so, verstehe, nein – ja, natürlich nicht ... Entschuldige. Nein, nein, macht ihr nur, was ihr für richtig haltet. Überhaupt kein Problem, nein, macht euch eine schöne Zeit. Ja, natürlich kann ich mich anderweitig verabreden. Ja – euch auch ... Alles Gute ...«

Clemmie verzog das Gesicht. »Probleme? Arbeit?«

»Familie.« Guy wirbelte mit dem Stuhl herum. »Das war mein Vater. Mum und ihm ist gerade eine Last-Minute-Teilnahme an einer Winterkreuzfahrt angeboten worden. Jemand hat abgesagt, die Tickets sind übertragbar und spottbillig. Drei Wochen Karibik.«

»Nicht übel ...«

»Sie stechen morgen von Southampton aus in See. Was heißt, dass sie an Weihnachten nicht zu Hause sind. Was heißt, dass ich ein bisschen in der Luft hänge.«

Clemmie sagte nichts. Eine unendliche Vielfalt herrlichster Gelegenheiten wirbelte ihr durch den Kopf. Sie gab sich alle Mühe, sich in diese Gedanken nicht allzu sehr zu vertiefen.

Guy zuckte die Achseln. »Irgendwie ist es aber auch ganz gut so. Ich freu mich zwar jedes Mal, sie zu sehen, will aber immer schon nach vierundzwanzig Stunden ganz dringend wieder weg. Es herrscht in der Weihnachtszeit ja doch nie so ganz die richtige Festfreude und ›O du fröhliche, o du selige ...‹ bei uns zu Hause. Dazu muss man sich viel zu oft zum Dinner in Schale werfen, pflichtschuldig zur Kirche gehen und endlos mit den Nachbarn Sherry trinken.«

»Willst du nicht einfach heimfahren und allein im Haus bleiben?«

»Wozu denn?« Er schüttelte den Kopf. »Ich fühl mich dort nicht wohl. Und Suggs auch nicht. Das ist kein Ort, wo man richtig zu Hause ist – man lebt da wie in einem weißen antiseptischen Kasten, in dem man kaum etwas anzufassen wagt.«

»Könntest du nicht vielleicht mit YaYas Familie feiern?«

»Auf keinen Fall! Ihre Schwestern würden über mich herfallen – und ihre Mutter hat es auch schon bei mir versucht. Mehr als einmal.« Guy grinste. »Sowieso ist deren kleines Haus schon mit viel zu vielen Leuten vollgestopft, außerdem haben sie Hunde, und das ist nichts für Suggs. Nein, ich werde einfach losziehen und in Winterbrook vor Ladenschluss schnell noch ein paar Einkäufe tätigen, und dann machen wir es uns hier mit einem Weihnachtsessen aus der Tiefkühltruhe und Plumpudding aus der Mikrowelle gemütlich und schauen uns schönen Schund im Fernsehen an. Schließlich sind es nur ein paar Tage. Ich freu mich schon richtig darauf.«

»Hauptsache, du fühlst dich wohl dabei.«

»Ich bin schon erwachsen«, sagte Guy beruhigend. »Na ja, so ziemlich. Nein, ich komm bestens zurecht. Und du hast doch sicher zu Hause noch viel zu tun, lass dich also nicht aufhalten.«

»In Ordnung – mach's gut – und danke noch mal. Ich wünsch dir frohe Weihnachten und ein gutes neues Jahr.«

»Ich dir auch, Clemmie. Bis bald.«

Sie hatte gerade die Bürotür erreicht, als ihr der Rainbow Maker wieder einfiel. Sie blieb stehen. »Ich hab da noch was …«

Guy sprach im gleichen Moment. »Da fällt mir was ein – sag nein, wenn du schon andere Pläne hast … Entschuldige, ich hab dich unterbrochen. Was wolltest du sagen?«

»Gar nichts.« Ihre Finger schlossen sich um das Geschenk in ihrer Tasche. »Andere Pläne? Für wann?«

»Morgen Abend. Da ich hier allein sein werde und kein Weihnachten im Schoß der Familie stattfindet, wollte ich fragen, ob du nicht Lust hättest herzukommen und mit Suggs und mir zu Abend zu essen. Sozusagen als eine Art Dankeschön für so vieles, nicht zuletzt für den Siebten Himmel. Es gibt nichts Großartiges – mehr so eine Auswahl aus Heimservice-Speisekarten. Meine Kochkünste würde ich dir nicht zumuten.«

»Deine Spiegeleier waren prima.« Clemmie bemühte sich um einen neutralen Tonfall. Gar nicht so leicht, wo sie doch innerlich Freudensprünge vollführte, vor Begeisterung jauchzte und Purzelbäume schlug. »Mit die besten, die ich je gegessen habe.«

»Das ist sehr nett von dir, und vielleicht ist Spiegelei das Einzige, was ich kochen kann, ohne mich selbst in Brand zu setzen, aber nicht einmal ich würde Spiegelei zum Dinner servieren.« Guy setzte Suggs auf den Boden und schüttelte den Kopf. »Ach was! Clemmie – ich bin doch ein Vollidiot. Nur weil ich ausnahmsweise mal solo bin, vergesse ich ganz, dass andere Leute normale Beziehungen haben. YaYa erzählt mir immer wieder, wie du von deinem ›süßen Jungen‹ träumst. Natürlich wirst du morgen Abend mit ihm etwas unternehmen wollen, und selbst wenn nicht, wäre er wahrscheinlich nicht besonders begeistert darüber, wenn du hierher kämst. Bei unseren Arbeitszeiten findet er sicher, dass ich dich ohnehin schon viel zu lange von ihm fernhalte und …«

»Ich komme sehr gerne.«

»Wirklich? Und er hätte nichts dagegen?«

»Überhaupt nicht. Eigentlich sollte YaYa nicht …« Clemmie brach ab. Es war eindeutig nicht der richtige Moment um einzugestehen, dass der »süße Junge« nur in YaYas Fantasie existierte, und ein noch viel unpassenderer Zeitpunkt, um Guy zu gestehen, wer wirklich der »süße Junge« war. »Ich komme sehr gerne, danke für die Einladung. Wie wär's so um sieben? Oder ist das zu früh?«

»Sieben passt prima. Dann können wir überlegen, ob wir was Indisches oder Chinesisches oder Pizza bestellen wollen – oder was auch immer die exotischen Lieferanten so zu bieten haben.«

Und ich kann dir den Rainbow Maker schenken, dachte Clemmie glückselig, und wenn die Einladung ein Spiegelei zum Frühstück beinhalten sollte, dann wäre es das schönste Weihnachten in meinem ganzen Leben.

Sie lächelte. »Das klingt wunderbar – dann sehen wir uns also morgen. Um sieben.«

23. Kapitel

Der nächste Tag zog sich quälend langsam dahin. Beim Blick auf die Uhr hätte Clemmie fast schwören können, die Zeiger drehten sich rückwärts.

Den ganzen Tag galoppierten ihre Fantasien mit ihr davon, so sehr sie diese auch zu zügeln versuchte. Was wäre, wenn …

In seinen früheren Beziehungen war Guy verletzt und enttäuscht worden, vor allem in seiner kurzlebigen Ehe – aber hatte YaYa nicht irgend so etwas gesagt wie, gute Freundschaft sei die beste Basis für eine Beziehung?

Guy und sie waren ja gute Freunde. Zudem hatten sie schon jetzt darüber hinaus vieles gemeinsam: ihre Begeisterung für Chemie, den Erfolg des Siebten Himmels, das Geheimnis um Allbards magisches Grün …

Vielleicht, möglicherweise, würde sich in ihrem Verhältnis heute Abend aus freundschaftlicher Kollegialität etwas noch viel Aufregenderes entwickeln. Immerhin hätte Guy sie ja nicht eingeladen, wenn er nicht gern mit ihr zusammen wäre, und zwar zu zweit.

All diese Gedanken schob Clemmie beiseite und noch viele andere, die nicht ganz jugendfrei waren, und bemühte sich, ruhig zu bleiben.

Unfähig sich zu entscheiden, was sie anziehen sollte, verteilte sie den gesamten Inhalt ihres Kleiderschranks in ihrem Zimmer.

»Lieber Himmel!«, rief Tante Molly, als sie durch den Türspalt spähte. »Findet hier ein vorweihnachtliches Ausmisten statt? Willst du das alles zu Biff und Hedley Pippin in den Charity Shop bringen? Falls ja, sortier ich auch ein paar Teile aus – dein Onkel Bill hat immer noch Unmengen von Hemden aus den Siebzigerjahren im Schrank hängen, die er auch noch anziehen würde, wenn ich ihn ließe.«

»Ich miste nicht aus«, lachte Clemmie. »Ich suche etwas Passendes zum Anziehen. Guy hat mich heute Abend zum Essen eingeladen.«

»Oooh!« Molly bekam glänzende Augen. »Wie aufregend. Geht ihr in ein schickes Restaurant? In der Stadt? Aber was ist mit diesem netten langhaarigen Burschen – Steve – wird der nicht gekränkt sein?«

»Steve stört das überhaupt nicht«, antwortete Clemmie wahrheitsgemäß, »und Guy hat mich nur zu einem zwanglosen Abendessen bei sich zu Hause eingeladen. Wir gehen nicht aus.«

Tante Mollys Augen glänzten noch etwas mehr. »Aha! Wittere ich da das Aufkeimen einer Romanze? Ein gemütliches Essen daheim zu zweit klingt recht kuschelig, finde ich.«

»Tja, da täuschst du dich. Ehrlich. Guy ist mein Chef, wir sind gute Freunde, aber es gibt keine Romanze. Nicht die Spur. Ich schwör's dir.«

Zumindest, dachte Clemmie mit einem köstlichen Schauer der Erregung, noch nicht …

Molly seufzte. »Wie schade … Erst Steve und nun Guy. Beide ›nur Arbeitskollegen, bloß gute Freunde‹. Wie langweilig, Clemmie! Ja nun, wenn es wirklich so sein sollte, ist es meines Erachtens ziemlich egal, was du anhast, solange du sauber und ordentlich aussiehst.«

Sauber und ordentlich?, dachte Clemmie, nachdem ihre

Tante verschwunden war. Das war so ziemlich das Letzte, was sie für heute Abend im Sinn hatte. Sexy und verführerisch war, was sie zu erreichen hoffte.

Wirkte das nostalgische Kleid vom Rinky-Dink zu dick aufgetragen und zum Äußersten entschlossen? Eindeutig ja. Wie wäre es mit dem langen schwarzen Satinrock über dem Spitzenunterrock und dem silbernen Top, das ihr immerzu von den Schultern rutschte? Nein, auch viel zu eindeutig. Okay, dann vielleicht …

Gegen halb sechs hatte Clemmie bei einem Floris-Duftbad ihre Haare gewaschen und zu einer glänzenden Wolke sich ringelnder dunkelroter Locken getrocknet, mit bühnenreifer Präzision Make-up aufgetragen und sich schließlich für das lange purpurrote Knittersamtkleid und ihre schönsten purpurroten Stiefel entschieden, dazu Ohrringe in Purpur und Silber, die ihr fast bis auf die Schultern reichten.

»Ui, ui, ui!« Molly schmunzelte. »Du siehst bezaubernd aus, Clemmie. Wirklich bezaubernd. Hat Guy Devlin auch ganz sicher kein Auge auf dich geworfen?«

»Nicht im mindesten.« Clemmie zog ihren Mantel an, stopfte den Rainbow Maker in ihre Umhängetasche und nahm die Flasche Champagner, die sie bei Big Sava gekauft hatte. Nicht die Hausmarke, sondern Moët et Chandon. Natürlich würde sie nur ein Glas davon trinken, da sie ja fahren musste. Wenn sie jedoch eingeladen würde, bis zum Frühstück zu bleiben … »Und das wird er auch nicht. Umgekehrt ebenso wenig, also fang bloß nicht an, schon ans Brautkleid zu denken.«

»Als ob ich …«

»Ich nehme den Schlüssel mit. Keine Ahnung, wann ich nach Hause komme, aber ich werde mich bemühen, euch nicht aufzuwecken.«

»Fahr vorsichtig«, mahnte Onkel Bill, als er sie zum Abschied küsste. »Es ist eine scheußliche Nacht da draußen, und es gießt wie aus Kübeln.«

So war es, aber Clemmie störte sich nicht an dem heulenden Wind und dem strömenden Regen, als sie bei Kasabian mitsingend mit auf höchste Stufe gestellten Scheibenwischern selig durch die Dunkelheit in Richtung Winterbrook fuhr und versuchte, nicht auf die Schmetterlinge zu achten, die in ihrem Bauch Purzelbäume schlugen. Sie war reichlich früh dran, aber das machte sicher nichts. Es war ja schließlich keine formelle Abendeinladung und auch kein richtiges Rendezvous …

Vor dem Bootshaus zu parken, war kein Problem, da YaYas Geländewagen nicht da war und Guys BMW während der Weihnachtspause wohl außer Sichtweite am Ende der Auffahrt bei den Firmenwagen von *The Gunpowder Plot* stand, sodass Clemmie bis dicht an die Treppe heranfahren konnte. So könnte sie immerhin zur Eingangstür gelangen, ohne gleich allzu sehr nach ertrunkener Ratte auszusehen.

Im Wohnzimmerfenster sah man einen schwachen Schein – Christbaumbeleuchtung? Kerzen? Kaminfeuer?

Das deutete ja verlockend auf Kuschelromantik hin und bot genau die richtige Atmosphäre für einen Abend, um sich besser kennen zu lernen. Sie musste sich zusammenreißen, um vor lauter Vorfreude nicht in die Hände zu klatschen.

Nachdem sie tief Luft geholt und dann langsam bis drei gezählt hatte, löste Clemmie den Sicherheitsgurt, nahm die Tasche in die eine Hand und den Champagner in die andere und flitzte aus dem Peugeot durch Regen und Wind.

Sie klingelte an der Tür und überlegte, ob sie um das Bootshaus hätte herumgehen sollen, um das zu benutzen, was YaYa immer als Dienstboteneingang bezeichnete: die Hintertür, durch die sie alle jeden Morgen eintraten, um den Weg zwischen Büro und Nebengebäuden abzukürzen.

Nein, nicht heute Abend. Heute Abend war etwas anderes. Nach heute Abend würde vielleicht überhaupt alles anders werden …

Bibbernd drängte sie sich schutzsuchend weiter unter das Vordach. Der Wind zerrte an ihren Haaren und der Regen, der horizontal über den unsichtbar tosenden Fluss geweht wurde, klatschte ihr unangenehme eiskalte Spritzer ins Gesicht. Wenn Guy nicht bald die Tür aufmachte, sähe sie aus wie Struwwelpeters schlampige Schwester.

Mit vor Aufregung trockenem Mund klingelte sie noch einmal, und ihr Herz vollführte unter ihren Rippen einen reichlich gewagten Whoopee-doo!-Stepptanz.

Endlich ging das Licht im Flur an und die Tür öffnete sich.

Clemmie hielt den Atem an. Ihr Herz tanzte Salsa.

»Ja bitte?« Helen, die in hautengen Jeans, makellosen hochhackigen schwarzen Stiefeln und einem winzigen schwarzen Kaschmirpullover unvergleichlich exquisit aussah, strich mit der Hand das blonde Haar zurück. »Wer ist da? Ach, Clemmie – wie nett …«

Clemmie war wie zur Salzsäule erstarrt. Worte formten sich in ihrem Gehirn, schafften es aber nicht ganz bis zu ihren Lippen.

»Oh, Champagner!« Helen nahm die Flasche aus Clemmies gelähmter Hand. »Wie aufmerksam – nicht die Marke, die ich sonst bevorzuge, aber dennoch durchaus trinkbar. Was für eine nette Geste, ein kleines Geschenk zum Fest. Guy wird sicher ganz gerührt sein.«

»Guy …?« Clemmie schaffte es endlich, eine Verbindung zwischen Gehirn und Zunge herzustellen. »Ist er da?«

»Beschäftigt …«, antwortete Helen gurrend, und es gelang ihr, diesem einen Wort den unverkennbaren Unterton nicht jugendfreien Schlafzimmergeschehens zu verleihen. »Ich werde ihm ausrichten, dass Sie vorbeigeschaut haben. Lassen Sie sich nicht aufhalten.«

Hinter ihr, in der schwach beleuchteten Diele, platzten plötzlich Kacki, Kotzi, Rotz und Ratte lautstark aus dem Wohnzimmer und strömten in Richtung Küche.

»Wetten es ist nicht eine verdammte Wii in einem dieser verdammten Geschenke!«

»Wenn ich ein scheiß Buch kriege, muss ich kotzen!«

»Mammi! Mir ist so stinklangweilig!«

»Hallo Clemmie. Wie nett, dich wiederzusehen. Frohe Weihnachten. Ich wünsche dir schöne Festtage.«

Ivo, dachte Clemmie benommen, ist nach wie vor verzaubert.

»Der arme Ivo ist noch immer in Therapie. Wir konnten sein Trauma bislang nicht ergründen.«

Clemmie sagte nichts. Was gab es da zu sagen? Ivos »Trauma« erinnerte sie an Guy. Jedes verdammte Detail hier erinnerte sie an Guy. Ihr ganzes restliches Leben würde ein erbarmungsloser Reigen herzzerreißender Erinnerungen werden.

»Die Kinder sind sooo aufgekratzt heute Abend«, erklärte Helen. »Und nicht nur sie – wenn auch aus völlig anderen Gründen natürlich. Nun, dann will ich Sie mit den besten Wünschen zum Fest Ihrer Wege schicken, ehe das Wetter wirklich ungemütlich wird. Ich sehe, Sie haben sich mit Ihrem Erscheinungsbild durchaus Mühe gegeben und haben wohl noch eine nette Verabredung, von daher werde ich Sie nicht weiter aufhalten. Ich werde Guy natürlich wissen lassen, dass Sie da waren.«

Fest entschlossen, in der Öffentlichkeit nicht zu heulen oder zu schreien und sich auch nicht auf den Boden zu werfen und den nassen Kies mit den Fäusten zu bearbeiten, dehnte Clemmie die kalten steifen Lippen zu einem gefrorenen Lächeln.

»Ja, tun Sie das. Ich hatte eigentlich nicht erwartet, Sie hier anzutreffen …«

»Ich konnte ihn doch schließlich an Weihnachten nicht allein lassen, oder? Sobald er erfahren hatte, dass seine Eltern verreisen, war er am Telefon und bat mich, zu kommen und zu bleiben. Es ist schwer, Guy etwas abzuschlagen. Und natürlich glimmt da noch immer ein Funke zwischen uns …«

Clemmie wurde richtig übel.

Helen löste eine aschblonde Strähne von ihrem Lipgloss und spähte über Clemmies Schulter. »Ach, Sie haben immer noch diesen alten Peugeot? Haben Sie meinen Wagen gesehen?«

»Nein! Denn sonst …«

Halts Maul, Clemmie, befahl sie sich selbst. Halt einfach das Maul.

»Sie haben wohl sicher den Jaguar erwartet, nicht wahr?«

Clemmie, die offenbar gar nichts erwartet hatte, schüttelte den Kopf.

»Ich habe den alten letzte Woche abgestoßen«, schnurrte Helen. »Es war zu peinlich, auf dem Weg zur Schule mit dem Modell vom Vorjahr gesehen zu werden. Die Kinder haben sich geschämt, und ich musste ernsthaft befürchten, sie könnten gehänselt werden. Der neue steht da drüben. Hübsch, nicht wahr?«

Clemmie schluckte die Mischung aus bitterer Enttäuschung, brennendem Schmerz und flammendem Zorn, die sie zu ersticken drohte, herunter, wandte sich um und floh durch das Unwetter türenknallend in den bescheidenen Unterschlupf, den der Peugeot ihr bieten konnte.

Aus dem Augenwinkel sah sie, wie Helen mit triumphierendem Lächeln die Tür zumachte.

»Neeiin!«, schrie Clemmie und hämmerte mit den Fäusten aufs Lenkrad. »Wie konnte er das tun – und mir das antun? Der

Mistkerl! Ich hasse ihn! Und Helen auch! Aber ihn am meisten – zum Teufel, ich hasse ihn!!!«

Blindwütig ließ sie die Gangschaltung krachen und steuerte den Peugeot ruckelnd vom Bootshaus fort.

Die zornigen Tränen ungeduldig fortwischend hielt sie an der Baustellenampel vor Winterbrook und fragte sich, wohin in aller Welt sie fahren könnte. Nicht nach Hause. Es war viel zu früh und außerdem würden Molly und Bill mitfühlend und freundlich reagieren, und das würde alles nur noch schlimmer machen.

Die Scheibenwischer zuckten höhnisch hin und her; das Rotlicht wirkte im prasselnden Regen dumpf und verschwommen, durch ihre Tränen verstärkte sich der Effekt noch.

Bei diesem Wetter und in dieser Verfassung durch die Gegend zu fahren, war Irrsinn, wurde Clemmie klar. Sie war nicht in der geeigneten Verfassung, überhaupt Auto zu fahren. Aber wo sollte sie hin? Alle ihre Freundinnen hatten eine Beziehung und diese traute Zweisamkeit könnte sie einfach nicht ertragen. Nicht heute Abend.

Aber mit Phoebe war es doch etwas anderes. Phoebe und Ben kannte sie seit Kindertagen. Die beiden hätten nichts dagegen, wenn sie für eine Stunde hereinschneite, um sich auszuweinen. Nicht etwa, beschloss Clemmie, als die Ampel auf Grün schaltete und sie von der Baustelle in Richtung Hazy Hassocks fuhr, dass sie vorhatte, Phoebe die ganze traurige Geschichte zu erzählen.

Auf keinen Fall.

Schließlich gelang es ihr, in der dunklen und nassen Winchester Road einen Parkplatz zu finden. Clemmie eilte den Weg zu Phoebes Haus entlang und klingelte. Vielleicht waren sie ausgegangen? Vielleicht hätte sie vorher anrufen sollen?

Anrufen ... Warum zum Teufel hatte Guy sie eigentlich nicht

angerufen, um ihr zu sagen, dass er seine Pläne geändert und Helen eingeladen hatte?

Warum nicht? Clemmie biss die Zähne zusammen. Natürlich, weil er eindeutig dafür sorgen wollte, dass sie wusste, wo sie stand! Das war es. Er wusste, dass Clemmie blödsinnig in ihn verliebt war, und hatte diesen grässlich grausamen Weg gewählt, um sicherzugehen, dass sie auf Abstand ging und ihn in Ruhe ließ.

So ein brutaler, fieser, herzloser Mistkerl!

Phoebe öffnete die Tür. »Clemmie! O Gott – du bist ja klatschnass! Äh, komm rein.«

Clemmie tapste in Phoebes adrette Diele. In den wenigen Wochen, in denen Ben und sie hier wohnten, hatten sie aus der Wohnung ein schickes, makelloses Zuhause gemacht. Das war ganz Phoebe, dachte Clemmie, klare helle Farben, kein Schnickschnack und jeder einzelne Gegenstand immer genau an seinem Platz. Sie selbst hätte in dieser Umgebung keine zehn Minuten behaglich wohnen können.

Etwas aufgeschreckt wirkend scheuchte Phoebe sie ins Wohnzimmer, das zu Weihnachten designermäßig in verschiedenen Schattierungen von Creme und Gold stilvoll dekoriert war.

»Hi.« Ben, ebenso adrett und blond und ordentlich wie Phoebe, saß in einem Sessel neben dem modernen weißen Gaskamin und blickte auf. »Ach, Clemmie – du bist ja halb ertrunken. Äh – waren wir verabredet?«

Clemmie starrte die beiden an, während der Regen von ihren Haaren tropfte und über ihr Gesicht rann. »Ach herrje, entschuldigt bitte – ich geh schon wieder.«

Jetzt erst fiel ihr auf, dass Phoebe und Ben beide in Abendgarderobe waren. Phoebe sah wundervoll aus in ihrem bodenlangen schwarzen Ballkleid und Ben wirkte im Smoking mit Fliege nicht minder beeindruckend.

»Es tut mir leid, Clemmie, aber unser Taxi kommt jede Minute. Heute Abend ist die Weihnachtsgala von Bens Firma mit Dinner und Tanz. Du hättest anrufen sollen …«

»Ja … ja … entschuldige. War dumm von mir.«

»Clemmie?« Phoebe musterte sie. »Hör mal, wenn wirklich irgendwas nicht in Ordnung ist, kann Ben ja das Taxi nehmen und ich komme später nach.«

Ben sah nicht so aus, als wäre er von dieser Idee sonderlich begeistert.

»Red keinen Quatsch«, sagte Clemmie und rang sich ein Lächeln ab. »Mit mir ist alles in Ordnung – ich häng nur gerade ein bisschen in der Luft und – wollte fragen, ob du nicht Lust hast, mit mir was trinken zu gehen. Ich hätte anrufen sollen. War blöd von mir – ich geh jetzt.«

»Ist wirklich alles okay?« Phoebe sah besorgt aus. »Ist irgendwas passiert? Du hast doch geweint, oder?«

»Nein! Das kommt nur von dem Wind, da tränen mir die Augen, und vom Regen, und …«

»Das klingt nach unserem Taxi.« Ben stand auf und machte kurze, ruckartige Bewegungen mit dem Kopf.

Clemmie schniefte und versuchte zu lächeln. »Gut, ich bin dann weg. Habt eine schöne Zeit, ich melde mich mal an den Feiertagen.«

»Da sind wir leider nicht da.« Phoebe fummelte mit ihrer Jacke und ihrer Tasche herum. »Wir teilen uns zwischen meinen Eltern und Bens Familie auf. Aber du kommst doch zu unserer Einweihungsparty, oder?«

»Ja – die würde ich mir um nichts in der Welt entgehen lassen.« Clemmie trottete unglücklich zur Tür. »Machs gut, Ben, und frohe Weihnachten Phoebe.«

»Dir auch, Clemmie, bis dann.«

Eine halbe Stunde später, nachdem sie ziellos mehrere Runden durch das nasse und windige Hazy Hassocks mit seinen verlassenen Straßen und halb zerfetzten Weihnachtsdekorationen gefahren war, sah Clemmie ein, dass sie nach Bagley zurückmusste.

So wie sie sich fühlte, und so grauenhaft wie sie aussah, konnte sie nirgendwohin. Schon gar nicht allein. Und wie Phoebe und Ben wären sicher all ihre Freundinnen an diesem letzten Freitag vor Weihnachten mit ihren jeweiligen Partnern zusammen und unternähmen etwas wunderbar Festliches.

In ihrem ganzen Leben hatte sie sich noch nie so einsam gefühlt.

In der inständigen Hoffnung, dass Molly und Bill ins Barmy Cow gegangen wären oder hermetisch abgeriegelt im Wohnzimmer vor dem Fernseher säßen und sie nicht kommen hörten, steuerte Clemmie heim nach Bagley cum Russet.

Natürlich würde sie *The Gunpowder Plot* verlassen müssen. Sie konnte nun mit Guy nicht länger zusammenarbeiten. Nicht mit Helen und den Kindern vor Ort, deren Gegenwart allein schon Clemmies sämtliche Hoffnungen und Träume verhöhnte. Nicht in dem Bewusstsein, dass sie in Guys Augen nur noch so eine von diesen blöden und bedürftigen und bedauernswerten Frauen war wie Tarnia Snepps und all die anderen.

Der Teufel sollte ihn holen! Nicht nur, dass er ihr Herz gebrochen und all ihre albernen romantischen Tagträume hatte zerplatzen lassen, er hatte es ihr noch dazu unmöglich gemacht, weiter in dem einzigen Job zu arbeiten, den sie sich jemals im Leben gewünscht hatte.

Auf einen Streich hatte sie nicht nur den Mann verloren, den sie liebte – liebte? Ha! Wohl eher, in den sie sich blödsinnig verknallt hatte! –, sondern auch den besten Job der Welt.

Und dann gab es da ja auch noch YaYa und Suggs.

Als sie beim Postladen vorfuhr, fühlte sich Clemmie ebenso trostlos wie das eisige Dezemberwetter es war.

Weihnachten …

Sie konnte doch nicht hierbleiben und so tun, als sei alles in Ordnung, und sich an all den fröhlichen Bräuchen beteiligen, während ihr innerlich das Herz blutete! Unmöglich, zwei Wochen mit ihrer Tante und ihrem Onkel zu verbringen, die unfehlbar merken würden, was los war, ganz gleich wie sehr sie ihren Kummer zu verbergen suchte. Unmöglich, sich mit ihren Freundinnen zu treffen, die alle vor Liebesglück strahlten und gelungene Beziehungen führten.

Das ginge einfach nicht.

Sie schlich ins Haus, ohne Molly und Bill zu stören, die, dem Gelächter hinter der Wohnzimmertür nach zu urteilen, zum Glück bei irgendeiner amüsanten Sendung vor dem Fernseher klebten, und taumelte die Treppe hinauf.

Rasch riss Clemmie sich das purpurne Kleid, die Stiefel und die Ohrringe vom Leib und schleuderte ihre Tasche quer durchs Zimmer. Sie hüllte sich in ihren flauschigen Morgenmantel, schaltete den Fernseher ein und legte sich aufs Bett, um wieder warm zu werden.

Sie zappte durch die Programme, schreckte aber zurück vor all dem weihnachtlichen Friede, Freude, Eierkuchen. Sie schaltete den Ton ab und kramte in ihrer Tasche nach ihrem Handy.

Hu! Sie hatte drei Nachrichten – alle von Guy. Er wollte wohl sichergehen, dass sie die eine Botschaft, auf die es ihm angekommen war, auch verstanden hatte.

Sie besah sich den Inhalt ihrer Handtasche, der auf dem Bett verstreut lag. Was war sie doch für eine blöde Kuh!

Der Rainbow Maker in seiner liebevoll ausgewählten farbenfrohen Verpackung lag mitten im Chaoshaufen ihrer Blödheit: Make-up-Beutel, Gesichtsreinigungstücher, Deodorant, Zahnbürste, Feuchtigkeitscreme und frische Unterwäsche. All diesen Kram hatte sie in ihre Tasche gestopft, in der hoffnungsfrohen Erwartung, dass sie vielleicht im Bootshaus übernachten würde.

Alles handfeste Beweise für ihre blinde Einfältigkeit.

Sie musste weg von alledem.

Clemmie wischte sich mit dem Ärmel des Bademantels die Augen trocken, rollte sich vom Bett und schaltete ihren Computer an. Gelobt sei der Herr für Internet und Kreditkarten.

Nicht einmal eine Stunde später hatte sie für den nächsten Tag einen Flug von Heathrow nach Inverness gebucht, die öffentlichen Verkehrsverbindungen vor Ort geklärt und mit ihrer Mutter gesprochen, die sich riesig gefreut und gleich bereiterklärt hatte, sie für die letzte Etappe der langwierigen Reise in Thurso mit dem Auto abzuholen.

Sie würde Weihnachten im Schoß der Familie verbringen.

24. Kapitel

Dieser Januar war einfach der schlimmste Monat in Clemmies ganzem Leben. Das kalte, graue, nasse und windige Wetter hielt nach wie vor an. Die einzige Aufheiterung bestand in dem Stapel Fotos, die aus Milton St. John angekommen waren: Luke und Suzy, die sich warm eingemummelt vor dem Standesamt nach der Zeremonie in die Augen sahen; überbordendes Glück und flammende Liebe füreinander sprach aus ihrem Lächeln und ihrem Blick.

Abgesehen davon, fand Clemmie, war alles andere nur noch düster und hoffnungslos.

Sie kehrte am Morgen des siebten Januar mit einem Kündigungsschreiben in ihrer Handtasche zu *The Gunpowder Plot* zurück.

Guy war nicht da. Helen auch nicht.

Suggs kam freudig aus seinem Sofabett gesaust und richtete sich an ihren Knien auf, bis sie ihn hochhob und knuddelte. Der Blick aus seinen von der dunklen Banditenmaske umgebenen Augen war beinahe ebenso traurig wie ihrer.

YaYa kam aus der Küche ins Büro und begrüßte sie mit so überschwänglicher Begeisterung, dass sie am liebsten gleich wieder losgeheult hätte. Sie umarmten sich und bedankten sich gegenseitig für die Geschenke.

YaYa trug die Ohrringe, die Clemmie ihr zu Weihnachten geschenkt hatte. Clemmie hatte die herrliche, wenngleich außerordentlich knappe La-Perla-Unterwäsche aus YaYas Weihnachtsgeschenk allerdings nicht an.

Nach dem Austausch von Nettigkeiten berichtete YaYa zum Glück lang und breit von ihren adventlichen Auftritten mit Honey Bunch und Foxy und schilderte alle Einzelheiten ihres turbulenten Familienweihnachtsfests, sodass Clemmie nicht viel sagen musste.

Sie erzählte YaYa kurz, dass sie »aus einer Laune heraus« nach Schottland gefahren war, und sagte, es sei sehr schön gewesen. Das stimmte auch, selbst wenn die Reise sie immer übel schlauchte.

Ihre Eltern hatten sich riesig gefreut, sie zu sehen, und das beruhte auf Gegenseitigkeit. Sie verbrachten ein ruhiges familiäres Weihnachtsfest mit allem, was dazugehört, hatten die Freunde ihrer Eltern besucht, und Clemmie war jedes sehenswerte Plätzchen gezeigt worden, das die Highlands im Umkreis von fünfzig Kilometern zu bieten hatten. Außerdem hatte es geschneit und sie hatte an Silvester den fröhlichen Trubel eines echten schottischen Hogmanay miterlebt.

Und was am wichtigsten war, sie hatte für die Dauer ihres Aufenthalts beinahe die ganze scheußliche Demütigung aus ihren Gedanken verbannen können. Beinahe, allerdings nicht ganz.

Es war unmöglich, Guy aus ihrem Herzen und ihren Gedanken zu vertreiben, sein Gesicht war das Letzte, das sie jeden Abend vor dem Einschlafen vor sich sah, und das Erste, was ihr morgens nach dem Aufwachen in den Sinn kam.

Und dann war jedes Mal auch der Schmerz wieder da gewesen, aber sie hatte versucht, sich ihren Kummer nicht anmerken zu lassen.

Molly und Bill waren über die Änderung ihrer Pläne in letzter Minute sehr erstaunt gewesen, hatten aber nicht versucht, sie zum Bleiben zu überreden. Sie waren ohnehin immer der Meinung, dass sie ihre Eltern öfters besuchen sollte.

»Nach Weihnachten ist meistens nicht viel los«, sagte YaYa, als sie die Dekoration abhängten. »Wird Zeit, dass wir das Zeug loswerden – ich finde es ja eigentlich sinnlos, immer erst die zwölf Raunächte abzuwarten. Wirkt doch irgendwie albern, wenn alles vorbei ist.«

Clemmie nickte. Alles vorbei … Schreckliche Worte.

»Und es gibt keine Aufträge, weder für Feuerwerke noch für Travestie, weil alle kein Geld mehr haben. Normalerweise verbringen wir diesen Monat damit, aufzuräumen, Inventur zu machen, die Faltblätter und Kataloge für die neue Saison rauszuschicken und warten auf etwas besseres Wetter und Kunden, die etwas besser bei Kasse sind.« YaYa zog eine Grimasse und zündete sich eine Zigarette an. »Ich hasse den verdammten Januar. Ich weiß ja nicht, wie es dir damit geht, Süße, aber meine guten Vorsätze haben sich alle schon wieder in Rauch aufgelöst. Wie du siehst, habe ich für gerade mal dreiundzwanzig Stunden mit Rauchen aufgehört. Bist du standhafter bei so was?«

Clemmie, die gerade Suggs von der Schachtel mit den Christbaumkugeln wegholte, erinnerte sich schmerzlich daran, wie glücklich sie noch vor wenigen Wochen gewesen war, als sie voller Begeisterung das Bootshaus mit all dem Glitzerkram behängt hatten, und murmelte nur, sie habe gar keine Vorsätze gefasst.

YaYa zuckte die Achseln und blies eine Rauchwolke durch den Raum. »Ist wahrscheinlich das Beste. Allerdings«, sie unterbrach das einhändige Aufwickeln von Lametta zu einem Ball, »will ich doch sehr hoffen, dass Guy sich zumindest eines vorgenommen hat.«

Clemmie blickte nicht auf. »Warum?«

»Weil er, seit ich zurückgekommen bin, so unglaublich mies drauf ist. Ich hoffe, er beschließt, wieder etwas bessere Laune zu bekommen. Er will mir nicht sagen, was los ist – dabei erzählt er mir sonst immer alles. Ich weiß nur, dass er Weihnachten nicht zu seinen Eltern fahren konnte, aber ich kann mir nicht vorstellen, dass das der Grund für seine schrecklich schlechte Laune sein könnte. Eher im Gegenteil.«

Clemmie sagte gar nichts.

»Hattet ihr beide einen Streit, Süße?« YaYa sah sie aufmerksam an. »Während ich weg war? Ist irgendwas vorgefallen?«

»Nein.«

»Sicher nicht?«

»Gar nichts.«

»Tja … daran liegt es also nicht.« Sie seufzte. »Ich weiß wirklich nicht, was er für ein Problem hat. Ich hoffe, du nimmst es mir nicht übel, wenn ich das sage, aber du machst auch nicht den Eindruck, als ob dir der Urlaub sonderlich gut bekommen wäre. Du siehst aus, als hättest du einen Monat lang kaum geschlafen.«

»Ist wahrscheinlich der Jetlag«, versuchte Clemmie zu scherzen. »Es ist eine weite Reise nach Caithness. Und dann bin ich Freitagabend praktisch direkt vom Flughafen aus zu Phoebes Party gegangen.«

»Du Glückliche«, sagte YaYa. »Wir haben uns bei dem Rockkonzert vielleicht was abgefroren – und es war wirklich ein übler Reinfall. Ich hatte einen Backstage-Ausweis und hab keine einzige der Bands gekannt. Ich kam mir dermaßen alt vor, Süße, das glaubst du gar nicht. Das waren Kinder! Die haben nicht mal meine Sprache gesprochen. Und dann ist auch noch der Großteil des Publikums in der Pause nach Hause gegangen und hat sich das Feuerwerk gar nicht mehr angesehen. Und

Guy – na ja! Man hätte glauben können, jemand hätte ihm den Humor herausoperiert.«

Clemmie zuckte die Achseln. Was kümmerte sie das? Wenn Guy unglücklich war, weil Helen ihm aufs Neue das Leben zur Hölle machte, dann geschah es ihm gerade recht.

»Wo ist er heute?«

»Keine Ahnung, Schätzchen. Arbeiten, nehme ich an. Checkt wahrscheinlich einen neuen Abbrennplatz aus. Er hat kaum ein Wort mit mir gesprochen, seit ich aus Brighton zurück bin. Ich dachte schon, ich hätte irgendwas angestellt, aber er meinte, nein. Also, wenn es an mir nicht liegt und nicht an dir, wissen nur die Götter, an was oder an wem.«

Clemmie wusste es, wollte es aber nicht sagen. Auf keinen Fall. Guy würde YaYa zum gegebenen Zeitpunkt schon noch erzählen, was für eine blöde verblendete Kuh Clemmie gewesen war. Hoffentlich erst lange, nachdem sie *The Gunpowder Plot* verlassen hatte.

Das Telefon klingelte. Beide stürzten sich darauf. YaYa war zuerst dran.

»Wer, bitte? Ach ja – ja, mein Guter. Hi. Nein, er ist gerade nicht da. Kann ich helfen? Nein? Ja, ich sag Guy Bescheid, dass er Sie zurückrufen soll, sobald er kommt. Vielen Dank. Auf Wiederhören.«

»Wer war das?«, fragte Clemmie gleichgültig. Es spielte eigentlich keine Rolle mehr. Sie wäre ja nicht mehr lange hier. Was bei *The Gunpowder Plot* passierte, ging sie nichts mehr an.

»Ellis Blissit, der Typ mit der geheimen Hochzeit aus Steeple Fritton. Wollte mit Guy sprechen, nicht mit mir. Klang aber so weit okay – er wollte Guy sagen, dass er sich wegen der Feuerwerksmusik was anderes überlegt hat, sofern es dafür noch nicht zu spät ist, von daher ist das Geheimnis wohl nach wie vor geheim und die Hochzeit steht noch immer auf dem Plan.«

»Gut.«

Clemmie hob eine herumstreunende Reißzwecke auf, bevor Suggs sie fressen konnte. Ihre Augen brannten. Sie hatten so viel Spaß gehabt in Steeple Fritton, und sie hatte sich so darauf gefreut, das Hochzeitsfeuerwerk für Ellis und Lola zu sehen; und natürlich, da es ja auch Guys Geburtstag war, auch darauf, hoffentlich mit ihm zusammen zu feiern.

Nun wäre sie schon lange vorher weg und würde nie erfahren, was geschah. Würde nie wissen, ob Lola nun Mrs Blissit wurde oder ob Guy einen glücklichen Valentins-Geburtstag hätte. Alles weil …

Sie schluckte rasch. Ach, verdammt – eines aber musste sie wissen.

»Wie kommst du mit Helen zurecht?«

YaYa verzog das Gesicht. »Helen? Helen? Warum sollte ich mit Helen zurechtkommen? Ich habe Helen lange nicht gesehen, Süße. Nicht, seit sie und die Monster sich Ende letzten Jahres verdrückt haben.«

Nicht einmal darin konnte Clemmie irgendwelchen Trost finden. Helen war also wieder gegangen – na und? Spielte das eine Rolle? Offenbar hatten Helen und Guy eine Hin-und-her-Beziehung, und im entscheidenden Moment war sie hier bei ihm gewesen. Und solange die beiden immer wieder zusammenkamen, gab es in Guys Leben keinen Platz für jemand anders.

YaYa runzelte die Stirn. »Wie in aller Welt kommst du auf die Idee, Helen sei wieder da, Süße?«

»Weil, na ja, weil sie am Freitag vor Weihnachten hier war, als du wegen deiner Auftritte mit Honey und Foxy unterwegs warst – und ich – na ja, ich hatte angenommen, sie würde bleiben.«

»Nur über meine Leiche«, fauchte YaYa. »Irgendwie überrascht es mich nicht, dass sie zu einer Stippvisite herkam, als ich nicht da war. Allerdings kann ich mir nicht vorstellen, warum Guy längere Zeit mit ihr verbringen wollen sollte. Hab ich noch nie verstanden. Er schien doch mächtig erleichtert zu sein, als sie sich das letzte Mal verpfiffen hat. Aber andererseits scheint Guy ihr gegenüber schlecht Nein sagen zu können – wie du ja weißt.«

Ja, dachte Clemmie betrübt, das wusste sie nur zu gut.

»Das einzig Gute daran«, fuhr YaYa fort, »ist, dass sie diesmal offenbar nicht lange geblieben ist; aber das heißt nicht, dass sie nicht wiederkommt. Insbesondere, da *The Gunpowder Plot* nun so gut im Geschäft ist. Diese geldgeile Hexe reibt sich in gieriger Vorfreude bestimmt schon die designerbehandschuhten Hände.« Sie knurrte. »Ich wundere mich allerdings, warum Guy ihren Besuch mir gegenüber nicht erwähnt hat. Wir haben keine Geheimnisse voreinander – ich muss ihn danach fragen.«

»Besser nicht«, warf Clemmie rasch ein, »wenn es ihm gerade nicht gut geht. Helen zu erwähnen, macht womöglich alles nur noch schlimmer.«

»Kann sein … Aber wenn Helen gleich nach Weihnachten wieder nach London zurück ist, und da Guy es normalerweise kaum erwarten kann, sie von hinten zu sehen, kann ich mir nicht vorstellen, dass er ihretwegen so deprimiert und reizbar ist.«

Ich schon, dachte Clemmie unglücklich, als sie den Deckel auf die letzte Schachtel setzte: wenn sie die ganzen Weihnachtsfeiertage bei neu entflammter Leidenschaft oben im Bett verbracht haben, während Kacki, Kotzi, Rotz und Ratte im Erdgeschoss mit ihren Wiis gespielt haben.

Sie hob Suggs vom Klebebandroller fort. Er bedachte sie mit

einem seiner besten bösen Blicke, kuschelte sich dann unter ihr Kinn und schnüffelte tröstend an ihrem Hals. Ach Gott … die Tränen stiegen ihr in die Augen.

Suggs und YaYa – die beiden würde sie schrecklich vermissen.

»Clemmie? Ach, Süße, was ist denn los?«

»Nichts.«

»Ach, ich weiß! Jetzt verstehe ich! Es ist wegen deinem Freund, nicht wahr? Ihr habt euch getrennt! Er hat Schluss gemacht! An Weihnachten? Während du weg warst? Der Mistkerl! Ach, du armer Schatz … Komm, lass uns in der Küche Kaffee trinken und Kuchen essen, und dann kannst du mir alles erzählen.«

Sie hatte sich so daran gewöhnt, nicht die ganze Wahrheit zu sagen, dachte Clemmie, als sie mechanisch am Küchentisch ihr drittes Doughnut aß, dass es überraschend leicht fiel, YaYa glauben zu lassen, die Trennung von dem legendären ›süßen Jungen‹ wäre die Ursache ihrer Verzweiflung. Im Grunde, dachte sie, musste man eigentlich gar nichts sagen. Nur andere Leute ihre Schlussfolgerungen ziehen lassen.

Wie Phoebe.

Die Einweihungsparty war eine Katastrophe gewesen. Noch nie weniger in Partystimmung hatte Clemmie den Großteil des Abends in einer Ecke der makellosen Wohnung gekauert und dabei zugesehen, wie sich ihre Freundinnen – Phoebe, Amber, Sukie, Chelsea, Fern und Lulu – allesamt prächtig amüsierten. Und hatte beobachtet, wie deren sie liebende Partner mit ihnen lachten.

Sie war als Einzige alleine da. Selbst Bens Freunde und Arbeitskollegen und die Mädchen von Paulines Cut 'n' Curl waren alle mit jemandem zusammen.

Und obwohl ihre Freundinnen sie in die abendlichen Aktivitäten wie Singen und Tanzen und Trinken und Partyspiele, bei denen sie eher halbherzig mitmachte, mit einbezogen hatten, war ihr stets bewusst gewesen, dass sie solo war. Und den anderen auch.

Normalerweise hätte das gar keine Rolle gespielt. Wie sie selbst, sahen sich auch alle anderen als starke, unabhängige Frauen, die ein eigenes Leben führten und niemandes Marionette waren. Es war nur einfach scheußlich, bei einer Party die Überzählige zu sein. Vor allem, da sie so große Hoffnungen gehabt hatte.

»Zum Glück sind die Lancasters, die Nachbarn über uns, nicht da«, hatte Phoebe ein ohrenbetäubendes Stück von Take That schreiend übertönt. »Ich hab sie eingeladen, damit sie sich nicht über den Krach beschweren, aber seit wir eingezogen sind, waren sie die meiste Zeit irgendwo unterwegs. Vielleicht arbeiten sie im Ausland oder so.«

Und Clemmie hatte gesagt, das sei sicher ein großer Vorteil, und hatte dann weiter herumgehangen.

Später hatte Phoebe die Musik ausgestellt und errötend verkündet, dass Ben und sie sich am Silvesterabend verlobt hätten – auch wenn es noch nicht richtig offiziell sei, da sie noch keine Ringe hatten oder so –, aber im kommenden Juni würden sie definitiv heiraten.

Alle hatten sie mit Umarmungen und Begeisterungsrufen und Glückwünschen überhäuft, auch Clemmie hatte es ehrlich gemeint, als sie sagte, hoffentlich hätten sie ein herrliches Leben zusammen.

Dann hatte sie sich, sobald es im Rahmen der Höflichkeit möglich war, entschuldigt – lange Reise, zu wenig Schlaf während der Feiertage – und war gegangen.

»Wir sind ja schon froh, dass du gekommen bist«, hatte

Phoebe gesagt und sie umarmt, als sie Clemmie zur Tür brachte. »Es muss ja in Schottland eine ganz schön hektische Zeit für dich gewesen sein, und wirklich schmerzhaft, von deiner Mum und deinem Dad wieder Abschied zu nehmen. Ich vermisse meine Eltern auch sehr, seit wir hier eingezogen sind, und dabei wohnen sie nur ein paar Minuten entfernt in Bagley. Du Ärmste.«

»Ich freu mich wirklich, dass ihr heiratet, Ben und du«, hatte Clemmie geschnieft. »Ach, entschuldige – wenn es um Hochzeiten geht, werde ich immer ganz sentimental.«

»Du wirst doch unsere erste Brautjungfer, nicht wahr?«

»Echt? O ja – ja, natürlich. Schrecklich gerne. Vielen Dank, und ich freu mich für dich, Phoebe. Tut mir leid, dass ich heute so ein Partymuffel bin.«

»Kein Problem«, hatte Phoebe strahlend geantwortet und Clemmie nachgewinkt. »Macht doch nichts.«

»… und andere Mütter haben auch schöne Söhne«, sagte YaYa, die gerade versuchte, Marmelade, Sahne und Doughnut-Krümel von Suggs' Pfoten zu wischen. »Ach, ich weiß, dass du das jetzt nicht hören willst, aber die Zeit heilt alle Wunden, Süße. Du wirst jemand kennen lernen, der um vieles besser zu dir passt, wirst schon sehen.«

»Kann sein«, sagte Clemmie. »Aber irgendwie bezweifle ich das. Trotzdem danke für dein Verständnis – und für die Süßigkeiten.«

»Geht doch nichts über einen Zuckerflash, um die Stimmung aufzuhellen«, meinte YaYa und tätschelte Clemmies Hand. »Ach, zum Teufel, Schätzchen, schau mal, wie ich aussehe. Ich hab die ganze Küchenrolle für Suggs aufgebraucht und jetzt sind meine Ärmel bis zu den Ellenbogen voller Marmelade.«

»Ich hab ein Taschentuch.« Clemmie hievte ihre Tasche auf den Tisch. »Irgendwo hier drin …«

»Dank dir, Süße – ach, was ist das denn? Ein Liebesbrief an Guy?«

Clemmie schnappte sich schnell wieder den Briefumschlag, der aus ihrer Tasche gerutscht war. »Das ist privat.«

YaYa sah sie über den Tisch hinweg prüfend an. »Nenn mich ruhig eine blöde alte Zynikerin, aber ich erkenne ein Kündigungsschreiben, wenn ich eines sehe – und das ist eine Kündigung. Man hat dir wohl ein besseres Angebot gemacht? Wegen dieser Siebter-Himmel-Feuerwerksbatterie? Einer von den großen Fischen hat von dir gehört und sich bei dir gemeldet? Und du hast Ja gesagt. Ach, deshalb ist Guy so stinksauer …«

»Guy weiß nicht, dass ich kündige«, warf Clemmie rasch ein. »Noch nicht. Und ich möchte auch nicht, dass du es ihm erzählst. Versprich mir, dass du nichts sagst. Außerdem habe ich kein besseres Angebot. Daran liegt es nicht.«

»Woran denn dann, Süße? Ist es, weil es mit deinem Freund aus ist? Willst du hier weg, irgendwo anders hinziehen und einen ganz neuen Anfang machen?«

Clemmie schüttelte den Kopf.

»Ja aber warum denn dann, verdammt noch mal? Du darfst nicht gehen, Clemmie! Du bist doch meine Freundin!«

»Und du bist meine Freundin«, schniefte Clemmie. »Und ich liebe es, hier zu arbeiten, und ich liebe Suggs und, na ja, alles – aber ich muss einfach gehen.«

YaYa seufzte schwer. »Okay, wenn es einen wirklich triftigen Grund gibt.« Sie sah Clemmie durchdringend an. »Aber tu es noch nicht jetzt. Warte noch ein bisschen. Bitte. Ich verspreche, dass ich zum ersten Mal in meinem Leben Guy kein Sterbenswörtchen erzähle, wenn du versprichst, dass du es dir noch einmal überlegst. Und bitte sag ihm nichts davon, solange er noch so niedergeschlagen ist. Ich kann mir gar nicht vorstellen, wie er darauf reagieren würde.«

Ich schon, dachte Clemmie säuerlich. Er würde wahrscheinlich vor Freude am Kronleuchter schaukeln und die größte Fete schmeißen, die Winterbrook je gesehen hat.

»Also schön«, sagte sie langsam. »Ich warte bis zum Ende des Monats. Aber dann werde ich gehen, YaYa. Es gibt Gründe, über die ich im Moment nicht sprechen kann, aber du wirst mich verstehen, wenn du alles erfährst.«

»Nein, werde ich nicht. Und Guy auch nicht.«

»Was wird Guy auch nicht?« Dunkel und zerzaust stand Guy auf einmal in der Küchentür.

Clemmie erstarrte bei seinem Anblick. Ach, zum Teufel! Warum hielt, ihn zu hassen, sie nicht davon ab, ihn zu lieben? Warum hörte ihr dummes Herz nicht auf ihren Kopf? Warum hatte sie vergessen, wie er auf sie wirkte? Warum hatte sie vergessen, wie hinreißend er war?

»Was werde ich auch nicht?«, wiederholte Guy. Dann sah er Clemmie an. Sein Blick war kalt und gleichgültig. »Ach, hallo – schöne Weihnachten gehabt?«

»Ja, danke. Und du?«

»Bestens, danke. Also«, er wandte sich wieder zu YaYa, »worum ging es gerade?«

»Um nichts Besonderes.« YaYa lächelte zaghaft. »Nur darüber, dass Januar so ein blöder Monat ist. Wir haben erst wieder im Februar ordentliche Aufträge. Ach, und dieser Ellis Blissit aus Steeple Fritton hat vorhin angerufen – er möchte dich sprechen.«

»Konntet ihr das denn nicht erledigen? Keine von euch?«

»Schnauz mich nicht so an!«, fauchte YaYa. »Was auch immer du für ein Problem hast, ich kann nichts dafür! Und nein, Ellis wollte nicht mit mir reden. Er hat sich wegen der Musik etwas anderes überlegt. Er wollte mit dir abklären, ob das in Ordnung geht. Okay?«

»Himmel! Da bin ich ein paar Stunden nicht da, und keine von euch kann eine simple Anfrage klären? Ja, ich werde ihn anrufen. Hab seine Nummer auf meinem Handy – nein, ihr braucht gar nicht erst aufzustehen, sitzt ihr nur weiter hier rum und stopft euch voll.«

Und hinter laut knallender Küchentür war Guy wieder verschwunden.

»Siehst du, Süße?« YaYa sah Clemmie unglücklich an. »Gott weiß, was in ihn gefahren ist. Er muss krank sein … so habe ich ihn nicht erlebt, seit, ach ja, seit ihm vor soundso vielen Jahren dieses Mädchen das Herz gebrochen hat.«

Und nach diesem kleinen Ärgernis, dachte Clemmie zornig, ist er hingegangen und hat Helen geheiratet, war es nicht so? Na, da er von dieser Frau offenbar so hin und weg war, könnte er es ja ruhig noch einmal tun, und alle anderen in Frieden lassen.

YaYa schüttelte den Kopf. »Du kannst nicht kündigen, nicht solange er in so einer Stimmung ist. Das würde ihm endgültig den Rest geben. Versprich mir, dass du noch eine Weile bleibst.«

Clemmie seufzte. »Ja, okay – ich bleibe noch eine Weile.«

25. Kapitel

Als der Januar bleich in einen frostigen Februar überging, hatte sich die Situation nicht im Mindesten verändert, und die Atmosphäre im Bootshaus war ebenso eisig wie die Außentemperaturen.

Guy und Clemmie gingen frostig, kurz angebunden und geschäftsmäßig höflich miteinander um, wenn sie sich begegneten, was glücklicherweise nicht allzu oft geschah. Guy fand alle möglichen Gründe, außer Haus zu sein – die meisten davon begannen wahrscheinlich mit dem Anfangsbuchstaben H, dachte Clemmie düster – und reiste sogar für zehn Tage nach Hongkong, um sich dort mit einem neuen Lieferanten zu treffen. Wenn er sich vorübergehend doch im Bootshaus aufhielt, war die Stimmung bei diesen seltenen Gelegenheiten ebenso gezwungen wie ungemütlich.

Er schien auch darauf zu achten, dass sie nie miteinander allein waren, sodass sich für Clemmie keine Gelegenheit ergab, das Fiasko vom Freitag vor Weihnachten anzusprechen – nicht, dass sie wirklich scharf darauf gewesen wäre – oder ihm zu sagen, dass sie *The Gunpowder Plot* verlassen würde.

»Wenn du es wirklich wolltest, würdest du eine Gelegenheit finden und es einfach tun«, hielt sie sich selbst verzweifelt vor. »Du schiebst den schrecklichen Augenblick nur hinaus. Das ist das erste Mal in deinem Leben, dass du einen Arbeitsplatz nur ungern wieder aufgibst – und damit kannst du wohl nicht umgehen, wie? Du bist wirklich ein Waschlappen.«

Um jegliche Konfrontation mit Guy zu vermeiden, verbrachte Clemmie sehr viel Zeit in den Lagerschuppen und im Labor, wo sie manchmal einfach nur die Kisten mit den Feuerwerkskörpern betrachtete, die Namen las, mit den Fingen über die Behälter mit den Chemikalien fuhr und auch das ganze andere pyrotechnische Zubehör mit Blicken aufsog, als könne es so zu einem Teil von ihr werden. Als könne sie all das, wenn sie das Bootshaus verließ, verinnerlicht mitnehmen und es für immer behalten, quasi als einen Teil von Guy und ihrer Zeit hier.

Syd und die Feuerwerks-Crew, die ebenfalls unter Guys schlechter Laune litten, drückten sich um die Lagerschuppen und das Labor herum, bastelten an allem Möglichen und wurden allmählich unruhig.

»Liegt wahrscheinlich an der Jahreszeit«, hatte Syd gesagt, als Clemmie wieder mal eine routinemäßige Bestandsaufnahme machte. »Wir langweilen uns alle, wenn kein Feuerwerk ansteht. Ich kann die Show in Steeple Fritton kaum erwarten, selbst wenn es keine besonders große Sache ist. Wenigstens sind wir dann wieder auf Achse – und danach wird es bald Frühling und die Arbeit geht richtig los.« Er sah in Guys Terminkalender. »Schau! Ab März haben wir das ganze Jahr hindurch jede Menge Aufträge, Gott sei Dank! Fast mehr, als wir schaffen können. Nur immer her mit dem Frühling, sag ich!«

Clemmie, die Guy ebenso hoffnungslos liebte wie sie ihn abgrundtief hasste, wusste, dass ihre Tage bei *The Gunpowder Plot* gezählt waren. So konnte es wirklich nicht weitergehen, es war auch den anderen gegenüber einfach nicht fair. Wenn sie erst weg wäre, würde Guy sicher wieder zu seinem gewohnten Selbst zurückfinden.

YaYa war sichtlich unglücklich über die gedrückte Stimmung, wusste weder ein noch aus wegen Guy – der, wie sie sagte, immer noch behauptete, es sei alles in Ordnung mit ihm – und äußerte lautstark Besorgnis um Clemmie, wobei sie ohne Unterlass rauchte und sogar anfing, an den Fingernägeln zu knabbern.

»Sieh dir das an!« Am Morgen des Valentinstages streckte sie die Hand quer über den Schreibtisch. »Meine Nägel sind schon beinahe runter bis aufs Fleisch! Dabei sind die aus Acryl ...«

Clemmie nahm sich vor, nach der Hochzeit in Steeple Fritton nun wirklich ihre Kündigung einzureichen. Morgen würde sie es tun. Sie würde auch nicht mehr bis zum Ende des Monats arbeiten. Sie würde nur sagen, was zu sagen war, den Brief überreichen und gehen.

Aber nicht heute.

Sie hatte bis hierhin durchgehalten und es überlebt. So sehr es auch schmerzte, wollte sie doch unbedingt mit den anderen nach Steeple Fritton fahren und zusehen, wie Ellis und Lola heirateten. Sie wollte das sorgsam geplante blau-silberne Feuerwerk in all seiner Pracht miterleben. Sie wollte – ach, verdammt noch mal! Sie wollte einfach bei Guy sein und beim Feuerwerk, ein allerletztes Mal.

»Gut.« Syd kam ins Büro gestürmt. »Wir ziehen jetzt los zu unserer Mission im finsteren Fritton Magna, um alles aufzubauen, ohne dass die liebliche Lola merkt, was wir vorhaben. Kelly fährt den zweiten Lieferwagen später rüber, die Feuerwerkskörper für die Hochzeit sind alle nummeriert und stehen im Schuppen bereit, sodass du sie einladen kannst, wann immer du möchtest, Clemmie. Ach ja, Ellis hat Guy noch mal wegen musikalischer Sonderwünsche angerufen, die ich in die kurze Zeitspanne, die zur Verfügung steht, gerade noch einarbeiten konnte. Alles Bubblegum-Popmusik! Das ist eine Premiere.«

Nachdem Syd gegangen war, spürte Clemmie einen leichten Anflug von Vorfreude. Sie bereiteten wieder ein Feuerwerk vor – und nichts anderes interessierte sie im Leben. Na ja, so ganz stimmte das zwar nicht, aber als sie hier zu arbeiten begonnen hatte, war sie ja auch davon ausgegangen, dass Guy unerreichbar sei, weil er zu YaYa gehörte. Warum konnte sie denn dann nicht hier weiterarbeiten, wenn Guy unerreichbar war, weil er jetzt zu Helen gehörte?

Tja. Eigentlich machte es doch einen gewaltigen Unterschied, zum Beispiel, weil er wusste, was sie für ihn empfand und sie dafür verachtete. Clemmie trommelte mit den Fingern auf den Tisch.

Sollte sie bleiben oder sollte sie gehen?

»Möchtest du eine Kippe, Schätzchen?« YaYa blinzelte durch den Rauch. »Um deine Nerven zu beruhigen?«

»Nein, danke. Ich bin nicht betrunken. Noch nicht. Und weißt du denn nicht, dass Vater Staat es jetzt für illegal erklärt hat, in gemeinschaftlichen Arbeitsräumen zu rauchen?«

»Ich pfeif auf Vater Staat!«, schimpfte YaYa. »Das ist hier auch mein Zuhause, und ich rauche verdammt noch mal, wo es mir passt! Solange du nichts dagegen hast, versteht sich.«

»Ach bitte, verwässere doch nicht die schöne Schimpfkanonade.« Clemmie lächelte wehmütig. »Ich hatte gerade Spaß daran. Mich stört es doch überhaupt nicht, wenn du rauchst. Also …«, sie holte tief Luft, »hatte Guy bislang einen schönen Geburtstag?«

»Keine Ahnung, Süße.« YaYa zuckte die Achseln. »Er war schon weg, als ich runterkam. Wahrscheinlich misst er gerade den Platz in Steeple Fritton aus, während wir hier über ihn reden. Ich hatte ihm wie immer eine Karte und ein Geschenk vor seine Schlafzimmertür gelegt, aber da liegt es noch. Eigentlich wollte ich taktvoll sein und nicht eigens betonen, dass Valentinstag ist, wegen, na ja, du weißt schon …«

Was wusste sie? Ach ja: das Zerwürfnis mit dem legendären süßen Jungen.

»Ach, kein Problem. Alles okay. Ehrlich. Also, kommst du mit nach Steeple Fritton?«

»Das lass ich mir auf gar keinen Fall entgehen. Wird uns allen gut tun, hier mal rauszukommen. Und wie ist es mit dir? Hast du es dir noch mal überlegt? Ob du bleibst?«

Clemmie schüttelte den Kopf. »Ich werde morgen meine Kündigung einreichen. Es muss sein – hör mal, ich verspreche dir, wenn ich weg bin, wird es Guy wieder besser gehen. Vertrau mir.«

»Nein, wird es nicht!« YaYa drückte mit ärgerlichen ruckartigen Bewegungen ihre Zigarette aus, sodass sich die Asche über ihren Schreibtisch verteilte. »Und mir auch nicht! Auch Suggs wird vor Kummer vergehen! Ohne dich wird es hier nicht mehr dasselbe sein – ach bitte …«

Clemmie stand auf, fest entschlossen, nicht wieder zu weinen. »Hör auf. Ich kann nicht bleiben. Es geht einfach nicht. Und jetzt werde ich den Wagen beladen, und wenn ich zurückkomme, richten wir Suggs ein leckeres Fresschen, machen uns fertig und brechen nach dem Mittagessen in Richtung Steeple Fritton auf, wo wir dafür sorgen, dass Lola den schönstmöglichen Hochzeitstag hat, und kein Wort mehr darüber, dass ich weggehe, okay?«

Clemmie eilte aus dem Büro und rannte über den Hof, bevor sie YaYas Antwort hören konnte.

Der Wind war abgeflaut, der Regen hatte aufgehört und die Temperatur war um ein paar Grad gestiegen. Mild konnte man die Witterung zwar immer noch nicht nennen, aber immerhin würden sie sich vor dem Standesamt in Fritton Magna nicht allesamt zu Tode frieren.

Als sie die Hecktüren des Lieferwagens öffnete, um ihn für die Hochzeit zu beladen, dachte sie: Das mache ich jetzt zum letzten Mal. Wirklich zum allerletzten Mal.

Schniefend verlud sie behutsam die großen Feuerwerkskisten und stapelte sie in der Reihenfolge, in der Guy und die Crew sie beim Aufbauen benötigten, sicher in den Wagen. Dann packte sie zusätzliche Zündschnüre und Kabel und all die anderen pyrotechnischen Utensilien in die seitlich angebrachten Sicherheitstaschen. Als Bestandteil des einzigen Berufs, den sie je hatte ausüben wollen, war ihr dies so zur Routine geworden, dass alles wie von selbst ablief.

Traurig dachte sie, dass sie sich nun wahrscheinlich auch bei einer der anderen Feuerwerksfirmen bewerben könnte und sicher mit Handkuss genommen würde – insbesondere mit ihrer Erfindung des Siebten Himmels. Aber das konnte und wollte sie nicht: Sie würde nie wieder für eine Feuerwerksfirma arbeiten. Wenn es nicht *The Gunpowder Plot* war.

Sie würde zu den zeitlich begrenzten langweiligen Büroarbeiten zurückkehren. Miese Jobs, ein einsames Leben …

Zum Teufel noch mal!

Clemmie checkte zum dritten Mal die Liste der benötigten Feuerwerkskörper und wollte gerade die Türen des Wagens schließen, als ihr auffiel, dass der Siebte Himmel fehlte. In einem anderen Leben hatte Guy doch gesagt, er wolle eine Batterie davon nach Steeple Fritton mitnehmen? Nur für den Fall, dass Lola noch ein bisschen Überredung bräuchte.

Clemmie holte einen der fertigen Prototypen vom Regal und verstaute ihn sorgfältig im Wagen. Dann besah sie sich die aufgereihten Exemplare des »Siebten Himmels«, die Guy und sie mit so viel Begeisterung und Freude hergestellt hatten.

Was sollte sie mit den anderen machen? Dalassen? Mitnehmen? Im Grunde gehörten sie natürlich alle ihr, aber ohne Guys Hilfe wäre ihr die Herstellung niemals gelungen, und außerdem hatten sie dieses Feuerwerk unter *The Gunpowder Plot* registrieren lassen.

Sie würde sie dalassen, beschloss sie. Und auch die Rezepte für alle sieben Stufen. Guy könnte sie bei künftigen Feuerwerken verwenden oder nicht, ganz wie er wollte, es war ihr egal.

Aber was war mit der siebten Stufe? Dem wahrhaft magischen Grün? Jener siebten Stufe, die auf rätselhafte Weise bereits Wünsche erfüllt und Träume wahrgemacht hatte und den Worten »Geschenk des Himmels« eine geheimnisvolle magische Bedeutung gab? Allbards Zaubergrün ...

Rasch, ehe sie es sich noch wieder anders überlegen konnte, schob sie ein einzelnes magisches Grün in eine der Sicherheitstaschen des Lieferwagens und zog den Reißverschluss zu.

Natürlich, dachte sie, als sie die Wagentüren zuschlug, würde sie es nicht anwenden. Nicht bei Guy. Das war eine Schnapsidee gewesen, die sie vor langer Zeit mal gehabt hatte, als das Leben noch etwas weniger kompliziert gewesen war als jetzt – aber vielleicht bräuchte sie es für Lola.

Es wäre ein Kinderspiel, das magische Grün heute Abend zu zünden, Guy in die herabfallenden waldgrünen Funken zu schubsen und den Zauberspruch des grünen Mannes aufzusagen, und sie glaubte inzwischen wirklich, dass Guy daraufhin Helen vergessen und sich stattdessen in sie verlieben würde.

Aber sie brächte es nicht fertig. Sie wollte ihn nicht mit Zauberei zu etwas bewegen, was er offenbar ganz schauderhaft fand.

Mit einem Seufzer der Verzweiflung über die Gesamtsituation im Allgemeinen und ihre Liebe zu Guy im Besonderen schloss Clemmie den Wagen ab, tippte Kellys Nummer in ihr

Handy und sagte ihr, dass die Feuerwerkskörper eingeladen waren und der Wagen bereitstand.

Dann eilte sie ins Büro zurück, ohne sich auch nur einen einzigen wehmütigen Abschiedsblick auf die Schuppen und das Labor zu gönnen.

Während des ganzen Weges nach Fritton Magna war YaYa in melancholischer Country-Stimmung und ließ Bobbie Gentrys Song »I'll Never Fall In Love Again« immer wieder auf dem CD-Spieler des Geländewagens laufen.

Unglücklich stimmte Clemmie Bobbys klagenden Worten in allen Einzelheiten zu.

Diesmal hatten sie ihre Kleidung mit Absicht farblich aufeinander abgestimmt, und YaYas kurzes, enges dunkelrotes Kostüm über den wadenlangen hellroten Stiefeln passte perfekt zu Clemmies langem rubinroten Wollkleid mit kirschroten Stiefeletten und gleichfarbigem Jackett. Außerdem trugen sie beide dieselben märchenhaften schwarz-roten Kristall-Kronleuchterohrringe von Butler and Wilson. Zusätzlich hatte YaYa noch eine zerzauste dunkelrote Lockenperücke aufgesetzt, um Clemmies Haartracht zu imitieren.

»Wir sehen fabelhaft aus, Süße«, seufzte YaYa, als sie auf die Verbindungsstraße zwischen Steeple Fritton, Lower Fritton und Fritton Magna einbogen. »Zum letzten Mal … Ach, entschuldige. Das sollte ich wohl besser nicht sagen, oder?«

»Nein, solltest du nicht. Gut – jetzt fahren wir mal besser direkt nach Fritton Magna und gehen die nächste Stunde über schön in Deckung, damit Lola keinen Wind davon bekommt, was wir hier treiben.«

»Wie du meinst, Süße«, seufzte YaYa. »Aber wenn ich bei dieser Hochzeit hier weinen muss, dann aus anderen Gründen als sonst.«

26. Kapitel

Ich kenne diese Leute ja nicht mal …« Im Schlafzimmer über dem *Crooked Sixpence* runzelte Lola Wentworth die Stirn. »Nie von ihnen gehört. Und am Valentinstag ist im Pub immer ziemlich viel los. Warum in aller Welt sollen wir zu dieser Hochzeit gehen?«

»Wie oft soll ich es dir denn noch erklären?«, sagte Ellis und hüpfte in Boxershorts und mit einem Bein in seinen dunkelgrauen Hosen ums Bett herum. »Ich war in der Schule mit den beiden befreundet, und sie haben diese Heirat in aller Stille meilenweit weg von all ihren Bekannten arrangiert, weil sie beide geschieden sind und kein großes Tamtam wollten. Als sie herausgefunden haben, dass ich hier wohne, fanden sie, es sei eine gute Idee, wieder Kontakt aufzunehmen. Außerdem ist es doch wirklich romantisch, am Valentinstag zu heiraten, findest du nicht?«

»Mag ja sein …«, seufzte Lola, »aber müssen wir uns wirklich so herausputzen?«

»Ja. Und du siehst hinreißend aus in Silber und Dunkelblau – weißt du noch?«

Sie boxte ihn scherzhaft. »Nur in der Unterwäsche gehe ich aber nicht ins Standesamt.«

»Ach komm schon …«

Sie knuffte ihn noch einmal, dann gab sie sich geschlagen und zog das blau-silberne Seidenkleid aus ihrem Kleiderschrank an.

Sie strich das Kleid über ihren schmalen Hüften straff, glitt mit den Füßen in die dunkelblauen hochhackigen Sandalen und sagte: »Ich finde diese Aufmachung trotzdem ziemlich übertrieben für die Hochzeit von Leuten, denen ich noch nie begegnet bin. Und wer kümmert sich um den Pub, während wir weg sind? Als ich Flynn gefragt habe, hat er gesagt, er kann nicht.«

»Es dauert ja nur eine Stunde oder so. Ritchie und Sonja haben sich bereit erklärt und machen es gerne. Ich – äh – habe das heute Morgen mit ihnen geklärt. Dilys und Norrie kommen und richten ein kleines Büfett für David und Jane. Alles unter Kontrolle. Hör mal Lola: Ich weiß ja, dass du mit diesem verflixten Pub untrennbar verbunden bist, aber er steht immer noch hier, wenn wir zurückkommen. Vertrau mir.«

»Ich vertrau dir ja. Bedingungslos. Habe ich immer schon getan. Aber was macht Flynn eigentlich? Ich weiß ja, dass Posy mit Orla zu tun hat. Mein Patenkind geht natürlich vor – aber Flynn könnte doch sicher …?«

»Das haben wir doch schon unzählige Male durchgekaut.« Ellis knotete seine dunkelblaue Krawatte über dem hellgrauen Hemd mit zitternden Fingern, in der Hoffnung, dass es Lola nicht auffiel, und betete, dass er seinen Text noch richtig wusste. »Flynn ist unterwegs, um Queen Mab und die Jahrmarktsorgel herzubringen, damit wir später auf dem Parkplatz ein bisschen tanzen können. Meine Freunde hatten keinerlei Feier arrangiert und da habe ich gesagt, das sei dann eben unser Hochzeitsgeschenk an sie.«

»Ich weiß – das hast du mir ja alles schon erzählt. Aber irgendwie klingt es für mich immer noch reichlich merkwürdig. Trotzdem ist es süß von dir.« Lola kam zu ihm hinüber und küsste ihn. »Wie immer. Und das …«, sie berührte die silberne Diamantkette an ihrem schlanken Hals, »war sogar noch süßer. Und viel zu teuer für ein Valentinstag-Geschenk. Ich liebe dich.«

»Ich liebe dich auch.« Ellis erwiderte den Kuss. »He, he! Halten Sie sich zurück, Ms Wentworth! Wir müssen zu einer Hochzeit.«

Schmunzelnd kehrte Lola zu ihrem Frisiertisch zurück und begutachtete ihr schönes, kurzes, stufig geschnittenes Haar in verschiedenen Blondtönen und ihr gelungenes Make-up.

»Na?« Ellis stand hinter ihr. »Sind seit heute Morgen schon wieder zwanzig graue Haare und zweiunddreißig Fältchen dazugekommen?«

»Vergiss, dass ich gesagt habe, ich würde dich lieben«, gab Lola zurück. »Du bist ein durch und durch unausstehlicher Kerl.«

Ellis sah auf die Uhr und holte tief Luft. »Wir sollten uns besser in Bewegung setzen. Die Hochzeit ist um fünf, und wir wollen doch nicht erst hineinflitzen, nachdem es schon angefangen hat, oder?«

»Nein, sicher nicht, aber es ist eine komische Zeit für eine Hochzeit«, sagte Lola verwundert. »Warum so spät?«

»Keine Ahnung. Ich hab nicht gefragt. Also – hier ist dein Ansteckstäußchen.« Er reichte ihr den winzigen blau-silbernen Blumenstrauß, der genau zu seinem eigenen im Knopfloch passte. »Du brauchst dich nicht länger vor dem Spiegel schön zu machen, denn du siehst absolut hinreißend aus. Atemberaubend. Richtig zum Anbeißen. Wie immer. Außerdem – nach dir wird sowieso keiner schauen. Alle Augen werden auf die Braut gerichtet sein.«

Endlich zuckte Lola die Achseln, lächelte und verließ das Schlafzimmer.

Ellis, der ihr mit trockenem Mund die Treppe hinab zur Bar des *Crooked Sixpence* folgte, war noch nie in seinem ganzen

Leben so aufgeregt gewesen. Von dem Augenblick an, als sie sich das erste Mal begegnet waren, hatte er Lola heiraten wollen, aber er wusste, dass selbst jetzt noch alles katastrophal schiefgehen konnte.

Die Ringe! Wo waren die Ringe? Ach ja, Flynn hatte sie. Wenn das hier klappte, schwor er, würde er in diesem Leben nie wieder etwas Unrechtes tun.

»Himmel!« Lola blieb im Eingang stehen. »Was ist das denn?«

Ellis spähte über ihre Schulter auf die vor dem Pub parkende Limousine. »Noch eine kleine Valentinstag-Überraschung. Ich fand, wir sollten stilvoll anreisen.«

»Ach, wie herrlich!« Lola strahlte. »Vielen Dank! Ich werde mir wie eine Königin vorkommen.« Als ihr der uniformierte Chauffeur die Tür aufhielt, lächelte sie ihn dankbar an. »Aber bei all dieser Eleganz werde ich ja die Braut sogar noch übertrumpfen.«

Ellis glitt auf den weichen Ledersitz neben ihr und hielt ihre Hand. Ihm war übel, er freute sich, war nervös und total beschwingt, alles zur selben Zeit.

Er nickte dem Fahrer zu. »Es kann losgehen.«

Außer Sichtweite saßen Clemmie und YaYa im Geländewagen, den sie neben Guys BMW und den Bussen von *The Gunpowder Plot* hinter dem malerischen kleinen Standesamt von Fritton Magna geparkt hatten, und waren kurz vorm Ende eines Countdowns.

»... vier, drei, zwei, eins ... Jetzt ist es genau zehn vor fünf! Los!«

Gemeinsam glitten sie aus dem Wagen und schlichen im Schutz der frühabendlichen Schatten leise durchs Gebüsch. Alles war bis aufs i-Tüpfelchen zeitlich durchgeplant. Bei ihrer

Ankunft hatten Guy und Syd gerade Kellys Wagen fertig entladen und die Feuerwerkskörper diskret so aufgestellt, dass Lola sie bei ihrem Eintreffen nicht sehen konnte. Weil sie Guy lieber aus dem Weg gehen wollten, als Hilfe anzubieten und angeschnauzt zu werden, waren sie bis zehn vor fünf im Wagen geblieben.

Syd hatte sich damit beschäftigt, die Kabel für die ferngesteuerte Zündung anzuschließen, das Timing zu optimieren und noch mal die Musiktitel am Computer durchzugehen.

»Läuft alles nach Plan?«, fragte YaYa.

Guy nickte.

Clemmie stand hinter YaYa und starrte Guy einfach nur an. Wenn sie ihn fest und lange genug anstarrte, dachte sie, könnte sie ihn vielleicht ebenso in sich aufnehmen wie zuvor die Feuerwerkskörper, sodass ein Teil von ihm für immer ihr gehörte.

Er war wie üblich mit mehreren Lagen eng anliegender schwarzer Sachen bekleidet und wie immer fielen ihm die Haare in die Augen, doch für sie war er so schön wie nie zuvor. Clemmie schloss die Augen und prägte sich dieses Bild unauslöschlich ins Gedächtnis ein.

»Du hast einen Siebten Himmel dazugepackt«, sagte er. »Der stand nicht auf der Liste.«

Clemmie öffnete die Augen. »Nein, aber du hattest doch gesagt, es wäre vielleicht eine gute Idee, einen mitzunehmen.«

Er zuckte die Achseln. »Mag sein. Ich glaube aber nicht, dass wir ihn verwenden. Eigentlich glaube ich nicht, dass wir ihn je wieder einsetzen. Ich habe Syd gesagt, er braucht sich gar nicht erst die Mühe machen, die Batterie zu verkabeln. Sie gehört nicht zum heutigen Feuerwerk.«

»Wie auch immer.« Clemmie sparte sich weitere Worte. Nichts, was sie sagte, würde noch irgendetwas ändern. »Hör mal, Guy …«

»Was?« Er sah sie im Dunkeln finster an. »Lass gut sein, Clemmie. Es ist weder die passende Zeit, noch der passende Ort.«

»Herrgott noch mal!«, fauchte YaYa ihn an. »Du kannst aber wirklich ein fieser Mistkerl sein. Komm, Clemmie – lass den bösen Buben allein.«

Sie versteckten sich wieder hinter dem Standesamt.

»Sag jetzt bloß nichts«, murmelte Clemmie. »Lass uns so tun, als sei nichts vorgefallen. Wollen wir Leute beobachten?«

YaYa nickte niedergeschlagen und ohne große Begeisterung. »Warum nicht – da kommen die ersten Gäste den Weg entlang.« Plötzlich lebte sie wieder ein wenig auf. »Ach, schau mal: Da ist dieser schnuckelige junge Amerikaner, Flynn, und das muss seine Posy sein – sie hat ein ganz kleines Baby dabei! Oh wie süß! Sind sie nicht ein Bild für die Götter? Und die beiden da sehen aus wie richtige Hippies. Noch dazu die vielen Kinder! Sieben? Acht? Nein, nein! Neun Kinder! Ich frag mich, wer das sein mag.«

»Tatty Spry und Baz mit ihrem erlesenen Nachwuchs«, sagte Clemmie. »Tatty macht für jedermann meilenweit im Umkreis die Tätowierungen. Sie ist sehr bekannt und wirklich ein Original.«

Nach Tatty kam eine Schar älterer Damen mit kunstvollen Hüten, dann ein weiterer Schwall Dorfbewohner und Freunde, die alle etwa gleichzeitig eintrafen und aufgekratzt über ihr gemeinsames Geheimnis kichernd im Standesamt verschwanden.

»Ach – das ist süß«, flüsterte YaYa, als zahlreiche winzige blaue und silberne Lichterkerzen in den Ästen der umstehenden Bäume aufleuchteten. »Sieht das nicht hübsch aus? O Mann – sind sie das?«

»Ich glaube, ja«, flüsterte Clemmie, als sie sah, wie die lange silberne Limousine zum Stehen kam und Ellis Lola beim Aussteigen half. »Nun, bis hierher hat Ellis sie gekriegt … Ja Wahnsinn! Sie sieht märchenhaft aus! Nie im Leben ist diese Frau fünfundfünfzig! Kein Wunder, dass er so hin und weg von ihr ist!«

»Sie sollte Werbung für Frauen über fünfzig machen«, pflichtete YaYa ihr bei. »Sie sieht jung genug aus, um meine Tochter zu sein – verflixt noch mal … Ach du liebe Güte! Was ist denn jetzt los?«

Lola und Ellis waren auf dem gewundenen Pfad abrupt stehen geblieben, und sie schüttelte den Kopf. YaYa und Clemmie sahen einander erschrocken an. Es würde doch jetzt nicht etwa noch alles scheitern?

Lola ging nicht weiter.

»Komm schon«, drängte Ellis sie lächelnd. »Es ist kalt hier draußen und wir wollen doch nicht zu spät kommen.«

»Nein.«

»Was?«

»Ich gehe da nicht rein.« Lola sah ihn an. »Ich weiß, was du vorhast. Und ich mache da nicht mit.«

Ellis sah sie voller Panik an. »Lola – wovon redest du denn?«

»Es gibt keinen David und keine Jane, Ellis, und es hat sie auch nie gegeben, nicht wahr? Kaum zu glauben, dass ich überhaupt so blöd war, auf diese Geschichte reinzufallen – es war doch alles viel zu sehr an den Haaren herbeigezogen.«

»Entschuldige, da komm ich nicht mit.«

»O doch. Es geht nicht um die Hochzeit von David und Jane, stimmt's? Es geht um unsere!«

»Nein! Warum? Wie …?«

»Schau mal …« Lola zeigte auf das Standesamt. »Das Haus

platzt aus allen Nähten. Die Türen stehen weit offen. Ich sehe Tatty und Baz mit ihren Kindern. Und Glad, deine Patentante, und Rose Lusty und Vi Bickeridge und die Pinks und das verdammte halbe Dorf. Die würden doch nicht alle zur stillen Trauung deiner Freunde David und Jane kommen, oder? Aber zu unserer würden sie kommen.«

»Ach verdammt noch mal …« Ellis seufzte tief. »Na schön, Lola, du hast es erraten. Aber ich wünsche mir so sehr, dich zu heiraten. Ich möchte, dass du meine Frau wirst. Und dass wir immer zusammenbleiben – und ich wusste, dass du Nein sagen würdest, wenn ich dich auf konventionelle Art bitten würde, heute mit mir hierherzukommen. Du hast jedes Mal Nein gesagt.«

»Und ich sage auch jetzt Nein. Tut mir leid, Ellis, netter Versuch, hübsche Idee und sehr clever von dir, es trotz der mächtigen Buschtrommeln in Steeple Fritton geheim zu halten. Ich liebe dich mehr als mein Leben, aber heiraten kann ich dich nicht. Das weißt du doch.«

»Warum nicht? Wegen deiner altmodischen Vorstellungen über den Altersunterschied? Wegen …«

»Weil ich, wenn ich Glück habe, noch etwa zwanzig Jahre, vielleicht auch fünfundzwanzig, zu leben habe. Da wirst du erst in den Vierzigern sein. Und dann stündest du als Witwer da – als kinderloser Witwer – mit Mitte vierzig. Stell dir das mal vor, Ellis. Das kann ich dir nicht antun. Und es ist nicht nur das; du solltest wirklich lieber eine Frau finden und heiraten, die dir Kinder schenken kann.«

»Wahrscheinlich sterbe ich lange vor dir«, erwiderte Ellis scharf, »nach all den Exzessen in meiner vergeudeten Jugend. Ohne dich würde ich gar nicht leben wollen, und ich wünsche mir keine Kinder. Weder jetzt noch später. Ich will nur dich.«

»Du hast mich ja. Und wirst mich immer haben. Wir sind doch glücklich, so wie es ist. Tut mir leid, wenn ich all deine raffinierten, sorgfältig ausgeheckten Pläne über den Haufen werfe, aber ich mache nicht mit.«

Clemmie, die den gesamten Wortwechsel mit vor Entsetzen offen stehendem Mund angehört hatte, schoss hinter dem Standesamt hervor, zwängte sich durchs Gebüsch und riss die Tür des *Gunpowder-Plot*-Firmenwagens auf.

Mit zitternden Händen zog sie die Sicherheitstasche auf und holte das einzelne magische Grün hervor.

»Clemmie!« Guy stürmte um den Wagen herum und funkelte sie an. »Was zum Teufel machst du da?«

»Keine Zeit – hör zu …« Sie lieferte ihm eine kurze Zusammenfassung des belauschten Gesprächs. »Sie geht schon zur Limousine zurück. Komm mit!«

»Ich weiß ja nicht, ob wir das tun sollten …«

»Was tun sollten?« Sie blickte über die Schulter zurück. »Herumzaubern? Dazwischenfunken? Zu spät! Er liebt sie und sie liebt ihn. Sie sollten heiraten – und das werden sie auch, verflixt noch mal! Schnapp dir ein Zündlicht und beeil dich!«

Immer noch funkelte Guy sie böse an und grummelte vor sich hin, entfachte jedoch das Ende des Zündlichts. Es glomm wie ein kleines, in der Luft schwebendes Glühwürmchen.

Als Lola gerade zur Limousine zurückstrebte und Ellis, sichtlich erschüttert und am Boden zerstört, ihr nachgehen wollte, drängte sich Clemmie von Guy gefolgt an ihm vorbei.

»Verzeihung – ich erklär das später.«

»Sie macht nicht mit. Sie will nicht.«

»Sie will. Vertrauen Sie mir. Sie weiß, dass es das Richtige für sie ist. Sie hat nur Angst, es könnte das Falsche für *Sie* sein, dabei wissen wir alle, dass es das Richtigste der Welt ist. Bitte, bleiben Sie jetzt einfach hier.« Keuchend blieb Clemmie stehen. »Lola – Lola – bitte, warten Sie einen Moment.«

Lola hielt inne und wandte sich um. Ihr wunderschönes Gesicht sah gar nicht zornig, sondern furchtbar traurig aus. »Verzeihung? Ich glaube nicht, dass wir uns kennen, oder?«

»Nein. Ich bin Clemmie und warum ich hier bin, werden Sie später verstehen, hoffentlich.«

»Verschwenden Sie ihre Zeit nicht«, sagte Lola matt. »Wenn Sie zu Ellis' hübschem Plan gehören – das ist ja alles wirklich rührend. Aber es ist nicht …«

Clemmie warf das magische Grün auf den Weg zwischen Lola und die Limousine und raunte drängend über die Schulter:

»Guy, zünde es an – jetzt! Bitte!«

Kopfschüttelnd, mit stählernem Blick im schwachen Schein der Lichterkerzen, hielt Guy das glimmende Zündlicht an den Kontaktstreifen.

Erneut erwachte das dunkle Ozeangrün zischend zu grün glühendem Leben.

»Ich wünsche«, murmelte Clemmie, packte Lolas schlanken Arm und hielt sie fest, »dass Lola begreift, dass sie Ellis liebt und immer lieben wird, und dass die folgerichtige Krönung dieser Liebe darin besteht, ihn zu heiraten. Ich wünsche, dass sie ihre Zweifel vergisst und einsieht, dass ihre Befürchtungen unbegründet sind, und dass sie diese Ehe eingeht – heute – jetzt – mit all der Freude und Liebe, mit der sie es in ihrem tiefsten Inneren wirklich will.«

Herrje, wand sich Clemmie. Schrecklicher Satzbau – und wahrscheinlich wieder viel zu viele Wünsche –, aber die Magie brachte ja hoffentlich alles ins Lot.

»Was machen Sie da überhaupt?« Lola schüttelte den Kopf

und versuchte, ihren Arm zu befreien. »Lassen Sie mich los – oh!«

Allbards magisches Grün explodierte sanft in seiner vollen Pracht und ein Schauer glitzernder smaragdgrüner Funken ergoss sich tanzend auf den Weg zum Standesamt. Als die brennenden grünen Leuchtpunkte um sie her schwebten, schluckte Clemmie.

»Grünspan und Smaragdgrün pur,
sprüht Funken grün wie Wiesenflur,
macht Wünsche wahr für immerdar.«

Sie ließ Lolas Arm los und trat zurück. Und wartete.

»Das war wirklich hübsch.« Lola lächelte sie an. »Vielen Dank. Also, was wollte ich gerade? Ach ja!« Sie drehte sich um und eilte den Pfad entlang zu Ellis zurück und fiel ihm um den Hals. »Ellis Blissit! Du bist wirklich ein Schatz! Immer wieder denke ich, jetzt kannst du mich aber nicht mehr überraschen, und dann fällt dir doch wieder etwas Neues ein! Eine geheime Hochzeit! Du bist wunderbar – und ich liebe dich über alles.«

Ellis hielt sie eng umschlungen. »Heißt das … du willst mich heiraten?«

»Natürlich will ich!« Lola küsste ihn und zog ihn in Richtung Standesamt. »Das wollte ich schon immer. Ich war ja so eine Närrin. Weißt du, ich hab mir gewünscht, Lola Blissit zu heißen, seit wir uns überlegt hatten, das klänge wie der Name einer Stripteasetänzerin – erinnerst du dich? In unserer ersten gemeinsamen Nacht … ach, ich freu mich ja so! Komm schon, wir wollen unsere Gäste doch nicht warten lassen!«

27. Kapitel

»Okay«, zischte Syd eine halbe Stunde später. Sie kommen raus. Drei, zwei, eins – los!«

Als Ellis und Lola im Eingang des Standesamts erschienen und ihre freudestrahlenden Gäste sich hinter ihnen drängend über ihre Schultern spähten, drückte Guy die erste Zündung.

Auf sein Nicken hin startete Syd die computergesteuerte Begleitmusik.

Punktgenau zu dem von Ellis ausgewählten »Bubblegum«-Popsong »Yummy, Yummy, Yummy« erwachte Funken sprühend der hohe blau-silberne Fontänenbogen zum Leben und bildete über die ganze Länge des Weges eine glitzernde Pergola.

Alles schnappte nach Luft.

Als das erste Lied verklungen war und das zweite »Goody, Goody, Gumdrops« begann, schossen die Zwillingseffekte beiderseits der Tür ihre blauen und silbernen Herzen hoch in den Nachthimmel und ließen Sterne auf Ellis und Lola herabregnen, die einander selig anlächelnd langsam Hand in Hand neben den fallenden Funken den Weg entlanggingen.

»Oh!« Lola sah vor Glück strahlend zu Ellis empor, als schließlich zu dem mitreißenden Rhythmus von »Chewy, Chewy« das farblich passende Herz mit dem Schriftzug aufleuchtete. »Das ist alles so unbeschreiblich wunderschön … Ich danke dir. Ach Ellis – ich liebe dich so sehr.«

Schmunzelnd hob er sie in seine Arme und wirbelte sie herum. »Ich liebe dich auch, Mrs Blissit.« Dann küsste er sie.

Die Gäste, die vor dem Standesamt versammelt immer noch mit »Oh!« und »Ah!« das Feuerwerk bewunderten, klatschten Beifall.

»Reich mir noch ein Taschentuch, Süße«, schluchzte YaYa, als das Feuerwerk und die Musik schließlich verebbten. »Das ist alles zu viel für mich.«

Clemmie reichte ihr eine Handvoll Kleenex. Sie selbst hatte nicht geweint, diesmal nicht. Sie war emotional völlig ausgelaugt. Und nach wie vor ganz baff über die Wirkung von Allbards magischem Grün.

»Was ich immer noch nicht verstehe«, sagte YaYa und tupfte sich die Augen trocken, »ist, warum sie ihre Meinung geändert hat. Und welche Rolle du dabei gespielt hast. Und, wo wir gerade davon sprechen, warum du und Guy, immer wenn es irgendwelche Probleme gibt, dieses sagenhafte grüne Feuerwerk zündet.«

»Ach, das ist nur so ein alberner hausgemachter Aberglaube von mir«, antwortete Clemmie und hoffte, überzeugend zu klingen. »Weißt du, Grün ist die Farbe alles Magischen. Und wenn Schwierigkeiten auftauchen, versuche ich es gerne mit ein bisschen Hokuspokus.«

»Ah ja.« YaYa schnäuzte sich die Nase. »Du meinst wohl, das sei etwas so abstrakt Naturwissenschaftliches, dass einfach strukturierte Buchhalter wie ich es sowieso nicht verstehen? Ach, behalt deine albernen pyrotechnischen Geheimnisse ruhig für dich, Süße – ist mir doch egal. Ich freu mich einfach, dass die beiden geheiratet haben. Und jetzt können wir alle zu einem kleinen Schwof in diesen süßen kleinen Pub ziehen und dort hoffentlich auch Guys Geburtstag feiern; selbst wenn er es eigentlich nicht verdient, so wie er sich benommen hat.«

Clemmie sah achselzuckend zu Guy hinüber, der bei den Feuerwerkern stand und gerade von Ellis und Lola sowie deren Freunden beglückwünscht wurde.

»Er wird schon seine Gründe haben. Womöglich will er gar nicht mit in den *Crooked Sixpence* – wenn er wirklich so schlechte Laune hat, fährt er vielleicht gleich nach Winterbrook zurück.«

»Dann lass ihn«, meinte YaYa achselzuckend. »Wir können ja auch ohne ihn ein bisschen feiern, oder nicht?«

Clemmie nickte, obwohl ihr eigentlich überhaupt nicht nach Feiern zumute war.

Ellis und Lola, immer noch Arm in Arm, kletterten nun aufgeregt wieder in die Limousine, während die Gäste lachend und schwatzend zu ihren eigenen verschiedenen Transportmitteln strömten.

Das Pyro-Team wartete, bis die Rücklichter verschwunden waren und die Mitarbeiter des Standesamtes die Lampen ausgeknipst und die Türen zugesperrt hatten, dann machten sich alle, einschließlich Clemmie und YaYa, still daran, die Überreste des Feuerwerks wegzuräumen.

»Ich brauch einen Drink«, sagte Syd, als er die letzten Sandeimer und Feuerdecken in den Wagen zurückgelegt und sich vergewissert hatte, dass die Computer sorgfältig gesichert waren. »Sonst noch jemand?«

Es erklang allgemein zustimmendes Gejohle und wenige Augenblicke später hatten sich die Firmenwagen von *The Gunpowder Plot* dem Konvoi nach Steeple Fritton angeschlossen.

»Wie ist es mit dir?«, fragte YaYa an Guy gewandt. »Lust auf einen Drink, Geburtstagskind?«

»Nicht wirklich.«

»Ach, jetzt hör endlich auf, dich so unmöglich aufzuführen!«, schnauzte YaYa ihn an. »Was bist du für ein verzogener Fratz!

Mit deiner miesen Stimmung hast du sogar Clemmie dazu getrieben, dass sie kündigen will! Und dafür hasse ich dich!«

»YaYa …«, Clemmie stöhnte auf.

»Entschuldige, Schätzchen – aber das musste einfach raus. Wir tänzeln alle auf Zehenspitzen um ihn und seine verfluchten Launen herum – ich liebe ihn ja von ganzem Herzen, aber ich kann nicht zulassen, dass er dich vertreibt!«

Guy strich sich das Haar aus den Augen und blinzelte Clemmie an. »Stimmt das? Du verlässt uns?«

Clemmie nickte. »Ich wollte meine Kündigung gleich Anfang des Jahres einreichen, aber YaYa hat mich gebeten, noch eine Weile zu bleiben. Also habe ich gewartet. Außerdem wollte ich heute Abend dabei sein, und das war ich ja jetzt. Tja, jedenfalls habe ich das Kündigungsschreiben in meiner Tasche, also kann ich es auch gleich hinter mich bringen …«

»Untersteh dich!«, knurrte YaYa. »Jetzt hör mir mal zu, Guy Devlin! Ich bin dein bester und ältester Freund! Du besprichst das noch mal mit Clemmie. Und zwar jetzt. Und zwar wie unter vernünftigen Erwachsenen. Und ich setz mich währenddessen ins Auto und rauch eine oder vielleicht auch zwei. Wenn mein Nikotinspiegel hoch genug ist, komm ich wieder, und wenn ihr es bis dahin nicht geschafft habt, die Sache zu klären, werde ich akzeptieren, dass Clemmie geht, weil sie es so will, aber nicht, weil sie deinen Anblick nicht länger ertragen kann!«

Auf den roten Pfennigabsätzen davonstöckelnd ließ YaYa die beiden in der nebligen Dunkelheit allein.

»Sie meint es wirklich gut«, sagte Clemmie mit bebender Stimme, »aber sie verschwendet nur ihre Zeit.«

»Sieht ganz so aus.«

Clemmie schüttelte den Kopf. »O nein, komm mir jetzt nicht in diesem sarkastischen Ton. Ich kann nun wirklich nichts dafür. Früher haben wir uns wunderbar verstanden, und ich war wirklich glücklich mit dem Job, mehr als glücklich – und wir waren doch gute Freunde, oder nicht? Und dann …«

»Und dann?«

»Herrgott, du kannst vielleicht nerven! Wiederhol doch nicht immer, was ich gesagt habe. Sag selbst mal was!«

»Okay …«

Guy verlagerte das Gewicht auf ein Bein. Es war eine sehr erotische Bewegung, und Clemmie gab sich alle Mühe, sie zu ignorieren.

Sie starrten einander an. Clemmie wurde allmählich heiß und sie sah als Erste weg.

»Nein.« Sie schüttelte den Kopf. »Auch Schmollen zieht bei mir nicht. Ich weiß, was du gemacht hast. Das war so gemein. Du hättest mir auch ohne dieses verdammte Spielchen mit Helen einfach sagen können, dass ich auf Abstand gehen soll.«

Guy sah sie verwundert an. »Ich weiß gar nicht, wovon du sprichst.«

Zornig funkelte Clemmie ihn an. »Tu doch nicht so. Du hast mich glauben lassen, dass du mich magst – vielleicht sogar mehr als das –, weil du wusstest – und zwar ganz genau wusstest –, was ich für dich empfand, war es nicht so? Aber du bist so ein arroganter Mistkerl, dass du mich zum Gespött machen musstest, anstatt es mir auf die freundliche Art beizubringen. Erst hast du mich zum Essen eingeladen und dann hast du diese grausame Nummer abgezogen. Und seitdem hast du mich ignoriert, eiskalt links liegen lassen und mich behandelt wie ein dämliches Dienstmädchen. Also wie zum Teufel kannst du erwarten, dass ich nach all dem noch weiter für dich arbeite? Na los – erklär mir das mal!«

»Du hast mich sitzen lassen.«

»Was?«

»Hörst du nicht, was ich sage?«, fragte Guy leise und mit ausdruckslosem Blick. »An dem Freitagabend vor Weihnachten. Ich habe auf dich gewartet, und du bist nicht aufgetaucht. Du hast mich sitzen lassen.«

»Quatsch hab ich dich sitzen lassen!«

»Hast du sehr wohl.« Guy seufzte. »Wir waren für etwa sieben Uhr verabredet. Ich hatte ein nettes kleines türkisches Lokal ausfindig gemacht, das Essen zum Mitnehmen anbietet, habe ein Menü zusammengestellt, die Kerzen angezündet und mit Suggs zusammen auf dich gewartet – und gewartet – und gewartet …«

»Alles Lügenmärchen!«, fauchte Clemmie. »Nichts in der Art hast du für mich getan, das war für Helen!«

»Ganz sicher nicht.«

»O doch. Du hast Helen für die Weihnachtstage eingeladen. Hast sie gebeten, bei meiner Ankunft die Tür aufzumachen. Hast Helen beauftragt klarzustellen, dass ihr euch wieder versöhnt habt und Weihnachten als Familie feiert. Sie hat sogar durchblicken lassen, dass du gerade im Bett warst – mit ihr.«

Guy lachte rau. »Ich war mit Helen nicht mehr im Bett seit – na ja, vielen, vielen Jahren. Und Helen war nicht über die Feiertage da! Liebe Güte, da würde ich mir doch eher die Pulsadern aufschlitzen! Ich war Weihnachten ganz allein mit Suggs. Helen kam Freitagabend unangekündigt und unerwartet auf dem Weg zu einem ihrer anderen Exmänner kurz vorbei, um die obligatorischen Geschenke für die Gören abzuholen, die ich, wie sie in ihrer habgierigen Art genau weiß, immer aus Schuldgefühlen kaufe, weil ich die armen kleinen Scheißer so wenig ausstehen kann. Und da es noch lange nicht sieben war, bin ich ins Auto gesprungen und weggefahren. Ich hab ihr erklärt, sie hätte zwanzig Minuten Zeit, um die Geschenke einzusammeln und das Haus zu verlassen, bevor du kämst.«

Clemmie schniefte. »Ach ja, das klingt ja unheimlich glaubwürdig.«

»Zufällig war es aber genau so. Ich habe mich aus dem Staub gemacht, solange sie da war, und als ich zurückkam, war sie längst weg.« Er hielt inne und runzelte die Stirn. »Willst du etwa sagen, du wärst da gewesen, als ich unterwegs und Helen noch dort war? Viel früher, als wir ausgemacht hatten? Und sie hätte dir die Tür aufgemacht und behauptet, dass – und das hast du ihr geglaubt?«

»Nun … ja.« Clemmie nickte. »Sie hat dir wohl keine Nachricht hinterlassen oder ausgerichtet, dass ich da war und sie mit mir gesprochen hat?«

Guy schüttelte den Kopf. »Ich habe mir richtig Sorgen um dich gemacht, du hättest ja auch einen Unfall gehabt haben können, darum habe ich immer wieder auf deinem Handy angerufen, aber nach einer Weile bin ich davon ausgegangen, dass du wohl nicht mit mir sprechen wolltest und dachtest, ich hätte bestimmt schon kapiert, was es bedeutet, wenn du dich nicht blicken lässt.«

»Du hast gedacht, ich hätte dich sitzen lassen, und ich dachte – o Gott – ich dachte, du wolltest mir auf diese Art zu verstehen geben, dass ich dich in Ruhe lassen soll. Helen hat gesagt, du und sie, ihr wärt … wärt …«

»Helen ist das übelste Biest auf Erden«, knurrte Guy. »Sie wusste, was ich für dich empfand und wie nahe wir uns standen. Sie war stinksauer deswegen, stinksauer! Und sie – o Scheiße!«

Clemmie biss sich auf die Lippen. O Scheiße, in der Tat.

»Ich wette, den Champagner hat sie dir auch nicht gegeben?«

»Nein. Das wäre ja auch ein Beweis dafür gewesen, dass du da warst. Liebe Güte, das hat ihr sicher einen Heidenspaß gemacht – den Champagner auszusaufen, den du mir schenken wolltest.«

Clemmie schob sich die Haare hinter die Ohren. Warum in aller Welt hatte sie Guy nicht schon früher darauf angesprochen? Und warum hatte er das Thema nicht zur Sprache gebracht? Warum waren sie beide so lächerlich dickköpfig und unsinnig stolz gewesen?

»Wir waren ganz schön blöd, findest du nicht?«, fragte Guy mit reumütigem Grinsen. »Das waren die schlimmsten Wochen meines Lebens.«

»Schlimmer als damals die Zeit nach der Trennung von deiner Jugendliebe?«

»Viel, viel schlimmer – so elend hab ich mich in meinem ganzen Leben noch nicht gefühlt. Ich wär am liebsten gestorben. Ehrlich. Alles kam mir nur noch sinnlos vor. Und, was alles noch schlimmer macht, ich war fies zu dir, während du selbst genau das Gleiche durchgemacht hast – nach der Trennung von deinem Freund. YaYa hat mir davon erzählt.«

»Das stimmt so nicht ganz.« Clemmie lächelte, und ihr Herz tat unter ihren Rippen einen kleinen Hüpfer. »Diesen Freund gab es gar nicht wirklich. YaYa hat da voreilige Schlüsse gezogen. Und weil ich so außer mir war, wegen – na ja, wegen Weihnachten und Helen und all dem – wollte ich ihr nicht sagen, was wirklich los war, und fand es einfacher, sie in dem Glauben zu lassen.«

Sie sahen einander tief in die Augen.

»Und was machen wir jetzt?«, fragte Guy. »Können wir all diese Missverständnisse hinter uns lassen und noch mal ganz neu anfangen? Oder willst du immer noch weg – ach je, so wird es wohl sein.«

Clemmie, die eine Hand in ihre Tasche gesteckt hatte, schüttelte den Kopf. »Ich suche nicht nach der Kündigung. Ich wollte dir das hier geben …«

Sie überreichte ihm den Rainbow Maker.

»Alles Gute zum Geburtstag – auch wenn es, wie man an der Verpackung erkennt, eigentlich ein Weihnachtsgeschenk sein sollte.«

»Ich hatte auch ein Weihnachtsgeschenk für dich besorgt. Es liegt noch immer eingepackt im Schrank. Ich muss es dir geben, wenn wir nach Hause kommen.« Rasch packte Guy den Rainbow Maker aus und rief: »Wow! Toll! Danke, Clemmie! Das ist ja wunderbar, so was habe ich mir schon immer gewünscht. Suggs wird sicher auch ganz begeistert sein – und ohne Ende dem Regenbogen hinterherjagen.«

»Vielleicht so ähnlich wie wir?«

Guy nickte und streckte die Hand aus. »Aber jetzt nicht mehr. Ach Gott, Clemmie, ich war so ein Idiot. Es tut mir leid.«

Sie lächelte ihn an, ein Schauer überlief sie, als seine Hand sich um die ihre schloss, und als er sie an sich zog, stockte ihr fast der Atem.

»Gott sei Dank mussten wir nicht auf Allbards magisches Grün zurückgreifen, das wir ja schon für Lola aufgebraucht haben«, hauchte sie an seine Lederjacke gedrückt. »Obwohl ich mit dem Gedanken gespielt hatte, es an dir auszuprobieren, falls …«

Guy lachte. »Das wär schon okay gewesen. Ich habe auch ein Zaubergrün mitgenommen. Für dich. Nur so für alle Fälle … Aber wir brauchen es offenbar gar nicht. Jetzt komm mal her. Ich schulde dir doch noch etwas seit der Nacht am Hassocks Hill.«

Dann küsste er sie und alle Feuerwerkskörper der ganzen Welt entflammten hell leuchtend in ihrem Körper und explodierten in allen Farben um sie herum.

»Oh …« Als sie schließlich wieder zu sich kam, sah sie zu ihm hoch. »Ach du lieber Himmel …«

»Ach du lieber Himmel bringt es auch aus meiner Sicht ziemlich gut auf den Punkt.« Guy strich ihr zärtlich die Haare aus dem Gesicht. »Ich weiß ja nicht, wie es Ellis und Lola geht, aber für mich ist das der schönste Abend meines Lebens.«

»Hmmmm … für mich auch. Weißt du«, sagte sie träumerisch, »wenn man Suzy und Luke mitzählt, haben wir schon drei Hochzeiten und einen Todesfall miteinander erlebt.«

»Haben wir.« Guy küsste sie zärtlich, verlockend und verführerisch erneut auf den Mund. »Aber das klingt für mich so, als ob daran irgendwas nicht ganz stimmt …«

»Na, ihr Lieben«, zwitscherte YaYa fröhlich in der Dunkelheit. »Da fehlt doch noch was, oder? Drei Hochzeiten und ein Todesfall – nein, nein. Vier Hochzeiten … tja, ihr seid ja hier die Geistesgrößen, also lasse ich euch diese Rechenaufgabe mal selber lösen.«

»Da bin ich dir in Gedanken weit voraus«, sagte Guy lachend. »Und jetzt schwirr ab und lass uns allein.«

Kichernd stöckelte YaYa zu ihrem Geländewagen. »Mit Vergnügen, meine Lieben. Hauptsache, ich darf Brautjungfer werden, in schwarzer Spitze und mit weißen Lilien! Also ich fahre jetzt in den Pub und feiere mit den anderen. Vielleicht sehen wir uns dort ja später?«

»Sehr viel später«, sagte Guy leise. »Da heute Valentinstag ist und zugleich mein Geburtstag, schenkt der Himmel Clemmie und mir allen Anlass für eine kleine private Feier, nur für uns zwei.«

Danksagungen

Mit unverändert tiefer Dankbarkeit für das Team von Piatkus – insbesondere meiner liebevollen, freundlichen und sehr geduldigen Lektorin Gillian Green, die sich zwar insgeheim über meine Arbeitsweise die Haare raufen mag, sich dies öffentlich aber tapfer nie anmerken lässt. Außerdem bringt sie mich zum Lachen; was umgekehrt wahrscheinlich eher weniger gilt.

Des Weiteren danke ich den Leuten, die mir bei den Recherchen zu diesem Buch geholfen haben:

Fantastic Fireworks (www.5nov.com) und insbesondere Jonnie Alden, für die pyrotechnischen Details sowie einige wunderbare Kostproben und Beispiele. Es hat großen Spaß gemacht, vor allem die Choreografie zu der Beerdigung. Das pyrotechnische Fachwissen in diesem Buch ist ausnahmslos ihm zu verdanken – für Fehler und Irrtümer bin ich allein verantwortlich.

Maria Tchorzewska danke ich für Informationen über Frettchen und dafür, dass ich so viel schöne Zeit mit ihren niedlichen Tieren verbringen durfte, vor allem mit dem großartigen Hector, der in diesem Buch in der Gestalt von Suggs erscheint.

Steve Green danke ich für alle technischen Details – ohne ihn hätte ich dieses Buch nicht schreiben können.

Butler and Wilson (www.butlerandwilson.co.uk) versorgen nicht nur mich regelmäßig mit wunderbarem Schmuck, sondern befriedigen auch Clemmies Ohrring-Fimmel in diesem Buch.

Dank auch an meine ganz persönliche YaYa Bordello, die anonym bleiben möchte, aber ein echter Schatz ist.

Und natürlich ganz besonders herzlichen Dank an Dr. Neel Tank BDS (Bristol) (www.mldp.info), der bei einer recht feuchtfröhlichen Feuerwerksparty auf den Titel dieses Buches kam.

Die Übersetzerin dankt Markus Klatt von www.Feuerwerk.net für die hilfreichen Erklärungen zu pyrotechnischen Details und Fachbegriffen.